KB265904

더 티처

더 티처

프리다 맥파든 장편소설
최주원 옮김

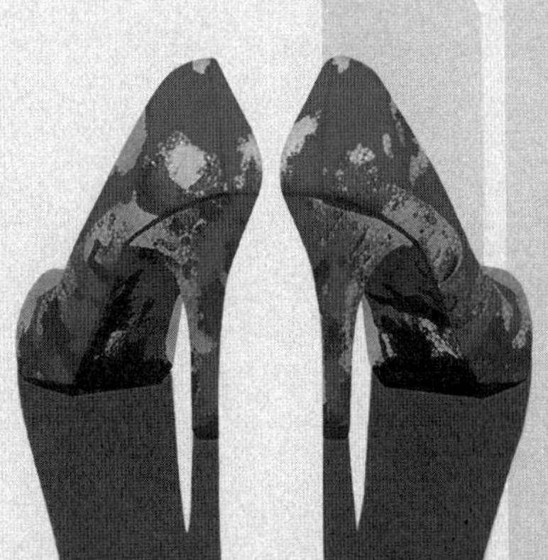

해피북스
투유

내 가족에게

차
례

땅 파는 거 힘드네.

온몸이 아프다. 나한테 있는지도 몰랐던 근육들이 고통에 찬 비명을 지르고 있다. 삽으로 흙을 조금씩 퍼낼 때마다 칼이 어깨뼈에 붙은 근육을 찌르는 것 같다. 거긴 뼈만 있는 줄 알았는데, 완전히 틀렸다. 내 몸에 있는 근섬유 하나하나까지 다 느껴진다. 안 아픈 데가 없다. 죽을 것 같다.

손바닥에 올라온 물집들이 화끈거려서 삽을 던지듯이 내려놓고 잠시 숨을 돌린다. 팔로 이마에 맺힌 땀을 닦는다. 해가 지고 나니 기온이 영하로 떨어졌는지 땅에 서리가 내린다. 하지만 땅을 파기 시작한 지 30분이 지나고부터 추위를 느끼지 않았다. 한 시간 전쯤에는 겉옷도 벗었다.

구덩이가 조금씩 깊어질수록 땅 파는 게 쉬워지고 있다. 처음 한동안은 삽으로 흙을 부수고 들어가기가 거의 불가능했다.

그래도 그때는 나를 도와주던 파트너가 있었는데, 지금은 나뿐이다.

나와 '시체'가 있다고 해야겠지. 하지만 시체가 큰 도움을 주지는 못하니까, 뭐.

눈을 찌푸린 채 깜깜한 구멍 속을 내려다본다. 마치 심연 같다. 그래 봤자 50센티미터 남짓 깊이일 텐데. 얼마나 깊게 파야 할까? 사람들이 2미터는 파야 한다고 하지만, 그건 정식으로 묘를 팔 때나 그렇다. 숲 한가운데에서 표시도 없는 무덤을 팔 때 해당하는 말은 아닐 거다. 그래도 여기에 묻힌 것을 아무도 발견하면 안 되니까, 깊은 게 좋겠다.

동물이 냄새를 맡을 수 없게 하려면 시체를 얼마나 깊이 묻어야 할까.

세찬 바람이 옷으로 가려지지 않은 부위의 땀을 식히며 지나가자 몸이 떨린다. 시간이 흐를수록 기온은 계속 내려갈 거다. 다시 작업을 해야겠다. 만약을 위해서 조금만 더 깊게 팔 생각이다.

삽을 다시 집어 들자 몸 곳곳에서 저마다 통증을 호소하느라 난리다. 그중에서도 손바닥이 단연 일등이다. 아파도 너무 아프다. 가죽 장갑이 있으면 좋았을 텐데. 지금 내게는 손에 끼면 삽을 제대로 쥘 수 없는 도톰한 털장갑뿐이다. 물집이 잡힌 맨손으로 그냥 계속해야 한다.

구덩이가 얕을 때는 그 안으로 들어가지 않고도 땅을 팔 수 있었다. 하지만 이제는 구덩이 안으로 들어가지 않고는 팔 수가 없다. 곧 무덤이 될 구덩이 안에 서 있으려니 불길한 기분이 든다. 사람은 누구나 마지막에 이런 구덩이에 들어오게 된다지만, 구태여 운명을 재촉하고 싶은 마음은 없다. 지금은 어쩔 수 없다는 게 유감스럽다.

삽날을 건조하고 단단한 흙에 다시 찔러 넣는데, 귀가 쫑긋 선다. 바람 소리 외에는 아무것도 들리지 않던 적막한 숲에서 분명 무슨 소리가 들렸다.

툭!

또 들렸다……. 나뭇가지가 부러지는 소리 같은데, 내 뒤에서 나는 건지 앞에서 나는 건지 모르겠다. 몸을 곧게 세운 다음 집중해서 어둠 속을 주시한다. 사람이 있는 건가?

만약 그렇다면, 이거 정말로 곤란한데.

"거기 누구 있어요?" 갈라지는 목소리로 속삭이듯 외친다.

대답이 없다.

오른손으로 삽을 움켜쥐고 귀에 온 신경을 집중한다. 숨을 참고, 코로 들어가고 나오는 공기의 소리가 들리지 않게 한다.

투둑!

나뭇가지가 부러지는 소리다. 확실하다. 심지어 아까보다 더 가까이서 들렸다.

이제는 나뭇잎들이 바스락거린다.

나도 모르게 배에 힘이 들어간다. 내 상황은 어떤 말로도 둘러댈 수가 없다. 크게 오해한 거라고 적당히 웃으며 넘어갈 수가 없다. 이대로 누군가에게 발견된다면, 그걸로 끝이다. 난 망한 거다. 손목에 수갑을 차고 요란하게 사이렌을 울리는 경찰차를 타고 가서 가석방 없는 종신형을 받을 테지. 나락으로 가는 건가.

그때 달빛 속에서 빈터 쪽으로 쪼르르 달려가는 다람쥐 한 마리가 눈에 들어온다. 다람쥐가 나를 지나쳐 갈 때 작은 나뭇가지 하나가 자그마한 몸의 무게를 견디지 못하고 툭 부러진다. 빈터 너머로 다람쥐가 더는 보이지 않게 되자 숲에는 다시 적막이 내려앉는다.

사람이 아니었네. 겨우 야생동물이었다. 내가 들은 소리는 작은 발이 잽싸게 뛰어가며 내는 소리였다.

나는 숨을 내쉰다. 위험한 순간은 지나갔지만, 마음 놓고 있을 상황이 아니다. 아직 갈 길이 멀다. 여유를 부릴 틈이 없다. 땅을 계속 파야 한다.

왜냐하면 동이 트기 전에 이 시체를 묻어야 하니까.

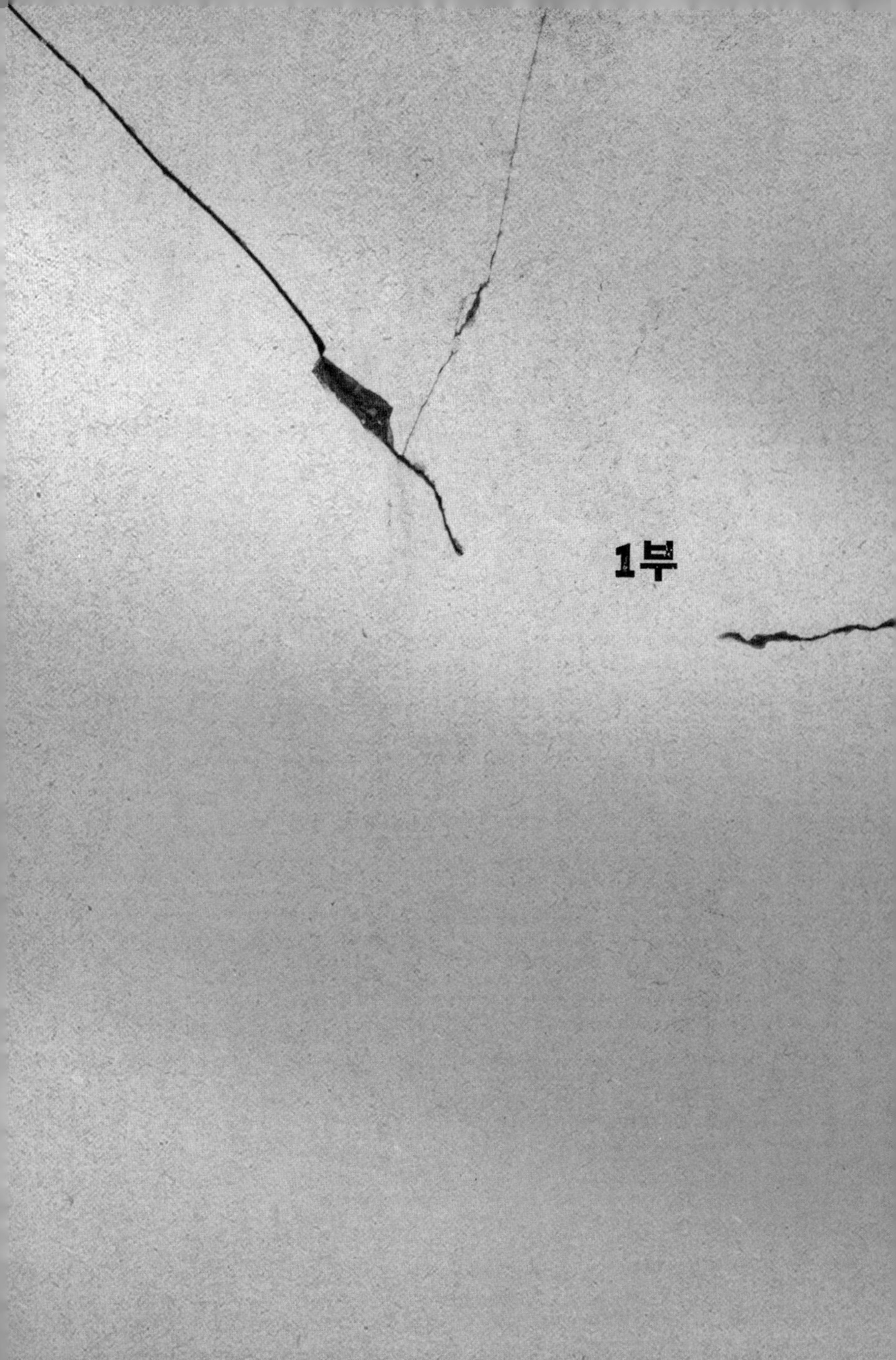
1부

01

3개월 전

이브

너는 참 운이 좋아, 사람들이 내게 항상 하는 말이다.

사람들은 내가 아름다운 집에서 살고 보람 있는 직업을 가졌다고 한다. 내 신발에 대해서도 그냥 지나치지 않고 꼭 한마디씩 칭찬을 한다. 하지만 나는 순진한 어린애가 아니다. 사람들이 내게 운이 좋다고 할 때, 그것이 내 집이나 직업, 하물며 신발에 대한 이야기가 아니라는 것쯤은 안다. 그들은 내 남편 이야기를 하는 것이다. 남편 네이트 말이다.

지금 네이트는 콧노래를 흥얼거리며 이를 닦고 있다. 항상 같은 노래였다는 사실을 아침에 남편 옆에서 이를 닦은 지 1년 가까이 지나고 나서야 깨달았다. 어째서 엘비스 프레슬리의 〈올 숙업All Shook Up〉을 부르는지 물었을 때, 네이트는 웃으며 그 노래 길이가 정확히 2분인 걸 어머니한테 배웠다고 말했다. 전문가들이 권장한다는 칫솔질 시간이다.

나는 그날부터 그 노래가 진저리가 나도록 싫어졌다.

8년간의 결혼 생활 동안 매일 아침 똑같은 노래를 지겹도록 들었다. 같은 시간에 이를 닦지 않으면 문제 될 게 없겠지만, 현실은 그럴 수가 없다. 같은 시간에 집을 나가서 같은 장소로 출근하는 우리는 아침에 욕실 사용의 효율성을 극대화해야 하기 때문이다.

네이트가 세면대에 치약을 뱉은 다음 입을 헹군다. 나는 벌써 칫솔질을 끝냈지만 옆에서 빈둥거리고 있다. 네이트가 구강청결제를 집어 들더니 맛이 자극적인 파란색 액체로 입을 한 번 더 헹군다.

"자기가 그걸 어떻게 견디는지 모르겠어. 나한테는 너무 톡 쏘던데."

네이트는 세면대에 구강청결제를 뱉고는 나를 보며 환하게 웃는다. 정말 완벽한 치아다. 고르고 희지만, 그렇다고 눈을 다른 데로 돌려야 할 정도로 하얗지는 않다. "이거 엄청 상쾌해. 몸과 마음을 잘 닦는 게 모든 일의 기본이야."

"그래도 싫어." 나는 몸서리를 친다. "그걸로 가글하고 나서 나한테 키스할 생각하지 마."

네이트가 웃는다. 어차피 내게 키스를 잘 안 하는데도 우스웠나 보다. 우리는 아침에 헤어질 때 한 번, 저녁에 만나서 한 번, 잠자리에 들기 전 한 번, 그렇게 하루에 세 번 형식적으로 가볍게 입 맞추는 게 전부다. 부부 생활도 그저 규칙적으로 매달 첫 번째 토요일에 한다. 예전에는 매주 토요일이었는데 언젠가부터 격주가 되더니, 지금과 같은 패턴으로 지난 2년을 보냈다. 이 참에 우리가 공유하는 아이폰 달력에다가 반복하는 일정으로 입력해놓을까.

내가 드라이기로 머리카락에 남아 있는 물기를 마저 없애는 동안 네이트는 손으로 짧은 갈색 머리칼을 슥슥 쓸어 넘긴 다음 면도기로 얼굴을 면도한다. 거울에 비친 우리 모습을 보고 있으니, 둘 중 네이트가 훨씬 더 매력적이라는 사실을 어느 누가 부정할 수 있을까 싶다. 두말하면 입만 아프지.

내 남편은 끝내주게 잘생겼다. 누군가 그의 인생을 영화로 만든다면 할리우드에서 가장 섹시한 배우를 섭외해야 할 것이다. 짙은 갈색 머리칼은 짧지만 풍성하고, 조각 같은 이목구비에 한쪽 입꼬리를 올리며 짓는 미소는 사람 마음을 사로잡는다. 게다가 지하실에 웨이트 기구들을 사들인 후로는 그의 가슴 근육이 단단해지고 있다.

반면에 나는 지극히 평범하다. 지금까지 30년을 이 외모로 살아왔다. 나의 흐릿한 갈색 눈동자가 네이트처럼 장난기 가득 반짝이지 않아도, 윤기 없는 갈색 머리가 앞으로도 두피에서 힘 없이 늘어뜨려져 있을지라도, 이목구비 어느 하나 얼굴에 꼭 맞는 크기가 아니라 해도 전혀 아무렇지 않다. 몸은 너무 말라서 곡선은 찾아볼 수가 없고 손을 대면 찔릴 것처럼 전부 뾰족한 각을 이루고 있다. 누군가 내 인생을 영화로 만든다면…… 음, 그럴 일은 없을 테니 굳이 말을 꺼낼 필요도 없겠다. 나 같은 여자를 주인공으로 한 영화를 만들 리가 없지.

이러니 사람들이 나더러 운이 좋다고 할 때 그 말에 담긴 진짜 의미는 네이트가 내게 과분하다는 것이다. 하지만 내가 좀 어리니까, 나이로는 내가 꿀리지 않는다.

나는 옷을 입으려고 화장실에서 나온다. 네이트도 뒤따라 나온다. 나는 빳빳한 흰 블라우스를 목까지 잠그고, 거기에 어울리는 연갈색 치마를 고른다. 뉴잉글랜드에서는 치마를 입을 수 있는 날씨가 고작 석 달, 운이 좋아야 넉 달이다. 팬티스타킹을 신은 다음 굽이 높고 뾰족한 검은색 지미추 펌프스에 부드럽게 발을 밀어 넣는다. 신발을 다 신고 나니, 네이트가 갈색 넥타이를 목에 느슨하게 두른 채 나를 쳐다보고 있다.

"이브." 네이트가 부른다.

그가 무슨 말을 하려는지 듣지 않아도 안다. 그냥 좀 넘어가면 안 되나. "으응?"

"그건 새 신발이야?"

"이거?" 나는 눈을 들지 않는다. "아닌데. 몇 년 된 거야. 작년 새 학기 첫날에도 신었던 것 같은데."

"아, 그래……."

네이트는 내 말을 믿지 않는다. 하지만 자기가 신고 있는, 정말로 몇 년은 됐을 갈색 가죽 로퍼를 내려다볼 뿐 더는 아무 말도 하지 않는다. 그는 화가 나도 절대 소리를 지르지 않는다. 내가 하지 말아야 할 일을 했을 때 가끔 나를 꾸짖기는 하지만, 요즘엔 그마저도 하지 않는다. 내 남편은 존경스러울 만큼 감정에 요동이 없다. 그런 점을 생각하면, 내가 남편 복이 있는 게 맞는 것 같기도 하다.

네이트가 셔츠 소매의 단추를 채우며 재빨리 손목시계를 본다. "준비 다 됐어? 아니면 아침 먹을 거야?"

네이트와 나는 둘 다 케스햄 고등학교 교사이고, 오늘은 새 학년 첫날이다. 나는 수학을, 네이트는 영어를 가르친다. 그는 학교 전체에서 가장 인기 있는 교사일 것이다. 아트 터틀 선생님이 없으니 더 그럴 테지. 내 친구이자 동료 교사인 셸비에게서 들은 건데, 12학년 여학생들이 뽑은 케스햄 고교의 잘생긴 선생님 다섯 명 중에서 네이트가 1위였다고 한다. 그것도 압도적인 차이로 말이다.

우리가 아침에 차를 같이 타고 출근하는 날은 거의 없다. 출발지도 같고 도착지도 같으면서 서로 다른 차로 간다고 하면 사치스러워 보이겠지만, 네이트는 학교에 항상 나보다 더 늦게까지 남아 있고 나는 남아 있기가 싫다. 하지만 오늘은 개학 첫날인 만큼 같이 가기로 한다.

"지금 가." 내가 답한다. "커피는 학교에서 마실 거야."

네이트가 고개를 끄덕인다. 그는 아침을 먹지 않는다. 먹으면 속이 더부룩해진다고 한다.

나는 지미추 펌프스가 바닥을 울리는 소리에 만족해하며 우리가 살고 있는 2층짜리 집의 현관문으로 향한다. 교사 두 명의 봉급으로 감당해야 했기 때문에 크기는 작지만, 신축이고 정말 여러 면에서 내가 꿈에 그리던 집이다. 네이트는 침실 세 개 중에 나머지 두 방을 가까운 미래에 아이들로 채우자고 말한다.

하지만 지금과 같은 친밀함 빈도로 과연 실현될 수 있을지 모르겠다. 내가 '어떻게 되는지 한번 보려고' 1년 전에 피임을 중단했지만, 아직까지 아무 일도 일어나지 않았다.

네이트가 자기 차인 혼다 어코드 운전석에 올라탄다. 어디든 함께 갈 때면 늘 네이트 차를 타고, 항상 네이트가 운전한다. 이것도 우리의 일상이다. 하루에 키스 세 번, 섹스는 한 달에 한 번, 운전은 네이트 담당.

나는 참 운도 좋지. 아름다운 집과 보람 있는 직업을 가졌고, 친절하고 온화한 성품에다 끝내주게 잘생긴 남편까지 있으니 말이다. 네이트가 차를 몰고 도로로 나가서 학교 방향으로 달리기 시작하자, 나는 정지 신호를 무시한 트럭이 달려와 혼다를 그대로 들이받아 우리 둘을 한번에 끝내주었으면 좋겠다는 생각을 한다.

02

애디

이 차에서 내리지 않아도 된다면 무엇이든 하겠다.

내 머리를 다 잘라도 좋다. 엄청나게 두꺼운 《전쟁과 평화》를 읽으라면 읽겠다. 제발, 케스헴 고등학교의 문으로 걸어 들어가지 않아도 된다면 몸에 불이라도 붙이겠다. 아니면 뭘 더 할까. 나 정말 학교에 가고 싶지 않단 말이야.

"다 왔다!" 엄마가 쓸데없이 밝은 목소리로 말한다. 우리 차가 학교 바로 앞에 섰다는 것쯤은 나도 다 안다. 작년에 이런저런 일들이 좀 있었지만, 내가 그렇게 바보는 아니라고.

오늘 아침 엄마는 회색 마쓰다로 나를 학교까지 데려다주었다. 내가 지난 2년 동안 그랬던 것처럼 자전거를 타고 갔다면 학교에 영원히 도착하지 않으리라는 걸 엄마도 알았던 것 같다. 동네 병원에서 간호사로 일하는 엄마는 오늘 일을 쉬고 새 학년 첫날에 내가 꼭 학교에 가게 하려고 나를 어린애처럼 대하고 있다.

나는 조수석 창문 너머로 지난 2년 동안 내 삶의 큰 자리를 차지하게 된 4층짜리 붉은 벽돌 건물을 흘긋 본다. 제시간에 도착하려고 아침에 너무 일찍 일어나서인지 피곤이 느껴져 눈을 문지른다. 케스햄 고등학교 입학 첫날 내가 얼마나 들떠 있었는지 기억난다. 나는 고등학교가 좋았다. 내 인기가 엄청 많았던 것도 아니고 성적은 딱 중간 정도였지만, 그래도 나쁘지 않았다.

그 일이 있기 전까지는.

나는 여름 내내 이웃집 아이들을 돌보면서 가을에 학교로 돌아가지 않겠다는 투쟁을 벌였다. 하지만 케스햄에는 공립 고등학교가 하나뿐이고, 사립 학교는 우리 집 형편에 감당할 수가 없다. 다른 도시에 있는 학교에 다닐까도 생각했지만, 내가 자전거를 타고 가기에도 스쿨버스가 나를 태우러 오기에도 거리가 너무 멀다. 다시 생각해보자고 내가 애원할 때마다, 엄마는 점점 줄어드는 인내심을 붙잡고는 같은 설명을 반복했다.

"어쩌면," 나는 희망을 버리지 않은 채 말해본다. "홈스쿨링을 할 수도 있잖아요?"

"애디." 엄마가 한숨을 쉰다. "그만하자."

"엄마는 아무것도 몰라요." 나는 책가방을 가슴에 꼭 끌어안은 채 안전벨트를 풀 생각이 없다. "전부 다 나를 미워할 거라고요."

"그렇지 않아. 기억하는 사람도 없을 거야."

실소가 나온다. 엄마는 고등학생들을 '만나본' 적이 없는 건가?

"내 말 들어봐." 엄마가 시동을 끈다. 우리 차는 정차 금지 구역에 서 있으니 조만간 누군가 우리한테 차를 빼라고 소리를 지를 거다. "십 대 때는 자기 자신밖에 몰라. 작년에 무슨 일이 있었는지 아무도 기억 안 해. 신경도 안 쓸걸."

펔이나. 엄마는 틀려도 한참 틀렸다.

경적이 울린다. 처음에는 한 번, 뒤이어 몇 번 더. 그러다 잠시 후에는 누군가 경적 위에 실수로 앉아버린 채 좀처럼 일어날 생각이 없는 것처럼 들린다.

"차를 다른 데로 옮겨야겠어." 엄마가 기운 없는 목소리로 말하며 다시 시동을 건다.

그래서 뭐 어쩌자고? 차를 다른 데로 옮긴들 엄마는 나를 위로하는 말만 늘어놓을 텐데. 나한테는 위로가 필요한 게 아니다. 새 학교가 필요하다. 하지만 어떻게 해도 학교를 옮기지 못한다면 엄마와 더 얘기하는 건 아무 의미가 없다.

"됐어요." 나는 낮게 내뱉는다.

내가 차 문을 열고 나가자 엄마가 내 이름을 크게 부른다. 하지만 나는 뒤돌아보지 않고 그냥 간다. 엄마는 아무 도움이 안 된다. 엄마 말이 틀린 건 아니지만, 어쨌거나 엄마는 제삼자일 뿐이다. 작년에 있었던 사건의 뒷일을 감당해야 하는 사람은 엄마가 아니다. '나' 때문에 일어난 사건이니까.

마쓰다에서 내리자마자 모든 눈동자가 나를 향하는 것이 느껴진다. 고등학교에는 남의 관심을 끌기 위한 옷을 입는 여학생들이 많지만, 나는 한 번도 그런 적이 없었다. 언제나 사람들 속에 묻히기를 원했다. 오늘도 아무 특징 없는 일자 청바지에 회색 티셔츠를 입고 진회색 후드를 덧입었다. 케스햄 고등학교에는 둔부에 글자가 들어간 옷을 입을 수 없다는 교칙이 있는데 (수많은 여학생의 분노를 산 규칙이다), 나는 엉덩이뿐만 아니라 몸 어디에도 글자 하나 없다. 관심을 끌 만한 요소가 정말 하나도 없다.

그런데도 한 명도 빠짐없이 모두 나를 쳐다보고 있다.

그나마 다행이라면, 엄마가 차를 몰고 떠났다는 것이다. 덕분에 내가 한쪽 어깨에 책가방을 멘 채 철제 정문으로 터덜터덜 걸어가는 동안, 나를 향한 시선과 수군거림을 엄마는 보지 못했다. 하아, 이럴 줄 알았다. 작년에 무슨 일이 있었는지 아무도 기억 못 한다고? 네, 네. 엄마는 어디 다른 별에 살고 있는 건가? 사람들이 무슨 말을 하는지 알 것 같아서 굳이 들으려고 하지 않는다. 대신 고개를 숙이고 어깨를 늘어뜨린 채 최대한 빨리 걷는다. 눈도 마주치지 않는다. 그래도 숙덕거리는 소리가 다 들린다.

쟤야. 쟤가 애디 세버슨이야. 쟤가 무슨 짓을 했는지 알지? 글쎄, 쟤가⋯⋯.

윽, 너무 끔찍하다. 못 견디겠어.

그래도 다 와 간다. 아무 일 없이 학교에 가까워진다. 빨간 페인트가 벗겨진 정문이 시야에 들어오고, 내 얼굴에 대고 끔찍한 말을 쏟아내는 사람도 이젠 없다. 하지만 그때 걔가 눈에 들어온다.

켄지 몽고메리. 11학년 중에서 가장 인기 있는 여학생이라고 할 수는 없어도, 가장 예쁜 여학생이라는 것에는 누구도 반박할 수 없는 아이. 11학년 회장이자 치어리더 팀장이니, 더 설명 안 해도 어떤 애인지 알겠지. 개가 치마를 입고 학교 계단에 앉아 있다. 양팔을 몸 옆으로 똑바로 내렸을 때 손가락 끝보다 치마나 반바지의 끝선이 위로 올라가면 안 된다는 교칙을 완전히 어긴 옷이다. 다른 여자애들이라면 교칙 위반으로 집으로 돌려보내졌겠지만, 켄지는 그럴 일이 없다. 나는 장담할 수 있다.

켄지가 친구 무리와 함께 앉아 있다. 켄지를 둘러싼 여자애들을 보니 학교에서 인기가 많은 학생 명단을 보는 것 같다. 그중 작년에는 켄지와 어울리지 않았던 애도 한 명 섞여 있다. 떠오르는 스타 쿼터백 허드슨 얀코프스키다.

켄지 무리가 학교로 들어가는 계단을 거의 가로막고 있지만, 옆으로 피하면 지나갈 수 있는 약간의 공간이 있다. 그런데 내가 그 몸 하나 지나갈 수 있는 틈으로 지나가려는 순간, 켄지 눈이 나와 마주치는가 싶더니 켄지가 자기 가방을 던져 내 앞을 막는다.

어쩌지.

나더러 지나가볼 테면 지나가보란 건가. 의도적으로 한 뼘 정도의 공간만 남겨놓았다. 다른 길로 돌아갈 수도 있지만, 그러려면 방금 올라온 계단을 도로 내려가 다른 계단을 다시 올라가야 한다. 거의 다 올라온 걸 생각하면 그건 좀 말이 안 되는 것 같다. 게다가 '사람'이 앉아 있는 것도 아니고, 그저 가방 하나가 놓여 있는 것뿐이다. 그래서 켄지가 친구들과 얘기하는 동안 나는 가죽 가방 옆으로 지나가기로 한다.

"야!"

켄지 목소리에 내 발이 뚝 멈춘다. 켄지가 길고 짙은 속눈썹으로 둘러싸인 커다란 파란 눈동자로 나를 쳐다보고 있다. 처음 켄지를 만난 건 중학교 역사 수업 때였다. 내가 실제로 본 사람 중 가장 완벽한 외모라고 인정하지 않을 수 없었다. 예쁜 애들이라면 예전에도 본 적이 있었지만, 켄지는 완전히 다른 수준이다. 큰 키에 몸은 날씬하고, 노란빛이 도는 긴 금발 머리는 실크처럼 부드럽다. 머리부터 발끝까지 어디 한 군데 못난 데가 없다. 켄지는 인생이 불공평하다는 사실을 보여주는 산증인이다.

"미안, 그냥 좀 지나가려고……." 나는 우물거린다.

켄지의 긴 속눈썹이 빠르게 떨린다. "그러다 내 가방을 밟기라도 하면 어쩌려고?"

켄지 친구들이 이 상황을 지켜보며 킥킥댄다. 내가 그냥 지나갈 수 있게 켄지가 가방을 옮기거나 치워주면 좋을 텐데. 하지만 켄지는 그러지 않을 거고, 켄지 친구들은 하나같이 이 상황이 너무나 재밌어죽겠다는 표정이다. 아주 잠깐 내 눈이 허드슨과 마주치지만, 허드슨은 얼른 자신의 더러운 운동화를 내려다본다. 그렇게 지난 6개월 동안 나를 계속 피하고 있다. 우리가 초등학교 때부터 가장 친한 친구였다는 사실을 다 잊었다는 듯이.

잠시나마 켄지 몽고메리 같은 애에게 맞서는 다른 우주를 상상해본다. 그곳에서는 내가 분홍색 작은 털방울이 달린 성가신 가방을 밟은 다음 이렇게 내뱉는다. *"그러면 뭐 어쩔 건데?"*

켄지에게 맞서는 사람은 '아무도' 없다. 글쎄, 내가 한번 해볼까. 어차피 더 잃을 것도 없는데.

하지만 그러는 대신 나는, 미안하다는 말을 중얼거리듯 내뱉은 다음 다른 길로 돌아가려고 계단을 다시 내려간다. 다른 사람들처럼 나 역시 켄지에게 굴복하는 쪽을 택한다. 이것보다 더 나쁜 상황이 언제든지 벌어질 수 있기 때문이다.

03

이브

커피를 첫 모금 마시기 전까지는 머리가 얼마나 지끈거리는 지 깨닫지 못했다.

교실에 가기 전 10분 정도 시간이 남아서 나는 가장 친한 친구인 셸비와 교사 휴게실에 앉아 잠시 쉬기로 했다. 네이트는 벌써 자기 몫의 커피를 따른 다음, 내 볼에 하루 세 번의 입맞춤 중 첫 번째를 하고 자기 교실로 갔다.

"방학 잘 보냈어?" 셸비가 그렇게 물으니, 우리가 방학 내내 문자를 끊임없이 주고받지 않은 사람들 같다.

"나쁘진 않았어." 나는 여름 방학 대부분을 계절 학교에서 보냈다. 교사가 되면 여름에 일을 쉴 수 있어서 좋을 거라 생각했는데, 현실은 그렇지 않다. "넌 어땠어?"

"좋았지." 셸비는 다리를 꼬며 한숨을 쉰다. 지난 학기 마지막 날에 신었던 나인웨스트 회색 펌프스를 그대로 신고 있다. 나는 셸비가 IT 기술자인 남편, 세 살배기 아들과 함께 케이프 코드에서 여름을 보내고 왔다는 걸 알고 있다. 셸비의 완벽한 구릿빛 피부만 보고도 척 알 수 있다. "돌아오니까 너무 슬퍼. 오늘 아침에 코너를 유치원에 데려다주는데, 코너가 울음을 그치지 않는 거 있지."

"괜찮아질 거야." 말은 그렇게 하지만, 내가 육아에 대해 뭐 아는 게 있어야 말이지.

셸비가 스티로폼 컵에 든 커피를 길게 한 모금 마시고 빨간 립스틱 자국을 남긴다. "네이트는 멋져 보이더라. 여름 내내 운동이라도 한 거야?"

"응, 뭐." 이번 여름에 네이트는 고등학교에서 아이들을 대상으로 하는 드라마 프로그램을 맡아 가르쳤다. 학위가 있는 건 아니지만 대학교 때 연극 수업을 들었고, 무엇보다 재능을 타고났다. 교사가 안 되었다면 브래드 피트처럼 대배우가 되었을지도 모를 일이다. 수업이 없는 날에는 지하실로 내려가 운동을 했다. 2년 연속 케스햄 고등학교의 가장 잘생긴 교사 자리를 놓치지 않겠다는 작정이라도 한 사람 같다. "운동에 완전히 빠졌어."

"저스틴도 좀 그러면 좋을 텐데." 셸비가 웃으며 말한다. "나이가 서른여섯밖에 안 됐는데 벌써부터 배가 나와!"

문득 궁금해진다. 저스틴은 하루에 몇 번이나 셸비에게 키스할까, 그들은 한 달에 한 번 이상 섹스를 할까, 혹시 셸비는 잠이 오지 않는 밤에 저스틴 곁에 누워 다른 사람과 결혼했거나 아예 결혼하지 않았기를 바라지는 않을까. 물어볼 수 있으면 좋으련만. 내가 네이트 말고 다른 사람과 결혼해 살아본 적은 없지만, 어쩌면 이런 감정이 모든 결혼 생활의 일부일지도 모르겠다. 이게 정상일지도.

"아트 선생님 뵌 적 있어?" 나는 다른 질문을 던진다.

셸비 얼굴에서 웃음이 사라진다. "아니. 사임한 이후로는 없어. 듣기로는 다른 교사 자리를 못 구하셨다고 하더라."

올봄까지 아서 터틀 선생님은 케스햄 고등학교의 수학 교사이자 학생들이 가장 좋아하는 교사였다. 내가 막 석사 과정을 마치고 이곳에서 일을 시작했을 때, 아트 선생님은 나를 많이 챙겨주셨다. 선생님은 그런 분이었다. 늘 위로의 말을 건네거나, 아내가 구워주기로 유명한 브라우니를 나눠주곤 했다. 내가 만난 사람들 가운데 아트 선생님만큼 마음이 따뜻한 분은 없었다. 매년 교직원 크리스마스 파티에는 산타클로스처럼 차려입고 오시곤 했다. 붉은 옷을 입지 않아도, 이미 너무나 닮으셨는데.

이제 아트 선생님은 없다.

"아트 선생님과 마샤는 어떻게 지내고 계실까." 나는 나직이 말한다.

"애들도 그렇고. 둘 다 대학생이라고 했지?" 셸비가 묻는다.

아트 선생님의 아들들을 생각하니 나도 모르게 얼굴이 찌푸려진다. 큰돈은 아니라도 내가 도움을 드리고 싶다는 마음이 들다가, 선생님이 절대 받지 않으실 거라는 데에 생각이 미친다. 어차피 우리도 매달 주택담보대출금을 내고 나면 수중에 돈이 별로 없다. 게다가 네이트는 우리 사이에 어쩌면 생길 일이 없는 아기를 위해 돈을 모으고 싶어 한다.

"너무 불공평해." 나는 중얼거리듯 말한다. "아트 선생님은 아무 잘못이 없어. 그 여학생이……."

셸비의 얇은 눈썹이 치켜 올라간다. "우리는 정확히 모르잖아."

나는 짜증을 감추려고 커피를 한 모금 마신다. 이른 아침부터 셸비에게 화를 내봤자 상황은 아무것도 달라지지 않는다. 어쨌든 아트 선생님은 일을 그만둬야 했다. 무슨 일이 있었는지, 반대로 없었는지는 중요하지 않았다. 중요한 건 학부모들이 교장실로 전화해 '그런 자'가 학생들 곁에 있으면 안 된다고 말했다는 것이다. 아트 선생님은, 마음이 정말 따뜻하고 천사 같은 영혼을 가진 선생님은, 더 이상 신뢰할 수 없는 사람이 되고 말았다.

"그러고 보니 그 여학생이 내 수업 들어." 나는 셸비에게 말한다.

"그래?"

"6교시 수업이야."

학생 명단에서 사진을 봤다. 매년 만드는 학교 앨범을 위해 1년 전에 찍은 사진이었다. 직접 만나본 적이 없어서 모르겠지만, 사진 속 모습은 안쓰러울 정도로 평범했다. 뚜렷한 특징이 없어 말로 설명할 만한 것이 없었다. 어딘가 모르게 그 나이 때의 나와 무척 비슷한 느낌이 들기도 했다.

“조심해.” 셸비는 미소를 짓고 있지만, 눈빛에는 경고처럼 읽히는 표정이 담겨 있다. “그 아이, 정신적으로 꽤 불안한 상태일 거야.”

말해주지 않아도 안다. 내 출석부에서 애들린 세버슨이란 이름을 보는 순간 나도 땅이 아래로 꺼지는 것 같았다. 10년 가까이 교직에 있으면서 한 번도 내 수업에서 학생을 빼달라고 요청한 적이 없었는데, 이번에 그럴 뻔했다.

이 아이에 대해 생각할수록 기분이 안 좋다.

04

애디

학교는 점심시간이 되기 전까진 괜찮다.

하루가 아주 좋게 흘러간다는 뜻은 아니다. 내 생애 가장 멋진 날이라는 뜻도 아니다. 그냥 괜찮다는 말이다. 학교에서는 많은 아이들이 서로 어울려 다니지만, 그렇다고 내가 다른 아이들과 대화를 꼭 나눌 필요는 없다. 교실에 들어가서 의자에 엉덩이를 붙인 채 얌전히 앉아 40분 동안 선생님이 하는 말을 듣고 나서 다음 수업으로 가면 그만이다.

내게 아무도 말을 걸지 않아도 상관없다.

그런데 점심시간이 되면 이야기가 달라진다. 모두가 끼리끼리 앉아 이야기를 주고받기 때문에 다른 아이들과 함께 있지 않은 사람은 친구가 아무도 없는 찌질이라는 뜻이다. 오늘 그 찌질이가 바로 나다.

'예전'에도 친구는 많지 않았다. 학창 시절 대부분 나는 허드슨하고만 같이 다녔다. 허드슨도 나만큼 혼자 있는 걸 싫어해서 우리는 점심시간에 같이 있으려고 시간표를 맞춰서 짜곤 했다. 세상은 요지경이라 했던가. 초등학교 때 허드슨은 나보다 더 무리에서 기피하는 아이였다. 가까이 있기만 해도 죽을 병을 옮기는 병균 취급을 받았다. 나는 그저 모르는 아이들과 말을 잘 섞지 않는 조용한 아이였지만, 허드슨은 노골적으로 괴롭힘을 당했다. 삶이 비참해질 정도였다.

오늘은 내가 그렇다. 핫도그, 크링클컷 감자튀김과 케첩 몇 개, 초콜릿 우유가 담긴 쟁반을 들고 줄지어 있는 끈적끈적한 벤치 사이를 지나가는데, 어디에 앉아야 할지 몰라 막막한 기분이 든다. 친하게 지냈던 아이들 몇몇과 눈을 마주쳐보지만, 고개가 황급히 돌아간다.

물론, 저기 허드슨이 있다. 하지만 그는 켄지 테이블에 자리를 잡고 앉아 밝은색 머리를 헝클어뜨린 채 켄지 쪽으로 고개를 기울이고 대화에 열중하고 있다. 켄지의 새 남자친구라는 소문이 사실인가 보다. 저렇게 성공했으면서, 나는 안 데려갔네. 그렇지만 내가 뭐라고 허드슨을 탓할 수 있을까.

많이 바라지도 않으니 나한테 다시 말이라도 걸어주면 좋겠다.

"애디! 애디, 여기야!"

나는 고개를 돌려 누가 내 이름을 부르는지 본다. 엘라 커티스라고 몸무게가 나보다 최소한 5킬로그램은 덜 나가는, 11학년에서 가장 깡마른 여자애다. 엘라와는 지난 2년 동안 통틀어

열 마디도 주고받지 않았는데, 그런 엘라가 수많은 벤치 중 하나에 앉아서 나를 향해 힘차게 손을 흔들고 있다. 평소에는 같이 밥을 먹을 생각도 안 했을 텐데, 지금은 함께 앉자고 나를 불러주니 내 마음이 이렇게 기쁠 수가 없다. 나는 쟁반을 테이블 위에 내려놓고 그녀 맞은편 의자에 앉으며 그날 처음으로 진심 어린 미소를 지어 보인다.

"고마워." 내가 말한다.

"아냐." 엘라는 앙상한 손가락으로 감자튀김을 하나 집어 들더니 베어 무는 대신 겉에 묻은 케첩을 빨아먹는다. "네가 같이 앉을 사람이 없어서 그렇게 서 있는 게 안쓰럽길래."

뭐라고 대답해야 할지 모르겠다. 그 말이 맞긴 한데, 막상 인정하려니 기분이 이상하다. 그래도 내게 여전히 말을 걸어주는 사람이 있어서 기쁘다. 어쩌면 엄마 말이 맞을지도 모르겠다. 모두가 결국에는 그 일을 다 잊어버릴 테고, 그러고 나면 아무것도 아닌 일이 되겠지.

엘라는 길고 가는 갈색 머리를 한쪽 어깨 뒤로 넘기며 켄지 테이블 쪽을 바라본다. 나도 따라서 고개를 돌리는 순간 켄지의 금발 머리가 허드슨 어깨 위로 기울어지는 모습이 눈에 들어온다. "야, 쟤네 사귀는 거겠지?" 엘라가 내게 묻는다.

"모르겠어." 나는 얼버무린 다음 핫도그를 한 입 먹는다. 이 핫도그는 가공을 어떻게 했길래 이런 맛이 나는 걸까. 그냥 고무다.

"허드슨 진짜 잘생겼다." 엘라는 첫 번째 감자튀김을 다 핥고 나서 그대로 내려놓는다. 그런 다음 다른 감자튀김을 집어 들더니 핥기 시작한다. "둘이 잘 어울린다."

나는 헛기침으로 대답을 대신한다. 내가 봐도 그렇다는 걸 인정하고 싶지 않다. 그림 좋네. 켄지의 노란빛 금발 머리조차 허드슨의 흰색에 가까운 금발 머리와 저렇게 잘 어울리는구나.

"근데, 너 말이야, 작년에 허드슨이랑 사귀지 않았어?" 엘라가 갑작스레 묻는다.

나는 고개를 젓는다. "아니."

우리 둘은 전혀 그런 사이가 아니었다. 허드슨과 나는 둘 다 창피한 아빠를 뒀다는 이유로 초등학교 때 친구가 되었다. 허드슨네 상황이 더 나빴다. 적어도 밖에서 볼 때는 그랬다. 우리 아빠는 이제 없지만, 그 당시에는 술에 잔뜩 취해 거실에서 자기 토사물 위에 쓰러져 있기 일쑤였다. 그나마 학교 사람들은 그걸 알지 못했다. 하지만 허드슨 아빠는 우리가 다니던 초등학교의 청소부였다. 아저씨는 복도에서 대걸레와 양동이를 밀고 다니며 아이들에게 폴란드어로 화를 내며 욕설을 퍼붓곤 했다.

우리는 마음을 나누며 자연스럽게 가까워졌다. 중학교에 올라가서는 예전처럼 허드슨 아저씨 때문에 창피해할 일은 없어졌지만 우리는 여전히 친한 친구였다. 고등학교에 들어온 뒤 허드슨은 여자애들의 고개를 자꾸 돌리게 만드는 아이가 되었고, 미식축구 경기장에서도 이름을 알리기 시작했지만, 그래도 내게는 한결같았다.

그날까지는…….

됐다, 더는 생각하고 싶지 않다.

엘라가 세 번째 감자튀김을 핥고 있다. 그 광경에 눈을 뗄 수가 없다. 마치 케첩을 점심으로 먹고, 감자튀김은 음식을 담은 한낱 그릇에 불과한 것 같다. 하기야 나도 엄마가 셀러리와 땅콩버터를 먹으라고 했을 때 저랬다. 그렇지만 세상에 어떤 아이가 셀러리를 먹고 싶어 하겠어? 그런데 이건 감자튀김이잖아, 감자튀김!

"난 개학 첫날이 정말 싫어." 엘라가 말한다. "사실 학교가 다 싫어. 매일 여기 와서 앞으로 중요해질 것 같지도 않은 쓸데없는 것들을 억지로 배워야 하는 게 너무 구시대적이야."

"그러게." 나는 수업 듣는 것을 딱히 싫어하지는 않는다. 내가 오늘 학교에 오고 싶지 않았던 이유는 그런 게 아니었다.

"삼각함수 같은 거 봐." 엘라는 주근깨가 있는 코를 찡그린다. "아니, 야, 살면서 삼각함수를 써먹을 일이 있겠니? 이건 우리 시간을 허비하는 거라고. 그나저나 넌 삼각함수 누구 수업 들어?"

"이브 선생님."

엘라가 끙 소리를 낸다. "그 여자 완전 재수 없어. 숙제를 산더미처럼 내주는 데다 시험도 엄청 어렵게 낸대. 뭐, 나도 들은 이야기지만."

이런. 하필 수학은 제일 약한 과목인데. 이번 학년은 아주 환상적이겠구나. "영어는 네이트 선생님이야."

그 말에 엘라는 큭큭대며 웃는다. "좋아, 그렇다면 좀 괜찮을

지도. 왜냐고? 네이트 선생님 진짜 잘생겼잖아. 그 두 사람 외모가 극과 극인 거 알지. 아니, 네이트 선생님은 어쩌다 그런 여자랑 결혼을 했을까?"

대답할 말을 못 찾겠다. 내 기억 속에는 두 선생님의 생김새가 어렴풋이 남아 있을 뿐이다.

"하지만 네이트 선생님은 네 타입이 아닐 수도 있겠다." 엘라가 날 보며 윙크한다. "너는 터틀 선생님 같은 외모를 더 좋아하는 것 같으니까."

심장이 쿵 내려앉는다. 터틀 선생님 이야기는 정말 하고 싶지 않다. "그런 건 아냐."

"솔직히 말이야." 엘라가 핥고 있던 감자튀김을 내려놓더니 눈을 동그랗게 뜨며 테이블 너머로 몸을 기울인다. "터틀 선생님이랑 같이 있을 때 어땠어? 아, 생각하니 좀 역겹다."

나는 엘라의 호기심 어린 시선을 피하려 시선을 떨군다. "터틀 선생님과 아무 일도 없었어." 내가 조용히 말한다. "나는 분명히 아무 일도 없었다고 말했어."

"그으래." 엘라 목소리에 빈정거림이 묻어난다. "그럼 선생님은 왜 잘린 거야?"

"나도 몰라."

목이 메려 한다. 이 대화를 피하고 싶은 마음에 초콜릿 우유팩으로 관심을 기울여 본다. 뒷면에 재밌는 게 적혀 있네. 구름은 비옷 안에 무엇을 입고 있을까요?

"야, 뭐 어때." 엘라가 내게 윙크한다. "그냥 말해도 돼. 다 아는 일이잖아.”

나는 우유 팩을 들어 수수께끼의 답을 확인한다. 천둥속옷.

“선생님 나이가 너무 많지 않니.” 그렇게 말하는 엘라의 날카로운 목소리가 응응거리는 주위 소음을 뚫고 내 귀로 날아든다. “한 쉰 살은 넘어 보이잖아. 산타클로스 같은 몸집에! 네가 터틀 선생님이랑 그렇고 그랬다니 믿기지 않아. 솔직히, 어땠어?”

이제야 알겠다. 엘라는 친구가 되어주려는 게 아니다. 엘라는 내가 터틀 선생님과 평범한 관계 이상이었다는 소문이 역겹다고 말하면서도, 사실은 자기가 직접 들은 거라며 떠들고 다닐 수 있는 이야기가 궁금한 것이다. 그래, 내가 엘라와 친구가 되고 싶지 않았던 이유가 있었다.

“난 가볼게.” 내가 말한다.

나는 자리에서 일어나 쟁반을 집어 든다. 음식에 거의 손도 안 댔지만, 어차피 배가 그다지 고프지도 않다. 일어나지도 않은 일을 자꾸 캐묻는 엘라와 계속 마주 앉아 있을 생각은 없다.

쟁반의 내용물을 쓰레기통에 모두 쏟아버린 다음 테이블에 앉아 있는 엘라를 뒤로한다. 엘라는 나를 붙잡으려 하지도 않는다. 나는 엘라의 큭큭대는 웃음소리를 들으며 걸어간다.

식당에서 나가는 길에 켄지 테이블을 지나친다. 켄지는 친구들과 정신없이 대화하는 중이지만, 허드슨은 나를 처음부터 계속 지켜보고 있었던 것 같다. 그의 연푸른 눈동자가 내 눈과 아주 잠깐 마주치는가 싶었는데, 요즘 늘 그러듯 허드슨은 고개를 돌려버린다. 나와 다시는 말을 섞지 않겠다고 확고히 결정한 모양이다. 그날 일이 일어나지 않았더라면, 내가 터틀 선생님과 얽히는 일도 없었을 테고, 그러면 학교에서 따돌림을 당하지 않았을 거란 생각이 머릿속에 맴돈다.

나는 황급히 식당을 빠져나가 아무도 없는 도서관에 가만히 앉아 6교시가 시작하기를 기다린다.

05

이브

내 남편이 다른 여자와 있다.

여기는 교직원 식당이고, 네이트와 나는 늘 그렇듯이 서로 다른 테이블에 앉아 있다. 내가 케스햄에서 일을 시작했을 때 우리는 매일 점심을 같이 먹었다. 그러다가 네이트가 너무 많은 시간을 붙어 있으면 서로에게 질려버릴 거라는 말을 농담처럼 했고, 나는 말뜻을 알아차렸다. 지금 나는 셸비 옆에 앉아 그녀가 케이프 코드에서 보낸 멋진 여름휴가에 대해 이야기하는 걸 열심히 듣는 척하고 있다. 네이트는 두 테이블 떨어진 곳에 체육 선생님 에드 라이스와 오늘 부임했다는 신입 교사와 앉아 있다.

신입 교사는 대학을 갓 졸업한 티가 역력하다. 그녀 얼굴에는 내가 8년 동안 고등학교에서 수학을 가르치면서 잃어버린 생기가 감돈다. 앳되고 발랄한 모습이 예쁘네. 청바지와 티셔츠를 입으면 학생이라 해도 믿을 것 같다. 지금 그녀는 분홍색 블라우스와 갈색 스커트를 입고 내가 지난주에 대형마트에서 봤던 25달러짜리 갈색 통굽 구두를 신고 있다.

나는 인생 최고의 새우 요리를 맛봤다며 어느 식당 이야기를 신나게 늘어놓고 있는 셸비를 팔꿈치로 툭 쳐서 그녀의 말을 끊는다. "저기 누구야?"

셸비의 시선이 식당을 가로질러 내 남편의 환심을 사려고 열심인 젊은 여성에게 가닿는다. "이름이 헤일리일 거야. 새로 온…… 음…… 프랑스어 선생님이라던가?"

프랑스어 선생님이란 말이지. 어떤 일이 벌어질지 벌써부터 알 것 같네.

셸비가 눈을 가늘게 뜨고 나를 본다. "신경 쓰여서 그러는 거야? 뭘 걱정해. 네이트만큼 좋은 남편이 어디 있다고."

나도 그렇게 믿고 싶다. 네이트가 지난해 학교에 늦게까지 남아 있던 이유가 과제를 채점하거나 방과 후 활동을 감독하기 위해서였다고 믿고 싶다. 섹스는 한 달에 한 번이라는 규칙도 네이트의 성욕이 낮아져서라고 믿고 싶다.

"그러게." 내가 가까스로 대답한다. "네이트만 한 사람이 없지."

헤일리라는 예쁘장한 프랑스어 교사가 이제는 한 손을 내 남편 팔뚝에 올려놓는다. 그녀 눈을 뽑아버리고 싶다. 그나마 오랜 시간 싱글로 지낸 에드 라이스가 적극적으로 헤일리에게 대시하고 있어서 참는다. 하지만 두 남자 사이에서 헤일리의 선택은 분명해 보인다. 에드는 그녀보다 스무 살이나 많고 머리가 벗어지고 있으니 말이다.

내가 후회할 만한 짓을 하기 전에 다음 수업을 위한 종이 울려 천만다행이다.

평소에는 점심시간이 끝나면 네이트와 나는 식당을 빠져나가 각자 갈 길로 가버린다. 하지만 나는 오늘만큼은 구두 굽으로 바닥을 또각또각 울리며 네이트가 있는 쪽으로 걸어간다. 그리고 네이트의 팔을 꽉 잡는다. 조금 전까지 헤일리가 손을 올리고 있던 자리다.

"자기야," 내가 말한다. "개학 첫날 잘 보내고 있어?"

학교 안에서 내가 말을 걸었다는 사실에 깜짝 놀란 네이트가 눈을 껌뻑이며 나를 본다. 하지만 그는 얼른 미소로 답한다. "응, 순조로워. 당신은?"

"나도 지금까지는 좋아."

"잘됐군."

네이트가 자기에게 온 이유를 묻는 듯 눈썹을 추켜올린다. 나는 헤일리가 우리를 지켜보고 있는지 모르겠지만 보고 있으리라 생각하며 손을 뻗어 네이트의 갈색 넥타이를 잡고 그를 내 쪽으로 끌어당긴다. 내가 고양이라면 그에게 오줌을 싸놓겠지만, 나는 인간이니까 하루 세 번 하는 평상시 키스보다 더 진한 키스를 보란 듯이 그의 입술에 남긴다.

네이트가 깜짝 놀란 듯하다. 늘 그렇듯 그가 입술을 먼저 떼더니, 검지로 아랫입술을 슥 닦으며 이렇게 말한다. "으음, 아주 멋진 작별 인사였어."

네이트는 미소를 짓고 있지만, 그의 아내로 살아온 시간이 있는지라 나는 진짜 미소가 아님을 알아본다. 하지만 헤일리는 알 턱이 없다.

수업 시작을 알리는 종을 2분 남기고 3층에 있는 내 교실에 도착한다. 교실에 먼저 도착한 학생들이 앉고 싶은 자리 아무 데나 앉아 있다. 내가 다시 자리를 정해줘야 할 것이다. 십 대들을 친구들과 떼어놓지 않으면 그들의 관심을 집중시킬 수 없음을 익히 잘 알고 있다.

교실로 막 들어가려는데 한 학생이 내 앞을 가로막는다. 지난 학년 내내 내 수업을 들었던 재스민 오웬스다. 두 학기 모두 A+를 받았다. 새 학년 첫날을 맞아 멋진 블라우스와 청바지를 입고, 자주 신고 다니던 운동화 대신 앞코에 꽃장식이 달린 샌들을 신었다.

"이브 선생님," 재스민이 말한다. "갑자기 죄송해요. 수업에 들어가기 전에 선생님을 뵙고 싶었어요."

"무슨 일이니, 재스민?"

재스민이 초조하게 미소를 지어 보인다. "대학 지원서를 준비하고 있는데요. 선생님께서 제 추천서를 써주실 수 있을까 해서요." 그러더니 대답할 틈도 주지 않고 덧붙인다. "제가 제일 좋아하는 선생님이세요. 진짜, 처음으로요. 제가 교육학을 전공할 생각이거든요. 그런 다음 수학 교사가 되려고요. 선생님처럼요."

내 뺨이 기쁨으로 붉어지면서, 교직원 식당에서 느꼈던 화가 조금 가라앉는다. 재스민은 뛰어난 학생이었기에 대학 지원서를 벌써 준비한다는 얘기가 놀랍지 않다. 내가 한 학생의 삶에 영향을 미쳤다는 말을 들으니 기분이 좋다. 이따금 내가 아이들에게 도무지 좋아할 수도 없고, 솔직히 말하면 앞으로 쓸 일도 없을 것 같은 과목을 가르치는 것은 아닌가 하는 기분이 들기도 한다. 사인 함수와 코사인 함수가 일상생활에서 유용함을 보여주는 게 어려운 건 사실이니까.

"물론이지." 내가 말한다. "나한테 이메일 보내렴. 세부 내용을 어떻게 할지 얘기해보자. 내가 도와줄 수 있는 일이 또 있으면 언제든 와서 말해."

이제는 재스민의 뺨도 분홍빛으로 붉어진다. "감사합니다, 이브 선생님. 정말 감사해요."

그 짧은 대화에서 필요한 활력을 얻은 덕분에 학생들이 다른 자리로 배정받는 것 때문에 투덜거리는 순간에도 나는 꿋꿋이 견뎌낸다. 네이트는 학생들이 원하는 곳에 마음대로 앉게 둔다는데, 그거야 학생들이 자석 같은 그의 매력에 빠져 전부 넋이 나가 있을 테니 그렇게 해도 될 것이다. 내겐 그런 재능이 없지만, 그래도 내가 좋은 교사라는 믿음에는 흔들림이 없다.

알파벳 순서가 끝에 가까워질 즈음, 몇 주 전 학생 명단을 받은 이후 전전긍긍했던 이름 하나가 내 눈 앞에 나타난다. 나는 "애들린 세버슨."이라고 크게 부른다.

키가 평균 정도 되는 한 여학생이 순서대로 다음 빈자리에 앉으려고 앞으로 걸어 나온다. 애들린 세버슨은 내가 지금까지 본 학생 중 단연코 가장 평범하다. 군중 속에 섞이면 쉽게 눈에 띄지도 않을 외모다. 머리는 갈색 종이봉투 같은 색이고, 얼굴에는 있을 건 다 있지만 아무런 특징이 없다. 노력하면 예뻐질 수도 있겠지만, 노력할 생각이 아예 없는 듯하다. 나는 그 아이가 책상에 앉아 공손하게 두 손을 모아 잡는 모습을 지켜본다. 이름이 애들린 세버슨만 아니었다면, 내게 골칫거리가 되었을 거란 생각을 단 한 순간도 하지 않았을 것이다.

"애디예요." 애들린이 말한다.

나는 눈을 동그랗게 뜬다.

애들린이 엄지손톱을 깨물며 말한다. "애디라고 불러주시면 좋겠어요."

나는 메모를 남기지만, 사실 사람들이 그 아이를 애디라고 부른다는 것을 알고 있다. 아트 선생님도 애들린을 그렇게 불렀다. "이브 선생, 난 그저 애디에게 친절하게 대한 것뿐이야. 가엾게도 애디가 불과 몇 달 전에 아버지를 잃었거든. 난 조금도……."

애디가 내 수업에 들어오지 않기를 바랐다. 나는 아트 선생님처럼 훌륭한 분을 알고 지낸다는 것이 자랑스러웠다. 학생 한 명 한 명을 진심으로 아꼈던 헌신적인 분. 선생님이 그런 성품이 아니었다면 애초에 곤경에 빠지지도 않았을 것이다. 그런데 이 아이 때문에 아트 선생님의 삶은 망가지고 말았다.

하지만 내가 마음을 조금만 가라앉히고 생각했다면, 애디 세버슨이 내 수업에 들어온다는 사실은 전혀 중요하지 않다는 걸 깨달았을 것이다. 내가 진짜로 걱정해야 하는 문제는 따로 있었다.

애디가 내 남편 수업을 들을지도 모른다는 것이다.

06

애디

개학 첫날인 오늘 하루는 나쁘지 않게 흘러간다. 수업만 생각하면 그렇다. 선생님들이 올해 수업이 어떻게 진행될지 알려주는 정도니까. 앞으로 주말 과제를 내줄지, 시험은 학기 동안 범위를 나눠 여러 번 볼지, 아니면 학기 말에 한 번 볼지, 그런 내용이 대부분이다.

게다가 집에서 해야 할 과제도 그렇게 많지 않다. '500단어로 자기 소개하기' 같은 간단한 한두 가지다. 그 정도는 거실 소파에 앉아 입으로는 과자를 먹고, 눈으로는 텔레비전을 보면서도 다 끝낼 수 있다.

오늘 마지막 수업은 영어다. 내가 제일 잘하는 과목이다. 사실 나는 시인이 되고 싶다. 비웃지 말기를. 요즘 시대에 시인은 사람들이 가질 수 있는 현실적인 직업이 아니란 건 나도 아니까. 아마도 엄마처럼 간호사가 되지 않을까 싶다. 올해 나의 영어 선생님은 모두가 좋아하는 네이트 선생님이다. 주로 여학생들이 정말 잘생겼다는 이유로 네이트 선생님을 아주 좋아하는데, 나는 엘라가 넌지시 던진 말과는 달리 외모에 별로 관심이 없다.

이브 선생님은 학생들 성姓에 따라 자리를 정해줬는데, 네이트 선생님은 자유롭게 앉도록 한다. 아이들 대부분은 친구들끼리 앉으려고 하지만, 누가 봐도 친구가 없는 나는 두 번째 줄 창가 자리에 앉기로 한다. 영어 시간에는 영감을 주는 창문 자리에 앉는 게 좋다.

학교 종이 울리는데, 갑자기 내 의자가 덜커덕 흔들린다. 누군가 내가 앉은 의자 다리 하나를 걸어찼다는 걸 깨닫는다. 고개를 들고 보니 켄지와 그 일당인 벨라가 나를 내려다보고 있다.

"여기 내 자리야." 켄지가 말한다.

나는 켄지를 멍하니 바라본다. "어, 하지만…… 오늘은 첫날이고, 여기에 아무도 안 앉아 있어서……."

짙은 마스카라를 칠한 켄지의 새파란 눈이 나를 노려본다. "내가 항상 앉는 자리거든."

도대체 이게 무슨 말이람? 오늘은 새 학년 첫날이고, 우리는 말 그대로 '방금' 교실에 왔다. 어떻게 이 자리에 항상 앉는다는 거지?

"어……." 내가 한 번 더 말한다. "하지만 오늘은……."

"귀가 안 들려?" 벨라가 내게 쏘아붙인다. "여기가 켄지 자리라고 하잖아. 일어나."

교실을 둘러본다. 좋은 자리에는 이미 누군가 다 앉아 있다. 내 옆자리는 나와 같이 앉으려는 사람이 아무도 없어서 아직 비어 있다. 아, 켄지가 내 자리에 앉으면 벨라가 옆에 앉겠구나.

이미 나한테 일어나고 있는 일들을 생각하면, 켄지 몽고메리에게서 미움을 사는 일까지는 정말 피하고 싶다. 그래서 나는 가방을 챙겨 들고 남아 있는 빈자리 중 하나로 걸어간다. 맨 앞줄에 있는 자리다. 이래서는 마치 네이트 선생님 무릎에 앉는 것 같잖아. 하아, 이렇게 완벽할 수가.

네이트 선생님은 선생님 책상 뒤에서 출석부를 보고 있다. 책상 위에 책이 한 권 올려져 있는데, 책등을 살짝 보니 내가 세상에서 가장 좋아하는 시인 에드거 앨런 포의 시집이다. 덕분에 오늘 유일하게 내 마음이 밝아진다.

수업 시작을 알리는 종이 울리자 네이트 선생님이 출석부에서 눈을 든다. 선생님 얼굴에 주름과 함께 미소가 번지는데, 선생님의 입꼬리가 올라가는 순간 내 몸에 전기가 찌릿하고 통한다. 복도에서 네이트 선생님을 여러 번 봤지만, 지금 이 순간 선생님의 미소를 코앞에서 보니 선생님이 정말 아찔할 정도로 잘생겼다는 걸 비로소 깨닫는다. 설명을 잘 못 하겠는데, 얼굴은 거친 남자 같으면서도 눈이 반짝거리는 게, 대박.

어쩐지 영어 시간에 맨 앞줄에 앉는 건 그렇게 나쁜 일이 아닐 것 같다.

물론 네이트 선생님은 나이가 아주 많다. 삼십 대 중반, 아니면 후반이다. 게다가 '개학 첫날' 숙제를 내주는(그건 진짜 아니지……) 여선생님과 결혼한 몸이다. 그런데도 선생님의 매력을 부인할 수가 없다. 이 수업 시간은 '결단코' 고통스럽지 않을 것이다.

터틀 선생님은 잘생긴 분이 아니었다. 매력적인 외모라고 말하는 사람도 없을 거다. 나이는 네이트 선생님보다도 많고, 배도 벨트 위로 불룩하게 튀어나왔다. 하지만 터틀 선생님은 외모로 인정받는 분이 아니었으니까.

"여러분, 안녕." 네이트 선생님이 의자에서 일어나 책상을 돌아 앞으로 걸어 나오더니 책상에 걸터앉는다. "11학년 영어 수업으로 만나게 되어 반갑다. 혹시 수업을 잘못 찾아온 학생이 있다면, 아무 말 하지 않을 테니 얼른 퇴실하도록."

아무도 나가지 않는다. 잘못 찾아온 학생이 있다고 해도 그냥 여기 있고 싶을 것 같다.

"좋아." 네이트 선생님이 다섯 손가락으로 오른쪽 허벅지를 두드린다. "그럼 본격적으로 시작하자. 한 해 동안 운문에 중점을 두고 수업을 할 거야. 시를 굉장히 많이 읽을 거라서 여러분들이 꿈속에서도 읊게 될지 몰라."

네이트 선생님이 손으로 오른쪽 무릎을 문지르는데, 선생님 바지의 무릎 부위가 살짝 해져 있는 게 눈에 들어온다. 선생님이 돈을 얼마나 버는지 궁금하다. 그러고 보니 선생님이 입은 옷 중에는 새것도 비싼 것도 없다.

아까 이브 선생님은 엄청나게 비싸 보이는 신발을 신고 있었다. 신발에 대해 잘 알지는 못하지만, 우리 엄마가 그런 신발을 한 켤레 가지고 있다. 나한테 절대 못 신어보게 하는데, 그 이유가 가격이 아주 비싸고 내가 망가뜨릴 것 같아서다. 인정하긴 싫지만 엄마가 맞을 것 같다.

"지금부터," 네이트 선생님이 말한다. "한 명씩 돌아가면서 좋아하는 시를 말해보자. 단, 정말 좋아하는 시가 있는 사람만 말하는 거다. 나한테 잘 보이려고 급조하지 말도록. 난 다 알아볼 수 있어."

몇몇이 손을 번쩍 든다. 솔직히 네이트 선생님에게 잘 보이고 싶지 않은 사람이 있을까. 특히나 여자애들 말이다. 네이트 선생님이 미소를 지으며 쳐다볼 때마다 하나같이 킥킥거린다.

열 명 조금 넘는 학생이 마이아 앤절로, 에밀리 디킨슨, 쉘 실버스타인 같은 유명 시인들을 언급하며 좋아하는 시를 말한다. 그 후 네이트 선생님의 눈길이 나를 향한다. 나는 손을 들지도 않았는데. 사실 오늘 한 번도 손을 들지 않았다. 올해는 투명 인간처럼 지낼 생각이다. 그런데 네이트 선생님이 "애들린?" 하고 내 이름을 부른다.

나는 사람들이 나를 정식 이름으로 부르는 게 싫다. 괜스레 혼나는 기분이 든다. 그래서 선생님에게 "애디예요."라고 알려준다.

"그렇구나." 선생님이 고개를 끄덕인다. "그럼, 애디? 너는 가장 좋아하는 시가 있니?"

"〈애너벨 리Annabel Lee〉요." 나는 망설임 없이 대답한다. 선생님 책상 위에 있는 시집에 실린 시라는 걸 알지만, 그래서 말한

게 아니었다. 원래부터 나의 최애였다. 아름답고, 애처롭고, 그러면서도 로맨틱하다. 한 자도 빠짐없이 다 외우고 있다.

"아, 위대한 포의 애호가가 여기 또 있었군!" 네이트 선생님이 진심으로 기뻐하는 것 같다. "나는 개인적으로 〈갈까마귀The Raven〉를 제일 좋아한단다. 〈애너벨 리〉에는 포의 애처로움이 아주 잘 나타난 구절들이 있지." 선생님이 나를 보며 환하게 미소 짓자 눈가에 잔주름이 진다. "그래서 나는 밤이 지새도록 내 사랑, 내 목숨, 내 신부, 바로 내 사랑 곁에 누워 있네. 바닷가 그녀 무덤에서, 파도 소리 들리는 그녀 무덤에서.'"

전율이 내 몸을 훑고 지나간다. 시의 한 장면이 눈앞에 펼쳐진 것 같다.

네이트 선생님의 갈색 눈동자가 내 얼굴에 고정된다. 마치 여기에 있는 사람이 나뿐인 것처럼. "애디, 시의 내용에 대해 아니?"

"어릴 때 사랑했던 소녀에 관한 내용이에요." 내가 말한다. "세상을 떠난 어린 시절의 연인이요. 어디서 읽었는데 포가 누구에게 영감을 받아 이 시를 쓰게 되었는지는 정확히 알려진 바가 없대요."

"수업 시간에 이 시에 대해서 아주 자세히 이야기할 거야." 네이트 선생님이 말한다. "포가 'L' 소리를 좋아했다는 얘기도 해야지. 애너벨 '리', '레'노어Lenore, 율'랄리'Eulalie, 그리고……" 네이트 선생님이 내게 윙크한다. "애들'린'Adeline."

그 순간, 학생 모두가 나를 싫어한다 해도 상관없어진다. 식당에서 나와 같이 앉으려는 사람이 없어도 상관없다. 개학 첫날부터 수학 숙제가 잔뜩 나와도 괜찮다. 왜냐하면 영어 선생님도 나처럼 포를 사랑하기 때문이다.

그리고 네이트 선생님이 나한테 윙크했으니까.

07

이브

네이트는 오늘도 어김없이 학교에 늦게까지 남아 있다. 그는 학교 신문 지도 교사이자 1년에 두 번 발행되는 시 잡지도 맡아서 늘 무언가를 바쁘게 하고 있다. 나는 체스 클럽 담당이지만 모임에 함께 있을 필요는 없다는 말을 들은 이후로 특별한 일이 있지 않은 한 가지 않는다. 수업이 끝난 후 욱신거리는 머리로, 십 대들이 체스판 위에서 룩과 나이트를 움직이는 걸 지켜보고 싶은 마음은 추호도 없다.

오늘 아침 네이트와 차를 같이 타고 학교에 온 탓에 나는 셸비에게 집까지 태워다달라고 부탁한다. 우리 집 현관문 앞에 내리고 보니 오후 3시 30분밖에 되지 않았다. 보통 때라면 과제 더미에 파묻혀 있을 시간이지만 오늘은 개학 첫날이라 딱히 할 일이 없다. 잠자리에 들기 전 한잔 가득 따라 즐기는 와인을 마시기에도 너무 이른 시간이다.

나는 내 기아 차에 올라탄 다음 목적지도 정하지 않은 채 일단 워싱턴 스트리트를 따라 달린다. 매사추세츠주에 있는 모든 도시에는 워싱턴 스트리트와 리버티 스트리트가 있고, 가끔가다 매사추세츠 스트리트도 있다. 거리 이름을 누가 붙였는지는 몰라도 그리 창의적이지는 않았던 모양이다.

차를 계속 몰아 케스햄 서쪽 경계에 있는 쇼핑몰에 이르고 보니 주차장에 차가 넘쳐난다. 과제가 밀려들기 전 자유로운 오후를 마지막으로 즐기려는 십 대들도 많이 보인다. 아이들이 출입문을 통해 쇼핑몰 안으로 들어가는 광경에 나는 망설여진다. 학교 밖에서 학생들과 마주칠 때마다 아이들의 당혹감이 내게 고스란히 전해지기 때문이다. 대수롭지 않게 넘기려 애써봐도, 어느새 나까지 당혹스러워진다고나 할까.

핸들을 붙잡은 채 차 안에 잠시 앉아 있는다. 네이트는 지금 뭘 하고 있을까. 그라면 쇼핑몰에서 학생들을 마주친다는 생각에 스트레스를 받지 않을 텐데. 지금쯤 네이트는 학교 신문의 새 편집장인 브라이스 에번스와 이야기를 나누고 있을 거다. 브라이스는 작년에 내 수업을 들었는데, A+를 받은 똑똑한 학생이었다. 과제를 놓친 적이 한 번도 없었다. 아이비리그가 딱 어울리는 아이다.

나는 열까지 센 다음 다시 열부터 거꾸로 센다. 이걸 세 번 반복하고 나니 어깨가 한결 편안해진다.

하늘색 가방을 들고 차에서 내린다. 너무 커서 내 척추를 휘어지게 만들 거라고 네이트가 항상 놀려대는 가방이다. 하지만 오늘은 거의 비었으니 내 척추는 괜찮을 것이다.

자동문을 지나 쇼핑몰 안으로 걸어 들어가자마자 프레첼 가게에서 퍼져 나온 시나몬 설탕 냄새가 코에 훅 끼친다. 한입 크기로 자른 프레첼 조각을 큰 컵 가득 채워 먹으면 좋으련만. 내가 고등학생이었다면 당장 그렇게 했을 텐데. 하지만 신진대사가 예전 같지 않아서, 나는 숨을 참고 프레첼 가게와 고디바 초콜릿 매장을 연달아 지나간다. 초콜릿 입힌 딸기를 먹고 싶지만 역시나 참을 생각이다.

계속 걷다가 '풋시'라는 매장에 이른다.

잠시 매장 앞에 멈춰 선다. 쇼윈도 안, 크리스찬 루부탱 펌프스와 부츠 사이로 매끄러운 블랙 페이턴트 가죽에 금색 굽이 돋보이는 구두 한 켤레가 보인다. 시선이 내가 지금 신고 있는 지미추로 내려간다. 네이트에게 했던 말과 달리 2주 전에 새로 산 신발이다. 신용카드 명세서를 보면 어차피 네이트도 알게 될 것이다.

나는 하이힐을 정말 좋아한다. 키가 157센티미터로 조금 작은 축에 속하지만, 학생들보다 작은 건 싫다. 8센티미터 힐을 신으면 자신감도 올라가고, 177센티미터인 남편을 올려다보기 위해 고개를 너무 많이 들지 않아도 돼서 좋다.

사실 이번에 산 지미추만 그렇지 평소에는 나 자신을 잘 자제해왔다. 약간 과장하자면, 나는 세상 모든 온라인 쇼핑몰 장바구니에 신발들을 넣어두었는데, 그래도 여기서 중요한 점은 구매까지는 가지 않았다는 점이다. 장바구니에 넣어두기만 하고 결제는 하지 않는다. 그러니 가끔은 이런 나에게 한턱내도 되지 않을까?

고급스러운 분위기에 매장도 꽤 넓었지만, '풋시'를 지키는 건 계산대 뒤에서 핸드폰만 들여다보는 앳된 여직원뿐이다. 쇼핑몰은 온통 십 대들로 북적여도 이곳만큼은 한산하다. 닥터마틴이나 아이들이 좋아할 만한 운동화는 애초에 취급하지 않는, 나 같은 '나이 든 사람'들을 위한 공간이기 때문이다.

계산대에 있는 여직원이 나를 도와줄 생각이 전혀 없는 것 같아서 나는 혼자 매장을 둘러본다. 매장 안의 진열대에서 크리스찬 루부탱 펌프스를 찾아 신발 안쪽을 확인해보니 마침 내 사이즈인 7이다.

옆에 있는 벤치에 앉아 한번 신어보기로 한다. 오늘 아침부터 신고 있던 신발을 벗은 다음 스타킹 신은 발을 새 펌프스 안으로 천천히 밀어 넣는다. 신발이 발에 완벽하게 맞는 게 꼭 신데렐라가 된 것 같다. 발꿈치를 조이거나 발가락을 짓누르지도 않는다. 온종일 신고 있어도 괜찮겠다.

이 정도면 꽤 합리적인 구매일 것 같은데 말이지.

아니면 또 어때? 여름 내내 일했으니, 날 위한 선물 하나 정도는 사도 되지 않나. 신발을 살 때마다 느껴지는 묘한 흥분감이 있다. 어떤 순간을 제일 좋아하는지는 잘 모르겠다. 신발을 들고 계산대로 걸어가는 동안 느끼는 설렘일 수도 있고, 직원이 결제를 진행하는 동안 신발이 곧 내 것이 될 거라는 기대감일 수도 있다. 아니면 내 옷장 안 다른 신발들 옆에 새 신발을 나란히 놓는 순간이거나. 아니면 두말할 것도 없이 처음으로 새 신발을 신고 외출하는 순간이거나. 남편에 비해 내 외모는 평범할지 모르지만, 이 신발을 신는 순간 나는 비로소 화려한 주인공이 된다. 마치 아름다운 너새니얼 베넷과 결혼해도 될 만큼 나 역시 매력적인 사람이라는 확신을 주는 것만 같다.

하지만 펌프스를 뒤집어 가격표를 보는 순간, 네이트가 '절대' 찬성하지 않을 거란 생각이 든다.

솟구치던 도파민이 싹 사라진다. 내가 아무리 원해도 이 신발은 결코 내 것이 될 수 없겠구나. 신용카드 명세서가 날아왔을 때 남편의 눈치를 볼 일이 없다고 해도, 신발 한 켤레에 이렇게 많은 돈을 쓰는 건 도저히 정당화할 수 없을 것 같다. 내 발을 내려다보는데 슬픔이 밀려온다. 갖고 싶다.

정말 너무나도.

슬쩍 여직원 쪽을 보니 여전히 계산대에 있다. 신발을 사려는 나이가 지긋한 부인을 상대하는 데에 정신이 쏠려 있다. 노부인이 가방을 뒤적이며 지갑을 찾는다. 보나 마나 개인 수표로 계산할 것이다. 그 말은 결제가 금방 끝나지 않을 거라는 뜻이다.

그리고 나의 커다란 가방은 텅텅 비어 있다.

다음 순간 내 손이 크리스찬 루부탱을 하늘색 가방 안으로 슬며시 집어넣는다. 어쩜 이렇게나 가방 안에 딱 들어가는지 마치 거기에 들어가야 할 운명이었던 것 같다. 지퍼를 잠그고 나니 가방 안에 뭐가 들어 있는지도 모르겠다. 게다가 이 매장의 신발 대부분에는 매장 밖으로 가지고 나갈 때 알람을 울리게 할 만한 것이 달려 있지 않다. 즉 도난 방지 태그가 없다.

나는 일어선다. 하지만 다리가 후들거려 주저앉고 만다. 내가 지금 뭘 하려는 거지? 정말로 신발을 '훔치려는' 건가? 이런 일은 해본 적도 없는데 말이다.

아니, 한동안 하지 않았지.

들킬 염려는 없을 것이다. 내가 여기에 있는 내내 직원은 내 쪽으로 눈길을 주지도 않았고, 노부인이 값을 지불하고 나면 직원은 다시 휴대폰을 들여다볼 것이다. 나는 여기서 곧장 걸어 나가기만 하면 된다. 여직원은 아무것도 모를 것이다. 보안카메라도 보이지 않는다.

정말 해볼까?

그냥 하지 뭐.

다리가 여전히 후들거리지만 이번에는 몸을 일으키는 데에 성공한다. 떨리는 손으로 축 처진 진흙빛 갈색 머리카락 한 가닥을 귀 뒤로 넘긴다. 노부인이 신발 상자가 든 봉투를 주름이 자글자글한 오른손에 움켜쥐고 출입구가 있는 방향으로 발을 끌며 천천히 걸어가는 중이다. 나도 노부인을 따라 출입구로 향한다. 뒤를 힐끗 보니 역시나 여직원은 휴대폰을 보고 있다. 그녀는 내가 신발을 들고 나가는 걸 절대 눈치채지 못할 테고, 나는 무사히 빠져나갈 것이고, 네이트가 신용카드 명세서에 대해 불평하는 일 따위는 없을 것이다.

그런데 내가 막 자축하려는 순간, 알람이 요란하게 울리기 시작한다.

08

애디

엄마 말대로 학교가 끝나자마자 바로 집으로 간다.

자전거가 없어서 스쿨버스를 타고 가기로 한다. 걸어가기에는 좀 멀고, 가뜩이나 책가방이 무겁다. 스쿨버스에 타는 아이들은 대부분 나보다 어리다. 11학년과 12학년 중에는 차를 가지고 다니는 아이들이 많아서다. 나는 이번 여름에 열여섯 살이 되었고 연습 면허도 받았는데, 엄마는 내가 운전 수업을 받을 준비가 안 되었다고 독단적으로 판단해버렸다. 내가 그렇게 애원했는데. 그래도 엄마를 설득해서 주차장에서 몇 번 운전을 해보긴 했다. 그거라도 하게 해줘서 다행이지.

허드슨은 차가 있다. 허드슨은 거의 10개월 전, 그러니까 우리 사이가 아직 괜찮았던 때 열여섯 살이 되었는데, 하루빨리 연습 면허를 받은 다음 운전 시험을 통과하고 미성년자 면허증을 따고 싶어 했다. 허드슨이 세우는 계획에는 언제나처럼 나도 들어가 있었다. "애디, 매일 아침 너희 집으로 가서 너를 태우고 학교로 갈 거야."

허드슨이 산 차는 고물상에서 부품을 하나하나 모아놓은 것 같았다. 여름 방학이나 방과 후에 알바를 해서 모은 돈으로 샀을 거다. 그런 차에 허드슨의 새 여자친구 켄지는 거리낌 없이 잘만 탄다.

내가 현관에 도착해 가방에서 열쇠를 꺼내려는데, 엄마가 문을 활짝 열어젖힌다. 집 앞을 지켜보면서 내가 돌아오기를 기다리고 있었던 게 분명하다. 회색 요가 바지 차림에 새치가 늘어난 머리는 포니테일로 묶었는데도 부스스하다.

"학교는 어땠어?" 엄마는 내가 집 안으로 들어갈 틈도 주지 않고 묻는다.

"좋았어요." 내가 말한다. "최고로 좋은 날이었어요."

"장난치지 말고."

나는 현관문 옆 바닥에 가방을 털썩 내려놓는다. 숙제가 있어서 방으로 가지고 올라가긴 해야 한다. 네이트 선생님과 이브 선생님 두 분 다 숙제를 내주셨다. 왠지 영어 숙제는 재밌을 것 같다. 여름 방학 동안 있었던 일을 운문 형식으로 써가는 과제다.

엄마는 그렇게 하면 내가 싫어한다는 걸 알면서도 두 손을 비비며 내 주위를 서성인다. "친구는 좀 사귀었어?"

나는 끄응 소리를 낸다. "아뇨."

"허드슨은?"

나는 고개를 가로젓기만 한다.

"너희 둘 사이가 어쩌다 이렇게 되었는지 모르겠네." 엄마가 요가 바지를 잡아당긴다. 좀 꽉 끼어 보이긴 한다. "참 괜찮은 아이인데 말이야. 둘이 그렇게 딱 붙어 다닐 때는 언제고."

"나도 몰라요."

"허드슨 엄마한테 전화해볼까?"

나는 다시 끄응 소리를 낸다. 엄마가 얀코프스키 아줌마에게 전화하는 일은 제발 없기를. 아줌마가 아저씨보다 영어를 약간 더 잘 하긴 하지만 그래도 유창하지 않은 건 마찬가지다. 더구나 나는 허드슨이 나와 말을 하지 않는 이유를 정확히 알고 있다. 하지만 엄마는 절대로 알아내면 안 된다.

"안 해도 돼요." 내가 말한다. "걔 안 그래도 풋볼하느라 바빠요."

다행히도 엄마가 그냥 넘어간다. 내가 바라던 바다. 몇 년 전만 해도 엄마와 나는 꽤 편안한 사이였다. 대신 그때는 아빠가 시한폭탄 같은 존재였다. 술만 마시면 아주 사소한 일에도 불같이 화를 내며 폭발하곤 했으니까. 아빠가 떠난 지금, 엄마는 나에 대한 걱정을 한시도 내려놓지 못하는 사람이 되어버렸다. 그래도 아빠처럼 술에 의지하지 않는 게 그나마 다행이랄까.

그래, 엄마는 술을 마시지 않는다. 절대 마시지 않을 거다.

엄마가 눈썹을 추켜올린다. "터틀 선생님은 오셨어?"

"아뇨." 나는 시선을 떨군다. "선생님은 어, 해고인지 사임인지…… 아무튼 그렇대요. 이제 학교에 안 와요."

"그렇구나."

엄마가 눈에 띄게 안도한다. 나와 수학 선생님 사이에는 아무 일도 없었다고 했지만 엄마도 다른 사람들처럼 내 말을 전혀 믿지 않았다. 내 말이 자꾸 바뀌는 바람에 사람들이 의심을 거두지 못한 탓도 있지만.

엄마가 그 일에 대해 다시 물어보고 싶다는 표정을 짓는다. 제발. 엄마가 물으면 나 진짜 소리 지를 거다. 그 이야기는 다시 하고 싶지 않다. 엄마에게 사실대로 말했고, 교장 선생님에게도 사실대로 말했고. 경찰한테도 말해야 할 것은 다 말했다.

뭐, 전부 다는 아니지만.

내가 그렇게 바보는 아니라고.

09

이브

신발 매장에서 알람이 울리고 있다. 매장 전체가 떠나가는 듯하다. 이러다가는 쇼핑몰 안에 있는 사람들 전부 들을 판이다.

맙소사, 신발을 가방에 넣는 게 아니었다. 대체 무슨 생각을 했던 걸까? 이미 신발은 충분히 많다. 불과 2주 전에 한 켤레를 샀는데. 내 욕심이 지나쳤다. 너무 갖고 싶다는 마음에 그만……

내가 대체 왜 이러는 걸까? 병이 들었나. 네이트 말마따나 나한테 무슨 문제가 있나.

경비원이 매장 쪽으로 천천히 뛰어오고 있다. 가게 절도범에 대한 처벌 규정이 어떻게 되는지는 모르겠지만, 좋은 상황은 아닐 거다. 절도 혐의가 적용되면 내 일자리에 어떤 영향을 미칠지 모르겠다. 해고를 당할 수도 있다.

네이트는 뭐라고 할까? 내게 무척 실망하겠지. 나는 그의 얼굴을 쳐다보지도 못하겠지.

귓가에 심장 뛰는 소리가 울리고, 나는 가방을 가슴 쪽으로 당겨 안는다. 다음 순간, 출입문 쪽으로 서둘러 오던 여직원이 내게는 눈길 한 번 주지 않고 그대로 나를 지나친다.

나는 퍼뜩 정신이 든다. 그러고 보니 나는 아직 출입문을 지나가지 않았다. 출입문을 지나간 사람은 방금 신발을 산 노부인이다.

"정말 죄송해요!" 여직원이 외친다. "제가 손님 신발에서 도난 방지 라벨 제거하는 걸 깜빡했어요!" 직원이 경비원에게 미안한 표정을 지어 보인다. "제 실수예요. 손님은 신발값을 지불하셨어요."

여직원이 영문을 몰라 멍하니 있는 노부인을 계산대로 데려가 도난 방지 라벨을 제거하는 동안 나는 바들바들 떨리는 몸으로 매장 구석에 잠시 서 있는다. 신발에 도난 방지 라벨이 붙어 있다는 사실을 몰랐다. 만약 내가 먼저 출입구를 지나갔다면 알람이 울려 경비원이 내 가방에 든 신발을 발견했을 것이다.

십년감수했다.

직원이 바쁜 틈을 타 나는 가방에서 신발을 꺼내 제자리에 돌려놓는다. 다시 생각해도 아찔하다. 이까짓 신발 한 켤레 때문에 하마터면 내 인생을 완전히 망칠 뻔했다. 어쩌자고 그렇게 위험한 짓을 하려 했을까.

집에 무사히 도착하려고 운전에 온 정신을 집중한다. 내 몸 전체가 붕 떠 있는 기분이지만, 기분 좋은 들뜸이 아니다. 어리석은 일을 시도했던 나 자신이 한심하기 그지없다. 이런 걸 보면 시간이 흘렀어도 나는 변한 게 하나도 없구나 싶다. 나도 이제 어른이라고 당당하게 말하고 싶지만 이렇게나 자주 열다섯 살처럼 느껴지는데 어른이라 할 수 있을까?

집에 도착해 진입로에 네이트 차가 있는 걸 보니 마음이 놓인다. 오늘은 그가 언제 집으로 올지 마냥 기다리지 않아도 된다. 집 안으로 들어가니 부엌에서 토마토소스 냄새가 솔솔 풍긴다. 남편이 저녁 준비를 하고 있다.

나는 습관대로 옷걸이에 가방을 건 다음 부엌으로 향한다. 네이트가 가스레인지 앞에 서서 푸른색 와이셔츠 소매를 걷어 올린 채 냄비 속 내용물을 젓고 있다. 네이트에게 가게에서 물건을 훔치다가 걸렸다고 말하는 내 모습을 잠시 그려본다. 상상에 그쳐서 얼마나 다행인지.

네이트가 내 시선을 느꼈는지 고개를 들더니 나를 보고 미소 짓는다. 저 사람의 웃는 얼굴은 참 멋지다. 오랜 시간을 봐왔지만, 여전히 그렇게 생각한다. 또 봐도 참 멋지네. 누군들 안 그럴까?

"내가 먼저 저녁 준비하고 있었어." 네이트가 말한다. "섭섭한 거 아니지?"

"전혀." 내가 말한다. "오히려 좋은데. 자기는 배려를 잘 해주는 사람이야." 내 미소는 네이트만큼 큰 효과를 주지 않는다는 걸 알지만 나도 네이트에게 미소를 보낸다. "나는 정말 최고의 남편을 뒀어."

네이트가 웃으며 다시 토마토소스 냄비로 눈을 돌린다. "그렇게 생각해 주니 기쁘네.”

내 몸이 뜨거워진다. 비싼 구두를 훔치려다가 걸릴 뻔했던 일로 뿜어져 나온 아드레날린 때문인지 갑자기 네이트를 탐하고 싶다. 첫 번째 토요일이 아니어도 상관없다. 지금 당장 네이트를 원한다.

나는 남편 뒤로 다가가 그의 단단한 가슴에 팔을 부드럽게 두른다. 그의 목 뒤에 입술을 살짝 갖다 댄다. “네이트…….”

네이트가 또 웃는다. “이브, 뭐하는 거야? 나 지금 저녁 만들고 있어.”

“온종일 자기 생각했어.” 내 손이 아래로 내려가자 그의 몸이 뻣뻣해진다. “저녁 준비는 잠깐 쉬었다가 해도 되잖아…….”

네이트가 조심스럽게 내 품에서 빠져나간다. 나는 뚜렷한 데자뷔를 느낀다. “나 배고파. 저녁 먼저 먹자, 어때?”

“알았어.” 나는 그에게 팔을 다시 두르는 대신 가까이 다가가 그의 어깨 위에 손을 올린다. “그럼 저녁 먹고 나서?”

“파스타를 한 접시 가득 먹은 후에? 분위기가 별로일 것 같은데.”

그럼 그렇지. 핑계가 계속 나온다. 이젠 별로 놀랍지도 않다.

네이트가 몸을 기울여 내 코에 입을 맞춘다. “나중에, 밤에 하자. 약속해.”

“정말?”

네이트가 웃는데 소리가 헛헛하다. “세상에, 그렇게 말하니까 마치 내가 다른 사람도 아닌 내 아내를 사랑하지 않는 것처럼 들리잖아! 오늘 하루가 길었으니 저녁을 먹은 다음에는 책을 읽으면서 좀 쉬고 싶은 것뿐이야, 알겠지?"

이 말은 오늘 밤 침대에서 내가 그에게 다가갔을 때 고스란히 그의 변명이 될 것이다. "오늘 하루가 너무 길었어. 나 피곤해. 내일 하자, 응?" 거기에 머리가 아프다는 말이 추가되겠지. 어떤 말은 꺼내는 것 자체가 굴욕처럼 느껴지는 순간이 있다는 걸 네이트는 잘 알고 있다. 그는 내가 그렇게 느끼기를 바라고 있다.

10

애디

중고등학교 시절을 통틀어 체육 시간에 땀을 흘린 적은 한 손으로 꼽을 정도다.

나는 오래달리기를 할 때만 땀을 흘린다. 다른 스포츠를 할 때는 과도한 신체 활동은 적당히 피한다. 그게 내가 가진 최고의 기술이다. 어쩌겠어? 난 운동에는 소질이 없다고.

오늘 우리는 배구를 했다. 배구는 가만히 앉아서 별로 움직이고 싶지 않은 사람에게 딱 좋은 스포츠다. 공으로 무엇이라도 어떻게든 해보려고 애를 썼다면 나도 땀을 흘렸을 거다. 하지만 그냥 구석에 서서 공을 치려고 노력하는 척만 하면 그만이다.

그런데 문제는 카바노 체육 선생님이 우리가 땀을 흘렸든 안 흘렸든 체육 수업 후에 꼭 샤워를 하고 가게 만든다는 거다. 진짜, 체육 수업에서 가장 싫어하는 부분이다.

나와 체육 수업을 같이 듣는 켄지 몽고메리 같은 외모라면 나도 많은 사람 앞에서 샤워하는 게 아무렇지 않았을 거다. 하지만 내가 이렇게 생긴 건 어쩔 도리가 없다. 체육 수업 후 샤워를 최대한 빨리하고 나올 수밖에 없다. 물에 몸을 적시지 않고도 샤워를 할 수 있다면 좋을 텐데.

탈의실에서 체육복을 벗는데 뒤에서 웃음소리가 터져 나온다. 뭐지. 나는 후다닥 수건을 집어 몸에 두르지만, 웃음소리가 멈추지 않는다. 고개를 돌려 보니 켄지와 그녀 일당 중 한 명이 나를 쳐다보고 있다.

개학하고 2주가 지났다. 유감스럽게도 내 사회관계는 조금도 나아지지 않았다. 여전히 모두가 나를 전염병 취급하듯 피하고 있다. 같이 있는 탈의실에서 이렇게 대놓고 비웃는 일을 빼면 말이다.

켄지와 그 친구는 내게서 눈을 떼지 않는다. 웃음을 멈출 생각도 없어 보인다. 뭐가 그렇게 웃긴지 모르겠다. 뭐, 볼륨이 없어서 수건으로 가리나 마나 한 가슴이긴 하다. 그래도 그렇게까지 웃길 일인가.

"애디." 켄지가 말한다. "네가 잘 모르나 본데, 면도기라는 물건이 있거든……."

아, 뭐 때문에 웃는지 알겠다. 수건 아래로 드러난 내 다리를 내려다보니, 털이 꽤 많다. 9월이 되자마자 매사추세츠주 서부는 기온이 급격히 떨어졌고, 반바지를 입을 일이 없으니(오늘도 체육 시간에 레깅스를 입었다) 굳이 제모를 하지 않았다. 어쩌면 겨울 내내 제모를 안 할 수도 있다. 꼭 해야 하나? 내 다리를 볼 남자친구가 있는 것도 아닌데.

그런데 켄지 때문이라도 제모를 해야 할 것 같다.

나는 애써 켄지를 무시하며 샤워실로 당당하게 걸어간다. 그러고는 다른 때처럼 물에 몸을 적시는 둥 마는 둥 한 다음 바로 튀어나와 수건으로 몸과 털 난 다리를 감싼다. 요즘 내가 하루하루를 버틸 수 있는 건 네이트 선생님의 영어 수업 때문이다. 오늘 마지막 교시 수업이라 시간이 빨리 가면 좋겠다.

왠지 네이트 선생님도 나를 좋아하는 것 같다. 이브 선생님은 삼각함수 수업에서 나에 대해 번번이 실망하는 것 같지만(내가 수업 내용을 제대로 이해하지 못하니 그럴 만도 하다), 네이트 선생님은 내가 대답할 때마다 고개를 크게 끄덕여준다. 터틀 선생님도 그 정도로 호응을 잘해주진 않았다.

지금은 완전히 다른 상황이니까, 뭐. 터틀 선생님에 대해서는 더 이상 생각하지 않으려고 한다.

영어 교실로 가니 네이트 선생님이 언제나처럼 선생님 책상 앞에 앉아 있다. 연한 파란색 셔츠에 짙은 파란색 넥타이 차림이다. 다른 선생님들은 넥타이를 매지 않지만, 나는 네이트 선생님이 넥타이를 매는 게 좋다. 선생님에게 잘 어울린다. 학생들이 교실로 들어오기 시작하자, 네이트 선생님이 고개를 들어 환하게 웃는다. 선생님은 자신이 하는 일을 진심으로 즐기는 분이다. 가끔 어떤 선생님들은 학교가 아닌 다른 곳에 있으면 좋겠다는 마음을 은근히 드러낼 때도 있는데 말이다.

물론 나도 그 마음을 백분 이해한다. 그런데 네이트 선생님이 학교를 좋아한다는 사실을 알고 나니 괜히 나도 학교가 좋아진다.

학생들이 모두 자리에 앉자, 네이트 선생님이 책상 앞으로 돌아 나와 평소처럼 책상에 걸터앉는다. 그런 다음 역시나 평소처럼 손을 무릎 위에 올려놓는다. 선생님은 주먹 뼈마디가 크다. 선생님에 대해 새롭게 알게 된 점이다.

"여러분이 쓴 시를 다 채점했다." 네이트 선생님이 말한다. "수업이 끝난 후 돌려줄 거야. 모두 나름대로 애를 쓴 흔적이 보이더라. 내가 다시 한번 강조하고 싶은 건 시에서 반드시 운율이 맞아야 하는 건 아니라는 것. 참고로……" 네이트 선생님의 시선이 세 번째 줄에 앉은 오스틴 바르가에게 머문다. "'구역질barf'과 '방귀질fart'은 운율이 맞지 않아, 알겠지?"

여기저기서 웃음이 터져 나온다. 오스틴이 시에 지저분한 유머를 섞었다는 사실이 놀랍지도 않다. 솔직히 말하면 이 수업을 듣는 학생 대다수가 그런 식일 거다. 이 수업을 진지하게 받아들이지 않는 아이들 때문에 짜증이 난다. 나는 그런 아이 중 한 명이 될 생각이 조금도 없다.

수업 끝에 네이트 선생님이 책상 사이를 돌아다니며 선생님의 코멘트가 적힌 시를 돌려준다. 내가 쓴 시에 대해 선생님이 어떻게 생각하는지를 곧 알게 된다고 생각하니 가슴이 콩닥콩닥 뛴다. 지극히 개인적인 시였고, 길이가 한 페이지밖에 안 되지만 오랜 시간을 들여 완성했다. 내가 얼마나 노력했는지 선생님이 알아주면 좋겠는데.

이윽고 네이트 선생님이 내 책상으로 다가오더니 내 시가 적힌 종이를 찾아 뒤집어서 내려놓고는 집게손가락으로 톡톡 두드리고 가신다.

종이를 내려다보는데 혼란스럽다. 다른 아이들에게는 전부 시를 쓴 면을 위로 해서 나눠줬는데, 내 것만 뒤집어서 주셨다. 실수하신 건가?

나는 천천히 종이를 잡고 뒤집는다. 곧바로 위쪽에 빨간 펜으로 적힌 선생님의 손글씨가 눈에 들어온다. *수업 후 잠시 남도록.*

불길하다.

왜 선생님이 수업 후에 나를 보자고 하는 거지? 설마 내가 시를 베꼈다고 생각하시는 건가? 베끼지 않았다. 그런 생각은 하지도 않았다. 내 영혼 깊은 곳에서 끄집어낸 건데.

어떤 이유에서인지 선생님은 내 시에 문제가 있다고 생각한다. 그래서 나한테 '수업 후'에 선생님을 보고 가라고 한다. 하아, 도대체 무슨 말을 하려고 그러는 걸까.

11

이브

　수업이 끝난 후 식료품점에 왔다. 신선식품 코너에서 아보카도를 만지작거리고 있는데, 내 눈에 띄는 사람이 있다.

　아트 터틀 선생님.

　터틀넥을 입은 선생님 모습이 캐주얼해서 낯설다. 학교에서는 항상 와이셔츠에 넥타이를 매는 네이트만큼은 아니더라도 늘 단정한 셔츠를 입으셨다. 그래서인지 터틀넥이 생뚱맞게 느껴진다. 산타클로스 같은 배에 너무 딱 달라붙기도 하고. 게다가 선생님이 흰색 운동용 양말에 발가락이 보이는 샌들을 신고 있어서 더 이상해 보인다. 오른손에 오렌지가 든 비닐봉지를 들고 있는 것도 낯설다. 선생님을 알고 지낸 시간 동안 오렌지를 먹는 모습을 본 적이 있던가. 점심을 함께 먹은 건 셀 수도 없고, 저녁도 몇 번이나 같이했는데.

　"이브 선생." 아트 선생님이 이를 드러내지 않은 채 조심스럽게 미소 짓는다. 언제나 이를 환하게 드러내며 웃는 선생님이었기에 미소도 낯설다. "반가워. 어떻게 지내?"

"잘 지내요." 나는 미소를 지어 보이려 하지만 웃는 법을 잃어버린 사람처럼 얼굴이 일그러진다. "선생님이야말로 어떻게 지내세요?"

아트 선생님을 만나게 되면 그런 식으로 말하지 않겠다고 그토록 다짐했건만. 고개까지 갸우뚱하고 말았다. 마치 정신병원에 있는 사람을 문안하는 것처럼, 내가 상대방을 동정한다는 것처럼 말이다.

선생님을 생각하면 마음이 '너무' 아프다.

모든 일의 시작은 지난 학년 봄 학기 중반이었다. 문제의 발단은 애디 세버슨이라는 여학생이었다. 어느 날 아트 터틀 선생님이 10학년 여학생 한 명과 그렇고 그런 사이라는 소문이 돌았다. 자세한 내막은 알지 못하지만, 처음 소문을 들었을 때 배를 한 대 세게 맞은 것 같았다. 아빠와 거의 대화를 하지 않는 내게 아트 선생님은 아버지 같은 분이었다. 남교사가 여학생에게 부적절한 행동을 했다는 경우가 있다지만, 아트 선생님이 그러리라고는 생각도 못 했다. 선생님은 그럴 분이 아니었다.

하지만 정황이 꽤나 의심스러웠다. 애디는 수학 수업을 잘 따라가지 못했다. 내가 지난 몇 주 동안 지켜본 애디라면 당연히 그랬을 것이다. 아트 선생님은 애디가 수업 내용을 이해할 수 있게 개인 시간을 들여 아무 대가도 없이 지도를 해주었다. 애디를 집으로 초대해 저녁을 같이 먹은 적도 한 번 이상이었고,

차로 애디를 집까지 태워다준 적도 여러 번이었다.

거기에 애디가 힘든 일을 겪었다는 사실이 더해졌다. 지난 가을 학기에 술 때문에 죽은 애디 아버지가 폭군이자 알코올 중독자였다는 것. 의도적으로 접근할 수 있는 대상을 찾는 교사에게 애디는 쉬운 먹잇감이 되었을 거라고 모두가 생각했다.

그러다가…….

어떤 일로 상황이 완전히 달라졌다.

엄밀히 말하면 애디는 아트 선생님에 대해 어떤 혐의도 제기하지 않았다. 하지만 상황이 다 정리되었을 때 선생님의 평판은 무참히 무너져 있었다. 아트 선생님은 케스햄 고등학교에서 더 이상 일할 수 없었다. 다른 데서 일할 수 있으면 다행이라고 생각될 정도였다.

"좀 괜찮아졌네." 아트 선생님이 그렇게 말한 다음 손으로 입을 가리고 기침을 하는데, 폐에 뭔가가 박힌 것처럼 소리가 걸걸했다. "학교가 그립군."

"모두 선생님을 그리워해요." 나는 완벽한 아보카도 찾는 일은 잠시 뒤로 미루고 아트 선생님에게 시선을 고정한다. "선생님이 이렇게 되신 게 아무리 생각해도 너무 불공평해요. 선생님께 그만두라고 요구하던가요?"

아트 선생님 목에서 쌕쌕거리는 소리가 났다. "잘 알면서 왜 그러나, 이브 선생. 내가 먼저 그만둔 걸세. 그 일이 있고 나서 나를 바라보는 사람들의 눈빛이 완전히 달라졌어. 학부모들이 소란을 피우지 않았어도 내가 견디지 못했을 거야."

선생님 말이 틀린 건 아니지만, 그렇다고 해서 불공평함이 줄어드는 것은 아니다. "일할 곳은 찾으셨어요?"

"아무 데서도 연락이 없군." 아트 선생님이 한숨을 쉬며 손으로 짧은 잿빛 머리를 쓸어 넘긴다. "이력서는 여기저기 냈는데, 상황이 안 좋아. 일자리를 찾게 된다고 해도 매사추세츠 서부에 있는 곳이 아닐 테니 이사를 해야 할지도 모르겠네. 뉴잉글랜드에만 있어도 운이 좋다고 봐야지."

아트 선생님에게 경제적 문제는 괜찮은지 물어보고 싶지만, 선생님이 난처해할 것 같아서 묻지 않는다. 대답이 '괜찮지 않다'일 것 같아서다. 대학에 다니는 자녀가 둘이나 있는데 실직을 했으니 어떻게 괜찮을 수 있을까?

"마샤는 어때요?" 내가 묻는다.

"잘 있어." 선생님이 대답한다.

아트 선생님의 아내 마샤는 비영리 단체에서 일하고 있다. 그 말인즉 가족의 생계를 책임지기에 충분한 돈을 벌지는 못한다는 뜻이다. 마샤가 아트 선생님과 애디 사이에 아무 일도 없었다는 말을 믿었다고는 하지만, 혹시 두 분의 결혼 생활에 여파가 있지는 않은지 걱정이 된다. 두 분은 사이가 참 좋았다. 하지만 의심이 한번 파고들고 나면 아무리 견고한 부부 사이라도 흔들리기 마련이다.

"그 애가 제 수업을 들어요." 내가 불쑥 말을 꺼낸다.

아트 선생님의 눈썹이 추커 올라간다. "뭐라고?"

나는 움찔한다. 그 아이 이야기를 일부러 꺼내려는 의도는 아니었다. 그저 내 머릿속에 맴도는 생각을 계속 무시하기가 쉽지 않았다. 선생님의 삶을 망가뜨린 아이라는 생각을.

"애디 세버슨이요." 내가 말한다. "이번에 제 삼각함수 수업을 들어요."

"그렇군." 선생님이 말한다.

나는 아트 선생님의 둥근 얼굴을 살피며 표정을 읽어보려 한다. 혹시 그 아이가 어떻게 지내는지 궁금하신 건가? 그 아이에 대해 물어보고 싶지만, 그랬다가 이상하게 보일까 봐 걱정되시는 건가? 이런저런 생각들이 머릿속에서 소용돌이치는 와중에 문득 나는 한 가지 사실을 깨닫는다.

세상 사람들과 마찬가지로 나도 선생님이 결백하다는 사실을 완전히 확신하지 못하는구나.

나는 선생님의 성품이 좋고, 추잡한 노인네가 아니라는 사실을 잘 안다. 하지만 그 일이 있었을 때 마음 한구석에 걸리는 부분이 있었다. 정말 아트 선생님이 그렇게 어리석었다는 말인가? 매일 방과 후에 그 아이와 단둘이 교실에 있으면서, 어떻게 보일지 전혀 생각하지 못했던 말인가?

"착한 아이 같던데요." 내가 이윽고 입을 연다. "수학을 잘하는 아이는 아니지만요."

아트 선생님의 덥수룩한 흰 눈썹 사이에 주름이 잡힌다. "그래, 수학은 잘 못 하지."

우리는 잠시 그대로 서 있는다. 선생님은 손에 오렌지를 들고 터틀넥을 입고 양말에 샌들을 신은 채로, 나는 괜찮은 아보카도 한두 개를 담을 쇼핑 카트를 잡은 채로. 선생님과 대화하는 것이 어려웠던 적이 한 번도 없었는데, 지금은 어색함에 숨이 막힐 것 같다. 저녁이라도 같이하자고 선생님 내외분을 우리 집으로 초대하고 싶지만, 선뜻 입이 떨어지지 않는다.

선생님이 사임해야겠다고 느꼈던 이유를 이해할 것 같다.

"그럼……" 내가 말한다. "만나서 반가웠어요, 아트 선생님."

"나도 그렇네, 이브 선생." 선생님이 턱으로 아보카도를 가리킨다. "손가락으로 눌렀을 때 푹 들어가면 안 되고 부드러우면서도 단단함이 느껴지는 걸 고르는 게 요령이야."

"알려주셔서 감사해요." 지금 같은 순간에도 선생님은 도움을 주려 한다. "건강히 잘 지내세요. 좋은 일들이 있을 거예요."

나는 산더미처럼 쌓여 있는 아보카도 쪽으로 돌아선다. 껍질이 어둡고 손가락 끝에서 살짝 탄력이 느껴질 것 같은 아보카도 하나를 고른다. 시험 삼아 눌러보려는 순간, 누군가의 손이 내 위팔을 그러쥔다. 당혹감도 잠시, 뒤에서 나를 붙잡은 사람이 아트 선생님이라는 걸 깨닫는다. 내 팔에 닿은 선생님의 통통한 손가락에 힘이 들어간다. 식료품점이 아니었다면, 나는 분명히 비명을 질렀을 것이다.

"이브 선생, 잠시만." 아트 선생님이 내 귀에 대고 낮은 목소리로 말한다. "꼭 해야 할 말이 있네. 지금 당장."

12

애디

'수업 후 잠시 남으라'니…….

이 네 어절로 이뤄진 말에서 좋은 일이 이어진 적이 있던가? 내 대답은 '아니오'다. 그런 적은 없었다.

그나마 영어가 오늘 마지막 수업이고 거의 끝나가고 있어서, 종이 울릴 때까지 10분 정도만 마음을 졸이고 있으면 되니 다행이다. 다른 아이들이 의자에서 일어나 교실을 빠져나가는 동안 나는 내 자리에 그대로 앉아 있는다. 네이트 선생님도 앉아 있다.

선생님 쪽으로 슬쩍 눈길을 던져본다. 나한테 실망한 표정인가? 잘 모르겠다. '수업 후 잠시 남으라'는 말도 정말 별로지만, 그보다 더한 일도 있었다. 터틀 선생님 일로 시끄러울 때는 수업이 끝날 때까지 기다려주지도 않았다. 교장 선생님이 생물 수업 중간에 나를 불러내 대뜸 무슨 일이 있었던 거냐고 물었으니까.

"애디?"

생각에 빠져 학생들이 다 나간 줄도 몰랐다. 교실에는 네이트 선생님과 나뿐이다. 선생님이 괜찮냐는 듯 눈을 동그랗게 뜨고 나를 바라보고 있다. 나는 가까스로 미소를 지어 보인다.

"죄송해요. 잠시 딴생각에 빠져있었어요." 나는 자리에서 힘없이 일어나 시가 적힌 종이를 움켜쥐고 선생님 책상으로 다가간다. "어, 무슨 문제가 있는 건가요?"

"문제?" 네이트 선생님이 말한다. 가까이 다가가니 매일 면도하지 않으면 금세 수염으로 돋아날 검고 미세한 점들이 눈에 들어온다. "문제는 없단다. 오히려 그 반대지."

나는 종이에 빨간 펜으로 적힌 글자를 내려다본다. "무슨 말씀이세요?"

"무슨 말이냐면," 네이트 선생님이 말한다. "네가 시를 아주 잘 썼다는 거야."

'시를 아주 잘 썼다'니. 이번에도 네 어절로 된 말인데 '수업 후 잠시 남으라'는 말과 달리 훨씬 듣기 좋다. 이 바보 같은 학기가 시작된 이후 처음으로 일말의 행복감을 느낀다. "정말요?"

"그럼." 네이트 선생님이 내 손에서 종이를 가져간다. "심상이 아주 뛰어나. '그의 주먹은 화산이라, 폭발할 때마다 그녀의 입술에서 용암을 뿜어내네'. 애디, 가슴이 뭉클해지더라. 서정적으로 아주 뛰어난 작품이야."

"감사합니다." 시의 영감이 된, 아빠가 술기운과 분노에 사로잡혀 집으로 비틀거리며 들어오던 날들을 생각하지 않으려고 눈을 아래로 떨군다. "칭찬 감사해요."

"이걸 발표하면 좋을 것 같아."

나는 고개를 번쩍 든다. "네?"

"진심이야." 선생님 입가에 미소가 번진다. "정말 잘 썼어. 이런 건 세상에 알려야 하는 거야. 너, 내가 학교에서 출간하는 시 잡지의 담당 교사인 건 알지?"

시 잡지 〈울림〉에 대해서는 알고 있다. 참여하고 싶은 마음은 늘 있었지만, 내 시를 별로라고 생각할까 봐 두려웠다. 내가 시 쓰기에 대해 아는 게 있어야 말이지. 내 방에서 공책에 이것저것 끄적거리는 게 전부인데. 그런데 처음으로, 그것도 시에 대해 잘 아는 사람이 내게 재능이 있는 것 같다는 말을 하고 있다.

"글쎄요…… 선생님이 그렇게 생각하신다면요." 나는 조심스럽게 말한다.

네이트 선생님이 고개를 힘차게 끄덕인다. "그렇게 생각하고말고. 네가 잡지 만드는 걸 좋아할 것 같다는 생각이 들어. 친구를 사귈 수 있을지도 모르고 말야."

헉. 내가 친구를 못 만들고 있다는 걸 아는 건가? 너무 창피해서 그냥 땅속으로 꺼지고 싶다. 하지만 네이트 선생님이 아는 게 당연하다. 나와 터틀 선생님에 대한 소문을 다 들었을 거다. 선생님이 모를 거라 생각한 내가 바보다.

"내 말은," 네이트 선생님이 내 표정을 보고 서둘러 덧붙인다. "너와 비슷한 관심사를 가진 다른 학생들을 만날 수 있을 거라는 거야."

네이트 선생님은 친절하다. 모든 선생님을 통틀어 이번 학년에 나에게 친절하게 대해주는 거의 유일한 사람이다. 내 기분이 상하지 않도록 애써주기까지 한다. 선생님께 감사하지만, 그래도 나는 찌질이인걸. 네이트 선생님은 고등학생이었을 때 이런 문제를 겪은 적이 없을 거다. 선생님을 보면 단박에 알 수 있다. 보나 마나 여학생 무리가 선생님을 따라다니면서 말 한마디 한마디에 귀를 기울였을 테지.

그러다가 문득 이런 생각이 든다. 어쩌면 네이트 선생님은 내 시를 좋아하는 게 아닐지도 몰라. 그냥 나를 불쌍하게 여겨서 좋은 말들을 해주는 것일지도. 그러니 정말로 재능이 있는 아이들이 내 시를 읽으면 나를 비웃을지도 몰라.

"별로 좋은 생각이 아닌 것 같아요." 마침내 내가 말한다.

네이트 선생님이 얼굴을 찌푸린다. "정말? 네가 굉장히 좋아할 거라 생각했는데."

"저는……." 나는 선생님이 정말로 맘에 들었다고 말한 나의 시를 내려다본다. "잘 모르겠어요."

"모임에 한번 와봐." 네이트 선생님의 눈이 나를 똑바로 바라본다. 초콜릿 같은 짙은 갈색 눈동자다. "그러고 나서 네가 싫다면 다시 안 와도 돼. 나는 네가 계속 올 것 같다만."

좋은 생각이 아니라고 머릿속에서 경고의 목소리가 끊임없이 들려오지만, 나는 결국 가보기로 마음먹는다.

13

이브

　돌아서니 아트 선생님이 코앞에 다가와 있다. 너무 가까워서 선생님 흰자위에 거미줄처럼 퍼져 있는 실핏줄이 보인다. 숨결에서 위스키 냄새도 희미하게 느껴진다. 선생님에게 일어났던 일이 내가 걱정한 것 이상으로 선생님의 삶을 망가뜨렸다는 생각이 든다.

　"이브 선생." 아트 선생님의 목이 멘 것 같다. "내가 일러줄 말이 있어."

　"네." 나지막이 대답은 하지만, 선생님이 하려는 말을 그리 듣고 싶지는 않다.

　"잘 듣게." 아트 선생님이 말한다. "애디 세버슨을 조심해야 하네."

　선생님의 충혈된 눈을 보고 있으니 내 입이 바싹 마른다. "아트 선생님, 집까지 바래다 드릴까요?"

"아니, 내가 하려는 말은 그게 아니야!" 못마땅한지 아트 선생님의 턱 근육이 경직된다. "그 아이를 위해 입을 다물었지만, 그 아이는 올바르지 않아. 그게…… 이브 선생이 알아야 하는 게 있어."

"아트 선생님……."

"내 말 잘 듣게, 이브 선생." 아트 선생님의 오른쪽 눈 밑 근육이 파르르 떨린다. 선생님의 이런 모습은 처음이다. 그동안 선생님이 술로 마음을 달랬다고 해야 설명이 될 것 같다. "이브 선생도 나와 비슷해서 도움이 필요한 학생을 도와주고 싶어 하잖아. 하지만 그 아이를 상대할 때는 매우 조심해야 하네. 그 아이는…… 애디는 문제가 많은 애야."

"알겠어요." 나는 작게 대답한다.

마침내 아트 선생님이 내 팔을 놓는다. 그러더니 선생님 몸에서 기운이 다 빠져나가는 것 같다. 눈을 내리깔고 어깨를 축 늘어뜨린다. 나는 손을 뻗어 선생님 어깨에 손을 얹는다.

"집까지 태워다드릴게요, 네?" 내가 묻는다. 선생님은 분명 차를 가지고 왔겠지만, 지금 상태로는 운전할 수 있을 것 같지 않다.

"알겠네." 아트 선생님이 풀이 다 죽은 목소리로 작게 말한다.

나는 마음에 드는 아보카도를 찾는 것을 포기하고, 아트 선생님을 모시고 주차장으로 간다. 선생님 댁에 도착하니, 다행히 마샤가 집에 있다. 마샤에게 상황을 설명하면서, 가능한 한 '술에 취해서'라는 말은 쓰지 않으려고 노력한다. 마샤가 조금도 놀라는 기색이 없어 끔찍하다. 애디 세버슨과의 사건 이후로 두 분의 삶이 내리막길을 걷고 있는 게 분명하다.

애디는 문제가 많은 애야.

아트 선생님이 애디에게 깊은 원한을 품고 있을 거라는 데에는 의심의 여지가 없다. 하지만 내가 애디와 잘 지낸다고 해서 나더러 도리를 저버렸다고 비난할 사람은 없을 것이다. 애디가 내 수업을 들으니, 나는 여느 학생들에게 하듯이 애디를 가르칠 생각이다. 그뿐이다.

14

애디

네이트 선생님께 시 잡지 모임에 참석해보라는 초대를 받은 후 이틀간 구름 위를 날아다니는 기분이었다. 오늘은 그 〈울림〉 잡지의 첫 모임에 가는 날이다. 생각만으로도 모든 시름이 전부 잊히는 것 같다.

아, 전부는 아니다.

모임을 기다리는 마음이 아무리 크다 해도 새 학년이 시작된 이후로 매일 점심을 혼자 먹고 있는 아픔까지는 지워주지는 못한다. 그나마 알고 지냈던 아이들이 있는 테이블에 같이 앉아도, 내 쪽으로 힐끗 눈길만 줄 뿐 나는 이 세상에 존재하지 않는 것처럼 철저히 무시당한다. 차라리 빈 테이블을 찾는 것이 덜 고통스럽다.

엄마가 학교에서 어떻게 지내냐고 물으면, 나는 상황이 나아지고 있는 것처럼 행동한다. 친구를 사귀기 시작했다는 식으로 대답한다. 다 새빨간 거짓말이지만. 모두가 터틀 선생님을 좋아했고, 선생님과 나 사이에 무슨 일이 있었든 그것은 내 잘못이며 또 매우 역겨운 일이었다고 생각하는 듯하다. 그래서 모두가 한결같이 나를 피하고 있다. 영원히 그러겠지.

오늘은 점심을 혼자 먹는 게 차라리 잘된 일이다. 수학 시간에 도대체 무슨 말을 하는 건지 알아볼 참이다. 내 앞에 삼각함수 교과서를 펼쳐놓고 읽어보는데, 외국어로 쓰인 책을 읽는 것과 다를 바가 없다. 실제로 중간중간에 그리스어가 있다. 하아, 원 안에 선이 있는 저 기호는 도무지 무슨 뜻인지.

나를 개별적으로 지도해주던 터틀 선생님이 안 계시니, 이번 학기는 아무래도 망할 것 같다. 새 학기를 시작한 지 몇 주밖에 안 지났는데, 벌써 절망적이다. 이브 선생님은 터틀 선생님과 달라서 필요 이상으로 관심을 기울일 마음이 없어 보인다.

특정한 식을 그래프로 나타내면 왜 이런 이상하고 구불구불한 모양이 만들어지는지 이해하려고 끙끙거리는데, 무언가가 내 팔을 툭 건드린다. 고개를 드니, 켄지 몽고메리가 음식을 가득 담은 쟁반을 들고 내 앞에 서 있다. 나와 함께 점심을 먹으러 온 건 분명 아닐 테니, 나쁜 일이 일어날 거라는 뜻이다.

"야." 켄지가 말한다. "한 사람이 빈 테이블 하나를 다 차지하고 있으면 어떡해. 자리 좀 옮겨야겠다."

나는 내 쟁반에 있는 음식을 내려다본다. 햄버거를 다섯 입 정도밖에 먹지 않은 데다 음식 절반 이상이 아직 남아 있다. "하지만……"

"일어나라고." 이번에는 켄지를 그림자처럼 따르는 벨라의 말이다. 꼭두각시라고 부르는 게 더 정확하려나. 켄지의 등 뒤로 몰려 있는 무리를 보니 무슨 작은 군대라도 마주한 기분이다. "너 혼자 테이블을 독차지하고 있잖아. 정말 이기적이다, 애디."

"하지만, 어……" 나는 비어 있는 테이블을 힐끗 둘러본다. "그냥 여기 빈 자리에 앉으면 되잖아."

"우리끼리 조용히 할 얘기가 좀 있거든." 켄지가 자기 쟁반을 테이블 위에 내려놓으며 내 쟁반을 옆으로 밀어낸다. "그러니 네가 자리를 옮겨줘야겠어."

입을 열어보지만, 머릿속이 하얘져 아무 말도 나오지 않는다. 그런데 다음 순간 켄지가 내 쟁반을 집어 들고, 벨라가 내 교과서를 낚아챈다. 나는 너무 놀라서 그들을 빤히 올려다본다.

"뭐 하는 거야!" 내가 소리 지른다.

"어디로 갈래?" 켄지가 내게 묻는다. 켄지가 내 쟁반을 너무 거칠게 집어 드는 바람에 초콜릿 우유가 쓰러지고 쟁반으로 쏟아져 나온 갈색 액체에 냅킨이 젖는다. "빨리 말해. 안 그러면 이거 다 쓰레기통에 버릴 거야."

내 심장이 쿵쿵 뛴다. 어떻게든 맞서야 한다는 생각은 들지만, 나 따위가? 뭘 어떻게 하지? 학교 식당 한가운데서 싸울까? 욕이라도 퍼부을까? 켄지 몽고메리가 모욕을 느낄 만한 어떤 욕설도 떠오르지 않는다. 그녀는 말 그대로 완벽하니까.

"어이." 켄지 뒤쪽에서 내 마음을 아리는 익숙한 목소리가 들려온다. 허드슨 얀코프스키가 무리 앞에 모습을 드러낸다. "무슨 일이야?"

켄지가 얼굴을 찌푸린다. "애디가 이 테이블을 다 차지하고는 자리를 안 옮기겠대."

허드슨이 눈길을 테이블로 돌릴 때 그의 연푸른 눈동자가 내 얼굴을 스치고 지나간다. 이제는 나를 전혀 알아보지도 못하는 것 같다. 하지만 "자리를 옮겨야 해?"라는 허드슨의 말에 한 줄기 희망이 스친다.

켄지가 코웃음을 친다. "애랑 같이 앉고 싶은 거야?"

나는 자리에 그대로 앉아 허드슨 입에서 다음과 같은 말이 나오기를 기다린다. '애디는 내 가장 친한 친구야. 그러니 나는 흔쾌히 애디 옆에 앉을 거야. 아무도 내게 다가오지 않던 때 애디만이 내 친구가 되어줬어.'라며 내 편을 들어주기를. 하지만 허드슨은 대신 이렇게 말한다. "가자, 켄지. 저쪽에도 테이블 있어."

"여기가 과자 자판기 바로 옆에 있는 자리란 말이야." 켄지가 투덜거린다. "그리고 왜 우리가 다른 데로 가야 해? 애가 혼자서 여기 이러고 있잖아."

더는 듣고 있을 수가 없다. 허드슨이 나를 위해 조금은 나서주는 것 같지만, 내가 기대한 만큼은 아니다. 허드슨은 우리가 더는 친구가 아니라고 마음을 굳게 정한 듯하고, 그 사실이 다른 무엇보다 내 마음을 가장 아프게 한다.

나는 자리에서 일어나 벨라 손에서 수학책을 잡아챈다. "알겠어." 내가 말한다. "여기 앉아."

켄지가 눈썹을 추켜올린다. "쟁반은 안 가져가니?"

밥맛이 다 떨어졌다고 말해주고 싶지만, 입을 여는 순간 눈물이 나올 것만 같다. 지금 여기서 우는 건 최악이다. 그래서 나는 고개를 높이 들고 식당을 걸어 나간다. 내 이름을 부르는 허드슨의 목소리가 들린 것 같다는 생각이 든다. 환청이겠지. 그 애가 그럴 리 없을 테니까.

15

애디

시 잡지 모임에 서둘러 가는 중에 켄지와 허드슨을 마주쳤다. 정확히 말하면 마주쳤다기보다 발견했다. 미식축구 연습이 있는 허드슨과 아마도 치어리더 연습이 있을 켄지가 연습 전 잠깐 짬이 난 동안 4층에 줄지어 선 사물함 뒤 한적한 곳에서 함께 시간을 보내고 있다.

두 사람은 정말 잘 어울린다. 어쩜 금발 머리 색깔마저 저렇게 잘 어울리는지. 나와 허드슨 사이에 무슨 일이 있었다고 해도 우리는 저 정도로 잘 어울리지 못했을 것 같다. 무슨 일이라 할 것도 없었지. 한때는…… 음, 허드슨 얀코프스키에 대해 남에게 보이기 민망한 시를 몇 편 쓴 적 있다고만 해두겠다. 우리는 정말 많은 시간을 함께 보냈고, 허드슨은 이 세상에서 가장 소중한 나의 친구였다. 또 내가 방에 혼자 있을 때 펼치던 상상의 나래 속 주인공이기도 했다.

하지만 이제 허드슨은 켄지와 함께다. 지금 두 사람은 무슨 이야기를 속삭이는지 아주, 아주 가깝게 서 있다.

한때 우리가 켄지와 그 일당을 놀리던 시절이 있었다. "걔네는 의무적으로 방에 켄지를 위한 신당을 만들어야 할 거야. 그리고 용돈의 20퍼센트를 켄지에게 바쳐야 할걸."이라고 허드슨이 농담을 했었다.

"그치만 정말 이쁘잖아."라고 내가 언젠가 말했을 때 허드슨은 우웩 하며 토하는 시늉을 했다. 그래, 겨우 열세 살이었으니까. 지금 켄지의 눈을 들여다보는 허드슨의 모습을 보니 우웩 하는 소리를 낼 것 같지는 않다.

윽, 키스하려는 건가. 차마 눈 뜨고 못 보겠다.

내 눈앞에 책가방 두 개가 벽에 아무렇게나 기대어 있다. 저렴해 보이는 검은색은 허드슨 가방이고, 테두리를 가죽으로 두르고 단추와 장식품이 많이 달린 것은 켄지 가방이다. 켄지 이름으로 된 다이아몬드 열쇠고리가 하나 달려 있다. 저런 건 맞춤 제작하는 것일 테지. 열쇠고리에 달린 열쇠 두 개가 눈에 들어온다. 집 열쇠가 틀림없다.

나는 조심스럽게 켄지와 허드슨을 돌아본다. 대화를 나누고 있는 두 사람은 서로에게서 눈을 떼지 못한다. 허드슨이 켄지와 어울려 다니는, 아니 어울려 다니는 정도가 아니라 '남자친구'로 지내는 날이 올 줄은 정말 생각도 못 했다. 나는 조용히 켄지 가방 지퍼에서 열쇠고리를 빼내어 슬며시 내 주머니에 넣는다.

몸을 돌려 걸어가는데, 켄지가 등 뒤에서 나를 향해 소리를 지를 것만 같다. 안 그래도 나를 미워하는데 내가 열쇠를 가져가는 걸 봤다면 켄지의 분노가 하늘 끝까지 치솟을 거다. 켄지가 교장 선생님에게 말하면 난 어떻게 될까? 또 곤란해지면 어쩌려고 이런 위험한 짓을 하는 거지?

하지만 나를 붙잡는 사람은 없다. 계단을 올라가 3층에 도착하고 나서는 더 이상 마음을 졸이지 않는다.

주머니에 열쇠고리를 넣어둔 채로 시 잡지 모임 장소에 도착한다. 놀랍게도 학생들이 몇 명밖에 없다. 선생님의 인기를 생각하면 교실이 꽉 찰 줄 알았다. 하지만 곧 네이트 선생님은 학교 신문도 담당한다는 생각이 떠오른다. 선생님에게 잘 보이고 싶은 여학생들은 거기 들어가는 것만으로도 충분할 것이다. 여기에 아이들이 많지 않아서 오히려 좋다. 내가 덜 위축된다.

교실 문 앞에 서자, 다른 학생과 이야기를 하고 있던 네이트 선생님이 고개를 돌리더니 얼굴에 환한 미소를 짓는다. 선생님이 다른 학생과의 대화를 서둘러 끝내고 내게 뛰다시피 걸어온다.

"애디!" 네이트 선생님이 말한다. "이렇게 와서 더할 나위 없이 기쁘구나."

나는 선생님의 환대에 압도되어 간신히 고개만 끄덕인다.

"자, 어서 들어와." 문 앞에서 머뭇거리는 내게 선생님이 말한다. "보다시피 인원이 많지는 않지만, 여기 있는 아이들 모두 굉장히 열심이야. 너에게 우리 편집장을 소개해줄게."

네이트 선생님은 나를 12학년 선배인 듯한 여학생에게 데려간다. 낯이 익은 얼굴이다. 내 기억에 이름이 메리였던 것 같다. 짧게 친 뒷머리와 달리, 헝클어진 새까만 윗머리는 눈앞까지 길게 내려와 있다. 목 끝까지 지퍼를 올린 후드 차림의 그녀 앞에는 스프링 노트가 펼쳐져 있다. 노트에는 검은 펜으로 휘갈겨 쓴 글씨와 그리다 만 해골 그림들로 빼곡하다. 나를 보더니 인상을 팍 쓴다.

"안녕, 메리." 내가 이름을 알고 있다는 사실이 깊은 인상을 남기길 바라며 인사를 건넨다.

웬걸, 조금도 기뻐하는 얼굴이 아니다. "나는 로터스야. 메리가 아니라. 내가 '메리' 같은 사람으로 보이니?"

대답을 기대하며 물은 게 아니라는 생각이 든다. 하지만 나는 고개를 가로젓는다. 메리가 진짜 이름일 거라고 확신하지만, 원하는 대로 로터스라고 부르지, 뭐.

"로터스, 애디에게 여기서 하는 일을 알려주면 좋겠다." 네이트 선생님이 그녀에게 말한다. "그리고 애디가 수업 시간에 제출한 시가 있는데, 정말 훌륭해." 네이트 선생님이 내게 윙크를 보낸다. "내 생각엔 잡지 첫 페이지에 실어도 좋을 것 같아."

이 적대적인 아이에게 내 환심을 얻을 목적으로 하기에 좋은 말은 아닌 것 같지만, 선생님의 칭찬에 나는 다리가 후들거린다. 언제나 별 볼 일 없는 학생이었는데, 아마 지금이 인생에서 처음으로 내가 잘하는 게 있음을 느낀 순간일 거다.

엄마에게 시인이 되고 싶다고 말하는 모습을 그려본다. 엄마가 뒷목을 잡고 쓰러지려나.

나는 로터스이자 메리인 편집장 옆 책상에 앉는다. 그녀는 별로 달갑지 않다는 표정을 지으며 마지못해 내 쪽으로 몸을 돌리더니 "그 시 좀 보자."라고 말한다.

나는 가방을 뒤져 수업 자료들을 모아놓은 5센티미터 바인더를 꺼낸다. 늘 정리를 해두는 편이라 과목별로 색깔이 다른 색인표로 구분해놓았다. 영어 부분으로 휘리릭 넘겨 곧바로 아빠에 관한 시를 찾아낸다. 내 입으로 말하기는 뭣 하지만 아빠를 향한 분노를 담아 쓴 십여 편의 시 중 가장 잘 쓴 거다.

내게서 건네받은 시를 로터스가 눈을 가늘게 뜨고 찬찬히 읽는다. 검게 눈화장을 한 모습이 클레오파트라를 떠올리게 한다. 다 읽은 로터스가 입을 뗀다. "분위기가 엄청 어둡네."

칭찬인지 아닌지 모르겠다. "응."

"이거 혹시 실화야?"

나는 천천히 고개를 끄덕인다.

로터스가 낮게 숨을 내뱉는다. "그렇구나, 음, 이거 꽤 좋네. 약간 손볼 필요는 있을 것 같아. 그건 네이트 선생님이 도와주실 거야. 제안을 잘 해주시거든. 뭐, 내가 도와줄 수도 있어. 예를 들어, 얼굴에서 피가 나오는 부분에서는 조금 더 과감해져도 될 것 같아. 색을 조금 더 입히는 거지, 이해되니?"

나는 힘차게 고개를 끄덕인다. "응, 알겠어."

로터스가 나를 뚫어져라 쳐다본다. "터틀 선생님이랑 일이 있었다는 애가 너 아니니?"

나는 움찔한다. "아냐."

“맞네, 너구나. 애디 세버슨, 맞지?”

“맞긴 한데…….” 나는 엄지손톱 끝을 물어뜯는다. “아무 일도 없었어. 전부 오해였어.”

“그러면 터틀 선생님은 왜 해고된 거야?”

죄책감이 가슴을 찌른다. 다 내 잘못이었지만, 내가 할 수 있는 일은 아무것도 없었다. 어떤 말로도 상황을 돌이킬 수 없었다. “나도 몰라.”

“진짜 역겹다.” 로터스가 스프링 노트에 끄적거리기 시작한다. 넓적다리뼈 두 개를 서로 엇갈리게 그리더니, 윤곽선을 따라 펜을 계속 움직인다. “어떻게 선생님하고 그럴 수 있었는지 모르겠다. 누구라도 선생님보다는 나을 텐데.”

“그렇겠지. 아무튼 난 아무 일도 없었어.”

로터스가 내 말을 못 믿겠다는 듯 어깨를 으쓱한다. 잠시나마 로터스와 친구가 될 수 있다고 생각했는데, 이제는 잘 모르겠다. 하아, 얼굴을 들고 다닐 수가 없다. 그래서 그토록 전학을 가고 싶었던 건데. 지금이라도 가능할지 모른다. 어쩌면 봄에 다른 학교로 전학할 수 있지 않을까.

다시 고개를 들고 보니, 교실 건너편에 네이트 선생님이 있다. 선생님은 나와 눈이 마주치자 열렬히 엄지를 들어 보인다. 내가 선생님에게 케스햄 고등학교를 떠나겠다고 말하면, 실망하시겠지.

하지만 무엇보다 지금 나를 이 학교에 남아 있게 붙잡는 것은 주머니 속에 있는 켄지의 열쇠 꾸러미다.

16

이브

네이트가 퇴근해서 집으로 들어오는데, 기분이 좋아 보인다.

휘파람을 불면서 문을 열고 들어오더니 하루에 세 번 하는 키스 시간이 아닌데도 소파에 앉아 있는 내게 성큼성큼 걸어와 내 뺨에 입을 맞춘다. 하지만 나는 너무 들떠서는 안 된다는 걸 이전 경험으로 알고 있다.

"오늘 하루 잘 보냈어?" 내가 네이트에게 묻는다.

"경이로울 정도로." 네이트가 잠시 망설이다가 덧붙인다. "오늘 시 잡지 모임이 있었어. 정말 원석 같은 재능들이 많더라. 한 여학생의 작품은 캐럴 앤 더피Carol Ann Duffy를 떠올리게 해."

내가 그게 누군지 알 거라 생각하는 건가. 네이트는 항상 스스로를 시인이라 여겼다. 몇 년 전에 시집을 한 권 출판하기도 했다. 그의 부모님과 친구 대여섯 명 정도가 샀는데, 아마 그게 판매량의 전부인 걸로 안다. 셰익스피어가 살던 시대에는 달랐는지 모르겠지만, 요즘은 시가 돈이 되지 않는다.

그래도 처음 사귈 때는 낭만이 있었다. 네이트가 시를 쓰곤 했다. 나를 위한, 나를 주제로 한 시를. 그러고는 나룻배를 타고 호수로 나갔을 때처럼 더할 나위 없이 낭만적인 곳을 골라, 오직 나만을 위한 시를 읊어주었다. 그러면 내가 여신이라도 된 듯한, 마치 시를 지어 읊을 만한 가치가 있는 여인이 된 듯한 기분이 들었다.

몇 편은 간직해뒀다. 신발 상자에 넣어 옷장 안쪽에 보관하고 있다. 한때는 그걸 읽고 또 읽었다. 지금은 마지막으로 읽은 게 언제였는지 기억도 나지 않는다. 이제는 보기만 해도 우울해질 것 같다. 네이트가 오랫동안 나를 위해 시를 쓰지도 않았고, 앞으로도 그러지 않을 거라는 생각이 들어서다.

"저녁으로 뭐 먹고 싶어?" 네이트가 내게 묻는다. "내가 파스타 만들까?"

나는 무릎 위에 올려놓은 종이 더미로 눈을 떨군다. 절반 이상은 채점이 끝난 상태다. 나는 과제의 모든 답을 하나하나 확인하지 않는다. 관심을 기울이는 학생이 아니라면 말이다. 이를 테면 애디 세버슨의 과제는 다 확인했다. 반타작 정도 했는데, 첫 시험을 앞두고 좋은 징조가 아니다. 애디에게는 피드백을 해줘야 한다.

"나는," 내가 말한다. "셸비랑 밖에서 저녁 먹기로 했어."

거짓말이 아주 자연스럽게 튀어나온다.

네이트가 무심하게 고개를 끄덕인다. 그는 내가 저녁 먹으러 나가는 걸 반긴다. 그리고 내가 돌아오면 저녁이 어땠는지 물을 것이고, 내가 좋았다고 답하면 그걸로 끝이다. 셸비에게 전화해 내가 같이 있는지 확인할 일도 없다. 다행이지. 셸비는 우리가 오늘 밤에 만나기로 했는지 꿈에도 모르니까.

"자기는 저녁에 뭐 할 거야?" 내가 묻는다.

네이트가 어깨를 으쓱한다. "그렇게 특별한 건 없는데…… 영감이 좀 떠오른 것 같아. 그래서 글이나 쓸 생각이야."

"그렇다면 나는 자기 주위에서 얼쩡거리면 안 되겠다. 글 쓰는 걸 방해하고 싶진 않으니까."

"당신은 나한테 결코 방해가 되지 않아, 내 사랑."

어쩜 이렇게 말은 잘하는지.

한 시간 후, 과제 채점을 끝내고 집을 나서기로 한다. 9월밖에 안 됐는데 날씨가 좀 쌀쌀해서 재킷을 챙긴 다음 굽이 8센티미터인 마놀로 블라닉 부츠를 신는다. 신발이 키를 적어도 7센티미터 이상 높여주지 않는다면, 그 신발은 굳이 신을 가치가 없다는 게 내 철학이다. 그냥 양말을 신는 게 낫다.

네이트에게 인사를 해야 하나. 현관문 앞에서 머뭇머뭇한다. 네이트는 문을 닫고 혼자 침실에 들어가 있다. 깊이 집중하고 있을지도 모르는데 방해하고 싶지 않다. 내가 아무 말 없이 그냥 나가도, 네이트는 속상해하지 않을 거다.

사이먼스 슈즈까지는 내 차를 타고 20분 거리다. GPS 없이도 길을 알기에 라디오에서 나오는 댄스 음악을 크게 틀고 베이스 소리에 좌석이 떨림을 느끼며 거리를 달린다. 쿵쿵거리는 게 음악 소리인지 내 심장인지 모르겠다. 둘 다인 것 같다.

해가 지평선 아래로 내려가기 시작할 때쯤 신발 가게에 도착한다. 나는 신발 가게와 옆 피자 가게가 함께 사용하는 주차장에 차를 세운다. 차에서 내리자 기름진 토마토소스와 녹아내리는 치즈 냄새가 코를 찌른다. 아직 저녁을 먹지 않아 배에서 꼬르륵 소리가 난다. 나중에 피자 가게에 들러야겠다.

사이먼스 슈즈 문 앞에 잠시 서서 영업시간이 적힌 안내판을 본다. 화요일에는 저녁 7시에 문을 닫는다. 내 시계가 지금은 6시 50분이라고 알려준다.

시간을 잘 맞춰 왔다.

나는 문을 밀고 들어가다가 신발 상자를 잔뜩 들고 나오는 중년 여성과 부딪칠 뻔한다. 신발 상자가 네 개는 돼 보인다. 새 신발을 무려 네 켤레나 샀단 말인가. 나도 모르게 질투심이 스멀스멀 올라온다. 내가 미소를 지어 보이자, 그녀가 미안해하는 표정을 지으며 말한다. "여기 문 닫을 시간이 다 되었을 거예요."

"괜찮아요." 내가 말한다. "금방 나갈 거예요."

가게는 텅 빈 거나 다름없다. 계산대에 손님이 한 명 있을 뿐이다. 나는 곧장 디자이너 슈즈가 있는 곳으로 간다. 가게를 너무 잘 아는 터라 내 사이즈의 신발도 금방 찾아낸다. 여기에 있는 크리스찬 루부탱은 쇼핑몰에서 큰일 날 뻔했던 것과 아주 비슷하면서도 가격은 덜 비싸다.

이거 살까. 새 학기 첫날 신었던 신발 이후로 새 신발을 한 켤레도 사지 않았으니 나를 위해 하나 사도 될 것 같다. 네이트가 눈치채지 못하게 다른 신용카드를 쓸 수도 있다.

한번 신어보기로 한다. 그런다고 큰일이 나는 건 아니니까.

"손님에게 잘 어울릴 것 같군요."

목소리의 주인은 짙은 갈색 락포트를 신은 남자다. 나는 내 손에 든 신발을 만족스럽게 바라보며 내 옆에 서 있는 점원을 올려다본다.

그가 창고가 있는 쪽으로 고갯짓을 한다. "사이즈가 맞으신 가요, 아니면 다른 사이즈가 필요하신가요?"

"이게 맞을 거예요……."

그가 부드럽게 내 손에서 신발을 가져간다. "제가 도와드릴 까요?"

나는 신발을 신어볼 수 있도록 마련된 나무 벤치에 순순히 앉는다. 그러자 점원이 기다렸다는 듯이 내 부츠의 지퍼를 내리고 부츠를 발에서 천천히 벗긴다. 그의 팔뚝은 근육질이고 손은 강인해 보인다. 그의 손가락이 내 발바닥 아치에 생각보다 조금 더 오래 머문다. 그런 다음 그가 펌프스 한 짝을 집어 내 발에 신긴다.

"신데렐라가 왔군요." 그가 나를 올려다보며 비뚜름한 미소를 짓는다. 오른쪽 앞니 하나가 살짝 깨졌지만, 치아가 하얗고 전반적으로 잘 관리되어 있다. "아주 잘 맞아요. 이걸 사셔야겠어요."

"흠." 내가 말한다. "모든 손님에게 그렇게 말하잖아요."

"절대 그렇지 않아요."

나는 그의 어깨너머로 눈을 돌린다. 내가 들어왔을 때와 달리 지금은 가게 안이 어둡다. 출입문에 걸린 안내판은 반대로 돌려져 오늘 영업이 끝났음을 알리고 있다. 그렇다면 그가 우리가 안에 있는 채로 문을 잠갔다는 뜻이다.

그의 오른손이 내 무릎으로 오더니 허벅지를 따라 천천히 올라간다. "어떠세요?"

"제 생각에는……." 숨이 목에 걸린다. "조금 더 설득이 필요할 것 같아요."

그러자 그가 나를 끌어당긴다.

그리고 자기 입술을 내 입술에 갖다 댄다.

17

이브

세상에, 그는 정말 키스를 잘한다. 나를 녹아내리게 만든다. 한때는 네이트가 키스를 잘한다고 생각했는데, 착각이었다. 이 남자가 훨씬 낫다.

"이브." 그가 속삭인다. "당신이 안 올 거라 생각했어요."

"이걸 놓친다고요? 절대."

제이의 입에 미소가 걸리며 눈에 욕망이 차오른다. 내 남편이 나를 저런 눈빛으로 바라본 게 언제더라. 이 자리를 빌려 솔직히 말하자면, 짜릿하다. 그 짜릿함이 나를 지난 석 달 동안 한 주도 빠짐없이 이곳으로 오게 만들고 있다. 죄책감도 느껴지지 않는다.

아니, '조금'은 느낀다. 하지만 남편이 나를 만지는 걸 두려워하는 듯 행동하지만 않는다면, 이런 짓은 하지 않았을 것이다.

제이가 고개를 돌려 행여 누가 볼세라 훤한 길거리를 슬쩍 훑는다. 그러고는 내가 일어날 수 있도록 내 손을 붙잡아준다. 나는 펌프스 한쪽을 마저 벗어던지고 그를 따라 창고로 간다.

우리는 여기저기 쌓여 있는 신발들 사이에서 사랑을 나눈다. 공간이 좁아서 그런지 더 흥분된다. 한번은 내가 스틸레토의 가늘고 뾰족한 굽 위로 돌아눕는 바람에 피부가 찢어질 뻔했다. 제이는 그 일을 미안해했다. 그는 늘 예의 바르게 행동하려 하지만, 일주일 동안 떨어져 있다가 만난 지금은 내 옷을 찢다시피 벗기고 있다.

우리는 신발 가게 창고에서 오래 할 수 있는 만큼 한다. 이상하게도, 다 끝나고 나니 더 이상 그 신발이 그렇게 갖고 싶지 않다. 우리 둘은 차갑고 딱딱한 바닥에 잠시 누워 숨을 고른다. 제이는 방금 마라톤이라도 뛴 것처럼 숨을 헐떡인다. 고개를 돌려 나를 바라보는 그의 몸이 땀으로 번들거린다.

"일주일 중 내가 가장 좋아하는 시간이에요." 제이가 나를 끌어당겨 다시 키스한다. "온종일 이 생각뿐이었어요. 당신이 올지 확신할 수 없었어요."

나는 몸을 일으켜 앉아 두 번째 선반 위 신발 상자에 걸려 있는 브래지어를 집는다. 나한테도 일주일 중 가장 좋은 시간이라는 말을 하고 싶지는 않다. 우리가 이런 시간을 함께 보내지 않는다면 내가 학교 건물 옥상에서 몸을 날렸을지 모른다는 말도.

시작은 약 4개월 전이었다. 처음에는 그저 순수했다. 나는 신발을 사려고 사이먼스 슈즈에 들렀다. 제대로 된 신발 한 켤레가 어떻게든 문제를 해결해주리라 생각하면서, 내가 완벽한 펌프스를 신고 집으로 걸어 들어가면 나를 바라보는 네이트 눈에서 다시 불꽃이 튈 것 같았다.

이윽고 두 가지 신발로 좁혔다. 스튜어트 와이츠먼의 끈 달린 샌들이냐, 콜한의 검은색 가죽 펌프스냐. 하나만 살 수 있는 형편인지라 두 신발을 번갈아 보면서 마음을 정하려고 애썼다. 어느 신발이 네이트가 나를 다시 사랑하게 만들 수 있을지 결정을 못 해 한 시간 넘게 가게에 앉아 있었다. 결국 점원이 내게 다가왔다.

딱 꼬집어 말할 수는 없었지만 그에게는 어딘가 낯익은 구석이 있었다. 그렇다, 그는 어떤 여자라도 관심을 보일 만한 유의 사람이었다. 네이트만큼 잘생겼지만 느낌이 달랐다. 네이트가 좀 더 길쭉하고 날씬하다면, 이 남자는 어깨가 넓고 몸이 건장하다. 그가 내 옆에 서서 가슴이 저릴 정도로 부드러운 목소리로 말했다. *"문 닫을 시간이 다 되어서요. 계산을 도와드릴까요?"*

그 순간 모든 것이 벅찼다. 나는 그만 울음을 터뜨리고 말았다.

제이가 가게 문을 닫았고, 우리는 그 후 두 시간 동안 이야기를 나눴다. 나는 전부는 아니지만 필요한 만큼 털어놓았다. 제이는 내 남편이 어떻게 나를 매력적으로 느끼지 않을 수 있는지 이해할 수 없다고 했다. 나는 그가 예의상 그렇게 말한다고 생각했다. 그가 내게 키스하기 전까지는 말이다.

신발을 찾아 헤매다 신발 가게 점원에게 마음이 홀랑 빼앗긴 상황이 참 아이러니하다.

휴대폰이 울린다. 제이가 손을 뻗어 창고 바닥에 아무렇게나 벗어놓은 카키색 바지 주머니에서 휴대폰을 꺼낸다. 화면에 뜬 이름을 보자 숨을 헉 들이쉰다. 나를 한번 힐긋 보더니 전화를 받는다. 제이가 휴대폰을 귀에 가까이 대는데, 여자 목소리가 들린다. 여자가 무슨 말을 하는지는 알아듣지 못하겠다.

"아, 미안." 제이가 휴대폰에 대고 낮은 목소리로 말한다. "재고 정리하다가 또 늦어졌어."

제이는 내가 있는 데서 다른 여자에게 거짓말하는 모습을 보이고 싶어 하지 않지만, 지금은 어떻게 할 수가 없다. 나는 그에게 조금이나마 프라이버시를 주려고 고개를 돌린다.

"30분 정도면 집에 도착해." 제이가 헝클어진 머리를 쓰다듬는다. "길은 안 막힐 거야, 그러니까…… 응, 저녁은 신경 쓰지 마. 근처 가게에서 피자라도 먹고 갈게."

제이와 내가 둘 다 피자를 사 먹는다면, 나는 제이가 가게에 먼저 들어간 후에 들어가야 할 것이다. 제이가 굉장히 신경을 많이 쓰기 때문이다. 하기야 제이라고 자신의 거짓말이 들통나기를 원할 리 없다. 나 역시 원하지 않으니까.

"알았어." 제이가 휴대폰에 대고 말한다. "그럴게. 응…… 물론이지. 내가 집에 가서 할게." 그가 멈칫하더니 내 쪽을 힐끔 힐긋 본다. "나도 사랑해." 전화를 끊은 제이의 목이 벌겋게 달아올라 있다. "젠장, 방금은 미안해요, 이브."

"괜찮아요." 나는 대답은 그렇게 하지만, 그 전화가 우리가 결코 함께할 수 없는 이유를 하나 더 상기시켜준다는 생각에 씁쓸함을 떨쳐낼 수가 없다.

섹스 후 남아 있던 희열이 전화 한 통으로 사라진다. 참 재미있는 점은 제이를 몰래 만나는 지난 몇 달 동안 네이트에게서는 분위기를 깨는 전화나 문자 메시지를 한 통도 받은 적이 없다는 것이다. 아무리 생각해도 네이트는 내가 집 밖으로 나가는 걸 반기는 것 같다.

제이가 아랫입술을 깨문다. "그럼 다음 주에?"

"당연히요." 내가 일주일 중 가장 좋아하는 시간을 놓칠 수야 없다.

온갖 사이즈의 신발 상자들 사이에서 옷을 입으며, 이 순간이 나에게 정말로 큰 의미라는 생각이 든다. 단순히 일주일 중 가장 좋아하는 시간이 아니다. 내게는 '전부'다. 제이와 함께 도망치게 해달라고 하늘에 빌지 않은 날이 하루라도 있던가.

하지만 내 마음속 깊은 곳에서는 이것의 끝이 결코 좋을 리가 없음을 알고 있다.

18

—

애디

〈울림〉 모임이 끝나갈 때쯤, 네이트 선생님이 손가락을 까딱여 나를 부른다. "애디, 잠깐 얘기 좀 할까?"

나는 시 잡지 모임에 몇 주째 참석하고 있다. 나도 무언가의 일원이 된 듯한 기분을 느끼는 요즘이다. 가끔 로터스가 모임이 끝난 후에 나를 기다려줘서, 우리는 함께 자전거가 있는 곳까지 걸어가기도 한다. 하지만 로터스가 나를 좋아하는지 어떤지는 여전히 아리송하다. 어떤 때는 나를 죽도록 미워해서 기회만 있다면 내가 잠든 사이 날 죽일 것 같다는 생각이 들다가도, 또 어떤 때는 나를 기꺼이 참아주는 것처럼 보인다. 오늘 나는 로터스에게 먼저 가라고 손을 흔들어 보이지만, 로터스는 네이트 선생님이 나와 무슨 이야기를 하려는지 궁금해하는 기색이 역력하다. 로터스에게 네이트 선생님은 신과 같은 존재다.

나는 교실에 남아 네이트 선생님이 책상 위 서류들을 뒤적이는 동안 기다린다. 네이트 선생님은 학생들이 모두 나가기를 기다렸다가 서류를 내려놓고 나를 보며 미소 짓는다. "애디." 선생님이 말한다. "내가 왜 불렀을까?"

나는 네이트 선생님이 미소 지을 때 눈가에 지는 주름을 좋아한다. 한 달가량 선생님 수업을 들으면서 선생님에게 두 종류의 미소가 있음을 알게 되었다. 하나는 수업 시간에 학생들을 격려하려고 할 때 짓는 미소인데, 그리 진심이 느껴지지 않는다. 그렇지만 눈가에 주름이 생기면 그때야말로 선생님이 정말 기분이 좋다는 거다.

"좋은 소식인가요?" 내가 묻는다.

"매사추세츠주 전체를 대상으로 하는 백일장이 있어." 선생님이 손바닥을 마주 비빈다. "매년 내가 담당하는 수업에서 시한 편을 제출할 기회가 주어지는데, 올해는 네 시를 제출할 생각이야."

나는 입을 다물지 못한다. 네이트 선생님이 담당하는 수업만 해도 여러 개이고, 시 잡지 모임에 나오는 아이들도 여럿이다. 로터스만 봐도 시에 깜짝 놀랄 정도로 재능이 있다. 로터스가 쓴 시가 내가 쓴 어떤 것보다 훨씬 뛰어난데. 혹시 선생님 머리가 이상해지신 걸까? 나를 로터스라고 착각하시는 건가? "제 시를요?" 나는 겨우 목소리를 낸다.

네이트 선생님이 나를 보며 활짝 웃는다. "그럼! 〈그가 거기 있었다〉를 제출할 생각이야. 정말 훌륭한 시라고 생각하거든. 내가 여태 읽어본 시 중에서도 크게 감동받은 작품 중 하나란다."

아빠에 대해 쓴 시다. 내 목구멍에 큰 덩어리가 차오른다. 그동안 선생님의 칭찬에 익숙해졌다고 생각했는데, 이런 큰 칭찬에는 어쩌지를 못하겠다. 감정이 너무 북받친다. 내가 이만큼이나 인정을 받고 있다는 사실에 가슴이 터질 것만 같다. 굶주리던 사람이 갑작스레 한 상 가득 차려진 음식을 먹고 죽는 것처럼.

"정말로요?" 내가 묻는다.

"애디." 네이트 선생님이 팔짱을 낀다. 방과 후 어느 틈엔가 소매 단추를 풀고 셔츠를 팔뚝까지 걷어 올린 차림이다. 선생님 팔에 난 짙은 색 털이 눈에 들어온다. 우리 학년 남자아이들에게선 보기 힘든 모습이다. 허드슨조차 털이 적은 편인 데다 색깔도 머리카락처럼 연한 금발이니 말이다. "애디, 너 자신을 조금 믿어주면 좋겠다. 나는 너를 믿거든."

"네." 내가 낮은 목소리로 대답한다.

"네 시는 훌륭해." 내 눈을 똑바로 바라보는 선생님의 갈색 눈동자에 흔들림이 없다. "넌 놀라운 사람이야, 알겠니? 넌 뛰어난 실력을 가진 예술가야. 그것도 겨우 열여섯 살에."

다른 사람이 내게 그렇게 말한다면, 나는 그냥 빈말이라고 생각했을 거다. 하지만 네이트 선생님 입에서 내가 놀라운 사람이라는 말을 들으니, 내가 정말로 그런 사람이라는 기분이 든다. 내가 정말로 이 세상에서 잘하는 일이 있다는 생각이 든다. 그래 봤자 시인이 되겠다 하면 내가 세상 물정을 몰라서 허황한 직업을 택한다는 말을 들을 테고, 그러니 그냥 엄마 말대로 간호사가 되는 게 맞을지도 모르지만.

"저는 수학에는 젬병이에요." 내가 머릿속에 아무렇게 떠오른 말을 불쑥 내뱉는다.

쓸데없는 말을 했다는 생각에 자책감이 밀려오는데, 어찌 된 일인지 네이트 선생님이 웃음을 터뜨린다. 고개를 뒤로 젖히고 큰 소리로 웃는다. 어금니 한쪽에 때워 넣은 작은 은색 충전재가 보인다. "내 아내 때문에 힘드니?"

나는 한쪽 어깨를 으쓱한다. "제가 수학을 못 하는 게 이브 선생님 잘못은 아니죠."

"아내가 어떤지는 잘 알아. 엄하지, 그렇지?"

선생님의 부인에 대해 부정적인 말을 하고 싶지 않아서 그냥 입을 다문다. 하지만 사실대로 말하자면, 네이트 선생님은 학교에서 인기 있는 선생님 중 한 명이지만 이브 선생님은 수학을 잘하는 학생들 사이에서만 인기가 있다. 정말 엄하고, 내용을 바로 이해하지 못하는 아이들에게 인내심도 별로 없다.

최악은 사람들이 네이트 선생님 같은 사람이 왜 이브 선생님과 결혼했는지 모르겠다고 말하는 거다. 네이트 선생님은 학교에서 가장 잘생기고 학생들이 가장 사랑하는 선생님이다. 이브 선생님도 예쁘긴 하지만, 남편과 동급이라고는 할 수 없다. 그리고 확실히 사랑받는 선생님도 아니다. 오히려 그 반대로, 이브 선생님은 좀……

그러니까…… 왕재수다. 윽, 이렇게까지는 말 안 하려 했는데.

"내 아내는 아주 실제적인 사람이야." 네이트 선생님이 말한다. "논리와 이성에만 관심을 기울이지. 우리처럼 꿈꾸는 사람이 아니야. 그녀에게 언어는 실용적인 목적을 위한 도구일 뿐이야."

"괜찮아요." 나는 선생님을 안심시키듯 말한다. "제가 공부하면 돼요." 그리고 기적이 일어나게 해달라고 기도도 함께해야 한다.

"이브가 너무 힘들게 하면," 네이트 선생님이 말한다. "나한테 말해. 진지하게 말하는 거야."

선생님에게 그런 걸 말하는 일은 진지하게 없을 거다.

"네 마음 충분히 이해해." 네이트 선생님이 덧붙인다. "나도 고등학생 때 수학을 못 했어. 생물도 못 했고."

"정말요?" 내가 가장 싫어하는 두 과목을 선생님이 정확히 집어냈다.

네이트 선생님이 나를 보며 씩 웃으니 눈가에 내가 좋아하는 주름이 진다. "응, 그랬지. 난 개구리 해부하는 걸 거부했어. 그게 잘못됐다고 생각했거든. 선생님이 날 낙제시키려고 하는 바람에, 추가 과제를 해서 간신히 통과했단다!"

네이트 선생님을 지금보다 더 좋아하는 게 불가능할 거라 생각했는데, 불가능이 가능으로 바뀐다.

"아무튼······" 네이트 선생님이 손목시계를 내려다보고는 깜짝 놀란 표정을 짓는다. "미안하구나. 시간이 이렇게 늦은 줄 몰랐어. 오래 붙잡아둬서 미안하다. 집까지 태워줄까?"

네이트 선생님의 그 말에 너무 충격을 받아 손에서 책가방을 놓칠 뻔한다. 지금 나를 집까지 태워다주겠다고 하신 건가? 터틀 선생님에게 무슨 일이 있었는지 모르시는 건가? 나에게 관심을 가지고 마음을 써주는 선생님의 차를 얻어 타는 일 따위는 절대 없어야 한다. 그때와 같은 일이 다시는 일어나게 하지 않을 거다.

"괜찮아요." 나는 재빨리 말한다. "자전거 있어요."

"정말? 전혀 번거롭지 않은데."

"진짜 괜찮아요."

네이트 선생님이 어깨를 으쓱한다. "알았다. 그럼, 내일 보자."

그렇게 말하는 네이트 선생님이 너무 무심해 보여서 내가 좀 오버했나 싶은 생각이 든다. 그냥 차를 태워주는 것뿐인데. 다른 애들도 가끔 선생님들의 차를 타기도 하고, 차를 태워준 선생님들이 끝내 해고당하거나 망신당하게 되는 것도 아닌데. 아무래도 내가 너무 심각하게 생각했나 보다.

그렇다고 이제 와서 마음을 바꾸기는 너무 늦은 것 같아서 가방을 챙겨 들고 교실을 나선다. 그러다가 로터스와 부딪칠 뻔한다. 로터스가 책가방을 닥터 마틴 부츠 옆에 내려놓은 채 살짝 광기가 느껴지는 얼굴로 벽에 기대어 서 있다.

"아직 있었네." 내가 말한다. "기다리지 말라고 했잖아."

로터스가 손등으로 코를 슥슥 문지른다. "무슨 일이었어?"

"아." 나는 올라가려는 입꼬리를 억누른다. "무슨 주 대회가 있는데 네이트 선생님이 내 시를 출품하고 싶으시대. 그래서 남으라고 한 거야."

“설마.” 로터스가 숨을 헉 참는다. “혹시 매사추세츠주 백일
장?”

“아마도?”

로터스가 숨죽여 욕을 한다. “말도 안 돼. 그렇지 않아?”

글쎄, 나는 잘 모르겠는데. “뭐가?”

“그러니까……” 로터스가 이를 악문다. 이들이 작고 날카로
워 보인다. “그 백일장은 큰 대회야. 네이트 선생님은 학교 전체
에서 딱 한 편의 시를 제출할 수 있어.”

“그래…….”

“그런데 너는 겨우 시작 단계잖아.” 마스카라를 짙게 바른 로
터스의 속눈썹이 빠르게 떨린다. “네가 시작하는 사람치고 잘
하는 건 맞아. 하지만 시 모임에는 너보다 잘하는 애들이 세 명
이나 더 있어. 그리고 내가 너보다 더 잘하는 데도 선생님은 내
시를 뽑은 적이 없어.”

무슨 말을 해야 할지 모르겠다. “내가 결정한 게 아니야.”

“그래, 하지만 잘못된 결정이잖아.” 로터스가 눈을 가늘게 뜨
며 나를 쏘아본다. “그러니까 네가 선생님한테 그건 잘못된 결
정이라고 말해야 해. 선생님이 너를 편애해서 네 시를 뽑은 거
니까.”

나는 이미 네이트 선생님에게 내 것보다 더 좋은 시가 있을
거라고 말했다. 하지만 네이트 선생님이 마음을 바꿀 생각이 없
었다. “나더러 뭘 어쩌라는 거야, 로터스?”

“교실로 다시 들어가서 선생님한테 다른 사람의 시를 제출하

라고 말해주면 좋겠어.”

네이트 선생님이 처음부터 내 시를 출품작으로 선택했다는 말과 로터스가 방금 내게 요청하는 말 중 어느 쪽이 더 경악스러운지 모르겠다.

“난 그럴 생각 없어.” 내가 답한다.

로터스가 볼륨 없는 가슴 위로 팔짱을 낀다. “그럼 너는 우리 학교가 떨어지기를 바라는 거야?”

“나도 우리 학교가 떨어지는 걸 원하지는 않아. 하지만 네이트 선생님이 내 시를 고른 데는 이유가 있을 거야. 상을 받을 수 있다고 생각하셨겠지.”

로터스가 비웃는다. “픕, 선생님이 네 시를 정말로 그런 이유로 뽑았다고 생각하니?”

내 입이 떡 벌어진다. “응…….”

“너는 터틀 선생님을 해고당하게 만든 것도 모자라 이제는 네이트 선생님을 건드리는 거야?”

내 얼굴이 화끈거린다. 로터스와 친구일지도 모른다고 생각했는데, 나 혼자만의 착각이었다. “나는 집에 가야겠어.” 낮은 목소리로 말한다. “다음 주에 보자, ‘메리’.”

책가방 끈을 움켜쥐고 로터스에게서 멀어지는 동안 머릿속이 시끄러워진다. 젠장, 로터스가 내 마음속 가장 깊은 곳에 있던 두려움을 끄집어냈다. 네이트 선생님에게는 고를 수 있는 시가 많았다. 그런데 왜 내 시를 골랐을까? 객관적으로 봐도 내 시가 최고라는 생각은 들지 않는다. 훌륭한 시가 정말 많았다. 로터스가 쓴 것도 그렇고.

그렇다면 왜 내 시였을까?

로터스 말이 맞으면 어쩌지? 네이트 선생님이 실력이 떨어지는 시를 골라 대회에 출품하려는 데에 뭔가 다른 이유가 있으면 어쩌지? 그저 선생님이 아끼는 학생이어서인가? 아니면 그 이상의 무언가가 있을까?

정말이지 끔찍한 건, 로터스의 말이 사실일지도 모른다는 가능성에 나도 모르게 전율 같은 기대감이 일었다는 점이다.

19

이브

오늘은 내 생일이다.

서른이 된다고 생각하니 마음이 묘하다. 케스햄 고등학교에서 8년째 아이들을 가르치며 큰 변화 없이 살아왔는데, 큰 획을 하나 그은 기분이다. 시간이 정말 빠르게 흘러간 것처럼 느껴진다. 교사가 된 첫날이 엊그제 같은데, 눈 깜짝할 사이에 10년 차 교사라는 말을 들을 날이 가까워지고 있다.

나의 이십 대가 이렇게 끝났다. 눈을 한 번 더 깜짝하고 나면, 삼십 대도 지나가고 마흔이 되어 있을 것이다. 그리고 언젠가 아흔이란 나이가 되면 이 침대에 누워 내 인생이 다 어디로 흘러갔는지 궁금해하겠지.

옷장을 들여다보며 생일날에 어떤 신발을 신을지 고민 중이다. 출근해야 하니 샌들은 신을 수 없다. 10월 중순이라, 신을 생각도 없다. 옷장 바닥에 줄을 맞춰 늘어놓은 신발들을 훑어보다가 잠시 다른 생각에 잠긴다. 네이트는 아직 욕실에서 면도를 하고 있다. 적어도 몇 분은 더 걸릴 것이다.

이 틈을 놓치지 않고, 옷장 한쪽 구석 깊숙이 세워둔 커다란 여행 가방에 손을 뻗는다. 힘껏 가방을 들어 올려 꺼낸 다음, 욕실 문을 한 번 더 흘깃 쳐다본 후 지퍼를 연다. 길게 숨을 내쉬며 내용물을 내려다본다.

여행 가방 안에는 십여 켤레의 신발이 들어 있다.

네이트는 이 신발들의 존재를 모른다. 그는 내가 옷장 바닥에 꺼내놓은 신발만으로도 사태가 심각하다고 생각한다. 신용카드 명세서를 줄곧 감시하면서 내가 신발을 사는지 확인하고, 나한테 문제가 있는 것 같다는 생각을 은근히 드러내기도 했다. 네이트가 이 여행 가방에 대해 알게 된다면 나를 데리고 병원에 갈지도 모른다.

그러니 신속하게 움직여야 한다.

내가 가장 좋아하는 루이뷔통 펌프스를 꺼낸다. 딱 한 켤레 가지고 있는 루이뷔통이다. 아무래도 값이 꽤 나가니까. 검은색 페이턴트 송아지 가죽 소재에 전체적으로 모양이 날렵하고 굽은 가늘고 뾰족하다. 네이트는 루이뷔통 구두 사는 걸 절대 허락하지 않았을 거라서 나는 몰래 돈을 모아야 했다. 그리고 꼭꼭 숨겨두고 특별한 날에만 신는다.

재빨리 펌프스에 발을 밀어 넣은 다음 여행 가방을 옷장 안쪽에 쑤셔 넣는데, 면도를 끝낸 네이트가 말끔한 얼굴로 욕실에서 나온다. 흰 수건을 허리에 두르고 있는 모습이 제이처럼 근육질은 아니어도 어쩜 저렇게 멋진지. 나는 또 이렇게 남편에게 강하게 끌리고 만다.

문제가 하나 있다면 네이트는 내게 같은 감정을 느끼지 않는다는 것이다.

브라와 팬티스타킹만 입고 있는 지금, 루이뷔통 펌프스까지 신은 참에 네이트를 향해 걸어가본다. 신발 덕분에 내 키는 몇 센티미터 커졌지만 네이트는 맨발이라, 나와 네이트의 키 차이가 확 줄어든다. 내가 얼굴을 들고 네이트를 올려다보자, 네이트가 내 입술에 입을 쪽 맞춘다.

내가 손가락으로 그의 가슴을 쓰다듬는다. "작은 생일 선물 어때?"

그의 몸이 뻣뻣해진다. "지금?"

"응. 빨리하면 되잖아."

"이브." 네이트가 눈을 굴린다. "진심으로 하는 말은 아니겠지."

그러면 그렇지. 왜 바보같이 내 생일날 남편이 나와 섹스를 하고 싶어 할 거라고 생각했을까?

그에게 거절당할 때면 늘 그랬듯이 가슴 한쪽에 수치심이 밀려온다. 그래도 이 세상에는 나를 원하는 남자가 있다. 그럼 문제는 나한테 있는 게 아니라 네이트에게 있는 것일지 모른다. 네이트가 무성애자라거나. 왜, 그런 사람도 있다잖아?

그렇지만 네이트가 나와 데이트를 시작할 때는 무성애자처럼 행동하지 않았다. 그때는 틈만 나면 나와 붙어 있으려 했는데.

네이트가 내 얼굴에 떠오른 표정을 보고는 재빨리 덧붙인다. "방금 샤워하고 나왔잖아. 그리고 우리 곧 학교에 가야 해. 오늘 저녁은 밖에 나가서 먹자."

그러고 보니 어떤 식으로든 네이트에게서 선물에 대한 언급이 전혀 없었다. 아마 이번에도 선물은 없을 것이다. 몇 년 전, 그는 어차피 같은 돈을 나눠 쓰는 처지에 선물이 무슨 의미가 있느냐고 말한 적이 있다. 그 소신을 증명이라도 하듯 지난 3년 동안 그는 내게 단 하나의 선물도 주지 않았다. 아무래도 오늘 저녁 식사가 내 선물인 모양이다.

"오늘 밤에 아주 멋진 시간을 보내는 거야." 네이트가 내 어깨에 두 손을 올리더니 내게 한 번 더 입을 맞춘다. 그의 입술이 내 입술을 단단히 누르지만 혀가 움직일 기미는 전혀 없다. "당신 가고 싶은 곳으로 가자."

"좋아." 내가 대답한다. 비꼬는 말투처럼 들리지 않게 잘 말한 것 같다.

네이트가 옷을 입기 시작하는데 그때 마침 내 휴대폰이 진동하며 메시지가 왔음을 알린다. 나는 스냅플래시 메시지인 것을 보자마자 테이블에서 휴대폰을 얼른 집어 든다. 넉 달 전쯤 내려받은 앱이다. 학교에서 듣자 하니, 메시지를 확인한 후 정확히 60초가 지나면 문자 내용과 이미지가 사라지는 기능이 있어서 아이들이 많이 사용한다고 했다. 부모들이 좋아하지 않을 만한 이야기를 들키지 않고 주고받을 수 있는 완벽한 수단이다.

또한 내가 지난 몇 달 동안 만나고 있는 매력적인 신발 가게 점원과 연락을 주고받기에도 아주 좋은 수단이다.

나는 숨을 멈추고 앱을 연다. 제이에게 중요한 일이 아니면 메시지를 보내지 말라고 했다. 하지만 그의 메시지를 보자마자 나는 미소를 숨길 수가 없다.

제이 생일 축하해요! 함께 보낼 수 있으면 좋았을 텐데.

화면에서 사라질 때까지 60초 동안 메시지에서 눈을 떼지 않는다. 오늘 아침에 눈을 뜬 이후 처음으로 내 얼굴에 미소가 번진다. 제이가 위험을 감수하며 내게 보낸 메시지 덕분에 나는 하루 중 최고의 순간을 얻는다. 답장을 보낸다.

나 나도 그래요.

몇 초 더 화면을 쳐다보고 있으니, 다음 메시지가 나타난다.

제이 당신에게 줄 게 있어요.

"이브?"

손에서 휴대폰을 놓칠 뻔했다. 옷을 다 입은 네이트가 나를 의아한 표정으로 보고 있다. 아차, 나는 아직 브라와 팬티스타킹만 입고 있다. "으응?" 내가 답한다.

"우리 이제 가야 해." 네이트가 손목시계를 톡톡 두드린다.

“그러다 늦어.”

네이트가 손목시계를 노려보고 있는 동안 나는 옷장에서 원피스를 꺼내 후다닥 입는다. 내가 다시 휴대폰을 집어 들자 제이의 메시지는 이미 사라지고 없다. 화면에는 아무것도 남아 있지 않다.

20

애디

오늘은 체육 시간에 땀을 뻘뻘 흘리고 말았다.

내가 가장 싫어하는 운동, 오래달리기를 했기 때문이다. 50바퀴를 돌아야 해서 수업 시간 내내 달렸다. 켄지는 내가 확신하건대 절반만 뛰어놓고는, 카바노 선생님에게 가서 다 했다고 말하더니 선생님의 손짓 한 번에 관람석으로 가서 앉아 쉬었다. 하지만 내가 48바퀴를 돌고 나서 카바노 선생님에게 다 했다고 했을 때는 선생님이 머리를 절레절레 흔들더니 계속 달리라고 했다.

그래서 오늘은 수업이 끝난 후 샤워를 하는 게 감사하다. 집에 가려면 아직도 수업이 세 개나 더 남아 있기 때문이다. 더 나쁜 건 집에 가도 소파에서 뒹굴지 못한다는 거다. 엄마가 쉬는 날이라 내가 학교에서 돌아오면 같이 추모 공원에 가서 아빠한테 인사하고 오자고 할 게 뻔하다. 엄마가 나에게 말했다. "지난

번에 다녀오고 두 달이 지났어." 아빠가 무덤 속에 누워 손목시
계의 날짜를 확인하며 우리가 왜 이렇게 안 오는지 궁금해하기
라도 한다는 건가.

그러든가 말든가. 나는 열여덟 살이 되면 아빠 무덤에 두 번
다시 가지 않을 거다.

샤워를 빠르게 한다. 여자애들이 나를 놀릴 이유를 찾지 못하
도록 다리를 더 자주 면도하려고 노력하고 있지만, 한편으로는
단지 체육 수업 때문에 털을 밀어야 하는 게 바보 같은 짓이라
는 생각도 든다. 내 다리가 아기 피부처럼 매끈하든 아니든 어
차피 나를 놀려댈 텐데. 오늘은 하필 면도를 하지 않아서 샤워
를 최대한 빨리 끝낸다.

뻐근한 다리를 끌고 청바지와 오버사이즈 스웨트셔츠를 꺼
내려 로커가 있는 곳으로 돌아간다. 그런데 내 로커 앞에 도착
하니 자물쇠가 열려 있다.

철렁하는 가슴을 부여잡고 로커를 열어젖힌다. 내 눈앞에 책
가방이 그대로 있다. 휴, 다행이다. 가방 위에 올려둔 체육복 반
바지, 속옷, 땀에 젖은 티셔츠도 있다. 그런데 그것뿐이다. 등교
할 때 입고 온 옷들이 보이지 않는다.

바로 그때 탈의실 건너편에서 켄지와 그녀 일당이 나를 보며
킥킥대고 있는 모습이 눈에 들어온다.

나는 어깨에 힘을 주고 그쪽으로 몸을 돌린다. "내 옷 돌려줄
래?"

켄지가 크고 파란 눈망울을 껌뻑거린다. 옷을 다 입고 다음

수업으로 갈 준비를 마친 상태다. "무슨 문제라도 있니? 그 안에 옷 있잖아. 온종일 입고 있던 거 아니야?"

내가 이를 악문다. "이거 아니야. 내 옷 돌려줘."

"나한테 좋은 생각이 떠올랐어." 켄지가 말한다. "이 상황을 '시'로 써보지그래? 네가 잘하는 게 그거 아니야?" 켄지가 매니큐어를 깔끔하게 바른 손가락으로 턱을 톡톡 두드린다. "슬프도다 내 영혼아, 내 옷들이 풀려났으니 이제 모두가 털이 난 내 무릎을 보리라."

켄지 일당이 웃음을 터뜨리며 탈의실 밖으로 나간다. 순간 켄지를 쫓아가 금발 머리카락을 한 움큼 잡아채 그대로 두개골에서 뽑아버리고 싶은 충동이 걷잡을 수 없이 일어난다. 그러면 켄지가 저 웃음을 멈출 텐데. 그리고 그 보상으로 나는 퇴학을 당하겠지.

정작 선을 넘지 않도록 내 마음을 붙잡아준 건, 네이트 선생님이 내게 품을 실망감이 얼마나 클지 하는 생각이었다.

나는 로커를 바라보며 내가 선택할 수 있는 경우의 수를 따져본다. 땀에 젖은 체육복은 정말 다시 입고 싶지 않지만, 달리 뭘 할 수 있을까? 테리 소재 수건을 두르고 수업에 갈까? 나랑 같이 체육 수업을 듣는 애들은 모두 다음 수업으로 갔고, 곧 있으면 다른 애들이 체육 수업을 들으러 몰려올 것이다.

켄지가 내 옷을 버리지는 않았을 거다. 탈의실을 돌아보기로 한다. 통로를 돌아다니며 구석구석 확인하지만, 청바지나 스웨트셔츠는 어디에도 보이지 않는다. 그러다 샤워장으로 갔을 때,

한쪽 구석에 있는 작은 옷 뭉치를 발견한다. 얼른 안으로 들어가서 보니, 예상대로 내가 오늘 학교에 입고 온 옷이다. 아침과 달리 지금은 물에 푹 젖어 있지만.

하아, 이로써 내가 고를 수 있는 선택지가 줄어들었다.

체육 수업을 들으려는 아이들이 탈의실로 들어오고 있다. 물이 뚝뚝 떨어지는 옷을 입을 수는 없으니, 체육복 반바지와 땀에 젖은 축축한 티셔츠를 다시 입는 것 말고는 다른 방법이 없다. 티셔츠에서 끔찍한 냄새가 나지만, 내가 무얼 할 수 있을까?

하지만 이보다 더 최악인 상황이 기다리고 있다. 그건 바로 내 다음 수업이 이브 선생님의 수학 시간이라는 거다.

아무도 없는 3층 복도를 터벅터벅 걸어 수학 교실로 향한다. 티셔츠에 밴 땀이 채 마르지 않아서 티셔츠가 피부에 닿는 느낌이 불쾌하다. 게다가 물에 완전히 젖은 청바지와 스웨트셔츠를 어떻게 해야 할지 몰라 그냥 책가방에 쑤셔 넣었더니, 가방이 천근만근이다.

교실 문 너머로 수업 중인 이브 선생님의 모습이 보인다. 이브 선생님이 칠판에 뭔가를 쓴 다음 몸을 돌려 학생들에게 무어라 말한다. 어떻게 들어가지. 수업을 그냥 빼먹을까 잠시 고민해 보지만, 학기 초에 선생님이 무단결석은 10점 감점이라고 너무나 분명하게 말했다(그러면 내 성적은 마이너스 10점이 되겠지). 그래서 나는 땀 때문에 축축한 티셔츠와 체육복 반바지 차림으로 교실 문을 연다.

이브 선생님이 고개를 돌려 나를 쳐다본다. 기분이 좋아 보이지 않는다. 평소에도 기분이 좋아 보인 적이 없지만, 오늘따라 더 안 좋아 보인다. 선생님이 팔짱을 끼고 나를 보는데, 눈에서 레이저가 나올 것 같다. 내 체육복 차림과 털 난 다리에 감명을 받으실 리가 없다.

"수업에 와줘서 고맙구나, 애디." 이브 선생님의 말투가 날카롭다.

"죄송합니다." 나는 낮은 목소리로 대답한 다음 최대한 조용히 내 자리로 가서 앉는다.

이브 선생님이 수업을 다시 시작할 거라 생각했는데, 뭐지, 팔짱을 낀 채 내게서 눈을 떼지 않는다. 나에게 무엇을 원하는 건지 모르겠다. 네, 지각했어요, 그렇지만 이제 와서 뭘 어떻게 할 수도 없는데요, 저한테 시간을 되돌려보라는 건가요? 설마, 시간을 10분 전으로 돌려 수업 시간에 맞춰 올 수 있도록 나더러 슈퍼맨처럼 지구 자전의 반대 방향으로 날기 시작하라는 건 아니겠지? 아, 진짜 나한테 그걸 바라는 거야?

"애디, 과제 내야지." 이브 선생님이 짜증 섞인 목소리로 말한다.

아차.

나는 가방을 뒤져 종이 한 장으로 된 과제물을 찾아낸다. 하지만 과제물을 꺼내는 순간, 내가 끔찍한 실수를 저질렀다는 걸 깨닫는다. 점심시간에 과제를 하느라 종이를 바인더에서 빼놓았는데, 물에 젖은 옷을 가방에 그대로 집어넣었더니 글씨가 전부 물에 지워져버리고 말았다. 도저히 알아볼 수가 없지만, 달리 방법이 없어 그대로 제출한다.

"애디, 이게 뭐니?" 이브 선생님이 물기를 잔뜩 머금은 종이를 내려다보며 묻는다.

"물에 젖었어요." 나는 그냥 간단히 대답한다.

"그건 나도 알겠다." 이브 선생님이 손으로 종이를 공처럼 꾸기더니 쓰레기통에 던져 넣는다. "이런 상태로는 내가 채점을 할 수 없으니 다시 해서 내일 제출하는 게 어떻겠니?"

내 모든 자제력을 발휘해 터져 나오려는 탄식을 간신히 막는다. 과제를 한 번 하는 것만으로도 고문이었는데. 다시 해야 한다고? 오늘 과제도 내가 다 할 수 있을지 어떨지 모르는데? 하지만 내가 무얼 할 수 있을까? 과제를 미제출로 남겨둘 수는 없다. 1점이라도 더 받아야 하니까 말이다. "네, 선생님. 알겠습니다." 내가 답한다.

이브 선생님이 나를 흘긋 보고는 수업을 계속한다. 아무래도 선생님은 나를 싫어하는 것 같다. 사실 선생님은 그 어떤 학생도 좋아하는 것 같지 않다. 그녀는 그저 인생 자체가 괴로운 사람 같다. 그래서 가끔은 네이트 선생님이 불쌍하다.

21

이브

오늘 생일인데, 지금까지 좋은 일이 하나도 없네.

남편은 아침에 내 유혹을 완강히 거절했고, 스타킹 올이 나갔고, 좀 전에 애디 세버슨은 내가 할머니라도 되는 것처럼 아주 깍듯하게 대답을 했다. 하루 중 유일하게 좋았던 일은 아침에 제이에게 받은 문자였다. 그리고 그가 나한테 줄 게 있다고 했으니, 나중에 선물을 주려나.

부모님한테 부재중 전화가 와 있어서 수업이 없는 시간에 다시 걸었다. 정말 오랜만에 하는 연락이다. 기억을 더듬어보니 6월 셋째 주 일요일인 아버지날 이후로 전화한 적이 없었던 것 같다. 어느새 중요한 명절에만 연락하는 가족이 되어버렸다. 내가 다음번 부모님에게 거는 전화는 성탄절이 되리라는 생각이 든다.

부모님을 마지막으로 본 것도 언제인지 잘 기억나지 않는다.

3년쯤 된 것 같다.

"이브." 엄마가 전화를 받으며 내 이름을 부른다. 소리가 울리는 것으로 보아 스피커폰을 켠 것 같다. "너 생일 축하하려고 아빠하고 같이 전화했었어."

"고마워요." 내가 서먹하게 대답한다.

"여보세요, 이브." 아빠 목소리가 크게 울린다. "생일 축하한다, 딸아."

"네, 감사해요."

서로가 이렇게 어색하고, 그래서 이렇게 예의 바르게 행동한다. 부모님과 내가 이렇게 되리라고는 상상도 못 했다. 어렸을 때 나는 부모님과 정말 친했었다.

"오늘 저녁에 특별한 계획이라도 있니?" 엄마가 묻는다.

"네이트랑 저녁 먹으러 나가기로 했어요."

"네이트는 어떻게 지내?" 엄마가 그렇게 물을 때, 역겨움에 얼굴을 찡그리는 모습이 눈앞에 그려진다.

"잘 지내요."

"별다른…… 소식은 없고?"

엄마는 내가 임신했는지 궁금한 것이다. 정말 내가 임신하기를 바라서 묻는 건지는 모르겠지만. 손주가 생기면 좋기야 하겠지만, 나와 부모님의 관계가 지금 같은 상황에서 과연 엄마가 손주를 실제로 만나게 될 날이 있을까? 확신하건대 엄마는 나와 네이트 사이에 아이가 생기는 걸 좋아하지 않는다.

"없어요." 내가 답한다.

"그렇구나." 엄마가 한숨을 내쉰다. 안도의 한숨이다. "그래, 너희가 잘 지내고 있으면 됐어. 혹시 크리스마스 때 뉴저지에 올 생각은 없니?"

"글쎄요." 작년과 재작년 성탄절 때 네이트 부모님을 뵈러 갔다. 그렇게 따지면 이번에는 우리 부모님께 가야 할 차례지만 나는 굳이 엄마 아빠를 만날 생각도, 엄마 아빠에게 나를 이리저리 판단할 기회를 줄 생각도 없다. "어떻게 할지 다시 연락드릴게요."

침묵이 흐른다. 부모님과 나 사이에 차마 말하지 못하는 이야기들이 너무 많다는 게 문제다. 그중에서도 내가 입 밖으로 꺼내기를 가장 꺼리는 이야기는 이것이다.

엄마가 옳았어요. 네이트와 결혼하는 게 아니었어요.

22

애디

진짜 이 체육복을 계속 입고 있어야 한다니, 창밖으로 몸을 날려버리고 싶은 심정이다.

그나마 이제는 축축하지는 않다. 하지만 땀이 다 마르고 나니 옷이 빳빳해진 것 같다. 게다가 냄새는 어떻고. 샤워를 했는데도 옷에서는 기분 나쁜 냄새가 나니 사람들이 나를 보며 코를 찡그린다. 터틀 선생님과 소문이 났던 여학생이라서 안 그래도 힘든데, 이제는 터틀 선생님과 소문도 나고 몸에서 악취도 풍기는 여학생이 되어버렸다.

젖은 옷들 때문에 책가방도 완전히 엉망이고 내용물도 무사한 게 없다. 마지막 수업에 가기 전에 화장실 세면대에서 물을 짜보려고 하다가 오히려 티셔츠에 물이 더 튀고 만다. 할 수 없이 옷들을 책가방에 도로 쑤셔 넣은 다음 수업에 또 늦지 않으려고 교실로 내달린다.

수업 종이 울린 직후, 교실에 다다른다. 내가 교실 입구에 모습을 드러냈을 때 네이트 선생님은 교실 문을 닫으려고 책상에서 막 일어서던 참이다. 선생님의 갈색 눈동자가 나를 훑고 지나가고 뒤이어 충격으로 눈이 휘둥그레지는 모습에 온몸이 화끈거린다. 냄새나고 더러운 체육복을 입고 면도도 하지 않은 다리를 내놓고 다니는 내 모습을 네이트 선생님에게, 내가 세상에서 제일 좋아하는 선생님에게 보이고 말았다.

수학 시간에 이브 선생님에게서 꾸중을 들은 것도 끔찍했는데, 지금이 더 끔찍하다. 그냥 땅속으로 사라지고 싶다.

"애디?" 네이트 선생님이 이맛살을 찌푸린다. "너 괜찮니?"

"괜찮아요." 나는 침을 삼킨다. 어서 내 자리로 가서 수업이 끝날 때까지 쥐 죽은 듯 조용히 있고 싶다. 40분만 있으면 이 바보 같은 하루가 끝난다.

네이트 선생님이 내 대답을 믿을지 말지 고민하는 것처럼 턱을 쓱 문지른다. 잠시 후 책상으로 돌아가 종이에 무언가를 빠르게 쓰더니 내게 건넨다.

"일찍 집에 가렴." 네이트 선생님이 교실에서 술렁이는 학생들에게 들리지 않게 낮은 목소리로 이야기한다. "혹시나 빨리 하교하는 게 문제가 되지 않도록 메모를 썼다."

"네?" 외마디 말이 내 입에서 불쑥 튀어 나간다.

"네가 지금 많이 힘들어 보여서." 네이트 선생님이 알아차린 거다. "내 수업을 빠져도 된다고 허락해주는 거야. 오늘 숙제는 없다. 가서 쉬어."

“하지만……” 이 상황을 어떻게 받아들여야 할지 몰라 얼떨떨하면서도, 그렇다고 이렇게 서서 선생님에게 반박하고 싶은 마음도 없다. 사실 정말 집에 가고 싶으니까. 더럽고 땀내 나고, 머리도 지끈거린다. “알겠습니다. 어, 음, 감사해요.”

네이트 선생님이 내게 윙크를 보낸다. “어서 가봐.”

네이트 선생님이 윙크할 때마다 내 마음이 살짝 설렌다. 그런데 하필 내가 역겨운 체육복을 입은 모습을 선생님에게 보이다니 정말 최악이다.

선생님이 급히 써준 메모를 받아 주머니에 넣지만, 굳이 필요하지는 않을 것 같다. 학교에서 서둘러 나온 다음 집에 가서 옷을 갈아입겠다는 생각으로 자전거에 올라타 페달을 최대한 빠르게 밟는다.

다만 집으로 곧장 가지는 않는다.

켄지 몽고메리가 사는 곳을 알고 있다. 학생 주소록에 전교생의 주소가 모두 나와 있어서 켄지 집 열쇠를 ‘잠시’ 가지고 있게 된 김에 주소를 찾아봤었다. 학교에서 우리 집으로 가는 길에 있길래 시간을 내서 한 번 가보기도 했다. 그냥 보기만 하는 데에 문제 될 건 없으니까.

그래서 오늘 한 번 더 가볼 생각이다.

23

애디

켄지 집은 우리 집보다 훨씬 크다. 이건 뭐, 대저택이나 다름 없다.

우리 집이 두 채, 어쩌면 세 채까지도 들어갈 만한 크기다. 잔디도 우리 집보다 예쁘다. 가을이 깊어지면서 다른 집들은 잔디가 시들어가는데, 켄지네 잔디는 푸르고 무성하다. 혹시 가짜 잔디인가? 그런 게 있다던데?

자전거에서 내리지 않은 채, 잔디를 가로질러 현관까지 이어지는 길 앞에서 서성인다. 창문은 깜깜하다. 켄지 부모님 둘 다 변호사나 CEO 같은 소위 성공했다고 말하는 직업을 가지고 있다. 예전에 켄지가 특별한 친구들만 참석할 수 있는 파티를 계획하면서 부모님은 집에 거의 오지 않는다고 자랑스럽게 말하는 걸 들었다. 학교에서 인기가 많거나 부자거나 특별한 애들만 켄지 집 안에 들어가본 셈이다. 예전에 허드슨과 나는 그런 파티를 비웃었는데. 이제 허드슨은 영광의 손님이 되겠네.

나는 가만히 책가방을 벗는다. 작은 주머니를 뒤져서, 켄지 가방에서 슬쩍한 후에 줄곧 가지고 다닌 열쇠를 꺼낸다. 지금 나는 위험한 생각을 하고 있다. 켄지 부모님은 집에 없다고 쳐도 그 집에 정교한 보안 시스템마저 없다는 뜻은 아닐 거다. 아니면 내가 현관문 문턱을 넘자마자 핏불테리어가 튀어나올지도 모를 일이다. 평소 내 운을 생각하면 그런 일이 벌어질 것만 같다.

그래, 말자. 그렇게까지 할 건 아닌 것 같다. 맹견에 물려서 내 인생이 더 좋아질 리가 없다.

우리 집 쪽으로 다시 페달을 밟는다. 집에 도착하니 엄마가 소파에 앉아 책을 읽고 있다. 엄마는 책을 좋아한다. 그래서 아빠의 화를 돋우기도 했다. *"당신은 나와 시간을 보내는 것보다 책을 읽는 것을 더 좋아하잖아."* 나는 엄마가 정말 그렇다고 생각하지는 않지만, 그렇다고 해도 엄마를 비난할 사람이 누가 있을까?

"애디." 엄마가 나를 보자 고개를 들며 책에 책갈피를 꽂는다. 나는 항상 책장 한 귀퉁이를 접는데, 엄마는 그걸 싫어한다. 엄마는 책을 아주 조심스럽게 다룬다. "집에 일찍 왔구나. 그럼 아빠 만나러 갈까?"

꼴 보기도 싫은 사람의 무덤이 있는 추모 공원에 가야 한다는 걸 깜빡하고 있었다. 오늘 하루는 진짜 최악이다. 그때 엄마가 소파에서 일어나 나를 위아래로 훑더니 이렇게 묻는다. "그런데 너, 오늘 학교에서 그러고 있었니?"

"네." 엄마에게 학교에서 있었던 일을 말하고 싶지 않아 그냥 짧게 대답한다. 그런 일을 겪은 것만으로도 창피한데, 누군가에게 경험을 공유할 마음은 없다. 엄마한테는 더더욱.

엄마가 눈을 굴린다. "추모 공원에 그런 차림으로는 못 가겠다. 어서 옷 갈아입고 와."

나는 책가방을 바닥에 털썩 내려놓는다. "아뇨. 그냥 갈래요."

"아니, 그렇게는 안 돼."

"그러면 난 안 갈래요."

"애들린!" 엄마가 목소리를 높인다. "그런 끔찍한 말을 하다니!"

"진짜 안 가고 싶어요." 내가 땀 냄새가 풀풀 나는 티셔츠를 애꿎게 잡아당긴다. "아빠는 맨날 술에 취해 있었고, 엄마를 때렸어요. 우리가 시간을 내서 추모하러 갈 만한 사람이 아니에요."

아빠는 끔찍한 사람이었다. 어린 시절을 더듬어보면 아빠는 거의 항상 술에 취해 있었다. 폴란드어로 욕설을 지껄여 자식을 부끄럽게 만드는 허드슨 아빠 같은 사람이라 해도 내 아빠보다 백 배는 나을 거다. 아빠는 한 직장을 오래 다니지 못했다. 학교 청소부조차 하지 못했다. 누군가 아빠에게 기회를 주어도, 아빠는 술에 취한 상태로 일터에 나타나 잘리기 일쑤였다. 그래서 엄마가 내내 가족 뒷바라지를 했다.

허드슨 집에서 공부를 하고 있던 어느 날, 엄마에게서 전화가 와 아빠가 계단 아래에 쓰러져 있는데 숨을 쉬지 않는다고 했다. 나는 일말의 슬픔도 느끼지 않았다.

“애디.” 엄마가 주름이 깊어진 얼굴로 차분히 말한다. “그래도 아빠였잖아.”

나는 거실에 선 채로 꼼짝도 하지 않는다. 옷을 갈아입지도 않을 거다. 아빠를 위해 그럴 마음은 없다. 엄마가 강요한다면, 까짓것 가주지, 뭐. 하지만 열여덟 살이 되면, 그날로 안녕을 고할 거다.

“알았어.” 엄마가 어깨를 늘어뜨린다. “그냥 가지 말자.”

나는 깜짝 놀란다. 엄마는 굉장히 완고한 사람이라, 이 문제를 두고 앞으로 한 시간 동안은 말다툼을 할 거라 생각했다. 그런데 이렇게 쉽게 마음을 접다니, 믿을 수가 없다. “정말요?”

“그래, 정말이야. 하지만 너는 제발 옷 좀 갈아입어. 너한테서 끔찍한 냄새가 나.”

“알겠어요…….”

엄마가 싱긋 웃는다. “그리고 오늘 저녁은 나가서 먹자. 우리 둘 다 바람을 좀 쐬어야 할 것 같아.”

그 말에는 반박할 수 없을 것 같다.

24

이브

생일 저녁을 위해 루이뷔통 펌프스를 신고 몸에 딱 붙는 빨간 원피스를 입는다. 내가 세상에서 가장 볼륨감 있는 여자는 아니지만 나름 몸매를 잘 관리해온 데다 이 원피스를 입으니 내 몸의 곡선이 잘 드러난다. 제이가 보면 매우 좋아했을 것이다. 하지만 내가 거실로 들어갔을 때 네이트는 텔레비전을 보느라 내게 눈길도 제대로 주지 않는다.

"갈 준비 됐어?" 네이트가 묻는다. 학교 갈 때 입었던 와이셔츠와 슬랙스를 그대로 입고 있다. 하기야 뭘 입어도 늘 멋져 보이긴 한다.

"다 했어." 나는 현관문 옆 탁자에 올려둔 핸드백을 집어 든다. "오늘 마지아노에 가는 게 어때?"

내가 이탈리아로 날아가서 저녁을 먹고 오자는 말이라도 했다는 듯 네이트가 나를 쳐다본다. "마지아노? 좀 멀지 않아? 가격도 좀 세고.”

“내 생일이야.” 그렇게 말을 시작하지만 말다툼까지 벌이고 싶은 마음은 없다. 그리고 솔직한 심정으로 45분 동안 네이트와 함께 차 안에 있어야 하는 것도 내키지 않는다. “알았어. 그럼 피아자는 어때?”

피아자는 집에서 10분 정도 가면 있는 대중적인 이탈리안 식당이다. 가격도 저렴하고 음식이 나오는 속도도 빠르다. 특별한 날에 가기를 꿈꿀 만한 장소는 전혀 아니다. 오늘 저녁을 특별하게 만들어줄 만한 것은 조금도 없을 거라는 기분이 든다. 그냥 외식하는 걸로 만족해야 할 것 같다.

“좋아.” 네이트가 말한다.

오늘도 변함없이 네이트가 운전한다. 그가 클래식 음악이 나오는 라디오 채널을 크게 틀어서 우리는 대화를 나눌 필요가 없다. 결혼했을 때, 나는 이 남자와 함께 보내게 될 미래의 생일이 어떨지 상상해봤다. 애정이 넘치는 사람이니 서른이나 마흔에도, 심지어 여든에도 서로에게서 떨어질 수 없을 거라 생각했다. 값싼 이탈리안 식당으로 생일 저녁을 먹으러 가면서 할 말을 찾느라 머리를 굴리게 될 줄은 꿈에도 몰랐다.

“올해 시 잡지 편집부에 재능 있는 학생들이 좀 있어.” 네이트가 입을 뗀다.

“아, 그래. 잘됐네.” 대답은 그렇게 하지만 사실 전혀 관심이 없다.

“날것의 감정이 정말 강렬해. 그런 걸 쓸 수 있는 건 십 대 때

뿐인 것 같아."

나는 고개를 끄덕인다. "다 호르몬 때문이지. 지금은 모든 걸 강렬하게 느끼는 게 어땠는지 기억도 안 나지만, 나도 그땐 그랬어."

남편은 무슨 생각을 하는지 다시 말이 없다. 요즘 들어 부쩍 혼자 다른 데에 가 있는 사람 같다. 우리는 직업이 같으니까 서로에게 할 말을 쉽게 찾을 것도 같은데, 그러지를 못하고 있다. 서로에게 낯선 사람이 되어가고 있다.

어쩌면 내 잘못일지도 모르겠다. 그와 공감대를 형성하기 위해 내가 좀 더 노력해야 하는 건 아닐까. 우리가 만남을 시작했을 때는 둘이서 공원 나무 밑에 꼭 붙어 앉아, 네이트가 내게 시를 읊어주곤 했다. 지금 네이트가 나한테 그렇게 한다면, 나는 눈살을 찌푸리고 말 것이다. 네이트가 날 위해 쓴 시를 좋아했던 이유는 그의 마음에서 우러나온 것이기 때문이었다. 하지만 나는 원래 시 자체를 즐기는 사람이 아니다. 시라는 건 좀 유치하게 느껴진다. 더구나 운율조차 맞지 않는 시들은 참기 힘들다. 내가 수학 교사인 걸 어쩌겠는가. 나는 차라리 네이트와 함께 공원에 앉아 이차 방정식을 푸는 편이 더 좋다.

이참에 한번 말을 꺼내볼까. 네이트에게 이번 주말에 공원에 가서 시를 함께 읽어보자고 해봐야겠다. 그리고 제이와의 관계는 정리해야겠다. 제이와 함께하는 시간이 내게 어떤 의미인지 잘 알지만, 결혼 생활을 지키겠다는 마음이 내게 조금이라도 있다면 남편이 아닌 다른 남자와 엮이는 것은 절대 바람

직하지 않다.

그래. 내일, 내 인생의 30년하고도 두 번째 날에 일을 바로잡아야겠다. 네이트와 더 많은 시간을 보낼 생각이고, 제이에게는 우리 관계가 끝났다고 말할 작정이다.

피아자에 도착하자 네이트가 식당 주차장에서 가장 멀리 떨어진 자리로 들어간다. 항상 이런다. 식당 입구 옆에 자리가 많은데도 이렇게 한참을 걸어가야 하는 곳에 주차를 한다.

"좀 더 가까운 곳에 주차하면 안 돼?" 내가 말한다.

네이트가 기어를 P에 놓으며 눈살을 찌푸린다. "무슨 말이야? 이미 주차했잖아."

"알아, 하지만 식당 가까이에도 자리가 있잖아."

"지금 나더러 여기에서 차를 빼서 다른 자리로 가라는 거야? 고작 3미터 차이인데?"

"고작 3미터가 아니야. 그리고 자기 신발 굽은 10센티미터나 되지 않잖아."

네이트가 내 루이뷔통 펌프스로 눈길을 휙 던진다. "누가 그런 신발을 신으래?" 그가 눈을 가늘게 뜬다. "혹시 새 신발이야? 비싸 보이는데."

"몇 년 동안 가지고 있던 거야. 작년 내 생일에도 신었어." 제이라면 이게 어떤 신발인지 한눈에 알아봤을 거라는 생각이 든다.

"그래, 그렇겠지." 네이트가 낮은 목소리로 퉁명스럽게 내뱉는다.

네이트가 차에서 내리고, 그를 따라 나도 얼른 내리지만 루이뷔통을 신고서는 그를 쫓아가기가 쉽지 않다. 절대적으로 멋진 신발이지만, 편하다고 말할 수 있는 신발은 결코 아니니까. "무슨 뜻으로 하는 말이야?"

내게 따라올 틈을 주지 않으려는지 네이트는 발걸음을 늦추지 않는다. "신용카드 명세서가 나오면 그 신발이 얼마나 새 건지 알게 되겠지, 안 그래?"

나를 거짓말쟁이 취급하는 거냐고 따지고 싶지만, 명세서에 네이트가 놀랄 만한 내역이 몇 가지 있을 예정은 맞다. 카드값을 내는 사람이 네이트라서 정말 싫다. 수년 동안 우리가 해온 방식이다. 결혼하고 난 후 우리는 돈을 전부 합쳤다. 그래서 내가 네이트 모르게 무엇을 할 수도, 살 수도 없다.

내가 신용카드와 은행 계좌를 따로 가지고 싶다고 말하는 게 우리 결혼 생활을 위해서는 올바른 노력이 아니라는 생각이 든다. 하지만 한편으로는, 네이트가 예전만큼 그런 것들에 신경을 쓰지 않는 것도 같다. 예전에는 내가 혼자 외출한다고 하면 네이트가 어디 가냐, 뭐 할 거냐, 이것저것 많이 물었는데, 이제는 조금도 관심을 보이지 않는다. 오히려 내가 집에 없는 것을 기뻐하는 듯 보인다.

그래도 식당에 들어갈 때는 네이트가 나를 위해 문을 잡아준다. 나는 메뉴에서 내가 먹고 싶은 디저트를 마음껏 고르겠다고 마음을 정했다. 오늘은 그래도 되는 거 아닌가. 하루 동안 내가 받은 생일 선물이라고는 셸비가 케이프 코드에서 사온 열쇠고리 하나뿐이다.

"두 명이요." 네이트가 여직원에게 말한다. 이십 대에 가슴이 크고 머리가 금발이다. 네이트가 그녀의 가슴을 쳐다보지 않아서 참으로 다행이다.

"제 생일이에요." 내가 무심결에 말한다.

나도 모르게 입에서 그런 말이 튀어나왔다. 네이트가 살짝 당황한 표정을 짓지만, 나는 몇 시간 남지도 않은 오늘이 내게 특별한 날임을 누군가 좀 알아주면 좋겠다. 여직원이 재빠르게 미소를 지으며 생일 축하한다고 말한 다음 우리가 어차피 앉았을 별 볼 일 없는 자리로 안내해준다. 하지만 전혀 만족스럽지 않다. 생일 장식을 멋지게 해놓은 자리로 안내받기를 기대한 건 아니었지만, 정말 이렇게 아무것도 없을 줄이야.

자리에 막 앉으려는데, 네이트가 멈칫한다. 갈색 눈을 크게 뜨고 식당 한쪽에 있는 무언가를 쳐다보고 있다.

"왜 그래?" 내가 묻는다. "뭘 보는 거야?"

"어? 아냐."

네이트가 분명 뭔가를 봤는데 나한테 말하고 싶어 하지 않는다. 식당 직원이 화장실에서 손을 안 씻고 나오는 걸 본 건가? 아니면 내 신발이 자기 허락 없이 산 것임을 눈치챈 건가?

"내 수업을 듣는 학생이 있길래." 네이트가 이윽고 입을 연다. "애디 세버슨이라고. 엄마와 같이 식사 중인가 봐."

이번에는 내가 멈칫하며 온몸이 판자처럼 굳는다. "애디가 자기 수업을 듣는지 몰랐는데."

“마지막 교시 수업에 있어.”

애디가 네이트 수업을 듣는다는 생각만으로도 불편해진다. 아무래도 아트 터틀 선생님이 식료품점에서 내게 경고했던 말을 잊을 수가 없기 때문 같다. “그 아이는 올바르지 않아.”

“재능이 정말 뛰어난 아이야.” 네이트가 말한다. “언젠가는 훌륭한 시인이 될 수도 있을 것 같아.”

“시인은 그리 실용적인 직업이 아니야.”

네이트의 얼굴이 어두워진다. 내 말에 상처받은 표정이다. 하지만 뭘 기대한 거야? 시인은 현실적인 야망을 품은 사람이 가질 만한 직업은 아니다.

“애디는 좋아할 만한 일이라고 생각해.” 네이트가 말한다. “서정적인 정서를 가지고 있거든. 그리고 애디도 에드거 앨런 포를 가장 좋아해. 가장 좋아하는 시는 〈애너벨 리〉이고.”

네이트가 가장 좋아하는 시인이 에드거 앨런 포라는 건 나도 아주 잘 알고 있다. 가장 좋아하는 작품은 〈갈까마귀〉라는 것도. 너새니얼 베넷에 대한 중요한 사실 다섯 가지를 목록으로 만든다면, 그게 맨 처음 들어갈 거다.

아직 음식 주문도 안 했는데, 나는 어느새 이 식사가 빨리 끝났으면 좋겠다는 생각을 하고 있다.

“있잖아.” 내가 입을 연다. “애디를 대할 때는 신중해야 해. 아트 터틀 선생님이 어떻게 됐는지 자기도 알잖아. 애디에게 잘해 주려고 했을 뿐인데, 어떻게 됐는지 봐.”

네이트의 눈빛이 어두워진다. “아트 터틀 선생님이 변태가 아니라고 말하는 거라면, 당신 눈이 먼 거야.”

네이트의 말에 순간 짜증이 치민다. 아트 선생님은 변태가 아니다. 내가 케스햄 고등학교에서 일을 시작했을 때 아트 선생님은 무엇이든 나를 도와주려 했다. 부적절한 언행은 단 한 번도 없었다. 내게는 좋은 친구 같은 분이었다. 선생님이 개인 시간을 내어 애디와 공부한다는 것도 알았고, 학교가 끝난 후에 두 사람이 선생님 차를 함께 타고 가는 모습도 보았지만, 나는 진심으로 그게 이상하다고 여긴 적 없었다. 아무도 그렇게 여기지 않았을 것이다.

그러다가 상황이 완전히 달라졌다. 애디가 아트 선생님 집 뒤에 숨어서 기웃거리는 걸 선생님의 이웃 주민이 발견해 경찰에 신고한 것이다. 열다섯 살짜리 학생이 밤늦게 중년 교사의 집 밖에서 발견되는 일이 좋게 보일 리 없었다.

아트 선생님의 잘못을 입증할 증거는 단 하나도 나오지 않았다. 선생님의 유일한 잘못은 ‘너무 잘 챙겨줬다’는 것이었다. 이게 얼마나 바보 같은 말인지 모르겠다. 선생님은 애디가 개인 과외를 할 돈이 없다는 걸 알고는 애디가 수학 수업을 잘 따라갈 수 있도록 도와주려 했을 뿐이었다. 비가 오거나 눈이 내리는 날에는 궂은 날씨에 자전거를 타고 가는 애디가 안쓰러워 집까지 차로 몇 번 태워주었고, 저녁 식사도 마샤와 함께 애디와 애디 어머니를 모두 초대한 자리라 다른 의도가 있으려야 있을 수가 없었다.

하지만 애디가 선생님 집 밖에서 발견된 일에 대해서는 명확히 설명할 수가 없었다. 내가 아트 선생님과 이야기를 나누었을 때, 선생님은 고개를 떨구었다. "애디가 아버지를 잃은 지 얼마 안 돼서 나는 잘 대해주려고 했던 거야. 그러다 보니 애디가 나한테 애착을 많이 느꼈던 것 같아. 나한테 집착하게 된 걸세."

나는 선생님을 의심하지 않았다. 힘든 일을 겪은 십 대 여학생에게 충분히 있을 법한 일이었다.

"내 말은," 내가 조심스럽게 말한다. "힘든 일을 겪은 아이잖아. 최근에 아버지가 돌아가셨다고 하니까. 누구든지 가까이 다가오는 사람이 있으면 감정적으로 의지하려 할 거야."

"그러면 저 아이를 혼자 내버려둬야겠네?"

"그런 말을 하는 게 아니잖아!"

우리 테이블을 담당하는 웨이트리스가 물을 가져오는 바람에 나는 할 수 없이 입을 꾹 닫는다. 이곳의 다른 종업원들과 마찬가지로 그녀도 젊고 매력적이다. 그녀가 오늘의 특선 메뉴를 설명하느라 조금 과장해서 말해 30분은 걸린 것 같은데, 네이트가 질문할 때마다 그녀 손이 네이트 어깨에 올라간다. 내가 보는 앞에서 내 남편에게 꼬리 치는 여자들 때문에 넌더리가 난다.

"그러니까 내 말은," 마침내 종업원이 떠나간 후 나는 하던 말을 계속한다. "저 아이에게는 또래 친구가 필요하다는 거야. 나이 마흔을 바라보는 교사가 아니라. 아무튼 조심해."

"그래, 알았어." 네이트가 건조한 목소리로 대답한다.

하지만 표정을 보니 기분이 상한 것이 분명하다. 무엇 때문에 그렇게 언짢아하는 건지 모르겠다. 나는 그저 네이트가 아트 터틀 선생님 같은 일을 겪지 않도록 보호하려는 것뿐이다.

25

애디

네이트 선생님이 피아자로 들어온 이후 나는 머리가 말 그대로 멈춰버린 것 같다.

식당 한쪽에서 릴 나스 엑스의 콘서트가 열리고 있다고 해도 알아차리지 못할 정도다. 내 마음이 얼마나 선생님 쪽으로 쏠려 있는지 잘 알겠지. 엄마는 그런 내가 짜증 나는 모양이다. 엄마가 자꾸 말을 거는데, 내가 계속 "네?"라고 대답하고 있어서다.

"애디!" 엄마가 발끈한다.

"네?" 나는 또 그렇게 대답하고 만다.

엄마가 한숨을 길게 내쉰다. "너, 음식을 거의 먹지도 않았구나."

나는 내 앞에 있는 접시를 내려다본다. 토마토와 페스토를 올린 플랫브레드를 시켰는데, 별로 맛이 없다. 그래도 평소 같으면 벌써 다 먹어치웠을 텐데 지금은 아주 작은 조각 하나만 먹었다.

"배 안 고파요." 내가 뜸을 들이다가 말한다.

네이트 선생님은 라비올리를 주문한 것 같다. 내가 앉은 데서는 잘 안 보인다. 그렇다고 그쪽으로 가서 물어볼 수도 없는 노릇이다. 너무 궁금하다. 치즈만 들어간 라비올리일까, 아니면 버섯이 들어간 라비올리일까? 네이트 선생님은 버섯을 좋아할까? 아니면 나처럼 사람들이 곰팡이를 먹는 걸 이상하다고 생각할까?

선생님이 들어온 이후로 내가 내내 선생님을 처다보고 있다는 사실을 들키지 않으려 애쓰고 있다. 하지만 어떻게 선생님을 안 쳐다볼 수가 있겠어. 선생님 정도의 외모라면 이 식당에서 선생님에게 눈길을 주는 사람이 나뿐만이 아닐 거라 확신한다. 웨이트리스는 확실히 선생님에게 추파를 던지고 있다. 아까 보니 선생님 어깨에 손도 올렸다. 내게 제대로 본 게 맞는지 모르겠지만, 선생님이 언짢은 표정을 지은 것 같았다. 선생님이 가슴을 내세운 웨이트리스에게 매력을 느끼지 않아서 다행이다.

그리고 또 하나 신경 쓰이는 건 네이트 선생님이 이브 선생님과 함께 있지만 그다지 즐거워 보이지 않는다는 거다. 내가 제일 못하는 과목의 선생님이자 그걸 또 쉽게 가르쳐주지도 않는 이브 선생님을 내가 좋아할 리는 없지만, 네이트 선생님은 당연히 좋아하리라고 생각했다. '결혼'한 사이니까. 게다가 오늘 이브 선생님은 큰 눈에 스모키 화장을 하고 깜찍하면서도 날씬한 몸매를 돋보이게 하는 빨간 원피스를 입어서 그런지 짜증

날 정도로 예뻐 보인다. 그러니 네이트 선생님도 이브 선생님과 함께 있는 걸 좋아할 거라 생각했는데, 두 분이 같이 앉아 있는 20여 분 동안 두어 마디도 말을 안 한 것 같다.

네이트 선생님이 나와 저녁을 먹는다면, 우리는 정말 할 말이 많았을 거다. 시집을 가져와서, 아마도 포의 시집이겠지. 책에 수록된 각각의 시에 대해 선생님은 어떻게 생각하는지 듣기만 해도 정말 좋을 것 같다. 매 수업 시간에 하는 일이지만, 조금도 질리지 않을 거다. 천년만년 동안 해도 된다.

이브 선생님은 자기 남편이 얼마나 멋진 사람인지 모르나? 내 옷이 물에 다 젖었던 오늘, 이브 선생님은 나에게 수업을 다 듣게 했고 심지어 과제도 다시 해오라고 했다. 마치 내 상황을 신경도 안 쓰는 것 같았다. 더 나쁘게 말하면, 내가 고통받는 게 '당연'하다고 여기는 것 같았다. 하지만 네이트 선생님은 내가 얼마나 불편한지 알아차리고 집으로 가도록 배려해줬다. 이브 선생님은 그만큼 친절하고 사려 깊은 사람과 결혼했다는 사실에 감사할 줄 모른다. 왜냐면 네이트 선생님과 정반대니까.

"네가 그것만 먹고 끝낼 생각이라면," 엄마가 말한다. "계산서를 달라고 해야겠다."

식당을 떠나고 싶지 않다. 여기 이렇게 앉아 있으니 네이트 선생님과 저녁을 먹고 있는 듯한 착각이 든다. 바보 같은 생각이라는 거 안다. 선생님은 식당 저쪽에 앉아 있고 내가 여기 있는지도 모를 테니까. 함께 저녁을 먹고 있다고 말하기엔 거리가 멀어도 한참 멀지만, 그래도 나는 식당을 떠나고 싶지 않다.

"잠깐만요." 내가 말한다. "화장실 좀 갔다 올게요. 그러고 나서 조금 더 먹을 거예요."

엄마가 못마땅하다는 표정을 짓지만, 무슨 말을 하겠어? 화장실에 못 간다고 할 건 아니잖아? 나는 표지판을 따라 화장실이 있는, 사람들 눈에 잘 띄지 않는 복도로 간다. 예상대로, 여자 화장실이 하나라 기다리는 사람이 있다. 하지만 상관없다. 시간이 더 걸릴수록 좋다. 진짜 화장실에 가려고 온 게 아니다.

"애디?" 나는 휴대폰을 보고 있다가 익히 잘 아는 목소리가 들려 깜짝 놀란다.

세상에나, 내 뒤에 네이트 선생님이 서 있다. 선생님도 화장실을 쓰려고 왔나 보다. '역시' 마음이 잘 통한다니까.

"안녕…… 하세요." 인사가 부자연스럽게 나온다. 선생님을 마지막으로 만났을 때와 달리 샤워도 했고 깨끗한 청바지를 입었다. 엄마가 내 피부색에 잘 어울린다고 말한 예쁜 분홍색 블라우스도 입었다. 엄마 말이 의심스럽긴 하지만.

"식당에서 너 봤어." 네이트 선생님이 말한다. "어머니랑 왔니?"

사람들로 붐비는 공간에서 선생님이 나를 알아봤다니, 마음이 살짝 달뜬다. "아, 네."

이렇게 외진 곳에서 선생님과 대화를 해도 괜찮은지 모르겠다. 우리가 이렇게 있는 걸 누가 보면 오해할지도 모른다. 네이트 선생님이 터틀 선생님처럼 되는 건 상상도 하고 싶지 않다.

네이트 선생님이 머리를 갸웃한다. "이제는 괜찮니? 아까는 좀 힘들어 보이던데."

그렇게 말하면 오늘 하루를 엄청나게 단순하게 말하는 셈이지만, 그렇다고 지금 여기서 켄지에 대한 불평을 쏟아내고 싶진 않다. 인기 많은 아이한테 괴롭힘이나 당하는 찌질이로 보이고 싶지 않다. "뭐, 그렇긴 했죠."

"무슨 일이 있었던 거야?"

"별일 아니었어요." 속마음과 달리 오늘 일에 대해 아무렇지도 않다는 걸 보여주려고 일부러 소리 내어 웃어 보인다. "체육관에서 어떤 애들이 제 옷을 샤워장에 던져놓아서 다 젖었거든요."

네이트 선생님이 얼굴을 찌푸린다. "저런, 어떻게 그런 짓을. 누가 그랬어?"

나는 고개를 젓는다. "몰라요."

"나한테는 말해도 돼." 내가 아무 말도 하지 않자 선생님이 눈썹을 올렸다가 내린다. "우리 둘만의 비밀로 하마."

네이트 선생님과 나 사이에 비밀이 생기는 건 좋지만, 그래도 말할 수 없다. 선생님이 무슨 말을 하든 어쨌거나 교사이고, 나에게 이야기를 듣고 나서 켄지에게 말하지 않는다는 보장도 없다. 내가 고자질했다는 걸 켄지가 알면 상황이 더 나빠질 것은 불 보듯 뻔하다. 켄지가 나를 더 미워하게 되는 건 생각도 하고 싶지 않다. 차라리 괴롭힘을 감수하는 게 낫다.

"몰라요." 나는 같은 말을 되풀이한다.

선생님의 갈색 눈이 나를 가만히 바라본다. 가벼운 전율이 내 몸을 훑고 지나간다. 왜 그런지 모르겠다. 아마도 내 편을 들어주는 선생님이 있다는 생각에 기분이 좋은 것 같다. 꼭 선생님이 아니라 '누구라도' 내 편이 되어줘서 말이다. 터틀 선생님과의 일이 있은 후 모두가 나를 미워하는 것 같아서 더 그런 것 같다.

"그러면 이렇게 하자." 네이트 선생님이 입을 뗀다. "내가 다른 아이들에게는 수업 시간에 다뤘던 시를 분석해오는 과제를 내줬어. 너에게는 특별한 과제를 내줘야겠다."

이브 선생님이, 아니 다른 어떤 선생님이라도 저렇게 말한다면, 나는 기겁했을 거다. 하지만 지금은 흥미가 일어난다. "좋아요……."

"네 옷을 그렇게 한 사람에게 분노의 편지를 써오는 게 과제야." 네이트 선생님이 말한다. 내가 못 한다고 말하려는데, 선생님이 덧붙인다. "시가 아니라 편지다. 이름을 밝힐 필요는 없지만, 분노를 표출하면 좋겠어. 너의 화를 종이 위에 쏟아내. 네가 그 사람을 어떻게 하고 싶은지 말해보는 거야."

"그 사람을 어떻게 하고 싶은지를요?"

네이트 선생님이 고개를 끄덕인다. "그래. 복수의 편지를 써와. 네가 그 사람과 단둘이 5분간 있게 되었고, 그 사실을 아무도 모른다는 가정하에 말이다."

내 책가방에 켄지 집 열쇠가 들어 있다는 걸 네이트 선생님은 꿈에도 모를 거다. 내가 몰래 켄지 방으로 들어가 옷장 안에서 켄지를 기다린다면 어떤 일이 일어날지 상상해본다. 정말로

5분 동안 켄지와 단둘이 있게 된다면. 미리 말해두지만, 그 5분에는 꽤 심각한 보복 행위가 포함될 것이다.

내 입술이 실룩거린다. "네, 알겠어요."

벌써 머릿속에 쓸 말이 떠오른다.

너는 이 세상에 부러울 게 없지. 내가 아는 최고로 멋진 남자와 사귀고 말이야. 하지만 넌 그 어떤 것도 누릴 자격이 없어. 눈알이 뽑힌 채 세상을 살아가는 게 너에겐 더 어울려. 아니, 그것도 너한테는 과분해.

"그나저나," 네이트 선생님이 말한다. "어머니와 즐거운 저녁 시간을 보내는 것 같던데."

"뭐, 네." 나는 팔꿈치를 쓱 문지른다. "선생님도 이브 선생님과 좋은 시간 보내시길 바라요."

순간 네이트 선생님의 눈빛이 어두워진다. "아내 생일이야."

선생님이 무슨 의미로 말한 건지 모르겠다. "아, 네."

"그러니까, 음." 네이트 선생님이 어깨를 으쓱한다. "괜찮아. 여기 음식도 맛있고."

혹시나 했는데. 내 생각이 맞았다.

네이트 선생님은 좋은 시간을 보내고 있지 않다. 내가 수업 시간에 느낀 이브 선생님의 인상이 이렇게나 정확하다니. 학교 문을 나선다고 이브 선생님이 갑자기 천사 같은 사람으로 변할 리 없다. 집에서도 여전히, 진심으로 끔찍한 사람인 거다. 내가 이브 선생님 수업을 듣기 싫어하는 만큼 네이트 선생님은 이브 선생님과 결혼했다는 사실을 싫어하는 게 틀림없다.

그러니 네이트 선생님이 비어 있는 남자 화장실을 이용하고 서둘러 이브 선생님이 있는 테이블로 돌아가는 대신 5분 동안이나 여기 복도에 서서 나와 이야기를 나누고 있는 거다.

때마침 내 앞사람이 여자 화장실에서 나온다. 내 차례다. 나는 그냥 이렇게 서서 네이트 선생님과 이야기하는 게 훨씬 더 좋은데. 내 뒤에 있는 사람에게 먼저 들어가라고 할까.

하지만 내가 무슨 말을 미처 꺼내기도 전에 네이트 선생님이 내게 미소를 지어 보인다. "널 계속 붙잡아두면 안 되지, 애디. 그럼 내일 수업 시간에 보자. 편지 잊지 말고."

네이트 선생님이 남자 화장실로 들어가버리자, 내심 서운하다. 뒤이어 내 안에서는 네이트 선생님을 불행하게 만드는 이브 선생님을 향해, 켄지에게 느꼈던 것보다 훨씬 더 뜨거운 분노가 치밀어 오른다.

26

—

이브

네이트가 밥 먹을 때 정신이 다른 데 가있는 것 같더니 집으로 돌아가는 중에도 어딘가 모르게 평소와 다르다. 그가 차고 문을 열고 집으로 들어가면서 과장되게 하품을 한다.

"아함, 이런." 네이트가 말한다. "너무 피곤하네."

섹스를 피하려는 방법이 저렇게나 창의성이 떨어져서야 원. 이다음에는 두통이 있다고 말하겠지. "괜찮아." 내가 말한다. "가서 자. 자기는 해방이야."

네이트가 눈썹을 추켜올린다. "해방?"

"오늘 밤에 섹스 안 해도 된다고."

네이트 얼굴에 당황한 기색이 떠오른다. "자기가 원한다면……."

내 생일날 남편과 큰 감정싸움을 벌이고 싶지는 않다. 나는 고개를 절레절레 흔든다. "나도 피곤해. 곧 뒤따라 올라갈게."

서른 살이 된 첫날 밤에 내가 할 일은 이것이 될 예정이다. 저녁 9시 30분이라는 기록적인 시간에 잠자리에 드는 것.

네이트가 2층으로 올라갈 때, 핸드백 안에서 진동 소리가 들린다. 휴대폰을 꺼내 드니 스냅플래시에 메시지가 와 있다. 스냅플래시로 내게 메시지를 보내는 남자는 한 명밖에 없다. 초저녁에 나는 그 한 명과 관계를 끝내겠다고 다짐했건만.

제이 문 앞에 선물 놔뒀어요.

메시지가 사라지기 전 60초 동안 내 얼굴에서 미소가 떠나지 않는다. 나는 계단 위를 올려다보며 네이트가 방으로 들어갔는지 확인한다. 그런 다음 현관으로 살금살금 가서 문을 연다.

문 앞에 신발 상자가 하나 있다.

누가 볼세라 얼른 가지고 들어온다. 우리가 저녁 먹으러 나간 동안 제이가 살짝 와서 놔두고 갔나 보다. 집에서 나갈 때는 분명히 상자가 없었다.

뚜껑을 열어보는 순간, 내 입에서 헉하는 소리가 나온다.

샘 에델만의 빨간색 글로시 슬링백 펌프스가 들어 있다. 몇 주 전 구두 매장에서 보고 마음을 온통 빼앗겼던 바로 그 신발이다. 내가 정한 예산에 간신히 맞는 가격이라 고민하던 차에 마지막 켤레가 사라져서 못내 아쉬웠었다.

이제야 펌프스가 어디로 사라졌었는지 알겠다. 제이가 직접 모은 돈으로 내가 정말 좋아할 생일 선물을 산 것이다.

휴대폰에 메시지가 또 뜬다.

제이 봤어요?
나 너무 예뻐요. 정말 고마워요.
제이 좋아할 줄 알았어요.

눈물이 차오른다. 인생은 참 불공평하다. 사랑이 점점 메말라가는 결혼의 굴레에 갇혀, 진정으로 사랑하는 남자와 함께할 길은 전혀 보이지 않으니 말이다.

새 신발을 신어볼까 하는데 현관문 너머에서 소리가 들린다. 가슴이 두근거린다. 이웃이 보든 말든 상관없다. 지금 이 순간 문밖에 제이가 서 있기를 바랄 뿐이다.

진한 키스로 그를 맞을 준비를 하며 현관문을 활짝 열어젖힌다. 하지만 문밖에는 아무도 없다. 현관 불빛 외에는 사방이 어둡다.

"누구 있어요?" 내가 소리친다.

대답이 없다.

이번에는 조용히 불러본다. "제이?"

그래도 대답이 없다.

이상하다. 분명히 바로 문밖에서 소리가 났는데. 아무도 없다는 사실이 오히려 섬찟하다. 하지만 내가 소리를 들었다고 착각했다는 말 외에는 달리 설명할 길이 없다.

밖에는 아무도 없다.

27

애디

방과 후 내 사물함으로 갔는데, 자물쇠가 잘려 있다.

휘둥그레진 눈으로 잠시 멍하니 바라본다. 자물쇠는 내가 마지막으로 사물함을 잠갔을 때와 똑같은 자리에 걸려 있지만, 금속 막대 부분이 자물쇠 절단기로 잘려 있다. 학교 직원들이 가끔 사물함에 마약이 있다고 의심하면 이렇게 한다는 이야기를 들었지만, 나를 의심할 이유는 없을 텐데.

하지만 사물함을 여는 순간, 누가 이렇게 했는지 대번에 알아차린다.

내 사물함이 면도 크림으로 완전히 가득 차 있다.

사물함을 가득 채운 엄청난 양의 면도 크림에 입이 다물어지지 않는다. 사물함 안에는 책과 수업 자료, 또 내 코트도 있겠지만, 지금은 그냥 면도 크림투성이 사물함으로 보인다. 사물함에서 무언가를 꺼내려면, 10리터는 족히 넘는 거품 속으로 손을 넣어 뒤져야 할 판이다.

이 광경을 목격한 아이들에게서 킥킥거리는 소리가 들린다. 꽤나 웃긴 모양이다. 이런 일이 내게 일어난 이유가 궁금하지도 않다. 내가 일주일에 두 번씩 부지런히 면도기로 다리털을 밀었는데도, 체육 시간마다 내 다리를 제모해야 하니 어쩌니 하며 비아냥대던 켄지가 있으니 말이다.

"와, 이것 좀 봐." 고개를 돌리지 않아도 목소리의 주인이 누구인지 알겠다. "그 면도 크림을 잘 사용하면 되겠네. 누군지 몰라도 너한테 큰 친절을 베풀었나 보다."

나는 눈을 깜빡여 눈물을 없앤 다음 켄지를 마주하려고 돌아선다. 켄지와 벨라가 다른 아이들보다 앞에 나와서, 사물함 앞에 서 있는 나를 뻔뻔하게 구경하고 있다. 이 둘은 내가 참사에 맞닥뜨리는 순간을 보려고 여기서 얼마나 오랫동안 기다리고 있었을까? 두 사람의 인생이 너무 하찮아서 불쌍히 여겨야 할 것 같은데, 나는 그러지 못한다. 그저 나 자신이 불쌍할 뿐이다.

켄지가 나한테 왜 이러는 걸까? 허드슨이 자기보다 나를 더 좋아한다고 생각해서 질투하는 건가? 아니, 그건 말도 안 된다. 허드슨은 켄지와 사귀고 있다. 허드슨이 내게 친구로서 감정이 조금이라도 남아 있다면 반가울 지경이다. 이젠 나에게 말도 걸지 않는다고.

내 주위로 아이들이 몰려든다. 모두 내가 이제 어떻게 할지 지켜보고 있다. 이 상황을 지켜보면서 동시에 자기들 사물함이 면도 크림으로 채워지지 않은 걸 다행이라 생각하고 있을 테지.

켄지 몽고메리의 눈 밖에 나고 싶은 사람은 아무도 없으니까. 그런데 그게 나네. 어쩌다 이렇게 되었는지 정말 모르겠다.

"얘들아!" 아이들 뒤쪽에서 어른 목소리가 울린다. 이렇게 고마울 수가. "지나가게 좀 비켜줄래?"

이 상황에서 나를 도와줄 어른이 마침내 왔다는 안도감은 학생들을 헤치고 다가온 사람을 보는 순간 곧바로 사라지고 만다. 이브 선생님이다. 하고많은 사람 중에 하필. 내 사물함 안을 보는 이브 선생님의 얼굴에 화가 솟구치는 듯하다. 이브 선생님이 화가 나지 않은 표정을 본 적이 없어서 구분은 잘 안 가지만.

"애디!" 선생님 목소리가 날카롭다. "이게 다 뭐니?"

켄지는 태연하다. 그런 켄지가 굉장히 대담하다고 생각할지도 모르겠지만, 실상은 내가 고자질하지 않을 거란 걸 잘 알기 때문이다. 이렇게 모두가 지켜보는 앞에서 내가 선생님께 켄지를 일러바친다면 그건 사회적 자살 행위나 다름없다. 켄지 이름을 입 밖으로 꺼내는 순간 내가 살아남을 가능성은 사라진다. 켄지야 부인하면 그만이고, 어차피 사람들은 내 말이 아니라 켄지 말을 믿을 거다.

대신 나한테는 켄지 집 열쇠가 있다. 복수는 나중에 해도 된다.

이브 선생님이 팔짱을 끼고 내 대답을 기다린다. "애디……."

"몰라요." 이윽고 내가 말한다. "누가 제 사물함에 면도 크림을 부어놓은 것 같아요."

"그게 누군데?" 이브 선생님이 묻는다.

나는 어깨를 으쓱할 뿐이다.

이브 선생님이 고개를 갸우뚱한다. "정말? 네 사물함을 부수고 면도 크림을 잔뜩 부어놓은 사람이 누구인지 정말 모른다고?"

나는 천천히 고개를 젓는다.

이브 선생님이 내 흑역사로 남은 사건의 관객이 된 아이들 무리를 둘러본다. "모두 집으로 가." 선생님이 번득이는 눈을 다시 내게로 돌린다. 선생님 남편의 따뜻한 갈색 눈과 너무나 대조된다. "애디, 너는 이거 치워라."

진심인가? 이 선생님 왜 이래? 정말 너무 매정하다. 이런 사람이 시인이자 우리 학교에서 가장 친절한 선생님하고 결혼했다니, 젠장. 어떻게 저래? 어쩌면 저렇게 못된 거야?

적어도 애들이 멍청하게 나를 쳐다보고 있지는 않으니 다행이라 생각한다. 켄지 일당은 일렬로 늘어선 사물함 끝에서 어슬 렁거리며 여전히 나를 지켜보고 있다. 그들의 웃음소리를 들으며 내 상황을 곰곰이 생각한다. 사물함에 면도 크림이 한가득일 때는 어떻게 해야 하나? 어디서부터 치우기 시작해야 하는지도 모르겠다. 엉망이 되어버린 내 책들은 또 어쩌고.

크림을 퍼낼 수 있지 않을까. 마음 같아서는 호스로 물을 뿌려 싹 씻어내고 싶다. 적당한 청소 도구도 없는데. 집이면 손쉽게 해결하겠지만, 고등학교 복도 한가운데에서 많은 양의 면도 크림을 치우려면 어떻게 해야 하지?

"뭘 꾸물거려?" 켄지가 소리친다. "우리가 면도기라도 갖다 줄까?"

그 말에 벨라가 웃음을 터뜨린다. “면도기 주지 마. 그러다 재 손목 그을지도 몰라!”

켄지가 벨라에게 무슨 말을 한다. 나한테까지 잘 들리진 않지만 “그게 뭐 어때서?”라고 한 것 같다.

최악의 하루라고 생각했다. 그런데 문제는 그런 생각을 할 때마다 더 끔찍한 일이 찾아온다는 것이다.

내 굴욕의 날을 완벽하게 마무리하려는 듯 허드슨이 나타나 그들 무리에 합류한다. 미식축구 유니폼을 입고 있지만 아직 흙 투성이가 아닌 걸 보니 연습하러 가는 길인 것 같다. 허드슨도 면도 크림으로 가득 찬 사물함을 마주한 내가 어떤 표정을 짓는지 궁금했을 테지. 설마, 어쩌면 자물쇠를 자른 사람이 허드슨일지도 모른다. 켄지가 직접 했을 것 같지는 않으니까.

“무슨 일이야?” 허드슨은 그렇게 말하면서 연푸른 눈동자로 평소와 다르게 내 쪽을 똑바로 쳐다본다.

켄지가 코웃음을 친다. “애디한테 문제가 좀 생겼나 봐. 그나저나 우리는 연습 가야 해.”

내 쪽으로 고개를 돌린 허드슨이 눈살을 찌푸린다. 허드슨은 초등학교 시절 내내 꽤 심한 괴롭힘을 당했다. 하루는 아침에 비가 내린 후 운동장이 온통 진흙투성이였는데, 몇몇 아이들이 허드슨을 밀어 넘어뜨리는 바람에 진흙에 얼굴을 그대로 박았다. 허드슨은 맞서 싸우지 않았다. 항상 그랬던 것처럼 그냥 받아들였다. 그날 그 애를 일으킨 다음 얼굴을 씻을 수 있게 화장실로 데려간 사람이 나였다.

허드슨이 켄지와 함께 가는 대신 면도 크림으로 엉망이 된 사물함 앞으로 뚜벅뚜벅 걸어와서 나는 깜짝 놀란다. 순간, 우리 우정에 금이 가기 전 허드슨이 나를 안아주었듯이, 패드가 들어 있어 푹신한 그의 어깨를 두 팔 벌려 꽉 끌어안고 싶다는 충동을 느낀다. "애디? 무슨 일이야?"

"아무것도 아냐." 내가 얼버무린다. "그냥 치우기만 하면 돼."

허드슨이 내 사물함을 채운 면도 크림의 양을 눈으로 훑는다. "맙소사."

"알아."

허드슨이 켄지 일당이 서 있는 쪽을 잠깐 쳐다보고는 다시 나를 본다. "내가 같이 치워줄게."

허드슨이 몇 달 만에 내게 말을 가장 많이 하고 있다. 마음 써줘서 고맙다. 하지만 허드슨의 손을 빌려 사물함을 치울 수는 없다. 켄지가 가만있지 않을 거다.

아니나 다를까, 켄지 목소리가 들려온다. "허드슨! 우리 연습 가야 해!"

"얼른 가봐." 내가 말한다. "네 여자친구가 화낼 거야."

허드슨의 눈빛이 어두워진다. "저 말 들을 필요 없어. 난 너를 도울 거야."

"허드슨!" 켄지는 우리 쪽으로 가까이 오지는 않지만, 날카로운 목소리가 복도에 쩌렁쩌렁 울린다. "지금 당장 안 가면 우리 연습에 늦어!"

"시끄러워죽겠네." 허드슨이 나지막이 중얼거린다. "어서 하

자. 빨리 끝낼 수 있어.”

켄지 쪽을 슬쩍 보니, 분노가 폭발하기 일보 직전이다. 켄지 때문에 내 자물쇠는 망가졌고 사물함은 엉망이 되었지만, 나는 그런 일을 당할 정도로 켄지에게 잘못한 게 없다. 그러니 남자 친구를 가로챈다는 이유로 어떤 지옥이 펼쳐질지는 상상도 하고 싶지 않다.

“내 말 들어.” 내가 말한다. “너, 연습 있잖아. 얼른 가.”

“아니.” 허드슨이 단호하게 말한다. “난 너를 도울 거야. 돕고 싶어.”

“네가 상황을 더 악화시키고 있어.”

내 말에 허드슨이 고개를 든다. 좋은 사람이 되려고, 옛 친구를 도우려고 한 것뿐이지만, 허드슨이 내 말이 옳다는 걸 깨달아야 한다. 시간이 흐를수록 켄지의 화는 점점 커지고, 내가 허드슨을 이대로 둔다면 응징이 뒤따를 것은 불 보듯 뻔하다. 혼자 치우는 게 고통스럽겠지만, 그래도 그게 더 낫다.

“애디…….” 허드슨이 말한다.

“정말이야. 연습하러 가. 그만해.”

허드슨은 내키지 않는 표정이지만 순순히 돌아서서 켄지에게로 간다. 복도를 따라 걸어 내려가기 전, 마지막으로 한 번 더 고개를 돌려 나를 본다. 그의 얼굴에 슬픔이 가득하다.

그 모습에 나는 깜짝 놀란다. 허드슨은 이제 학교에서 가장 인기 있는 아이 중 하나다. 그의 삶은 찌질한 우리 둘이 어울려 다닐 때와는 차원이 다르게 좋아져 있다. 잠깐이지만 허드슨이 우리 둘만 있던 시절을 그리워하는 건 아닌지 궁금해진다. 나는 네가 그리운데, 혹시 너도 내가 그립니.

하지만 우리가 다시 친구가 되는 일은 없을 거다. 우리 둘 사이는 결코 예전처럼 돌아갈 수 없을 테니까.

허드슨이 내가 아빠 죽이는 걸 도와준 날 이후로는.

28

—

애디

종이 타월을 잔뜩 가지고 온다.

어떻게든 호스를 구해와 사물함에다 물을 뿌릴 수 있으면 가장 좋았겠지만. 사물함 바닥에 있던 책들은 끄집어내 바닥에 쌓아놓았다. 대체로 면도 크림 속에서 살아남아서 그나마 다행이다.

허드슨이 도와주었다면 쉬웠을 텐데. 당연히 그랬겠지. 하지만 쓰라린 마음을 부여잡고 그 애를 돌려보내야 했다. 허드슨이 그날 이후로 거의 1년 만에 처음으로 내게 화해의 손을 내밀었는데도 말이다.

그날을 결코 잊지 못할 거다. 내 인생 최고의 날이자 최악의 날.

사물함에서 면도 크림을 닦아내며, 나는 눈을 감고 아빠가 여느 때와 다름없이 술에 취해 비틀거리며 집으로 온 날을 떠올린다. 그렇게 늦은 시간도 아니었다. 시간 따위가 무슨 상관이람. 아빠는 오후 두 시에도 술에 취하는 사람이었다.

허드슨이 공부하러 우리 집에 와 있었다. 우리는 같이 공부하는 일이 잦았다. 허드슨은 미식축구 연습도 하고 알바도 해야 했지만 틈만 나면 우리 집에 오곤 했다. 나와는 정반대로 수학을 잘했고 영어는 약해서, 우리는 서로의 공부를 열심히 도와줬다.

아빠가 아래층에서 고래고래 고함치는 소리에 허드슨이 걱정스러운 표정을 지었다. 내가 말했다. *"그냥 무시해. 저러다 좀 있으면 잠들 거야."*

하지만 그렇게 되지 않았다.

아빠는 악을 쓰고 괴성을 지르며 계단을 쿵쿵거리며 올라왔다. 그리고 우리가 문을 닫은 채 방에 같이 있었다는 걸 알고는 불같이 화를 냈다. 우리가 친구라는 걸 뻔히 알면서도, 누가 봐도 공부 중이었는데도, 허드슨이 아주 어릴 때부터 우리 집에 오곤 했는데도 아빠는 내가 난잡한 계집이고 허드슨이 자신의 딸을 이용해먹는다고 소리를 지르기 시작했다. 입을 다물 생각이 없어 보였다.

결국 허드슨이 아빠에게 맞섰다. 미식축구를 하느라 1년 반 가까이 운동을 해왔고, 여름 동안 훌쩍 커서 이제는 아빠보다 키가 컸다. 허드슨이 아빠를 내려다보며 낮은 목소리로 으르렁거리듯 말했다. *"애디한테 그렇게 말하지 마세요."*

상식이 있는 사람이라면 그쯤에서 적당히 물러났겠지만, 위스키 한 병을 들이켜고 온 사람은 그러지 않았다. 허드슨이 오히려 화를 더 돋운 격이 되었다.

두 사람은 서로에게 지지 않고 복도에서 소리를 질러댔다. 그러다가 아빠가 먼저 허드슨 가슴을 세게 밀쳤다. 다음 순간, 허드슨이라면 어떻게 했을까, 지금 생각해봐도 모르겠다. 이미 주먹을 불끈 쥐고 있었지만, 과연 아빠 얼굴로 주먹을 날릴 용기가 있었을까.

다음 순간, 아빠를 되밀친 건 나였으니까.

우리가 계단과 얼마나 가까이 있었는지 미처 생각하지 못했다. 아빠가 뒤로 휘청하더니 계단을 굴러떨어지는 동안 나는 아무 생각도 나지 않았다. 계단 아래에서 끔찍한 소리가 들려오자 허드슨과 나는 움찔했다. 뛰어 내려가보니 아빠가 목이 부자연스러운 각도로 꺾인 채 쓰러져 있었다.

허드슨은 완전히 겁에 질렸다. 수년간 괴롭힘을 당하면서도 눈물 한 방울 흘린 적 없었는데, 이날 처음으로 울 것 같은 표정을 지어 보였다. *"애디, 아저씨가 죽었어! 우리가 죽인 거야!"*

아빠가 정말 죽었는지 확신할 수 없었다. 가까이 다가가 확인해보고 싶은 생각은 없었다. 하지만 아빠가 마땅히 받아야 할 대가를 치른 데 대해 책임을 떠안을 생각도 없었다.

"여기서 나가야 해." 나는 허드슨에게 말했다.

허드슨이 눈물이 글썽한 눈으로 나를 멍하니 바라봤다. *"그게 무슨 말이야? 경찰을 불러야지. 구, 구급차를 부르거나……."*

"감옥에 가고 싶어?"

허드슨을 겨우 끌고 뒷문으로 나갔다. 우리 집에서 허드슨네 뒷문으로 가는 가장 빠른 길을 택했고, 10분 후 우리는 허드슨 방에서 안전하게 문을 닫고 있었다. 나는 어떻게든 침착하려고 애를 썼지만, 허드슨은 그러지 못했다. "이러면 안 돼." 허드슨은 같은 말을 하고 또 했다. "무슨 일이 있었는지 알려야 해. 경찰에 신고해야 한다고, 애디."

한 시간 뒤, 병원에서 일을 마치고 집으로 온 엄마가 계단 아래에 숨이 끊어진 채 누워 있는 아빠를 발견했다. 타살을 의심할 증거는 나오지 않았다. 혈중알코올농도 수치 덕분에 아빠는 계단 꼭대기에서 균형을 잃고 끔찍하게 계단 아래로 떨어진 것으로 보였다. 사람들은 허드슨과 내가 오후 내내 허드슨 방에서 함께 공부를 했다고 생각했다. 그렇게 그날 아빠의 죽음에서 우리가 어떤 역할을 했는지는 영원한 비밀로 남았다.

하지만 허드슨은 나를 용서할 마음이 조금도 없는 듯했다.

사건은 무사히 넘어갔지만, 다음 날 학교에서 허드슨은 나를 거의 쳐다보지 않았다. 내가 계속 말을 걸어도 "너랑 말 안 해. 이건 아냐."라는 말만 되풀이했다. 나는 허드슨이 얼마나 충격을 받았는지 깨닫지 못했다. 허드슨이 절대로 극복할 수 없는 그런 성질의 것인 줄은 미처 몰랐다.

허드슨이 없으니 다음 학기 내 수학 성적은 처참했다. 허드슨과의 우정이 없으니 내 삶은 비참해졌다. 내가 대화할 수 있는 사람은 엄마뿐이었지만, 엄마는 슬픔에서 헤어 나오지 못했다. 내게는 아무도 없었다. 그러니 터틀 선생님이 내게 잘 대해줬을 때 내가 어땠을까? 선생님을 밀어낼 수 있었을까?

터틀 선생님은 정말 친절하신 분이었다. 이렇게 말해도 아무도 안 믿겠지만, 터틀 선생님은 정말 단 한 번도 부적절한 행동을 하지 않았다. 내게 터틀 선생님 같은 아빠가 있었다면 내 삶이 이렇게 엉망이 되지 않았을 텐데. 정작 나 때문에 선생님의 삶이 망가진 걸 생각하면 죽을 만큼 괴롭다.

한 시간이 훌쩍 지났다. 내 사물함 청소도 끝이 보인다. 책들은 약간 축축하지만 밤새 마르도록 놔두면 될 것 같다. 그 이상 내가 할 수 있는 일은 없다.

종이 타월을 마지막으로 한 번 더 가지러 화장실로 가면서 복도에 난 창문 밖을 내다본다. 비가 퍼붓고 있다. 일기 예보에서 오후 늦게 비가 올 거라 했던 게 기억난다. 그때만 해도 비가 오기 전에 집에 갈 수 있을 거라 생각했다. 이제는 머리 위로 쏟아져 내리는 비를 맞으며 자전거를 타고 집으로 가야 할 판이다.

사물함을 끝으로 한 번 더 닦은 다음 마무리 지으려는데, 네이트 선생님이 복도를 따라 걸어온다. 나는 선생님을 보고 너무 놀라서 눈만 멀뚱멀뚱하고 있다. 하기야 네이트 선생님은 학교 신문 지도 교사라서 학교에 늦게까지 남아 있을 때가 많긴 하다.

"애디, 안녕." 네이트 선생님이 그렇게 말하고는 내 사물함을 들여다본다. 내 손이 닿지 않는 모서리에는 아직 면도 크림이 조금 남아 있다. "뭐 하고 있니?"

내 본능은 나더러 거짓말을 하라고 속삭이지만, 내 입에서는 이런 말이 튀어 나간다. "누가 제 사물함 안에다가 면도 크림을 잔뜩 뿌려놨어요."

네이트 선생님이 움찔한다. "저런. 누가?"

나는 고개를 좌우로 흔든다. 네이트 선생님이 이맛살을 찌푸리지만, 선생님에게 이름을 말할 수는 없다.

"그래, 알았다." 네이트 선생님이 내 사물함 안을 힐끗 본다. "내가 도와줄 일은 없니?"

네이트 선생님의 반응은 아까 이브 선생님이 내게 화를 냈던 것과는 완전히 대조적이다. "저, 그러시면, 저 모서리에 묻어 있는 면도 크림을 좀 닦아주실래요?"

"알았다."

네이트 선생님의 도움으로 나는 남아 있는 면도 크림을 마저 닦아낸다. 그런 다음 책이 잘 마를 수 있도록 사물함 안에 어떻게 넣어두어야 할지를 선생님과 함께 고민한다. 답을 모르는 기하학 문제를 마주하고 있는 기분이다. 하지만 이제 다 괜찮아질 거라는 생각이 든다. 난 최선을 다했다.

"감사합니다." 사물함을 닫으면서 네이트 선생님에게 말한다. 절단된 자물쇠는 치우고 체육관 사물함에 쓰는 자물쇠를 채운다. "저 혼자서는 어려웠을 거예요."

"그랬다면 다행이구나." 네이트 선생님이 한쪽 눈썹을 찡긋 올린다. "집까지 태워다줄까?"

나는 멈칫한다. 터틀 선생님이 몇 번 나를 집까지 태워다 줬었는데, 그걸 두고 교장 선생님은 '부적절한 행동'의 사례 중 하나라고 했다. "아니요, 괜찮아요."

"비가 많이 오고 있어." 네이트 선생님이 콕 집어 말한다. "게다가 너는 차도 없잖아, 안 그래?"

피식 실소가 터져 나온다. "운전면허증도 없어요. 바보 같은 연습 면허만 있어요."

"으음, 그렇다면 이런 날씨에 딱 들어맞는 제안을 거절할 이유가 없을 것 같은데."

무슨 말을 해야 할지 모르겠다. 당연히, 비 오는 날에 자전거를 타고 집에 가거나 더 나쁘게는 자전거를 끌고 가야 하는 것보다 비에 젖지도 않고 편안히 차를 타고 가는 게 훨씬 좋다. 엄마는 아직 병원에서 근무 중이라 두어 시간 후에나 나를 데리러 올 수 있다.

"선생님을 곤란하게 만들고 싶지 않아요." 내가 마침내 말한다.

네이트 선생님이 진지한 얼굴로 고개를 끄덕인다. "마음 써줘서 고맙다. 하지만 분명히 말하자면, 곤란해질 일은 없을 거야. 그동안 다른 학생들을 집까지 여러 번 태워다줬는데, 그런데도 멀쩡히 학교를 잘 다니고 있으니까."

네이트 선생님이 그렇게 말하니, 정말로 별일 아니라는 생각이 든다. 그저 한 사람이 다른 사람을 차로 태워주는 것뿐이다. 네이트 선생님이라고 해서 나를 집까지 차로 데려다주면 안 된다는 이유가 있을까? 말도 안 되는 것 같다.

"네, 알겠어요." 결국 나는 대답한다.

그래, 별일 아니다. 무슨 나쁜 일이 일어나겠어.

29

애디

네이트 선생님의 차는 학교 후문 바로 옆에 세워져 있다. 네이트 선생님이 우산을 펴 들자 나는 비를 맞지 않으려고 선생님 쪽으로 붙어 선다. 물론 너무 가깝지는 않게 말이다.

회색 혼다 어코드가 네이트 선생님의 차다. 왠지 밝은 빨간색 컨버터블 같은 좀 더 화려한 차일 거라 생각해서 그런지 이상하다. 하긴 네이트 선생님이 화려한 사람도 아닌데 그런 생각을 한 게 더 이상하다. 학생 같은 면이 있는 선생님인데, 이 차는 너무나 딱 '어른스러운' 차다.

차 안에서 네이트 선생님의 냄새가 난다. 오드콜로뉴인지 애프터셰이브인지는 정확히 모르겠지만, 선생님에게서 늘 좋은 냄새가 난다는 건 알고 있다. 네이트 선생님이 책상에 앉아 있을 때는 잘 느껴지지 않는데, 선생님이 책상을 돌아 나오면 맨 앞줄에 있는 내 자리에서 향기가 은은하게 느껴지곤 한다.

"좀 지저분하구나." 네이트 선생님이 조수석에서 종이들을 치우며 말한다. 엄마 차에 비하면 그렇게 지저분하지도 않은데. 엄마 차에서는 바닥에 패스트푸드점 감자튀김이 떨어져 있지 않은 걸 본 적이 없다.

나는 얌전히 조수석에 앉아 안전벨트를 맨다. 네이트 선생님이 운전석에 앉자, 내 기분이 괜스레 이상해진다. 더 이상 선생님과 학생이 아니라 마치 함께 집으로 가는 두 친구가 된 것 같다. 내가 앞좌석에 앉아서 차를 함께 타는 사람은 엄마뿐인데, 엄마는 네이트 선생님보다 나이가 훨씬 많다. 적어도 열 살, 어쩌면 그 이상 차이가 날 거니까.

네이트 선생님은 내가 아는 다른 어른들과도 다르다. 터틀 선생님 차를 탔을 때는 터틀 선생님이 나이가 많아서 아빠 같거나 어떨 때는 할아버지 같기도 했다. 그런데 네이트 선생님은 그런 느낌이 아니다. 네이트 선생님은 정말 잘생겼다. 우리 학년에 있는 남자애들 외모를 다 합쳐도 선생님보다 못할 거다. 선생님 얼굴을 의식하지 않는 게 어려울 지경이다.

만약 내가 네이트 선생님과 정말로 친구라면, 네이트 선생님이라고 부르지 않을 것이다. 선생님의 원래 이름은 너새니얼이다. 너새니얼 베넷. 작년 영어 시간에 읽어야 했던 《주홍 글씨》를 쓴 작가 너새니얼 호손이 떠오른다. 너새니얼이라는 이름에 시적인 무언가가 있는 게 아닐까.

너새니얼과 애들린. 수백 년 전에 살았던 연인의 이름처럼 들린다.

다른 선생님들은 그냥 '네이트'라고 부르던데. 내가 선생님과 친구라면, 아마 나도 선생님을 편하게 불렀겠지. 하지만 뭐, 실제로 친구 사이가 아니니까 나는 앞으로도 네이트 선생님이라고 불러야 할 거다.

"정말 감사해요." 내가 시동을 거는 네이트 선생님에게 말한다.

"괜찮아." 와이퍼가 맹렬하게 좌우로 움직이며 네이트 선생님의 차가 움직인다. "이런 날씨에 널 그냥 걸어가게 둘 수는 없지. 딱히 바쁜 일도 없어. 이브는 친구랑 저녁 약속이 있어서 나갈 예정이고."

네이트 선생님이 큰길로 나가는 동안 나는 말없이 있는다. 내 집주소를 들은 선생님은 GPS 없이도 가는 길을 다 아는 것 같다. 나는 청바지 솔기에 삐져나온 실 한 가닥을 만지작거리며 앉아 있다. 대화에 도움이 될 만한 말을 생각해보지만 머릿속에 떠오르는 것들이 어쩜 그렇게 다 재미가 없는지 모르겠다. 이제 겨우 열여섯 살의 머릿속에는 선생님이 흥미로워할 이야깃거리가 하나도 없다. 보통 나는 선생님과 시에 관해 대화하는데, 지금은 그런 대화가 어울리지 않을 것 같다.

"그러면," 얼마 후 네이트 선생님이 입을 연다. "사물함에 면도 크림을 부어놓은 사람이 네 옷을 못 입게 했던 사람이니?"

나는 잠시 머뭇거리다가 고개를 끄덕인다. 과제로 했던 편지는 켄지를 생각하며 썼다. 솔직히 말하자면 마음속 분노 중 일부는 이브 선생님을 향한 것이기도 했다. 네이트 선생님은 점수를 매기지도 편지를 돌려주지도 않았다. 그저 내가 제출할 때, "이걸 쓰면서 속이 좀 후련했을 거야."라고 말했을 뿐이었다.

후련하긴 했다.

편지에 적힌 것들을 실제로 해보면 더 속이 시원했겠지만.

"네가 그런 일들을 겪게 되어 유감이구나." 네이트 선생님이 말한다. "그런 대우받는 걸 당연하다고 여기지 말거라. 누구도 그래서는 안 되는 거야. 당당히 너 자신을 지키는 건 잘못이 아니란다."

"하지만 상대방이 무리를 이루고 있을 때는 당당해지기가 좀 어려워요."

그러고는 여느 어른들이 하는 동기 부여 설교가 이어지리라 생각하고 마음의 준비를 하는데, 네이트 선생님은 고개를 끄덕일 뿐이다. "솔직히 말할게. 고등학교가 가끔씩 형편없을 때가 있어."

"그래도 선생님한테는 안 그랬을 거예요."

"글쎄다. 시 쓰는 것을 좋아하던 열여섯 살 남학생에게 어땠을지 너는 모를 거야."

풉, 웃음이 나와버리고 만다. 네이트 선생님이 내 나이였을 때 어떤 모습이었을지 잘 그려지지 않아서다. 선생님에게서 어린아이 같은 모습이 보일 때가 있긴 하다. 내 머릿속에 학교 밖 나무 아래에 앉아 시를 쓰는 네이트 선생님의 모습이 떠오른다.

"선생님이 맨 처음으로 쓴 시는 뭐였어요?" 내가 묻는다.

바보 같은 질문을 한 건 아닌가 싶어 얼굴이 살짝 화끈거리지만, 선생님 눈치를 보니 그렇게 생각하는 것 같지 않다. 네이트 선생님이 대답을 생각하는 듯 입술을 오므린다. 나는 용기를 내어 선생님을 바라본다. 아마도 오늘 아침 면도할 때 생겼다가 지금은 아물고 있는 턱의 작은 상처가 눈에 들어온다. 같은 학년 남자아이 중 대다수가 아직 면도를 하지 않는다. 턱에 보기 싫게 난 털이 듬성듬성 몇 가닥 있을 뿐이다.

"여섯 살 때 쓴 건데," 네이트 선생님이 말한다. "어머니날에 어머니를 위해 쓴 시였어. 어머니가 그걸 냉장고에 붙였는데, 그러고는 수년 동안 떼지를 않아서 내가 지금도 기억하고 있지. 뭐더라. '나는 엄마를 사랑해요. 그 이유는요, 엄마는 내가 굶어 죽지 않게 맛있는 음식을 만들어주거든요'."

"진짜, 너무 귀여운 시예요." 내가 꺅 소리를 내며 말한다.

"그래, 좀 귀엽긴 하지." 네이트 선생님이 나를 보며 빙그레 웃는다. "너는?"

"저는 그렇게 귀여운 시는 써본 적 없어요. 사실 고등학교에 오기 전에는 진지하게 시를 쓰지 않았거든요." 그렇게 말하고 나니 얼굴이 확 달아오른다. "아, 그렇다고 지금은 시인이라는 말이 아니에요. 시인은 무슨. 고등학교에 오고 나서 시 쓰기를 진지하게 시작했다는 뜻이에요. 진지하다고 말하기도 그렇지만."

"누가 뭐래도 너는 시인이야." 네이트 선생님이 미소를 거둔다. "아니라고 하지 마라. 왜냐하면 너는 정말로 시인이니까. 자기가 시인이라고 주장하는 어른들보다 훨씬 더 시인 같아."

나는 무릎 위에 올려놓은 손을 꽉 마주 잡는다. 가끔 어른들이 하는 말이 비꼬는 것처럼 들릴 때가 있는데, 이번에는 그런 느낌이 아니다. 네이트 선생님에게서는 진심이 묻어난다.

우리 집이 시야에 들어온다. 차 안에서 네이트 선생님과 앞으로 한두 시간은 더 이야기할 수 있을 것 같은데. 평소에 엄마랑 차를 타고 갈 때는 대화가 어색해질지 몰라 라디오를 켜두지만, 네이트 선생님과 있으니 라디오 생각이 조금도 나지 않았다.

"태워주셔서 편하게 왔어요." 네이트 선생님의 차가 우리 집 앞에 서자 내가 말한다.

"나도 즐거웠어."

네이트 선생님이 기어를 주차에 놓는다. 순간 우리가 데이트를 하러 나왔다가 네이트 선생님이 나를 집에 데려다주는 것 같은 착각이 든다. 자다가 봉창 두드리는 소리라는 거 나도 안다. 하지만 그런 기분이 드는 걸 어떡해. 작별 키스를 하기 위해 몸을 기울여야 할 것만 같다.

하아, 꿈 깨자.

"감사합니다." 나는 바닥에 내려둔 책가방을 집어 들고 차 문을 연다. "정말로요."

"언제든 필요하면 말하렴, 애디."

쏟아지는 빗방울을 피하려 혼다에서 우리 집 현관으로 뛰어가는데, 바보처럼 웃음이 실실 새어 나온다.

30

이브

"이건 아주 잘 맞네요."

사이먼스 슈즈 안, 내 옆에 무릎을 꿇고 있는 제이가 캘빈 클라인 초록색 펌프스를 내 발에 신겨준다. 제이의 '그녀'에게서 집으로 오라는 전화가 오지 않으면, 우리는 창고에서 시간을 보낸 후 종종 이러고 논다. 매장으로 나와서 제이가 내게 신발을 신겨주는 것이다. 내 옆에 신발 상자 대여섯 개가 놓여 있다.

"이건 못 사요." 정말 멋진 신발이지만 내 지갑 사정도 생각해야 한다.

"내가 사줄 수 있으면 좋겠어요." 제이가 내 눈을 바라보며 말한다. "여기 있는 거 다 사주고 싶어요."

"그리고 난 집에 있는 '그'에게 돌아갈 필요가 없으면 좋겠어요."

아무 생각 없이 내뱉은 말이지만, 그 말이 입에서 떠나자마자 얼마나 진심인지 깨닫는다. 생일날 결혼 생활에 다시 최선을 다하겠다고 생각했지만, 이제는 확실히 느낀다. 네이트와 내가 예전으로 돌아가는 일은 없다는 것을. 우리 사이에 생긴 감정의 골은 매일 넓어지고 있을 뿐임을.

"그냥 헤어지면 되잖아요?" 제이가 말한다.

나는 코웃음을 치며 펌프스를 휙 벗는다. 이 신발이 너무 마음에 들어서 짜증이 난다. "그러고 나면요? 우리 둘이 도망가요?"

내 말투에 빈정거림이 묻어나지만, 사실 나는 제이와의 해피엔딩을 꿈꾼다. 하지만 우리 둘 다 얽혀 있는 게 많아서, 그 꿈은 절대 이루어지지 않을 것이다. 이루어지지 못할 것을 알기에 더 간절하다. 그렇지만 아무리 생각해도 나는 네이트에게 몹쓸 짓을 하지 못할 것 같다. 그런 식으로 그를 모욕할 수 없을 것 같다.

정작 네이트는 내 생각을 하지도 않는 것 같지만. 오늘 네이트는 빗물을 뚝뚝 흘리며 집으로 왔다. 영감을 받으려고 비를 맞으며 좀 걸었다고 했다. 그러고는 2층에 있는 서재로 올라가 문을 닫았다. 내가 외출한다고 말하려 문을 두드렸지만, 아무 대답도 없었다.

하늘이 큐 사인을 주기라도 한 듯이, 때마침 제이의 휴대폰이 울린다. 제이 목소리 뒤로 아기 울음소리가 들린다. 나는 손으로 턱을 괸 채 가슴을 찌르는 죄책감을 밀어내려 애쓴다. 네이트와 나 사이에 무슨 일이 있든 제이와의 관계는 정리할 필요가 있다. 그것도 이른 시일 내로.

"어서 가봐요." 제이가 전화를 끊자마자 내가 말한다.

"집에서 오라고 해서요." 제이가 한숨을 쉰다. "아기가……
아무튼, 그럼 다음 주에도요?"

내 옆에 여전히 무릎을 꿇은 채 앉아 있는 제이에게 손을 뻗
어 그의 헤어라인 바로 아래에 있는 삐죽삐죽한 옛 흉터를 손가
락으로 천천히 쓰다듬는다. 어렸을 때 울타리 밑으로 기어가려
다 생긴 상처라고 했다. 우리 둘에게도 이 모든 시간이 옛일이
되는 순간이 오겠지. 다만 이번 주나 다음 주는 아니었으면 좋
겠다.

하지만 조만간 그렇게 되어야 할 것이다.

"네." 내가 말한다. "다음 주에 봐요."

제이가 내 발치에 흩어진 신발 상자들을 내려다본다. "이걸
정리해야겠어요. 문제를 일으키고 싶진 않으니까요."

우리는 창고에서 가져온 신발 상자들을 제자리로 옮기기 위
해 나눠 든다. 파블로프의 개가 된 것처럼, 창고로 다가가자 나
는 흥분하기 시작한다. 오늘 저녁에 이미 두 번이나 했지만 상
관없다. 여전히 제이를 원한다. 나를 슬쩍 쳐다보는 제이의 표
정을 보니, 그도 나와 같은 마음인 것 같다.

"그럼, 다음 주에……." 나한테 하는 말이 마치 제이가 자기
자신에게 일러두는 것처럼 들린다. "벌써부터 못 기다릴 것 같
아요."

우리는 함께 가게를 나선다. 제이가 문을 잠근 다음, 아주 작
은 주차장인데도 늘 그랬듯이 내 차까지 나를 배웅해준다. 제이

와 함께 밖에 있을 때면 약간 불안해지지만, 차까지 걸어가는 아주 잠깐이다. 그런데 오늘은 누군가 우리를 지켜보고 있는 것 같은 꺼림칙한 기분이 가시지 않는다.

내 차에 가까워지자, 제이가 내 팔을 잡고 몸을 숙여 내게 한 번 더 키스한다. 그런 다음 몸을 돌려 자기 차가 있는 곳으로, 그리고 우는 아기가 있는 집으로 돌아간다. 나는 내 차에 올라탄 다음 나를 사랑하지 않는 남편에게 돌아간다.

31

—

애디

수학 중간고사가 있는 날. 난 망한 것 같다.

진짜 하나도 모르겠다. 최상의 조건과 상황일 때도 수학은 힘들었다. 허드슨이 아직 나와 대화를 나누던 시절, 그러니까 내가 아빠를 (의도치 않게) 죽인 일을 덮자고 강요하기 전, 허드슨은 내 옆에 앉아 수업 내용을 차근차근 설명해주곤 했다. 그 후에는 터틀 선생님이 그렇게 해주셨다. 그런데 좋은 마음으로 내게 도움을 주던 사람들을 내가 착착 멀어지게 만들고 말았다.

아무래도 엄마한테 과외가 필요하다고 말해야 할 것 같다. 이브 선생님이 나를 배려해서 진도 나가는 속도를 늦추지는 않을 테니까. 하지만 집에 돈이 빠듯하다는 걸 알아서 엄마에게 과외 이야기를 꺼내기가 망설여진다. 엄마는 요즘 들어 병원에서 연장 근무를 계속하고 있고, 얼마 전에는 주택담보대출 상환금 때문에 엄마가 은행과 나누는 무서운 대화를 엿듣기도 했다. 그러니 너무 멍청해서 삼각함수를 이해 못 하는 나 때문에 돈을 좀 써야 한다는 말을 가급적이면 하고 싶지 않다.

만에 하나 과외를 받게 된다 해도 지금 당장은 아무 소용이 없다. 이브 선생님이 중간고사 시험지를 나눠주는 중이다. 오롯이 내 힘으로 해야 한다.

첫 번째 문제를 본다. 제발, 예상보다 훨씬 쉬운 시험 문제가 나오는 기적이 일어나기를. 어쩌면 내가 생각보다 시험 준비를 더 잘했을지도 모를 일이다. 정말이다, 세상에서는 그보다 더 말이 안 되는 일도 일어나곤 한다.

수영 선수가 수영장 벽에서 4.5m 떨어진 물체를 가져와야 한다. 수영장 둘레에서 물체를 내려본 각의 크기가 30°일 때 물체를 가져오기 위해 수영해야 하는 수직 거리를 구하시오.

어렵지 않다. 할 수 있어.

자, 집중하자!

내 시험지를 뚫어져라 보는 중에 카일 루이스의 시험지가 내 시야에 완벽하게 들어온다는 걸 알아차린다. 카일은 내 왼쪽 바로 앞에 앉는데, 왼손잡이라 내 자리에서 걔의 시험지가 아주 훤히 보인다. 수학에서 항상 A를 받는 카일의 시험지가.

하지만 부정행위가 되겠지. 누가 뭐래도 부정행위다. 다른 학생의 시험지를 보는 건 명백한 잘못이다. 내가 살면서 나쁜 일을 많이 저질렀지만, 남의 시험지를 베끼는 짓을 할 사람은 아니라고 생각한다.

그러나 문제는 남의 시험지라도 보지 않으면 수학에서 낙제를 맞을 게 불 보듯 뻔하다는 거다.

어쩐다.

그래, 몇 문제만 답을 보면 어떨까? 전부 베낄 필요는 없다. 그저 낙제를 면하는 점수만 받으면 된다. 삼각함수가 내 미래에 어떤 쓸모가 있을 것 같지도 않다. 아주 중요한 생존 기술을 놓치는 게 아니지 않은가. 삼각함수보다는 시가 더 유용할 거다. 삼각함수 따위, 하아.

마음이 바뀌기 전에 내 손이 카일의 답을 베껴 쓰기 시작한다. 다행히 문제가 객관식이라 풀이 과정을 보여줄 필요는 없다. 그래도 뭐라도 *끄적거려놓는다*. 마치…… 그러니까, 앞에 앉은 학생의 답을 베낀 것처럼 보이지 않으려고.

이브 선생님이 시험 종료를 알리고, 나는 다른 학생들과 함께 시험지를 앞쪽으로 전달한다. 내가 쓴 답이 평소와 달리 대부분 맞겠지만, 뱃속이 울렁거려 구역질이 나올 것만 같다.

내가 커닝을 했다. 진짜 한 번도 해본 적 없었는데.

어쩌면 나도 알고 보면 아빠만큼이나 나쁜 사람일지도 모르겠다.

긍정적으로 생각해야 한다. 이 시험에서 낙제점을 받을 상황이었는데, 그래도 B 정도는 충분히 받을 수 있을 것 같다. 카일의 답을 모두 베끼진 않았다. 그렇게 했다면 매우 의심스러웠을 테니까.

책가방을 챙기는 내 위로 그림자가 드리워진다. 고개를 드니 켄지가 나를 내려다보고 있다. 켄지는 내 왼쪽으로 두 줄 뒤에 앉는다. 켄지가 내 옆으로 지나갈 때마다 항상 내 책가방을 발로 차대는데도, 켄지 자리가 거기라는 사실을 거의 잊어버리고 있었다. 그런데 지금은 나를 지나가지 않는다. 대신 나를 똑바로 내려다보고 있다.

"애디, 안녕." 켄지가 말한다. "카일 시험지는 잘 베꼈니?"

내 얼굴에서 피가 다 빠져나가는 것 같다. "뭐?"

"야, 티 다 났어." 켄지가 눈을 굴린다. "이브 선생님도 네가 카일 시험지 보는 걸 다 봤을 거야. 혹시 선생님이 못 봤으면……."

켄지가 뭘 하려는지 알 것 같다. 내가 카일 시험지를 훔쳐보는 걸 봤다고 나에게 알려주는 거다. 내가 켄지에게 똑같은 짓을 한다면, 그 일로 나는 아마 평생 괴롭힘을 당할 거다. 하지만 켄지는 유유히 빠져나갈 테지.

"그러지 말아줘." 비굴하게 굴고 싶지 않지만, 학교에서 또 다른 문제를 일으킬 수는 없다. 절대 안 된다. "나는 안…… 그러니까, 한두 문제만 봤어. 그게 다야."

켄지가 어깨를 으쓱한다. "내가 본 거랑은 다르네, 애디."

켄지가 길고 날씬한 다리로 성큼성큼 교실을 빠져나간다. 짜증 날 정도로 너무나 완벽한 신체다. 저러니 켄지를 좋아하는 허드슨을 탓하지도 못하겠다. 켄지가 이렇게나 미운데도.

"켄지……" 나는 빠른 걸음으로 복도를 걸어가는, 하필 내 다음 수업과 반대 방향으로 가는 켄지를 헉헉거리며 따라간다. 다음 수업에 늦겠지만 급한 불부터 꺼야 한다. "이브 선생님께 말하지 말아줘. 부탁이야. 네가 원하는 건 뭐든 할게."

켄지가 갑자기 멈춰 서더니 고개를 돌려 나를 본다. 그녀의 푸른 눈동자가 번득인다. "뭐든지?"

"그래, 뭐든!"

"좋아." 켄지가 손가락으로 이를 두드린다. 손톱에 선명한 파란색 매니큐어가 칠해져 있다. "오늘 영어 수업에 들어가서 손과 무릎을 바닥에 대고 바닥을 핥아."

입이 떡 벌어진다. "'바닥'을 핥으라고?"

켄지가 고개를 천천히 끄덕인다. "60초 동안."

머릿속이 새하얘진다. 만약 다른 수업이라면…… 아니, 그래도 안 했을 거다. 너무 역겨운 일이다. 더구나 네이트 선생님 앞에서 바닥을 핥으라니. 그런 일은 절대 없을 거다. 세상에, 선생님이 나를 어떻게 생각하겠어?

"그건 못 해." 내가 말한다.

"뭐, 그러시다면……." 켄지가 눈을 반짝인다. "내가 이브 선생님과 면담을 좀 해야겠네."

"켄지, 부탁이야." 내 목소리가 떨린다. "끔찍한 실수였어. 내 인생에서 이런 일을 한 건 이번이 맹세코 처음이었어. 나 그렇게 나쁜 사람 아니야."

"글쎄." 켄지가 말한다. "그건 사람마다 생각이 다를 것 같은데."

그 말과 함께 켄지는 내게서 몸을 돌린다. 켄지의 긴 금발 머리가 내 얼굴을 때린다. 켄지는 왜 이렇게 나를 미워할까? 나는 켄지에게 잘못한 게 없는데. 켄지가 터틀 선생님 때문에 이러는 것 같지도 않다. 그렇다면 허드슨 때문이 틀림없다.

혹시 허드슨이 켄지에게 우리 비밀을 말한 걸까?

만약 그렇다면, 내가 삼각함수 중간고사에서 부정행위를 했다는 사실을 이브 선생님이 알게 되는 것보다 더 심각한 문제를 걱정해야 할 판이다.

32

애디

네이트 선생님의 영어 수업이 한창이다(켄지가 계속 눈빛을 보내고 있지만 나는 바닥을 핥지 않았다). 한 학생이 손에 쪽지를 들고 교실로 들어오는 바람에 로버트 프로스트의 시를 설명하고 있는 네이트 선생님의 말이 끊어진다. 네이트 선생님이 눈썹을 추켜올리자, 학생이 말한다. "애들린 세버슨에게 줄 메모가 있어서요."

네이트 선생님이 쪽지를 받아든 다음 펼쳐서 내용을 읽는데, 선생님의 입꼬리가 아래로 내려간다. 잠시 네이트 선생님의 갈색 눈이 나와 마주친다. "전해줘서 고맙다." 네이트 선생님이 학생에게 말한다. "내가 전달할게."

초능력이 있으면 좋겠다고 생각해본 적 없었는데, 지금 이 순간 쪽지에 적힌 내용을 볼 수 있는 투시 능력이 너무나 간절하다. 그런데 네이트 선생님이 쪽지를 그냥 책상 위에 내려놓더니 곧장 로버트 프로스트 이야기로 돌아간다. 내가 이런 상황에서 '어떤 것도 금빛으로 영원히 머물지 않는' 우리네 삶에 집중할 수 있으리라 생각하신 건가.

학교 종이 울리자마자 네이트 선생님이 손짓으로 나를 부른다. 내가 선생님 책상으로 터벅터벅 걸어가니, 네이트 선생님이 쪽지를 내민다. 쪽지를 펴서 읽는데 손이 떨린다.

애들린,

마지막 수업이 끝나는 대로 내 교실로 즉시 오세요.

이브 베넷 선생님

세상에. 켄지가 이렇게나 빨리 일러바치다니.

"무슨 일이니?" 네이트 선생님이 부드러운 목소리로 내게 묻는다. 하지만 선생님 눈썹 사이에 주름이 살짝 생긴다.

"저도 몰라요." 나는 거짓말을 한다.

네이트 선생님은 내 말을 믿는 표정이 아니지만, 더 묻지도 않는다. "문제가 있으면 무엇이든 나한테 말해도 돼, 알지?"

선생님의 너무나 다정한 말에 눈물이 터져 나올 뻔한다. 하지만 네이트 선생님이 내가 다른 학생의 시험지를 보고 답을 베낀 것을 알게 되면 나한테 몹시 실망하게 될 테니, 그런 이유 때문에라도 선생님에게 도움을 청할 생각은 없다. 그렇지만 이브 선생님은 네이트 선생님의 부인이다. 내 비밀이 다 새어 나갈 거다. 이브 선생님은 내가 뭔가 잘못했다고 생각하면, 네이트 선생님에게 다 말하려 들 거다. 네이트 선생님뿐이랴, 여기저기 다 말하겠지.

"전 괜찮아요." 내가 말한다. 역시나 거짓말이지만, 에라 모르 겠다.

나는 내 등에 꽂히는 네이트 선생님의 시선을 느끼며 교실을 나선다. 다른 일로 나를 부른 것일 수도 있다고 스스로를 다독여본다. 쪽지가 불길하지만 꼭 이브 선생님이 내가 카일 시험지를 베꼈다는 걸 안다는 의미는 아니다. 어쩌면 내가 공부하는 데에 도움이 될 만한 제안을 하려는 걸지도 모른다. 그렇긴 하지만, 그런 이유로 다른 학생을 시켜 쪽지를 보내 나더러 '즉시' 오라고 했을까?

이브 선생님 교실에 도착하니, 책상에 앉아 있는 선생님이 중간고사 시험지를 채점 중인 모양이다. 빨간 펜을 쥐고, 집중하느라 미간을 잔뜩 찌푸리고 있다. 네이트 선생님은 이브 선생님에게서 어떤 매력을 발견했던 걸까, 나는 도통 모르겠다. 외모는 괜찮은 편이지만, 얼굴은 찡그린 표정을 영구히 새겨놓은 것 같다. 네이트 선생님은 그걸 어떻게 견디는 거지?

"이브 선생님?" 교실 문이 이미 열려 있지만, 나는 가볍게 노크한다. "저를 보자고 하셨나요?"

"응." 이브 선생님의 입술이 일직선이 된다. 입술이 마치 입 안으로 사라지기라도 한 것 같다. "들어와 앉으렴, 애들린."

이브 선생님이 내 이름을 제대로 부른다는 사실에 마음이 불안해진다. 내가 부적절한 행동을 한다고 생각할 때 엄마가 딱 저러는데. 나는 선생님이 시키는 대로, 선생님 책상 바로 앞자리에 얌전히 앉는다.

"그래." 이브 선생님이 내게 시선을 집중시킨다. 눈을 가늘게 뜨지만, 눈동자가 번뜩인다. "혹시 나한테 하고 싶은 말 없니?"

나는 이브 선생님을 응시할 뿐 아무 말도 하지 않는다. 켄지가 무슨 말을 했든 증거는 없다.

내가 인정도 부정도 하지 않을 것이 명백해지자 이브 선생님은 책상 위에 올려놓은 종이 더미에서 시험지 두 장을 꺼내 앞으로 툭 던진다. "카일 시험지를 베꼈더구나. 자리도 카일 바로 뒤고, 시험지를 보면서 답을 베꼈어."

입을 벌려 무슨 말이라도 해보려 하지만 목구멍에 뭔가 걸린 것처럼 아무 소리도 나오지 않는다. 믿을 수 없는 일이 눈앞에서 일어나고 있다. 내 평생 단 한 번도 부정행위를 저지른 적 없었는데, 딱 한 번 했더니 한 시간도 안 되어 들통이 났다. 운도 지지리도 없다.

아니지, 그래도 아빠를 죽인 건 걸리지 않았잖아.

"맞지?" 이브 선생님의 눈썹이 추켜 올라간다. "해명하고 싶은 말 있니?"

머릿속이 부옇다. 무슨 말을 해야 할까? 커닝을 하긴 했지. 이미 저지른 일 위에 거짓말까지 더하고 싶지는 않다. "죄송합니다." 나는 간신히 말한다.

이브 선생님 표정에 아무런 동요가 없다. 놀랄 일도 아니다. 디즈니 영화에 나오는 사악한 마녀를 떠올리게 하는 선생님이니까. 망토만 두르면 딱인데. "부정행위는 매우 심각한 문제야. 내일 아침에 교장 선생님과 이 일에 대해 논의해야겠다."

히긴스 교장 선생님은 이미 나를 좋아하지 않는다. 나를 좋아하던 때도 있었다. 내가 케스햄 고등학교에 입학하고 첫 1년 반 동안은 교장 선생님이 나라는 존재를 아예 몰랐으니, 어쩌면 그때가 가장 좋은 시절이었는지도 모르겠다. 교장 선생님과 처음으로 면담을 했을 때는, 내게 무척 친절하게 대해주셨는데. 지금은 터를 선생님 사건 때문에 나를 골칫거리로 생각한다.

거기에다가 내가 부정행위까지 했다는 걸 알게 되면, 어떻게 하시려나?

"그만 가봐." 이브 선생님이 내게 말한다.

힘이 쭉 빠진 다리로 일어서서 쓰러지지 않고 가까스로 교실 밖으로 나온다. 내일 무슨 일이 일어날까, 끔찍한 일이 벌어지겠지. 교장 선생님은 내가 카일 시험지를 베꼈다는 걸 알게 될 것이다. 그러고 나면 아마도 엄마를 학교로 오라 할 거고, 나는 몹시 실망한 엄마의 표정을 보게 될 것이다.

무엇보다도 최악은 네이트 선생님이 이 일을 알게 된다는 것이다.

켄지에게 너무너무 화가 난다. 굳이 이브 선생님에게 말 안 해도 됐잖아. 그냥 입을 좀 다물고 있어도 되잖아. 켄지가 왜 그렇게 나를 싫어하는지 도무지 모르겠다.

이제는 나를 함부로 짓밟고 다니게 놔두지 않을 거다. 켄지에게 이번 일에 대한 대가를 치르게 해주겠다.

33

이브

학교에서 집에 돌아오니, 어쩐 일로 네이트가 나를 기다리고 있다.

평소에는 내가 거의 항상 집에 먼저 온다. 네이트는 학교에서 뭘 하는지 알 수 없을 정도로 늦게 들어오는 때가 많다. 그런데 오늘은 집에 오니 네이트가 소파에 앉아 있다. 내가 거실로 들어가자 그가 일어나 나를 맞이한다. 심지어 내게 입맞춤도 한다.

"오늘 하루 잘 보냈어?" 네이트가 묻는다.

"응." 나는 부엌 쪽을 힐긋 보며 혹시 그가 저녁을 준비하고 있는지 살핀다. "저녁으로 뭘 먹을까?"

"실은," 네이트가 말한다. "주문해서 먹으면 어떨까 싶은데. 당신이 먹고 싶은 걸로."

네이트는 배달 음식이 너무 비싸다고 생각하는 사람이다. 이탈리안 식당에서 음식을 시키는 것보다 집에서 대충 파스타를 만들어 먹는 쪽을 택한다. "그래, 그러자."

네이트 입가에 미소가 번진다. 그의 눈이 내 몸을 훑으며 내려간다. 그의 얼굴에 오랫동안 보지 못했던 표정이 떠오른다. "이브, 오늘 멋져 보이네."

그런가? 그냥 흰 블라우스에 황갈색 슬랙스 차림인데. 물론 발에는 마놀로 블라닉을 신고 있다. 오랜만에 꺼내 신었다. 오늘 기분을 북돋울 것이 필요했다. "고마워."

다음 순간 네이트가 다시 내게 입을 맞춘다. 이번에는 키스가 길다. 그러면서도 다급함이 느껴지는가 싶더니 뒤이어 네이트가 내 블라우스의 맨 위 단추를 푼다.

"네이트." 나는 숨이 막힌다.

"방으로 올라가자." 네이트가 내 귀에 대고 속삭인다. "어때?"

거절할 생각은 없다.

30분 후 우리는 숨을 헐떡이며 침대에 누워 있다. 네이트가 너무 격해서 나는 마놀로 블라닉을 조심스레 벗어 애정 어린 손길로 옷장에 도로 넣어두는 대신 냅다 차다시피 벗어야 했다. 나머지 옷들은 방 곳곳으로 날아가 있다. 고개를 돌려 보니, 몸이 땀으로 번들거리는 네이트가 나를 보며 미소 짓는다.

"휴," 네이트가 입을 연다. "오늘은 정말……."

나는 동의한다는 뜻으로 고개를 끄덕인다. 오늘부로 어떤 변화가 일어나는 건지 모르겠지만, 우리 결혼 생활을 구할 수 있는 길이 열릴 것 같다. 제이를 향한 내 마음이 진심이 아니라는 말은 아니지만, 나와 제이에게는 함께할 미래가 없다. 네이트가 미래다. 좋든 나쁘든.

"음식을 배달시키기로 한 건 정말 좋은 생각이야." 내가 말한다. "요리할 힘이 하나도 없어."

네이트가 웃는다. "그러게."

"우리, 말이야……." 나는 그의 눈을 바라본다. "좀 더 자주 하자."

"물론이지."

나는 남편 옆에 몸을 바짝 붙이고, 네이트는 내게 팔을 두른다. 나는 네이트의 탄탄한 어깨에 머리를 대고 누워 정말 오랜만에 그와 함께 있는 것에 만족감을 느낀다. 섹스를 한 달에 한 번 하지만, 오늘 같은 적은 없었다. 평소에는 이를 닦는 것처럼 매우 기계적으로 했다.

오늘은 마치 예전으로, 우리가 처음 데이트를 시작하던 때로 돌아간 기분이다.

"그나저나," 네이트가 내 머리에 대고 나지막이 말한다. "오늘 이상한 쪽지를 받았어. 당신이 애디 세버슨을 급히 만나야 한다고 적혀 있던데. 무슨 일 있는 거야?"

애디 세버슨은 우리가 행복한 여운을 만끽하고 있을 때 입에 올리고 싶은 화제는 아니지만, 내가 대답하지 않으면 무례한 행동일 것 같다. 차라리 네이트가 그 아이가 한 일을 알았으면 좋겠다. 네이트는 그 아이가 어떤지 알아야 한다.

"응, 일이 좀 있어." 내가 대답한다. "애디가 중간고사에서 부정행위를 했어."

네이트가 잠시 아무 말이 없다. "어떻게 했는데?"

"다른 학생의 시험지를 훔쳐봤어. 내가 그걸 봤고, 시험 직후에 두 시험지를 확인해봤더니 답이 거의 일치했어. 애디가 시험지를 훔쳐본 아이는 성적이 아주 우수한 학생이야. 애디 혼자힘으로라면 정답을 그렇게 많이 맞힐 수가 없어."

"그런 일이 있었구나. 그럼 이제 어쩔 거야?"

"교장 선생님께 말씀드려야지." 내일 아침까지 기다렸다가 보고할 생각이다. 이것이 학생의 부정행위 적발 시 따라야 할 규정이다. "무슨 일이 있었는지 말씀드리면, 히긴스 선생님이 처리하실 거야."

"교장 선생님이라." 네이트가 고개를 절레절레 흔든다. "이것 참, 좀 골치 아프네. 꼭 교장 선생님에게 알려야 해?"

"그래야지. 그게 학교 규정이야."

"음." 네이트가 나를 자기 쪽으로 끌어당기며 조심스러운 목소리로 말한다. "애디가 범죄를 저지른 건 아니잖아. 답안지를 훔치려고 사전에 계획을 세웠다거나 뭐 그런 식으로 말이야. 애디는 그냥 자리에 앉아서 시험을 치르다가 문제를 어떻게 풀어야 할지 몰랐을 뿐이야. 난 그 기분을 너무 잘 알 것 같아. 애디는 당황했을 거야."

"네이트, 그래도 엄연히 부정행위야."

"하지만 증거가 있는 건 아니잖아, 안 그래?" 네이트가 미간을 모은다. "애디가 다른 학생 시험지를 베끼는 걸 당신이 봤다고 하지만, 애디는 안 그랬을 수도 있어. 정말로 공부를 했을지도 몰라. 혹시 애디가 인정했어?”

엄밀히 말하면 애디는 부정행위를 인정하지 않았다. 하지만 나는 애디가 카일 시험지를 보는 걸 분명히 봤다고 생각한다. 교사로 지낸 수년 동안의 경험으로 볼 때 너무나도 명백했다. 게다가 그 아이는 자기 실력으로는 그런 성적을 받을 수가 없다. 내가 추궁했을 때 그 아이 얼굴에 떠오른 표정은 어떻고. “인정한 건 아냐.”

“애디는 공부가 버거운 거야.” 네이트가 나를 더 꼭 끌어안자, 그의 온기가 느껴진다. “우리도 그런 적 있잖아, 이브. 당신은 고등학교 때 영어 때문에 힘들어서 과외를 받아야 한다거나 그런 적 없어?”

뭐라고 대답해야 할지 모르겠다. 나도 그런 적은 있었으니까. “그러면 과외를 했어야지. 부정행위를 할 필요는 없어.”

“모든 학생이 과외 비용을 척척 댈 수는 없어. 애디가 작년에 많은 일을 겪었다는 데에는 우리 둘 다 동의할 거라 생각해.”

다른 상황이었다면 이 대화는 나를 화나게 했을 것이다. 부정행위는 잘못된 일이고, 내 남편이 다른 학생의 답을 베낀 학생을 옹호하고 있다는 사실은 기가 막힌다. 게다가 내가 애디에 대해 경고했는데도 네이트는 애디에게 계속 관심을 쏟는 것 같다. 하지만 이렇게 그의 품에 안겨 있어서인지 화가 나거나 부아가 치밀어 오르지 않는다. 네이트는 자기 학생들을 진심으로 아낀다. 그런 네이트를 내가 뭐라 비난할 수 있을까. 그게 바로 내가 네이트를 사랑하게 된 이유 중 하나였으니 말이다.

"그래서 나더러 어쩌라는 거야?" 내가 말한다.

"음." 네이트가 말한다. "그렇다고 애디가 점수를 그대로 받게 할 수는 없어. 내 생각엔 당신이 0점으로 처리하고 엄하게 주의를 주면 애디가 다시는 그런 잘못을 안 저지를 것 같아. 큰 충격을 받고 정신을 차릴 거야."

"정말 그럴까?" 애디는 가끔 안타까울 정도로 가망이 없어 보이는데.

"난 그렇게 믿어." 네이트가 내 이마에 입을 맞춘다. "당신이 마음속으로는 애디와 자기가 가르치는 학생들이 모두 잘되길 바란다는 거 알아. 나는 이게 애디를 위해 가장 좋은 방법이라고 생각해. 당신이 애디 인생을 망가뜨리고 싶은 건 아니잖아? 설령 아트 선생님의 일로 아직 화가 나 있더라도 말이야. 그리고 그건 애디 잘못도 아니었어, 알지?"

그런가? 그러게, 네이트 말이 맞는 것 같다. 애디 세버슨은 지난해에 많은 일을 겪었고, 나는 애디에게 심하게 대했다. 나의 멘토였던 선생님이 애디 때문에 직장을 잃었다는 사실에 화가 났는지도 모른다.

"알겠어." 내가 동의한다. "교장 선생님에게 가지 않을게. 수업 후에 애디에게 시험은 0점 처리되겠지만 학교에 보고는 안 할 거라고 말하지, 뭐."

"옳은 결정을 한 거야, 이브."

네이트가 내 머리 위에 한 번 더 입을 맞추고는 침대에서 몸을 일으켜 욕실로 들어간다. 잠시 후 샤워기의 물줄기 소리가 들린다. 침대 옆 탁자에 올려둔 내 휴대폰이 진동한다. 휴대폰을 집어 들고 보니, 스냅플래시에 메시지가 와 있다.

제이 내일 밤에 볼 수 있어요?

나는 샤워 물소리가 시원하게 들리는 욕실 문 쪽을 바라본다. 오랫동안 네이트에게 이런 뜨거움을 갈구해왔다. 오늘은 정말 더할 나위 없이 완벽했다. 딱 내가 원하는 것이었다. 앞으로 이런 시간이 많아질 거라는 기대도 생긴다.

그런데 마음 한구석을 계속 불편하게 만드는 게 뭘까.

끝나자마자 네이트가 애디 이야기를 시작한 게 싫었던 건지도 모르겠다. 이야기를 마치고 나서 곧장 샤워하러 가버린 것도.

아니다, 이 불편함의 밑바닥에 있는 건 네이트가 아니다. 나와 관계를 맺는 또 다른 남자의 존재다. 정작 남편은 내 생일 선물을 아무것도 준비하지 않았을 때, 어렵게 돈을 모아 아름다운 신발을 사준 제이. 지금껏 다른 마음이 있는지 물어볼 필요가 단 한 번도 없었던 제이. 나를 얼마나 원하는지 얼굴에 다 쓰여 있는 제이. 나는 잠시 망설이지만 곧 대답을 입력한다.

나 네, 갈 거예요.

34

애디

켄지는 치어리더 연습이 적어도 다섯 시까지, 어쩌면 그보다 더 늦게까지 있다. 켄지의 부모님은 둘 다 잘나가는 직업을 갖고 있어서, 역시나 늦은 시간까지 집에 돌아오지 않을 것이다.

반면 나는 내일 히긴스 교장 선생님이 나를 학교에서 어떻게 처리할지 알게 될 때까지 기다리는 것 말고는, 남아도는 시간을 보낼 별다른 일이 없다.

켄지 집에서 한 블록 떨어진 곳에 자전거를 세우고 가로등 기둥에 자물쇠를 묶어 채운다. 책가방을 둘러멘 다음 켄지가 사는 큰 집을 향해 길을 따라 걸어간다. 책 무게 때문에 가방끈이 어깨를 짓누른다. 나는 마치 이곳에 올 이유가 있는 사람처럼 걷는다. 켄지의 친구로서 그녀를 방문하러 온 것처럼 태연하게.

물론 그게 사실이 아님을 나는 너무나 잘 알고 있다.

초인종을 누른 다음 발소리를 기다린다. 혹시 몰라서 한 번 더 초인종을 누른다. 하지만 돌아오는 건 정적뿐. 예상한 대로 집에는 아무도 없다. 집은 완전히 비어 있다.

이웃집들을 슬쩍 쳐다본다. 켄지 몽고메리의 집과 마찬가지로 어둡고 조용해 보인다. 아무도 나를 보고 있지 않다는 확신이 들자, 푸릇한 잔디를 가로질러 집 옆으로 슬며시 돌아간다.

뒷문에 도착한 다음 책가방 주머니를 뒤져 열쇠 꾸러미 하나를 꺼낸다. 켄지 이름 모양의 다이아몬드 열쇠고리는 버리고 열쇠만 가지고 있다. 켄지가 열쇠를 잃어버렸을 때 켄지 부모님이 문 자물쇠를 바꿨을 가능성은 충분히 있다. 하지만 한 번 더 생각하면, 켄지가 사는 곳은 안전한 동네다. 켄지 부모님은 그냥 딸이 열쇠를 어딘가에 떨어뜨렸다고 생각해 성가시게 자물쇠를 바꿀 필요까지는 없다고 여겼을 수도 있다.

뭐, 어찌 되었든 이제 알게 되겠지.

열쇠고리에는 세 개의 열쇠가 달려 있다. 그중 하나가 크기가 큰 게 왠지 집 열쇠인 것 같다. 숨을 크게 들이마신 다음 열쇠를 열쇠 구멍에 밀어 넣는다. 머릿속으로 열까지 세고 나서 열쇠를 돌려본다.

찰칵.

잠시 가만히 선 채로 개 짖는 소리가 들리는지 귀를 기울인다. 아무 소리도 들리지 않는다. 열쇠를 끝까지 마저 돌린 다음 손잡이를 돌려 문을 열자 몽고메리 가족이 사는 집의 부엌이 나온다.

안으로 들어가 가장 먼저 경보 시스템이 있는지부터 확인한다. 다른 사람들 집에서 그런 장치를 본 적이 있어서, 해제하지 않으면 경보가 울리거나 내가 모르는 사이 경찰에 신고가 들어 갈 수도 있다는 걸 알고 있다. 어느 쪽이든 그런 일은 피하고 싶다. 하지만 키패드도 없고, 집에 경보 장치가 설치돼 있다는 흔적도 보이지 않는다.

좀 어리석네. 이런 집에는 경보 장비가 필요한데. 집 안으로 들어온 나는 놀라움을 금치 못한다. 공간을 나누는 벽 없이 탁 트인 구조라 반짝반짝 빛이 나는 부엌에서 넓은 거실과 거실에 놓인 값비싼 가구들이 한눈에 다 보인다. 우리 집은 지은 지 백 년도 넘은 데다, 지어진 이후로 내부도 그리 달라진 게 없어 보이는데. 내가 태어났을 때부터 쓰고 있는 냉장고는 나와 내가 사랑하는 사람들보다도 더 오래 남을 거다.

카펫 색이 너무 밝아서 운동화는 뒷문 옆에 벗어두기로 한다. 이미 내 더러운 신발 때문에 부엌 바닥에는 자국이 몇 군데 생겨 있다. 나는 거실을 조심스럽게 가로질러, 카펫이 깔린 계단 쪽으로 향한다. 그리고 천천히 계단을 오르기 시작한다.

진짜 이러고 있는 나 자신이 믿기지 않는다. 시험을 치면서 난생처음 부정행위를 저지른 것도 (그리고 들킨 것도) 후회스러웠는데, 불과 몇 시간 후에 남의 집에 허락도 없이 들어와 있다니, 세상에나! 하지만 이건 전부 켄지 때문이다. 이브 선생님에게 내가 한 일을 굳이 일러바치지를 않나, 이번 학기 내내 나에게 못된 짓을 하질 않나. 그러니 켄지도 좀 당해봐야 한다.

계단 위에 도착하자 가장 먼저 보이는 곳은 욕실이다. 안으로 들어가서 반짝이는 흰색 욕실 기물들과 세면대 위에 나란히 놓인 색색의 칫솔들을 황홀하게 바라본다. 우와, 변기에 온열 시트가 있잖아? 한번 앉아보면 이상하려나?

그래, 이상할 거야.

세면대 거울에 비친 내 모습을 잠시 바라본다. 켄지도 이 거울로 매일 자기 모습을 보겠지. 하지만 켄지는 나처럼 별 특징 없는 얼굴에 진흙색 눈과 머리를 가진 모습이 아니라 완벽한 광대뼈와 선명한 푸른 눈과 실크 같은 금발 머리를 볼 거다.

집게손가락으로 거울을 열어 약 수납장을 본다. 역시나, 다양한 스킨케어 제품과 헤어 제품이 가득하다. 맨 위 선반에 주황색 약병 두 개가 있다. 첫 번째 것을 집어 들고 본다.

온단세트론. 구역질 및 구토 예방을 위해 1회 1정, 1일 3회 복용하십시오.

켄지가 왜 메스꺼움을 완화하는 약을 먹는지 막 궁금해지려는데, 약병을 돌려보니 켄지 오빠에게 처방된 것이다. 그럼 그렇지. 켄지가 구역질이 날 일이 뭐가 있겠어. 살면서 토를 해본 적도 없을 것 같은데.

켄지 방을 찾는 건 그리 오래 걸리지 않는다. 2층에 침실이 여러 개 있는데, 제일 큰 방은 누가 봐도 부모님이 쓰는 방이고 다른 하나는 십 대 소년, 아마도 켄지 오빠가 쓸 법한 방이다. 켄지 방은 캐노피 침대와 책상 위에 커다란 분홍색 보석함이 있는 방이다. 내가 본 아이 방 중 가장 멋지다.

켄지의 하얀 책상 앞에 있는 가죽 의자에 앉아본다. 켄지는 바로 이 의자에 앉아 숙제를 하겠지. 그리고 자신이 누리는 행운을 당연하게 여기겠지.

맨 위 서랍을 열어본다. 서랍 안쪽에 공책을 찢은 종이에 '계속 네 생각이 나. 오늘 밤에 널 만나는 게 너무 기다려져.'라고 쓴 메모가 있다. 윽, 이런 걸 게 찾게 될 줄이야. 허드슨이 쓴 연애 쪽지라니. 허드슨이 켄지와 사귀는 게 아직까지도 믿기지 않는다.

나와 허드슨은 좀 이상한 관계였다. 우리가 어릴 땐 나는 허드슨을 순수하게 좋아했고, 미소가 환하고 아주 밝은 금발 머리를 헝클어뜨리고 다니는 그가 귀엽다고 생각했다. 하지만 허드슨에게 반했던 건 아니었다. 우리는 닌텐도 게임을 하거나 숙제를 같이하면서 여느 아이들처럼 어울려 놀았다. 여름이면 허드슨 집 뒷마당에서 공놀이를 하거나 가까운 가게에 가서 사탕을 사거나 울타리 아래로 기어 지나가 이웃집 마당에 있는 수영장에서 놀았다.

그러다 고등학교에 갔을 때, 허드슨이 키가 훌쩍 자라더니 마침내 나보다 키가 크게 되었다. 그것도 아주 많이. 갑자기 나는 그를 다르게 생각하기 시작했다. 허드슨과 키스하면 어떨지 상상하기 시작했다. 그리고 허드슨도 나에 대해 같은 생각을 하고 있다는 느낌이 들었다.

내 가장 친한 친구가 나와 더 이상 말을 하지 않는 게 켄지 때문이란 말을 하려는 게 아니다. 그건 전적으로 아빠에게 일어난 일과 내가 허드슨에게 강요한 일 때문이었다. 그렇다고 해도 허드슨과 켄지가 함께 있는 모습을 보는 고통이 줄어들지는 않지만.

켄지 책상 위에 있는 도자기 인형에 시선이 가닿는다. 하늘색과 보라색으로 채색한 새다. 손으로 집어서 보니, 밑면에 켄지의 이니셜 KM이 새겨져 있다. 그렇다면 켄지가 도예 수업에서 만들었다는 뜻인데, 이건 마치 전문가가 만든 것 같다. 뭐야, 켄지는 도예도 잘하는 건가. 나는 충동적으로 새를 바닥에 던져버린다. 새가 다섯 조각으로 부서진다.

켄지의 방에서 무언가를 부수면 기분이 나아질 줄 알았는데, '전혀' 그렇지 않다. 오히려 켄지와 허드슨에 대해 예전만큼 화가 나지 않는다는 생각이 든다. 허드슨이 친구로서 여전히 그립긴 하지만, 내가 함께하고 싶은 남자를 상상할 때 이제는 그가 떠오르지 않는다.

이제는 너새니얼 베넷 선생님이다.

나와 네이트 선생님 사이에 무슨 일이 일어날 가능성이 있는 건 아니다. 바보가 아닌 이상 그 정도는 안다고. 그렇지만 난 항상 네이트 선생님을 생각한다. 밤에 잠들 때 나를 보며 미소 짓는 네이트 선생님을 떠올린다. 선생님이 웃을 때마다 눈가에 지는 주름도. 내가 부정행위를 저질렀다는 사실을 네이트 선생님이 알게 된다고 생각하니 너무 창피하다. 선생님 눈에 내가 어떻게 비치는지가 나에게는 무엇보다 중요한데.

가죽 의자에서 일어나 옷장으로 걸어간다. 붙박이장 크기에 입이 떡 벌어진다. 그래, 켄지한테 어울리려면 이 정도는 되어야지. 옷장을 가득 채운 디자이너 브랜드 옷들을 뒤적거린다.

켄지는 얼굴도 예쁘고 인기도 많을 뿐 아니라 학교의 대다수 아이보다 훨씬 부유하다. 하아, 가끔 세상이 참 불공평한 것 같다.

분홍색 상의를 하나 꺼내본다. 소재가 참 부드럽다. 이거, 내 가슴을 따라 사르르 잘 감기겠다. 사이즈도 잘 맞는 것 같다. 내가 가져간다고 해도 켄지는 절대 눈치채지 못할 거다. 옷장에 블라우스가 수십 벌이나 있다. 아마 이 옷은 몇 년 동안 입지도 않았을 거다. 그러니까 내가 켄지를 도와주는 셈이다. 옷장 정리를 도와주는 거니까. 흐음, 이참에 조금 더 정리를 해줄 수 있을 것 같은데.

그렇게 상의들을 훑어보고 있는데, 아래층에서 쿵 하는 소리가 들린다.

35

—

애디

누군가 집에 있다.

이런, 어쩌지, 어쩐다. 커닝한 걸 들켰을 때도 큰일 났다고 생각했는데, 지금은 진짜 큰일이다. 학교에서 부정행위로 걸렸을 때 최악의 결과는 퇴학일 테지만, 그렇게 될 가능성은 낮았다.

하지만 지금은 주거침입이다. 감옥에 가게 될 거다. 아니면 소년원 같은 데나. 이건 심각한 범죄다.

내가 왜 이런 짓을 했을까? 켄지에게 복수하겠다는 무모한 생각에 사로잡혀서는, 기껏 한다는 게 새 도자기 인형이나 부수고 옷장이나 뒤졌다. 켄지가 그동안 나에게 한 일들에 대해 대갚음할 배짱도 없으면서.

몸이 얼어붙어버려 이제 어떻게 해야 할지 모르겠다. 소리가 분명히 아래층에서 들렸으니, 지금 내려가면 몽고메리 가족 중 한 명과 맞닥뜨릴지도 모른다. 어떻게 하지?

숨을까. 켄지 옷장은 나와 미식축구팀 절반이 들어가도 될 만큼 크다. 옷장 안에 들어가서 아래층에 있는 사람이 집에서 나가기를 기다렸다가 몰래 빠져나가면 되지 않을까. 만약 켄지가 집에 온 거면 어떡하지? 그러면 나는 옷장에서 못 나올 테고, 그러다가 발각되는 건 시간문제다.

내가 켄지 집에서 발견되는 것만으로도 끔찍한 상황인데, 켄지 옷장 안에 숨어 있다가 발견되면, 악몽 같은 일들이 벌어질 거다.

안 된다, 여기서 나가야 한다.

뒷문으로 살며시 나갈 수 있을까 생각하며 열쇠 꾸러미를 옷장에 던져 넣은 다음 켄지 방에서 조심스럽게 나간다. 아래층에 있는 사람이 켄지라면 난 끝장이다. 하지만 켄지 부모님이나 오빠라면, 켄지 부탁으로 집에 잠시 들렀다고 둘러대면 된다. 내가 위협적으로 보이지는 않으니까.

천천히 계단을 내려가는데, 심장이 가슴을 뚫고 튀어 나갈 것처럼 뛴다. 몇 걸음마다 멈춰서 귀를 기울인다. 말소리는 들리지 않는다. 분명히 뭔가가 떨어졌거나 무너지는 소리가 크게 들렸는데. 바람이라고 하기엔 소리가 너무 컸다.

혹시 내가 이 집에 들어올 때 진짜 도둑도 같이 들어온 게 아닐까?

아니, 그럴 가능성은 거의 없다.

계단 아래에 이른다. 여전히 사람의 모습은 보이지 않고, 집 안에 사람이 있는 듯한 기척도 없다. 분명히 소리를 들었는데,

집에는 아무도 없는 것 같다. 나는 뒷문으로 가려고 계단에서 부엌 쪽으로 조심스럽게 발을 옮긴다.

그제야 내 눈에 들어온다.

부엌 한가운데 털이 풍성한 흰 고양이 한 마리가 있다. 그리고 그 옆에는, 지금은 바닥에 떨어져 있지만 아마도 조리대 위에 있었을 물병이 있다. 고양이는 나를 보더니 조금도 잘못한 기색 없이 야옹 하고 운다.

하아, 고양이였다.

긴장이 풀리며 온몸에서 힘이 쭉 빠져나간다. 무단침입으로 잡혀서 소년원에 갈 일은 없다. 이 집에는 아무도 없다. 제멋대로인 고양이만 있을 뿐.

그래도 방심해서는 안 된다. 운동화를 집어 들고 최대한 조용히 뒷문으로 빠져나간 다음 살며시 문을 닫는다. 열쇠 꾸러미는 켄지 옷장에 던져버렸으니, 다시 올 일은 없을 거다.

36
—

이브

다음 날 애디가 내 교실로 들어오는데 마치 전기의자에 끌려 가는 사람 같다.

그 모습을 보고 있으니 내 안에서 동정심이 인다. 애디가 내 수업을 힘들어한다는 사실은 줄곧 알고 있었다. 애디를 돕기 위 해 좀 더 노력하지 않은 나한테도 잘못이 있는지 모르겠다. 예 전에는 수업을 어려워하는 학생들이 있으면 과외를 받을 수 있 도록 도움을 주곤 했다. 그래서 이번에도 적당한 금액에 애디와 함께 공부해줄 수 있는 또래 학생들 목록을 만들어두었다.

수업이 끝나는 종이 울리자마자 애디에게 나한테 오라고 손 짓한다. 애디는 차라리 창문 밖으로 뛰어내리는 게 낫겠다는 표 정이 되지만, 순순히 내 책상으로 온다.

"애디." 내가 입을 연다.

애디가 고개를 든다. 눈가가 촉촉하다.

"교장 선생님에게 말씀드리지 않기로 했어." 내가 말한다.

애디 눈이 커진다. "선생님……."

"대신 중간고사 성적을 0점으로 처리할 거야."

애디에게는 수업 낙제를 면할 방법이 거의 없게 만드는, 충격적인 소식이나 다름없다. 그러니 이왕 인정을 베풀기로 했으면 얼른 충격을 누그러뜨려줘야 한다. "내가 학습 도우미를 해줄 수 있는 또래 학생들 목록을 만들었어. 네가 기말고사 때까지 성적을 크게 올리면, 네 중간고사 점수는 성적 반영에서 뺄게."

나는 애디에게 학습 도우미 목록을 내밀고, 애디는 떨리는 손으로 종이를 받아 든다.

"정말 감사합니다, 이브 선생님. 뭐라고 말씀드려야 할지 모르겠어요."

어젯밤에 네이트가 설득을 잘하지 않았다면 지금쯤 나는 히긴스 선생님한테 걸어가고 있을 거란 생각에 낮은 신음이 새어 나온다. 어쨌거나 네이트 말이 틀린 건 아니었다. 애디는 절박한 마음에 그런 일을 저질렀고, 사전에 계획한 것도 아니었다. 그러니 나도 한 번쯤은 눈감아줄 수 있다. "앞으로 또 이런 일이 있으면……."

"절대 없을 거예요." 애디가 무릎을 꿇고 내 발에 입이라도 맞출 기세다. "맹세해요. 저 진짜 열심히 공부할게요."

"알았다."

이번 한 번의 실수는 용서하겠지만, 그렇다고 해서 애디에게 마음의 문을 열 생각은 없다. 네이트가 그녀를 좋게 생각하는

덕분에 애디의 운이 좋았을 뿐이다. 도대체 어디가 좋다는 건지
난 도통 모르겠지만.

37

애디

분명 럭키 참스 시리얼에서 행운의 말발굽 마시멜로를 잔뜩 집어 먹은 모양이다. 운이 이렇게까지 좋다니.

처음에는 몰래 들어갔던 켄지 집에서 무사히 빠져나왔다.

이번에는 이브 선생님이 내가 한 일을 교장 선생님께 보고하지 않기로 했다. 그런 선택이 가능하리라고는 생각도 못 했는데. 이브 선생님이 내게 친절을 베풀었다. 이브 선생님은 미소는 짓지 않았지만(이브 선생님에게 웃는 얼굴까지 바랄 수는 없지) 내가 감당할 수 있을 만한 저렴한 과외 방법을 추천해 주었고, 학기 말까지 내가 잘 해내면 0점은 성적에 반영하지 않겠다고 말했다.

그리고 지금, 시 잡지 모임에 와 있는데, 네이트 선생님이 내가 지난 2주 동안 쓰고 있는 새로운 시가 이번 호에 실을 만한 가치가 있다고 생각하신다. 이브 선생님이 네이트 선생님에게

다 말할까 봐, 그래서 네이트 선생님이 나를 별로라고 생각할까 봐 계속 걱정하고 있었다. 하지만 네이트 선생님이 나를 예전과 같은 눈빛으로 바라보는 것으로 보아 이브 선생님은 아무 말도 안 한 것 같다.

"이 구절이 아주 맘에 들어." 네이트 선생님이 말한다. "'심장이 뛸 때마다 피가 빠져나가네.' 정말 강렬한 심상이야."

로터스가 듣고 있는지 확인하려고 슬쩍 고개를 드니, 로터스는 다른 쪽을 보고 있다. 네이트 선생님이 로터스의 시가 아니라 내 시를 대회에 출품한 일로, 로터스는 몹시 화가 나서 이제는 나와 말조차 하지 않는다. 학교에서 나보다 인기가 없는 아이가 있다면 아마 로터스뿐일 텐데, 그럼에도 저러는 걸 보면 나와 친구가 되는 데는 전혀 관심이 없다는 걸 굳이 말로 하지 않아도 알 수 있다.

〈울림〉 모임은 공식적으로 4시 30분에 끝나지만, 잡지에 좀 더 열성적인 멤버들은 보통 5시까지 남아 잡지에 실을 시와 우리가 평소에 즐겨 읽는 것들에 관해 이야기를 나눈다. 맨 마지막까지 남아 있던 로터스가 책가방을 어깨에 두르고 아무 인사도 없이 교실에서 나간다. 나도 뒤따라 교실을 막 나서려는데, 네이트 선생님이 내 이름을 부른다.

"애디." 네이트 선생님이 말한다. "잠깐만."

걸음을 멈추고 서서 선생님이 무슨 말을 할지 궁금해한다. 네이트 선생님이 다가와 교실 문을 닫는 모습을 보고 있으니 더욱 궁금하다. 우리가 단둘이 있게 되자 네이트 선생님이 나를 보며 눈썹을 추켜올린다. "그래서 어떻게 됐니? 이브가 뭐라 하든?"

네이트 선생님이 이브 선생님을 이브라고 부르는 게 어색하다. 당연히 선생님 아내를 직접 부를 때야 이브 선생님이라고 하지 않겠지만, 내 앞에서는 그렇게 불러야 하는 게 맞지 않을까. 아무튼 그건 됐고, 지금 더 중요한 건 네이트 선생님이 다 알고 있다는 사실이다. 이브 선생님이 다 말했구나.

진짜 쪽팔린다.

"어······." 내가 말한다. "괜······ 찮았어요."

네이트 선생님이 목소리를 낮춘다. "이브가 너한테 잘해줬지? 교장 선생님을 끌어들인 건 아니지?"

나는 말없이 고개를 젓는다.

네이트 선생님이 만족스럽게 고개를 끄덕인다. 네이트 선생님이 넥타이를 잡아당겨 느슨하게 풀자, 아주 살짝 삐져나온 가슴털이 보인다. "내가 이브한테 네가 작년에 힘든 시간을 보냈다고 말했거든. 그러면서 한 번 더 기회를 주라고 했지."

아, 이제야 모든 것이 이해된다. 안 그래도 이브 선생님이 돌연 마음을 바꿔 왜 나를 도와주기로 했는지 궁금했는데. 다 네이트 선생님 때문이었다. 네이트 선생님이 이브 선생님한테 교장 선생님에게 말하지 말라고 한 것이었다.

"선생님이 도와주셨군요." 내가 말한다.

"당연히 그래야지, 애디." 네이트 선생님이 나를 보며 눈가에 주름이 지도록 미소 짓는다. "내가 가장 아끼는 학생이 학교에서 쫓겨나도록 내버려둘 수는 없잖아. 너를 감싸야지."

머리가 핑 돈다. 네이트 선생님은 내가 한 일을 알고도 나를 미워하지 않는다. 그뿐만이 아니라 나더러 선생님이 가장 아끼는 학생이라 했다. 행복해서 눈물이 왈칵 쏟아지려 한다.

"감사합니다." 내가 가까스로 말한다. "정말 감사합니다."

"아니야." 네이트 선생님이 말한다. "난 그저 해야 할 일을 했을 뿐이야."

온몸을 휘감는 이 감정을 어떻게 표현할 수 있을까. 나는 도저히 어쩌지 못하고 몸을 날려 두 팔로 네이트 선생님을 와락 껴안는다. 눈에 눈물이 차오르고, 팔에 힘이 들어간다. 어렸을 때 말고는 아빠를 안아본 적 없었고, 터틀 선생님도 안아본 적 없었는데. 누군가에게 이렇게까지 감사함을 느낀 적이 한 번이라도 있었나 싶다. 네이트 선생님이 나를 믿어줬다고. 나를 위해 싸워줬다고.

네이트 선생님이 선생님을 세게 끌어안고 있는 나를 밀어내지 않고 안아준다. 포옹이 내가 의도했던 것보다 좀 더 오래 지속되지만, 선생님을 놓아주고 싶지 않다. 네이트 선생님도 그리 싫어하는 것 같지 않다. 그런데 그때 단단한 무언가가 내 다리에 닿는다. 마치 두루마리 휴지 심 같다.

혹시 이거……?

깜짝 놀란 나는 선생님에게서 화들짝 몸을 뗀다. 내 착각이었기를 바랐지만, 시선을 떨어뜨렸을 때 선생님의 바지가 불룩하게 튀어나온 것이 확연히 보인다. 네이트 선생님도 무슨 일이 벌어졌는지 정확히 깨달은 표정이다. 완전히 망연자실한 표정을 짓고 있다.

"정말 미안하다, 애디!" 네이트 선생님이 외친다. 황급히 내게서 몸을 돌려 감추려 하지만, 이미 너무 늦었다. "이건 정말…… 용납할 수 없는 일이야. 미안하다."

"네." 나는 작은 목소리로 말한다.

"변명의 여지가 없구나." 네이트 선생님도 작은 목소리로 말한다. "하지만 내가 아내와 어떤지 네가 알면…… 우리는 더 이상 공유하는 게 없어. 아내에게 아무런 감정도 느껴지지 않아. 그러다가 너를 만났는데, 마치…… 내 인생에서 처음으로 누군가와 진정으로 마음이 통한다는 느낌을 받았어." 네이트 선생님이 잔뜩 상기된 얼굴로 조심스럽게 나를 쳐다본다. 선생님은 당황한 모습마저도 저렇게 멋지구나. "하지만 그건 변명이 될 수 없지. 절대 변명할 수 없는 일이야. 정말 미안하다."

네이트 선생님이 제발 입을 다물고 사과를 멈췄으면 좋겠다. "알겠어요."

"너, 그만 가보는 게 좋겠다." 네이트 선생님이 내게 말한다.

나는 선생님의 말을 따르기로 한다. 머릿속이 아까보다 더 심하게 혼란스럽지만 책가방을 챙겨 조용히 교실을 나선다. 그리고 어두워진 복도를 걸어가면서 이 상황을 이해하려 애쓴다.

네이트 선생님은 학교에서 가장 잘생긴 선생님이다. 모두가 인정하는 사실이다. 그리고 네이트 선생님은 어른 여자와 결혼했고, 결혼한 어른 여자와 잠자리도 같이하리라 생각된다. 그런데 내가 선생님을 껴안고 있을 때 선생님은 흥분했다. 바로 '나'

때문에. 그런 다음 나 말고는 누구와도 마음이 통한 적이 없었다고 말했다.

나도 똑같은 생각을 하고 있었는데, 신기하다.

복도 한가운데에서 걸음을 우뚝 멈춘다. 어떻게 해야 할지 모르겠지만, 이대로 그냥 떠날 수도 없다. 조금 전 일어난 일을 명확하게 이해해야 한다. 네이트 선생님과 나를 위해서 그렇게 해야 한다.

몸을 돌려 교실로 돌아간다. 이 시간에 학교 안에는 아무도 없다. 클럽 활동은 모두 끝났고, 몇몇 운동부 팀들만 운동장에 있을 뿐이다. 네이트 선생님이 책상 앞에 앉아 있다. 선생님이 고개를 들고 부드러운 갈색 눈으로 나를 바라보자, 이 학교에, 아니 이 세상에 오로지 우리 둘만 존재하는 것 같다.

"선생님." 내가 입을 연다.

"애디." 네이트 선생님 미간에 주름이 생긴다. "그 일에 대해더는 얘기를 안 하는 게 좋을 것 같은데. 아까도 말했듯이 너에게 정말 미안하게 생각한다."

"아뇨, 전 얘기를 하고 싶어요."

네이트 선생님이 일어선다. 선생님은 여전히 흥분한 상태라는 걸 숨기지 못한다. 선생님의 시선이 교실을 가로질러 나에게 꽂힌다. "문 닫으렴." 네이트 선생님이 내게 말한다.

나는 선생님이 시키는 대로 한다.

그런 다음 교실을 거침없이 가로질러 선생님 앞에 똑바로 선다. 네이트 선생님은 키가 나보다 한 뼘 정도 더 커서 내가 고개를 들고 선생님을 올려봐야 한다. 선생님의 입술이 촉촉하다. 허드슨과 있을 때도 내 마음이 들뜨고 두근거리는 순간들이 있었지만 이 정도는 아니었다. 지금은 수십 배 더 강렬하다.

"너를 내 안에서 밀어내려고 애쓰고 있어." 네이트 선생님이 속삭인다. "내가 얼마나 필사적으로 노력하고 있는지 넌 모를 거야."

"그러지 마세요."

내가 먼저 적극적으로 행동해야 할 거라고 생각했는데, 놀랍게도 네이트 선생님이 몸을 숙여 내게 입을 맞춘다. 세상에, 내가 처음으로 하는 키스다. 심지어 남자아이가 아니라 남자 '어른'과 하는. 처음에는 그저 입술과 입술이 맞닿아 있다. 하지만 잠시 후 선생님의 혀가 내 입으로 들어온다. 사람들이 키스할 때 혀를 사용한다는 걸 머리로는 알고 있었지만 실제로 어떤 느낌일지는 상상조차 하지 못했다. 처음에는 외계 물체가 내 몸 안으로 들어오려고 꿈틀대는 것처럼 느낌이 아주 이상하다. 좋은 느낌은 아니다. 네이트 선생님을 밀어낼 뻔했지만, 선생님이 나를 꽉 끌어안고 있는 데다가 내가 지금 입을 떼면 키스에 서투른 사람처럼 보일 것 같다. 네이트 선생님이 실망하시겠지.

그런데 잠시 후 내 몸이 찌릿찌릿하기 시작한다. 이 느낌……
굉장하다. 온몸에 불이 붙은 것 같다. 폭발할 것 같다. 이 순간이 끝나지 않았으면 좋겠다. 그런데 네이트 선생님이 입술을 뗀다.

"이건 옳지 않아." 네이트 선생님이 말한다.

그 말을 듣자 내 안에서 화가 인다. 그래, 내 선생님이고, 나보다 나이도 훨씬 많고. 게다가 유부남이고. 좋게 들리지 않는 거 인정한다. 그렇지만 우리는 마음이 통한다. 선생님과 나와 같은 정도로 마음이 통하는 두 사람이 있다면, 상황이 어떻든 그 마음을 마땅히 따라가야 하는 게 맞지 않을까? "난 그렇게 생각 안 해요." 내가 말한다.

"옳지 않은 거야." 네이트 선생님이 눈썹을 찡그린다. "하지만 난 너를 도저히 거부할 수 없을 것 같다."

난 너를 도저히 거부할 수 없을 것 같다.

내 머릿속에 우리가 들킬 수도 있다는 두려움이 들어찬다. 터틀 선생님이 어떻게 되었는지를 생각 안 할 수가 없다. 터틀 선생님과는 지금과 비슷한 일조차 없었는데. 어쩌면 그게 차이점인지도 모르겠다. 터틀 선생님과 나는 옳지 않다고 할 만한 일을 하지 않았다. 그래서 우리는 조심하지 않았다. 네이트 선생님과 나는 조심해야 한다.

네이트 선생님이 내 마음을 읽기라도 한 듯 불안한 표정으로 교실 문을 바라본다. "여기서 이러면 안 될 것 같아."

"제가 아는 곳이 있어요."

네이트 선생님이 깜짝 놀란 표정을 짓지만 곧 순순히 내 뒤를 따라 교실을 나선다. 학교 안에 두 사람이 단둘이 있을 수 있는 나만 아는 장소가 있다. 작년에 선택 과목으로 사진 수업을 들었다. 지금은 디지털카메라로 수업을 하지만, 예전에는 그렇지 않았다. 그렇다 보니 학생들이 사진을 인화할 때 사용하기 위해 교실 옆에 마련되었던 암실이 지금은 커다란 세척대와 오래된 화학 약품뿐인 작은 빈방으로 남아 있다. 언젠가는 다른 용도로 바뀌겠지만, 지금으로서는 아무의 방해도 받지 않는 최적의 공간이다.

나는 등 뒤로 문을 닫는다.

"넌 정말 알다가도 모르겠다, 애디." 네이트 선생님이 속삭인다.

그러고는 네이트 선생님이 넥타이를 느슨하게 풀고 와이셔츠의 첫 번째 단추를 푼다. 내 심장이 쿵 떨어진다. 설마, 선생님이 셔츠를 벗으려는 건 아니겠지? 그런 생각에 불편해지려는데, 다행히도 네이트 선생님이 첫 단추에서 멈춘다.

"이곳이 맘에 든다니 다행이에요, 네이트 선생님." 내가 말한다.

네이트 선생님이 나를 보며 빙그레 웃는다. "여기 있을 때는 선생님이라고 부르지 않아도 돼."

"아, 네." 아차, 바보 같으니라고. 암실에서 둘만의 시간을 가지려 하는데, 계속 네이트 선생님이라고 부르면 안 되는 거잖아. "그럼 너새니얼이라고 부를까요?" 내 입으로 선생님의 이름을 정식으로 말하려니 너무 어색하다. 이미 키스도 했지만, '네이트 선생님'이라 말하는 게 내게는 더 자연스럽다.

네이트 선생님이 내게 웃어 보인다. "사람들은 주로 나를 네이트라고 부르지만, 너 좋을 대로 해."

"전 너새니얼이 좋아요." 내가 조심스럽게 말한다.

"그래." 네이트 선생님이 동의한다. "너는 어때? 애들린이라고 불리는 게 더 좋니?" 선생님의 미소가 환해진다. "귀여운 애들린……."

난 애들린이라는 이름이 늘 싫었는데, 선생님 입에서 나오니 참 듣기 좋다. *귀여운 애들린.*

하지만 뭐가 귀엽다는 걸까? 이 암실에서 우리가 하려는 일에 귀여움 따위는 없는데. "전 애디가 좋아요."

"알았다." 네이트 선생님이 나를 보며 고개를 갸웃한다. "아까 교실에서, 혹시…… 네 첫 키스였니?"

얼굴이 화끈거린다. 선생님에게 경험이 없는 애처럼 보이긴 싫지만, 그렇다고 거짓말을 하고 싶지도 않다. 선생님은 내가 진실을 말하는지 알아챌 것 같다.

"네가 처음에 좀 불편해하는 것 같았거든." 네이트 선생님이 재빨리 덧붙인다.

악, 어떡해? 선생님 말이 틀린 건 아니지만, 선생님 입으로 듣고 싶지는 않았는데. "제가 잘 못했나요?"

"아니, 아니야. 전혀. 넌 대단했어." 네이트 선생님이 고개를 젓는다. "너의 첫 키스였는지 아닌지는 중요하지 않아. 내 질문은 그냥 잊어버려. 그냥…… 내 마음이 편치 않아서 그래. 네가 원하지 않는 걸 강요하고 싶지는 않아."

그 말에 나는 선생님을 향해 턱을 들어 올린다. "하고 싶어요."

네이트 선생님이 내 말을 곱씹으며 일순간 망설인다. 하지만 다음 순간, 인화한 사진들을 올려놓던 탁자로 나를 밀치더니 키스를 퍼붓는다.

38

애디

우리는 암실에서 40분을 보낸 후 네이트 선생님, 아니 너새니얼이 운전하는 차를 타고 내 집으로 가고 있다. 조금 위험하기는 하지만 선생님이 데려다주지 않으면 나는 늦을 게 뻔하고, 엄마가 퇴근 후 집에 왔을 때 내가 집에 없다는 걸 알면 많이 걱정할 것이기 때문이다. 그래서 어쩔 수 없이 위험을 감수하는 쪽을 택했다.

집으로 가는 동안 나는 암실에서 있었던 일을 머릿속에서 계속 떠올린다. 네이트 선생님, 그러니까 너새니얼이 나를 만지던 손길. 그의 입술이 내 입술에 닿을 때 내 몸의 모든 신경이 뜨거워지던 느낌. 우리가 한 건 키스가 전부였다. 너새니얼은 그 이상을 하려고 하지도 않았다. 그럴 생각이 없다고 말했다. 나도 너새니얼과 그 이상 하는 걸 꿈꾸지는 않았다.

얼마나 다정한 사람인지 모르겠다. 우리가 키스만 해도 너새니얼은 괜찮은 거다. 깊이 연결된 사이니까 그저 나와 함께 있고 싶은 거다.

차가 빨간 불에 서자, 너새니얼이 손을 뻗어 내 손을 잡는다. 그러고는 약간 긴장한 표정으로 나를 바라본다. "이렇게 하는 건 괜찮지?" 너새니얼이 묻는다.

나는 괜찮다는 뜻으로 그의 손을 꼭 쥔다. "네."

너새니얼의 어깨가 편안해진다. "미안, 이게…… 나도 처음이라. 솔직히 말하면 내가 나쁜 사람이 된 것 같아. 난 네 선생님이고……."

"제가 먼저 다가갔잖아요." 내가 분명하게 말한다. "선생님은 나한테 돌아가라고 했고요."

너새니얼이 잠시 길에서 눈을 떼고 나를 바라보며 길게 한숨을 내쉰다. "난 결혼할 나이가 되었다는 말에 이브와 결혼했어. 지금까지 진정으로 특별한 사람을 만난 적이 없었는데, 서른여덟이 되어서야 내 인생 처음으로 소울메이트를 만나는구나. 겨우 열여섯 살인 소울메이트를." 선생님이 얼굴을 찡그린다. "세상이 너무 잔인하지 않니?"

방금 너새니얼이 나를 소울메이트라고 불렀다. 나도 그에 대해 똑같은 생각을 하고 있는데. 선생님이 그렇게 말하지 않았다면 나 혼자만의 상상이라고 여겼겠지. "사람의 인연이란 게 자기가 어떻게 할 수 있는 게 아니잖아요?"

"그러게, 모두가 너처럼 생각하면 얼마나 좋겠니. 하지만 다른 사람들은 이해하지 못할 거야."

그렇다. 누군가 우리에 대해 알게 된다면 너새니얼은 학교에서 잘릴 테고, 내 인생은 확신하건대 지금보다도 더 엉망이 될 거다. "아무에게도 말 안 할 거예요."

"네가 내 인생에 들어오고 나서 내가 얼마나 변했는지 넌 모를 거야." 너새니얼이 말한다. "네가 나타나기 전에는 나를 완전히 잃어버린 채 살았어. 그런데 요즘 다시 시를 쓰고 있어! 정말 오랜만에 말이야."

세상에나. 나도 머릿속에 온통 너새니얼 베넷에 관한 시를 쓰고 싶다는 생각뿐인데. 그의 눈가에 주름이 잡히는 모습을 공책 한 권 가득히 시로 쓰고 싶다. "나중에 선생님이 쓴 시 보여줄래요?"

"그럼, 당연하지." 너새니얼이 미소를 지어 보인다. "이브는…… 내 시에 전혀 관심이 없어. 정말 한 번도 없었어. 이브는 실용적인 것을 좋아하는 사람이라 시를 쓸데없다고 치부해."

이브 선생님을 좋아한 적도 없었지만, 지금은 증오스럽다. 너새니얼은 시를 사랑하는 사람인데. 도대체 어떤 아내이길래 그런 것도 함께 해주지 않는 거래?

너새니얼이 우리 집에서 한 블록 떨어진 곳에 차를 세운다. "이보다 더 가까이 가면 안 될 것 같다."

나도 그렇다는 걸 알기에 고개를 끄덕인다. 우리 관계를 숨겨야 하는 현실이 싫지만, 한편으론 설레기도 한다. "괜찮아요."

"애디……." 너새니얼이 내 얼굴 쪽으로 손을 뻗다가 마지막 순간에 거둔다. "아무에게도 말하면 안 돼. 절대로. 엄마에게도,

친구에게도, 아무에게도.”

“알아요.”

“그냥 하는 말이 아니야.” 너새니얼이 차 안에 깔리는 어스름 속에서 나를 똑바로 본다. “내 미래가 너에게 달려 있어. 너만 믿을게.”

운전하느라 놓고 있었던 너새니얼의 손을 이번에는 내가 잡는다. “걱정 마세요.”

내게 키스하고 싶은 너새니얼의 마음이 느껴진다. 하지만 아무리 어둠이 내려앉고 있어도 길에 차를 세워둔 채 키스는 하지 않는 게 현명하다는 걸 둘 다 잘 알고 있다. 우리는 비밀리에 암실에서 만나야 한다. 그 외 다른 곳은 너무 위험이 크다.

그렇지만 계속 그럴 필요가 없을지도 모른다. 미래에 언젠가는 우리가 함께할 수 있을지도 모른다.

39

이브

거실 소파에 앉아 중간고사 시험지를 한창 채점하는 중에 네이트가 집에 온다.

현관문이 닫히는 소리가 난다 싶더니, 잠시 후 네이트가 내 앞 거실 한가운데에 우뚝 서 있다. "나 왔어." 네이트가 말한다.

"어서 와." 네이트에게 가볍게 미소를 지어 보인 다음 다시 시험지로 눈을 돌린다. 한 시간 후에 제이를 만나러 갈 예정이라 그전까지 채점을 가능한 한 많이 해놓고 싶다. "나 오늘 저녁에 약속 있어."

네이트가 소파 옆자리에 털썩 앉더니 나를 보며 환하게 웃는다. 웃는 모습이 잘생기다 못해 눈이 부시다. "뭐 하고 있어?"

"중간고사 채점."

네이트가 내 손에서 시험지들을 빼서 가져간다. "잠깐 쉬는 건 어때?"

"응?"

그의 표정을 보기 전까지 네이트가 하는 말의 의미를 전혀 알아채지 못했다. 네이트가 시험지들을 커피 테이블 위로 던진 다음 나를 붙잡고 소파 위로 밀어 눕히더니, 나를 덮치고 입술로 달려든다. 키스가 거칠다.

"잠시만!" 네이트 아래에서 빠져나오려 몸을 꿈틀거린다. "네이트, 나 지금 일하는 중이야."

"그래서?" 네이트가 키스로 내 입을 다시 막는다. "나중에 해도 되잖아."

정말 예상하지 못한 상황이다. 우리가 보통 1년에 열두어 번 정도는 섹스를 하지만, 느닷없이 네이트가 이틀 연속으로 원할 거라곤 생각도 못했다. 어딘가 모르게 낯선 사람이 된 것 같다. 나를 잡아먹을 듯한, 내 옷을 다 찢어버릴 듯한 모습이 평소 같지 않다. 네이트에게서 이런 뜨거움은 오랫동안 보지 못했는데.

내가 모르는 무슨 일이 있는 건가. 혹시 뇌종양이라도 생긴 건가? 그것 말고는 이 상황을 달리 설명할 말이 떠오르지 않는다.

오늘 저녁에 약속이 없다면 네이트와 함께 침실로 갔을 거다. 하지만 제이와의 만남을 잔뜩 기대하고 있는 터라 약속을 취소하고 싶지 않다. 이런 고민은 한 번도 한 적이 없었는데.

"네이트." 힘으로 그를 밀어낸다. "저기…… 다음에 하면 어떨까? 나 나가기 전에 일을 다 끝내고 싶어……."

"진심이야?"

"응!"

네이트가 믿을 수 없다는 표정으로 나를 바라보는 동안 나는 그의 품에서 빠져나온다. "정말 모르겠어, 이브. 우리가 섹스를 충분히 하지 않는다고 불평할 때는 언제고, 막상 내가 원하니까 네가 날 밀어내고 있잖아."

"네이트……."

"됐어, 그만하자." 몸을 일으키는 네이트의 입가에 냉소가 흐른다. "나 혼자 해결하지, 뭐."

몸을 획 돌려 가버리는 네이트를 부르며 나는 소파에서 벌떡 일어난다. 하지만 침실 문은 쾅 닫히고, 나는 망연자실한 표정으로 방문만 보고 있다.

방금 무슨 일이 있었던 거지?

40

애디

〈울림〉 모임이 예전에는 하루 중 가장 좋은 시간이었는데, 이제는 너새니얼과 함께 암실로 몰래 가야 하니 그저 빨리 끝났으면 좋겠다는 생각뿐이다.

"이 시 전체가 말야." 로터스가 내게 말한다. "이거 좀…… 너무 감상적이야."

"감상적이라고?" 내가 되묻는다. 로터스가 보고 있는 시는 내가 너새니얼을 생각하며 쓴 거다. 사랑 시지만, 전혀 감상적이지는 않은데.

그대의 갈색 눈동자에는
갓 떨어진
가을 낙엽의 색이 담겨 있습니다.
땅거미가 내리면

그대의 온기가 그립습니다.

매일 그대를 만나도

그대와 함께할 수 없을 때면

그대의 품을 그리워합니다.

그대를 향한 내 사랑은

깊이를 알 수 없는

블랙홀 같아서

도저히 벗어날 수 없습니다.

"그래." 로터스가 코를 찡그린다. "여기 좀 봐봐. '그대를 향한 내 사랑은 블랙홀 같아서'라니. 이게 정말 괜찮은 거 같니, 애디? 딱 상사병이 난 십 대 여자아이가 쓴 것 같잖아. 네가 쓴 것치고 좀 별로야."

나는 화끈거리는 얼굴로 시를 휙 낚아챈다. 너새니얼에게 보여줄까 생각하고 있었는데, 왠지 좋은 생각이 아닌 것 같다. 나는 이 시가 감상적이라고 생각하지 않았다. 내가 사랑에 눈먼 십 대 소녀처럼 보인다고도 생각하지 않았다. 하지만 시에 대해서는 로터스가 잘 아니까, 뭐.

"난 그냥 도와주려는 거야." 로터스가 말한다. "작가가 되려면 얼굴이 두꺼워져야 해. 사람들이 너한테 이보다 훨씬 더 심한 말을 할 거야."

"알았어……." 교실 건너편에서 다른 학생과 이야기하고 있는 너새니얼에게 눈을 돌린다. 내 시선을 느낀 너새니얼이 살짝 미소를 지어 보인다. "네 말이 맞는 것 같아."

로터스가 시계를 보며 4시 30분임을 확인한다. 모임이 끝날 시간이다. 드디어 끝났다. 그런데 로터스가 "저기," 하며 무슨 말을 하려 한다. "우리 피자 먹으러 갈래?"

로터스가 오랜만에 내게 화해의 손길을 내밀고 있다. 그런데 나는 그 손을 잡고 싶은 마음이 없다. 로터스와 친구가 되면 너새니얼과 만나는 일이 그만큼 더 어려워진다. 우정 따위에 방해를 받을 수는 없다.

"난 저녁 먹으러 집에 가야 해." 내가 대답한다.

"아, 그렇구나." 로터스가 실망한 듯한 표정을 짓는다. 뭐야, 의외네. 나를 싫어한다고 생각했는데. "그럼, 일단 같이 나가자."

로터스가 책가방을 어깨에 메더니 나를 기다린다. 하지만 난 로터스와 함께 갈 마음이 없다. 너새니얼과 단둘이 있을 기회를 놓치고 싶지 않다.

"사실은……." 내가 말한다. "네이트 선생님과 잠시 이야기를 좀 해야 해서. 다음에 같이 가자."

로터스는 석연치 않은 표정을 짓지만, 더 이상 캐묻지 않는다. 어차피 정말로 나와 친구가 될 마음이 있는 게 아니었을 거다.

로터스가 먼저 가기를 기다리지만, 너새니얼을 기다리지는 않는다. 대신 교실을 나와 곧장 암실로 간다. 우리가 같이 들어가는 모습을 보이면 의심을 살 게 뻔하다.

너새니얼을 기다리는 동안 스웨트셔츠의 구김을 펴고 손가락으로 머리를 빗는다. 지난번 세 번째로 여기 왔을 때, 스웨트셔츠를 벗었다가 브래지어 때문에 좀 민망했다. 섹시함과는 완전 거리가 먼, 황갈색의 실용성과 편안함을 위한 디자인이었다. 옷을 벗었을 때 귀엽고 레이스 달린 속옷을 입고 있으면 좋았겠지만, 나한테는 그런 게 없다. 그렇다고 엄마한테 섹시한 브래지어를 사달라고 할 수도 없고. 그런 걸 부탁했다가는 그 자리에서 바로 외출 금지를 당할 거다.

우리는 주로 키스만 하지만, 너새니얼은 내 가슴에 손을 얹기도 한다. 키스를 하지 않을 때는 그냥 이야기를 나누기도 하고, 너새니얼이 내게 시를 읽어주기도 한다. 너새니얼은 가장 좋아하는 〈갈까마귀〉를 비롯해 시를 정말 많이 외우고 있다. 또 너새니얼은 나를 참을성 있게 기다려주고, 내가 원하지 않으면 언제까지고 섹스를 하지 않아도 된다고 말해준다. 언젠가는 하게 될 거라 생각하지만, 너새니얼이 그렇게까지 인내심을 가져준다는 사실이 정말 좋다.

그를 기다리는데, 휴대폰이 청바지 주머니 안에서 진동한다. 휴대폰을 꺼내 보니 스냅플래시에 메시지가 와 있다. 많은 아이들이 사생활을 침해하고 모든 문자메시지를 확인하려는 부모들 때문에 스냅플래시를 사용한다. 나는 오직 한 사람, 너새니얼과 연락하기 위해 사용한다. 너새니얼의 아이디어였다. 메시지를 확인하고 60초가 지나면 사라지기 때문이다. 가장 안전하게 연락할 수 있는 방법이다.

너새니얼에게서 온 메시지를 확인한다.

너새니얼 일 다 끝났음. 2분 후 도착.

메시지가 화면에서 사라질 때까지 눈을 떼지 않는다. 너새니얼이 보내는 메시지가 참 좋다. 그래서 메시지가 오면 60초 동안 읽고 또 읽는다.

메시지가 사라지고 난 후, 너새니얼을 위해 쓴 시를 꺼내 한 번 더 읽어본다. 로터스는 감상적이라고 말했지만, 나는 아무리 봐도 그렇지 않은 것 같다. 너새니얼을 향한 내 사랑이 정말로 깊이를 알 수 없는 블랙홀처럼 느껴지는 걸 어쩌란 말이야. 로터스는 사랑에 빠져본 적이 없어서 이해 못 하는 거다. 딱하게도.

암실 문이 열리자 너새니얼을 볼 때마다 항상 그러는 것처럼 가슴이 빠르게 두근거리기 시작한다. 특히나 이곳에서는 너새니얼이 나를 만질 걸 아니까 더욱 그렇다. 나를 볼 때 환해지는 그의 얼굴을 어떻게 사랑하지 않을 수 있을까.

"애디." 너새니얼이 속삭인다. "내 사랑스러운 애들린."

"왔네요." 그가 이곳으로 들어오면 나는 항상 이상하게 수줍어진다. 그래서 분위기를 잡으려면 몇 분이 지나야 한다. "기분은 어때요?"

"여기 오니 기분이 정말 좋아." 너새니얼이 작은 방을 가로질러 다가와 조금의 망설임도 없이 내게 키스한다. 너새니얼은 예열이 필요하지 않아서 다행이다. "너에게 보여주고 싶은 게 있어."

"뭔데요?"

불빛이 희미한데도 너새니얼의 볼이 붉어지는 게 보인다.

"내가 시를 썼어. 너를 위해."

숨 쉬는 걸 잊어버릴 것만 같다. 너새니얼이 나를 위해 시를 썼다고? 내가 제대로 들은 거지? 나는 남자들이 시를 써줄 만큼 대단한 사람이 아닌데. 그런데 너새니얼은 진심이다. 너새니얼 베넷이 나를 위해 시를 썼다.

너무 행복해서 현기증이 날 지경이다.

"들어볼래?" 너새니얼이 수줍어하는 얼굴로 묻는다.

나는 고개를 끄덕인다. "꼭 듣고 싶어요."

너새니얼이 공책에서 찢은 종이 한 장을 주머니에서 꺼낸다. 내가 잘 아는 그의 필체로 흘려 쓴 것이 보인다. 오직 나를 위해 쓴 문장들이다. 나는 숨을 죽인 채 너새니얼이 읊는 구절 하나하나에 귀를 기울인다.

속절없이 흘러가던 삶에
젊음과 생기가 넘치고
부드러운 손과
분홍빛 뺨을 가진
그대가 나타나
진정한 나를 찾아주었네
앵두 같은 입술로
숨을 앗아가더니
내게 삶을 되찾아주었네

너새니얼이 마지막 구절을 읽고 나서야 나는 간신히 숨을 쉰다. 너무 아름다운 시다. 나를 위해 이런 걸 써준 사람은 없었는데. 허드슨은 친구였어도 시인은 아니었다. 설령 우리 사이에 무슨 일이 있었다 해도 허드슨은 나를 위해 이런 걸 써주지 않았을 거다.

"너무 좋아요." 내가 속삭이듯 말한다. "정말로요."

"내 마음을 담았어." 너새니얼이 부드럽게 말한다. "네가 내 삶을 되찾아줬어. 네가 나타나기 전에는 내 세상이 얼마나 우울했는지 넌 상상도 못 할 거야."

너새니얼이 내 손을 잡고 깍지를 낀다. 우리는 그렇게 서로의 눈을 바라본다. 그의 아름다운 시를 듣고 나니 내가 쓴 시는 차마 못 보여주겠다. 너무 시시하고 유치한 것 같다. 더 노력해야겠다. 너새니얼에게 어울리는 시를 쓸 때까지.

"난 항상 너를 생각해." 너새니얼이 손을 뻗어 내 귀 뒤로 머리카락을 넘겨준다. "너는 나를 생각하니?"

"매 순간 생각해요." 나는 진심을 담아 대답한다.

너새니얼이 내게 다시 입을 맞추고, 셔츠를 끌어올리기 시작한다. 지난번에도 그랬으니, 나도 예상하고 있었다. 하지만 다음 순간 내가 예상하지 못한 일이 일어난다. 너새니얼이 내 청바지 단추를 풀려고 한다. 나는 한 걸음 뒤로 물러나며 겸연쩍은 미소를 지어 보이지만, 너새니얼은 청바지 단추를 푸는 데에만 집중하느라 내 얼굴을 보지 못한다. 나는 한 걸음 더 뒤로 물러나지만 내 뒤에 있는 테이블에 부딪히고 만다. 더 이상 물러

날 곳이 없다. 너새니얼이 결국 단추를 푼 다음 지퍼를 내리자 나는 헉 하고 숨을 들이쉰다.

너새니얼이 눈을 들어 나를 쳐다본다. "넌 내가 만난 여자 중 가장 아름다워, 애디."

그가 내 청바지를, 그다음 팬티를 끌어 내리는 동안 나는 숨을 참는다. 하지만 그를 막지는 않는다. 왜냐하면…… 아니, 내가 어떻게 막을 수 있을까? 너새니얼이 섹스는 안 해도 괜찮다고 말했지만, 어느 순간이 되면 그럴 수 없다는 걸 나도 알고 있었다. 나도 알 건 다 안다.

그날 오후 그렇게 나는 암실에서 너새니얼에게 순결을 바친다. 그 일이 일어나는 동안 그가 나를 위해 쓴 시를 머릿속에서 계속 되뇐다.

속절없이 흘러가던 삶에
젊음과 생기가 넘치고
부드러운 손과
분홍빛 뺨을 가진
그대가 나타나
진정한 나를 찾아주었네
앵두 같은 입술로
숨을 앗아가더니
내게 삶을 되찾아주었네

41

애디

영어는 내가 가장 좋아하는 수업 시간인데 집중하기가 점점 어려워진다.

너새니얼을 바라보고 있으면(수업 중에는 네이트 선생님이라고 불러야 하지만) 머릿속에 그가 나를 만질 때의 감촉만 떠오른다. 암실에서 그와 만날 때까지 남은 시간을 확인하느라 시계를 계속 본다.

예전에는 너새니얼이 수업 중에 나를 향해 미소를 짓거나 윙크를 하곤 했다. 그러면 내가 특별한 사람이라도 된 것 같은 기분이 들었다. 이제 너새니얼은 내게 더 이상 그런 행동을 하지 않는다. 이유야 이해하지만, 너새니얼이 다른 여자애들에게 윙크를 날리거나 미소를 지어 보이면 내심 섭섭하다. 우리는 이제 학교 일과 중에는 철저하게 선생님과 학생의 관계를 유지한다. 만약 너새니얼이 내게 할 말이 있으면, 메시지가 60초 동안만 남아 있는 스냅플래시를 이용한다.

어서 빨리 단둘이 있고 싶다. 암실에서 몰래 만나기 시작한 지 3주가 넘었다. 우리는 거의 매일 만났다. 너새니얼이 학교 신문 일이 있는 날에는 난 도서관에 가서 숙제를 하며 그의 일이 끝나기를 기다린다. 학교 신문 클럽에 나도 들어가면 어떻겠냐고 했지만, 너새니얼이 좋은 생각이 아니라고 했다. 우리 둘이 함께 있는 시간이 많아질수록 다른 사람들이 눈치챌 가능성이 커진다고 했다.

암실에서 처음으로 사랑을 나눈 이후로 우리는 매번 한다. 암실에서 만나면 거의 항상 너새니얼이 내게 키스하며 내 바지를 내리는 것부터 시작한다. 어떨 때는 서로 두 마디도 나누기 전에 그런다. 우리가 정말 키스만 할 거라 생각했다니 우습다. 너새니얼이 무척 행복해한다. 나도 즐겁지만, 너새니얼이 행복해하는 모습을 보는 게 나를 가장 기쁘게 한다. 너새니얼과 이브 선생님은 더 이상 섹스를 하지 않는다고 했다. 오랫동안 안 했다고 했다.

아무튼, 어떻게든 영어 수업에 집중하려고 애를 쓰고 있는데, 갑자기 스피커에서 교내 방송이 흘러나온다. 히긴스 교장 선생님이다.

"학생 여러분!" 교장 선생님 목소리가 쩌렁 울린다. "우리 케스햄 고등학교에서 매사추세츠주 백일장 시 부문의 수상자가 나와서, 축하하는 시간을 잠시 갖도록 하겠습니다."

나는 허리를 세우며 똑바로 앉는다. 심장이 쿵쿵 뛴다. 전에 너새니얼이 말했던 대회다. 모든 작품 중에서 내 시를 선택해 출품했다고 했다. 너새니얼이 한 작품만 출품할 수 있다고 했으니, 우리 학교에서 수상자가 나왔다면 그건 내가 상을 받는다는 뜻이다. 세상에, 내가 주 전체를 대상으로 하는 권위 있는 백일장에서 상을 받다니!

교장 선생님이 이어 말한다. "정말 축하합니다, 메리 피커링 양!"

누구?

메리 피커링? 그건 로터스잖아. 너새니얼은 로터스 시를 출품하지 않았는데. 그래서 로터스가 화를 냈었는데. 이해가 안 된다. 어떻게 로터스가 대회에 나가지도 않았는데 상을 받을 수 있지?

너새니얼을 쳐다보니, 그가 눈을 돌린다. 마치 내 시선을 피하려는 것처럼.

조금 전까지 수업에 집중하기가 어려웠다면, 지금은 아예 못 하겠다. 무슨 일이 일어난 건지 모르겠다. 너새니얼은 분명 내 시를 출품했다고 했는데. 혹시 거짓말을 한 건가?

아니, 너새니얼이 내게 거짓말을 할 리 없다. 그런 짓을 할 사람이 아니라는 걸 안다. 그렇지만 이 상황을 달리 어떻게 설명해야 할지 모르겠다.

수업 끝을 알리는 종이 울리고 난 후 너새니얼에게 물어보려 했지만 그가 눈 깜짝할 사이에 교실을 나가버리고, 덩그러니 남은 나는 머릿속이 복잡해진다. 학교 신문 일이 끝난 후 너새니얼을 만나기로 되어 있지만, 그때까지 마냥 기다릴 수가 없다. 휴대폰을 꺼내 너새니얼에게 스냅플래시로 메시지를 보낸다.

나 어떻게 된 거예요? 대회에 내 시를 출품한 줄 알았는데요?

다행히도 곧바로 답장이 온다.

너새니얼 만나서 다 설명할게.

화면에 떠 있는, 아무것도 말해주지 않는 메시지를 가만히 바라본다. 너새니얼이 설명해야 할 것이 있음을 인정하긴 했지만.

오늘따라 너새니얼이 암실에서 만나기로 한 시간보다 20분이나 늦는다. 그를 기다리는 동안 짜증이 차오르고, 마침내 문이 열릴 때는 내 몸이 움찔할 정도로 신경이 곤두선 상태다.

"애디." 너새니얼이 내 손을 잡으며 나를 끌어안으려 한다. "너를 보니 정말 좋다. 오늘 하루는 너무 길었어."

그의 손길이 내 몸에 닿으면 평소에는 그의 품 안으로 녹아들지만, 오늘은 거부한다. 젠장, 나는 너새니얼에게 화가 나 있다. 그의 설명을 들어야겠다. "백일장은 어떻게 된 거예요, 너새니얼? 내 시를 출품한다고 했잖아요."

"알아. 정말 미안하게 됐어." 너새니얼이 고개를 떨군다. "나한테는 네가 단연코 첫 번째 선택이었어. 나는 네 시를 정말 좋아했고, 내가 보기에 네가 쉽게 수상할 것 같았거든. 하지만 로터스가 교장 선생님에게 찾아가 전통적으로 최고 학년들이 대회에 참가하는데 내가 자기보다 낮은 학년이 쓴 시를 출품작으로 선택했다고 불만을 제기했어. 널 생각해서 나도 반박하려 했는데, 내가 너에게 느끼는 감정 때문에 이해관계가 상충하는 건 아닌지 신경이 쓰였어. 게다가 넌 내년에 다시 참가할 수 있지만, 로터스에게는 이번이 마지막 기회라……."

지난 두 시간 내내 너새니얼을 향한 분노에 차 있었는데, 분노가 엉뚱한 대상을 향하고 있었음을 깨닫는다. 이 모든 사달이 로터스가 교장 선생님을 찾아가 불만을 제기했기 때문이라니. 정말 비열하다. 뭐야, 그래서 나한테 다시 말을 걸었나.

"정말 미안해." 너새니얼이 내 얼굴을 양손으로 감싸 가까이 끌어당긴다. "널 위해서 내 의견을 굽히지 않았어야 했는데. 하지만 교장 선생님 앞에서 네 이름을 꺼내는 순간, 교장 선생님이 내 마음을 꿰뚫어보고 네가 나에게 얼마나 소중한 존재인지 알아차릴까 봐 두려웠어."

그의 말에 내 마음이 따뜻해진다. 너새니얼은 나를 아낀다. 그것도 진심으로.

"알겠어요." 이윽고 내가 대답한다. "너새니얼 잘못이 아니에요. 어떤 상황에 처해 있었는지 이제 알겠어요."

"아, 정말 다행이다." 너새니얼이 어깨를 축 늘어뜨린다. "네가 나한테 화가 나서 절대로 용서해주지 않을까 봐 걱정했어. 여기 왔을 때 네가 없을지도 모른다고 생각하니 미칠 것 같았어."

"그럴 일은 없을 거예요."

너새니얼이 내게 입을 맞춘다. 내 몸을 따라 전기가 흐른다. 다른 사람과의 키스가 이렇게까지 강렬할 수 있다는 걸 예전에는 몰랐다. 너새니얼도 마찬가지로 몰랐겠지. 그는 마음이 전혀 통하지 않는 사람과 결혼 생활을 유지하는 게 얼마나 힘든지, 나와 함께 있으면 이전에 한 번도 경험해보지 못한 감정이 어떻게 느껴지는지 자주 이야기하니까.

"너는 내게 너무나도 소중한 존재야, 애디." 너새니얼이 입술을 떼며 나직이 속삭인다. "우리는 사랑 이상의 사랑을 하네. 하늘의 천사도 부러워할 사랑을."

아, 내가 가장 좋아하는 시 〈애너벨 리〉다. 이렇게 단어 하나하나가 가슴에 와닿았던 적이 없었는데. 머릿속이 온통 너새니얼을 사랑하고 너새니얼에게 사랑받는 생각뿐이다. 그에게 이렇게 푹 빠져버린 나 자신이 두려울 정도다. 아침에 눈을 뜨면 제일 먼저 생각나는 사람, 밤에 자려고 누워 잠들기 직전까지 생각하는 사람. 요즘 내가 쓰는 시는 전부 너새니얼에 관한 거다. 이 남자를 미치도록 사랑한다.

"내가 열여섯 살 때 너를 만났더라면 좋았을 텐데." 너새니얼이 속삭이듯 말한다. "세상이 참 불공평하지? 마침내 내 반쪽을 만났는데, 나이 차가 스무 살이나 난다니."

"그래도 우리는 이렇게 서로를 찾았잖아요." 내가 말한다. "세상엔 그렇지 못한 사람들도 많아요."

"그건 그래."

둘 다 집에 가야 하는 시간까지 얼마 남지 않은 데다 언제든 들킬 수 있다는 두려움 때문에 우리는 평소처럼 바로 그 일을 시작한다. 그리 오래 걸리지 않지만, 그건 그가 나를 사랑하는 정도로 누군가를 사랑할 때 지극히 정상적인 일이라고 너새니얼이 말했다. 내가 그를 얼마나 행복하게 해주는지, 반대로 그가 집에서 아내와 있을 때는 얼마나 불행한지를 생각해본다. 이브 선생님은 나만큼 그를 행복하게 해줄 수 없다. 그리고 이브 선생님이 집에 빨리 오라고 늘 잔소리를 해대는 통에 우리는 오래도록 이야기를 나눌 수도 없다.

너새니얼이 결혼을 하지 않았더라도 우리 상황이 간단히 해결되지는 않았을 거다. 내가 너무 늦게 집에 들어가면 엄마의 의심을 살 테고, 학교에서도 우리에 대해 아무도 알아서는 안 되니까. 그렇지만 너새니얼이 이브 선생님과 결혼한 몸만 아니었다면, 내가 그의 집으로 갈 수도 있었을 테고 그러면 이 불편한 암실 대신 제대로 된 침대 위에서 섹스를 했을 것이다. 그와 함께 침대에 누워 있는 상상만으로도 가슴이 벅차고, 마치 진짜 어른이 된 것 같은 기분이 든다.

게다가 고등학교만 졸업하면 나는 누구든 원하는 사람과 자유롭게 연애할 수 있다. 하지만 너새니얼이 결혼이라는 족쇄에 묶여 있는 한 그는 영원히 속박에서 벗어날 수 없다.

이브 선생님만 없으면 되는데. 그러면 모든 것이 훨씬 나았을 텐데.

42

애디

학교 식당, 나는 여느 때처럼 혼자 앉아 있다. 그런데 켄지가 내 점심을 바닥에 쏟아버린다.

주의 깊게 보지 않으면 사고처럼 보였을 거다. 켄지가 내 테이블을 지나가다가 쟁반에 툭 부딪치는 바람에 쟁반이 바닥으로 떨어진 것처럼 말이다. 하지만 진실은 이렇다. 켄지가 지나갈 때 손으로 내 쟁반을 잡고 테이블 가장자리 너머까지 밀어낸 다음 손을 놓아 바닥으로 떨어뜨렸다.

오늘 점심 메뉴는 칠리다. 감자튀김과 핫도그였어도 짜증 날 텐데, 지금 바닥에는 내가 다 치워야 하는 다진 소고기와 푹 익은 콩이 넓은 원을 그리고 있다. 그리고 분명한 건 나를 도와줄 사람은 없다.

"어이쿠, 저런." 켄지 목소리가 일당들의 웃음소리 사이로 들린다. "미안해! 하지만, 애디, 쟁반을 테이블 가장자리에 너무 가까이 두지 않도록 좀 조심해야겠다.”

나는 켄지를 노려보며 자리에서 벌떡 일어나 바닥에 떨어진 쟁반을 얼른 집어 든다. 테이블 위에 냅킨이 몇 장 있지만, 이걸로는 턱없이 부족하다.

일단 바닥에 쪼그리고 앉는데, 켄지가 테이블에 내가 펼쳐놓은 공책을 집어 들더니 공책 위에 놓여 있던 종이를 읽기 시작한다. 헉, 내 심장이 떨어지는 줄 알았다. 그 종이에는 너새니얼이 나를 위해 쓴 시가 적혀 있다. 오늘은 아침부터 힘든 시간을 보냈고, 너새니얼은 무슨 바보 같은 저녁 약속 때문에 집에 일찍 가야 해서 오후에 못 만나는 날이라 그와 함께 있는 기분을 조금이나마 느끼고 싶어서 눈이 따가울 정도로 시를 반복해서 읽고 있었다.

“이게 뭐야?” 켄지가 대뜸 묻는다. 그러면서 종이를 어찌나 흔들어대는지 다 구겨질 것만 같다.

“아무것도 아냐.” 나는 켄지가 종이를 더 심하게 훼손하기 전에 잽싸게 시를 빼앗아 온다. “그냥 시야.”

“누가 쓴 건데?”

마음 같아서는 너새니얼 베넷이 이 시의 저자이고, 수년 만에 처음으로 그에게 영감을 준 나를 위해 그가 썼다고 말하고 싶지만, 당연히 입 밖에 내서는 안 된다. 그래서 대충 얼버무린다. “몰라. 어떤 책에서 보고 베낀 거야.”

켄지가 날 의심스러운 눈초리로 쳐다본다. “바닥에 어질러진 거 얼른 치워야겠다. 그리고 다음부터는 좀 조심해.”

켄지 일당이 서로 깔깔 웃으며 걸어가는 동안 나는 손에 든 공책 종이를 내려다본다. 한 귀퉁이에 묻은 칠리 얼룩에 얼굴이 찡그려진다. 켄지가 이 시를 망가뜨리기라도 했다면 정말 견딜 수 없었을 거다. 지금은 다 외우고 있지만, 그래도 하루에 네다 섯 번은 다시 읽는다.

속절없이 흘러가던 삶에
젊음과 생기가 넘치고
부드러운 손과
분홍빛 뺨을 가진
그대가 나타나
진정한 나를 찾아주었네
앵두 같은 입술로
숨을 앗아가더니
내게 삶을 되찾아주었네

너새니얼이 나를 생각하며 종이 위에 시를 써 내려가는 모습을 머릿속에 그려본다. 하도 많이 들여다본 탓에 종이는 이미 너덜너덜해졌고, 이제는 칠리 얼룩까지 묻어 있다. 하지만 복사를 하면 이 느낌을 대신할 수 없다. 너새니얼의 손길이 닿았던, 그가 나를 생각하며 직접 적어 내려간 원본이 아닐 테니까.

엄청나게 많은 종이 타월을 사용해 바닥에 엎어진 음식물을 닦아낸 후, 점심을 다시 받으러 간다. 칠리를 또 먹을 시간은 없고, 샌드위치를 하나 사서 수학 교실로 걸어가면서 먹으면 될 것 같다. 켄지가 엎지르기 전에 음식을 거의 먹지도 못했고, 하필 오늘 아침도 걸렀다. 그러니 뭐라도 먹어야 한다.

점심시간이 10분도 채 남지 않아서인지 다행히 줄을 설 필요는 없다. 나는 랩으로 싸여 있는 칠면조 샌드위치를 하나 집어든다. 별로 좋아하지 않지만, 지금은 선택의 여지가 없다. 계산대로 가져가니, 급식 아주머니가 가격이 2달러라고 한다.

청바지 주머니에서 지갑을 꺼내 보니, 딱 1달러뿐이다.

"지금 1달러밖에 없어서요." 나는 급식 아주머니에게 말한다.

아주머니는 전혀 안타까워하는 기색이 없다. "미안하지만 샌드위치는 2달러야."

"내일 돈을 드리면 안 될까요?"

"그렇게는 안 돼."

하아, 온종일 먹은 거라곤 고작 칠리 두 숟가락뿐인데, 이 상태로 수학 수업을 들으러 가야 할 판이다. 가뜩이나 오늘 오후는 너새니얼도 보지 못한다. 그와 만날 걸 기대할 수 있다면 뭐든 견딜 수 있었을 거다. 아내의 저녁 준비를 도와야 해서 집에 일찍 가야 한다고 말할 때 너새니얼은 나만큼 우울한 표정이었다. 친구들을 초대한다지만, 너새니얼은 "엄밀히 말하면 이브 친구들이야."라고 덧붙였다.

칠면조 샌드위치를 바라보는 내 마음이 너무 간절했는지 눈시울이 뜨거워진다. 이까짓 샌드위치 하나 때문에 눈물이 나다니. 꼴이 이게 뭐람. 그렇지만 정말 너무, 너무 배가 고프다.

"여기 1달러 있어요, 아주머니."

내 옆으로 팔 하나가 불쑥 튀어나와 1달러짜리 지폐를 내민다. 고개를 돌려 보니, 허드슨이다. 여전히 밝은 금발 머리를 헝클어뜨린 채. 나는 깜짝 놀라 입을 다물지 못한다.

"어……" 내가 말한다. "안 그래도 돼……."

"그냥 받아." 허드슨이 나한테 반박할 생각은 하지도 말라는 투로 말한다. "너, 점심은 먹어야지."

그래서 급식 아주머니에게 1달러를 주고, 샌드위치는 온전히 내 것이 된다. "나중에 갚을게." 내가 허드슨에게 약속한다.

"1달러 갖고, 뭘."

하지만 허드슨에게 1달러는 그냥 1달러가 아니다. 내가 아는 한 그렇다. 허드슨 가족은 늘 돈을 아끼며 생활했다. 그래서 허드슨은 용돈이 필요하면 직접 아르바이트를 해서 돈을 벌어야 했다. 초등학생 때부터 동네 사람들의 눈을 치우고, 낙엽을 쓸고, 잔디를 깎았다.

그렇지만 지금은 허드슨과 말다툼할 상황이 아니다. "고마워." 내가 말한다. 그러고는 왠지 이 말을 꼭 덧붙여야 할 것만 같다. "켄지한테는 절대 말하지 마."

허드슨은 내 말에 대답하는 대신 이렇게 묻는다. "너 괜찮은 거야, 애디?"

"응, 좋아." 나는 대답한다. 과거 어느 때보다도 진실에 가까운 대답이다. 가장 친한 친구였던 허드슨에게 내가 처음으로 사랑에 빠졌다고 너무나 말하고 싶다. 하지만 그러면 안 된다는 걸 잘 알고 있다. 어느 누구에게도 말할 수 없다. "넌 잘 지내?"

"응." 허드슨이 대답은 그렇게 하지만, 어쩐지 거짓말인 것만 같아서 마음에 걸린다.

그러나 내가 무슨 말을 더 하기도 전에 종이 울린다. 점심시간이 끝났다. 아무래도 샌드위치는 교실에 가서 먹어야 할 것 같다. "나 먼저 갈게, 허드슨." 내가 말한다. "샌드위치 고마워."

허드슨이 무슨 말을 하려는 듯 입을 열지만, 나는 그의 말을 기다리지 못하고 수학 교실 쪽으로 내달린다. 수업 시작 전에 샌드위치를 먹을 수 있는 잠깐의 여유가 있기를.

기적처럼 수업 시작을 알리는 종이 울리기 직전에 내 자리에 앉는다. 배에서 꼬르륵 소리가 난다. 나는 샌드위치를 책상에 내려놓고 랩을 벗기기 시작한다. 2분 30초 안에 다 먹어치우리라.

"애디!" 막 한입 베어 물려는 순간, 이브 선생님의 날카로운 목소리가 나를 가로막는다. "내 교실은 음식물 반입 금지야. 샌드위치 집어넣어."

"이것만 얼른 먹으면 되는데요." 나는 양해를 구한다.

몇몇 학생들이 쿡쿡 웃음을 터뜨리지만, 이브 선생님은 별로 즐거워 보이지 않는다. 내가 웃기려고 했던 건 아니니까. 그냥 내 샌드위치를 먹고 싶을 뿐이다. "당장 집어넣어, 애디."

"하지만 제가 점심을 못 먹었어요!"

"그게 누구 잘못인데?" 이브 선생님이 큰 소리로 한숨을 쉰다. "수업 종이 곧 울릴 거야. 샌드위치는 집어넣으렴."

이브 선생님이 뭐라 하든 말든 무시하고 샌드위치를 후다닥 먹어치우는 게 과연 가치 있는 일일지 고민한다. 먹지 말라는 소리를 듣고도 그냥 먹으면 아주 높은 확률로 교장 선생님을 만나게 되겠지. 안 그래도 이브 선생님과의 관계에서 위태로운 줄타기를 하고 있다. 중간고사에서 0점을 받은 나를 이브 선생님은 낙제시킬 정당한 권리가 있고, 내가 요즘 과외를 받고 있지만 기적이 일어날 가능성은 없다. 낙제를 면하더라도 D를 받는 게 고작일 거다.

이브 선생님은 정말로 형편없는 사람이다. 이렇게 말하는 이유가 단순히 나와 너새니얼의 관계 때문만은 아니다. 뭐, 너새니얼에게서 이브 선생님에 대해 여러 이야기를 듣고 난 후 더욱 싫어진 건 맞다.

요리 솜씨도 형편없고.

너새니얼에게 미소를 짓지도, 다정한 말을 건네지도 않고.

신발에는 어찌나 집착하는지, 경제적으로 여유가 없는데도 값비싼 신발을 계속해서 사들이고. 너새니얼은 만약 이혼하더라도 이브 선생님이 신발 사는 데에 돈을 다 써버려서 수중에 남은 돈이 없을 거라고 했다. 그런데 웃긴 건 이브 선생님 신발들이 그렇게 멋지지도 않다는 거다. 하나같이 다 평범하더만.

그리고 지금은 내가 점심을 먹지도 못하게 한다.

수업 종은 아직까지 울리지 않았다. 아까 그냥 샌드위치를 먹게 놔뒀다면 지금쯤 칠면조 샌드위치는 내 배 속에 다 들어가 있을 거다. 등가죽과 뱃가죽이 만난 것 같다. 어떻게 수업에 집중할 수 있을지 모르겠다. 이브 선생님은 신경도 안 쓰겠지. 뭘

256

기대하겠어.

딱 한 번 너새니얼에게 이브 선생님과 헤어질 생각이 있는지 물어본 적 있다. 너새니얼은 어려울 거라고 대답했다. 이브 선생님이 자신을 놔줄 가능성이 거의 없을 거라고. 남은 평생을 꾹 참고 살아야 할 거라고 했다.

너새니얼이 그랬었지. "나도 이러는 게 정말 싫어, 믿어줘. 매 순간을 이브가 아니라 너와 함께하고 싶어."

불공평하다. 저렇게 끔찍한 여자가 내가 만난 최고의 남자와 결혼하다니, 정말 불공평하다. 얼마나 멋진 남자인지 알아보지도 못하면서. 아니면 놓아주기라도 하던가.

이브 선생님이 정말 싫다.

43

—

이브

셸비 부부와 저녁을 함께하기로 약속을 잡을 때만 해도 참 좋은 생각 같았는데, 저녁 시간 내내 비참한 시간을 보냈다.

캐스햄 고등학교에서 일을 시작하면서 셸비와 친해졌다. 이후 셸비는 부유한 IT 천재와 결혼했고, 지금은 기회만 있으면 자랑을 늘어놓는 세 살배기 아들을 두고 있다. 식사 내내 저스틴은 셸비에게서 손을 떼지 못했고, 그 덕분에 나는 나를 만지고 싶어 하지도 않는 듯 보이는 네이트가 계속 신경이 쓰였다. 그나마 다행이라면 네이트는 저스틴처럼 머리가 벗어지는 중은 아니다. 개인적으로 나는 대머리가 좀 섹시하다고 생각하지만 말이다.

아무튼 셸비가 베이비시터 때문에 빨리 돌아가야 한다며 디저트를 거절하는데, 내가 얼마나 기뻤는지 모른다. 그때까지 대화 분위기를 잘 이끌고 있던 네이트도 안도하는 표정이다. 확실히 우리 둘은 사교 활동을 좋아하지 않는다.

나는 셸비와 그녀 남편을 문까지 배웅하고, 저스틴이 차로 먼저 가서 시동을 거는 동안 포치에서 셸비와 잠시 단둘이 작별 인사를 나눈다. 셸비가 팔을 뻗어 나를 껴안는다. 나는 그다지 포옹할 기분이 아니다. 그저 셸비가 빨리 떠나길 기다릴 뿐.

"오늘 즐거웠어." 셸비가 환한 목소리로 말한다. "우리 이렇게 조만간 또 만나자."

"그래, 그러자." 거짓말이 잘도 나온다.

"이제 진짜 가봐야겠다." 셸비가 손목시계를 내려다본다. "우리가 늦으면 베이비시터가 야단스럽게 굴거든. 너는 그런 난리를 겪지 않아도 되니 좋은 거야. 하지만 그렇게 될 날이 머지않았어!" 셸비가 재밌다는 듯 웃는다. "어떻게 되어가고 있어?"

작년에 셸비에게 호르몬 피임약을 끊을 거라고 말했던 게 이렇게 후회될 줄은 몰랐다. (참고로 제이와 나는 콘돔을 사용한다. '그 상황'이 벌어지는 건 생각도 하고 싶지 않으니까.) 그때는 금방 임신할 수 있을 거라 생각했는데, 지금까지 아이가 없다는 건 우리가 얼마나 적게 관계를 가지는지를 여실히 보여주는 거라 생각한다. 아니면 내 자궁이 그냥 말라비틀어져 버렸거나. 누가 알겠어?

우리의 부부 생활이 나아질 기미는 보이지 않는다. 네이트가 이틀 연속 적극적으로 행동했을 때 한 가닥 희망을 품었다. 하지만 그 이후로 최악의 감정적 가뭄 상태가 지속되고 있다. 새로운 달의 첫 번째 토요일이 찾아왔지만, 네이트는 허리 통증이 도졌다고 둘러댔다. 우리가 앞으로 섹스를 할 일이 있을지 모르겠다.

"아직 운이 안 따라주네." 내가 말한다.

셸비가 입술을 비죽 내민다. "혹시 병원에 가봐야 하는 거 아니야? 불임 전문 의사들 있잖아."

아이를 가지려면 우선 성관계를 해야 한다는 말이나 들으려고 화려한 학위를 가진 의사를 만나고 싶지는 않다. "응, 그래야 할지도 모르겠어."

셸비는 나를 한 번 더 안아주고는 서둘러 차에 오르더니 자신의 완벽한 삶으로 돌아간다. 나는 그녀가 떠나는 모습을 지켜본다.

메르세데스의 전조등 불빛이 멀리 사라지고, 그제야 내 몸에서 모든 긴장이 빠져나가는 것이 느껴진다. 그녀가 가고 나니 이렇게 좋을 수가 없다. 조만간 저녁을 또 먹네 어쩌네 했지만, 사실 셸비는 저녁에 아들을 두고 나오는 걸 싫어한다. 그러니 적어도 앞으로 6개월은 저녁을 같이 먹을 일이 없다.

내일은 쓰레기 수거일이다. 나는 집으로 돌아가 오늘 저녁 식사에서 나온 쓰레기를 담은 후 쓰레기통을 길가에 내놓으려고 밖으로 끌고 나온다. 끝내주게 멋졌던 저녁을 마무리하는 방법으로 완벽하다.

쓰레기통을 놓고 돌아서려는데, 이상한 기분이 든다. 목덜미가 서늘한 게 마치 누가 나를 지켜보고 있는 것 같다. 혹시 네이트인가 싶어서 나는 몸을 돌려 우리 침실 창문을 올려다본다. 그의 모습은 보이지 않는다.

그때 둔탁한 소리가 난다.

한 걸음 물러나며 앞마당을 재빨리 훑어본다. 가슴이 두근거린다. 아무도 없다. 하지만 분명히 큰 소리를 들었다. 야생 동물이었을까? 가끔 토끼가 앞마당을 뛰어다니기는 하지만, 방금은 토끼가 낼 법한 소리가 아니었다.

"누구 있어요?" 내가 크게 소리친다.

원피스를 입고 있어서 주머니가 없다. 휴대폰은 집 안에 있고, 주변에 무기로 쓸 만한 건 하나도 보이지 않는다. 유일하게 무기가 될 만한 건 스틸레토 힐이지만, 구두를 망가뜨리느니 강도에게 맞아 쓰러지는 편을 택하지 않을까 싶다. 호신술 수업을 한 번 들은 적 있는데, 그 때문에 쓸데없는 자신감만 생긴 것 같다. 누군가 정말로 나를 공격한다면, 나는 아마 손쉽게 제압당할 게 분명하다.

우리 집 현관문을 본다. 내가 서 있는 곳에서 열 발짝도 채 떨어져 있지 않다. 뛰어갈 수 있는 거리다.

바로 그때, 덤불 속에서 바스락거리는 소리가 난다.

뭔가가 있다. 동물이 아니다. 저건 누가 봐도 사람 그림자다. 누군가 우리 집 덤불 속에 숨어 있다. 그리고 나는 조용한 주택가 도로의 경계석 위에 그저 원피스 하나 걸친 차림으로 서 있다. 완전히 무방비 상태로.

소리를 질러야 하나. 그랬다가 상황이 더 악화될 수도 있다. 조용히 시키려고 나를 공격할지도 모른다. 나는 내 뒤로 가장 가까운 집을 흘긋 본다. 불이 전부 꺼져 있다. 만약 내가 비명을 지르면, 내가 습격을 받기 전에 누군가가 알아챌 수 있을까?

괜한 위험을 무릅쓸 수는 없다.

머릿속으로 다섯까지 센다. 다섯을 세는 순간, 현관문을 향해 뛰기 시작한다. 오른쪽 스틸레토의 길고 가는 굽이 현관 계단에 걸릴 뻔하지만, 기적적으로 몸의 균형을 잃지 않는다. 덤불이 바스락거리는 소리가 커진다. 나는 떨리는 손으로 문손잡이를 잡는다. 그런데 손잡이가 돌아가지 않는다.

안 돼.

내가 문을 잠갔던가? 열쇠도 안 가져왔는데? 내가 밖으로 나왔을 때 네이트가 잠근 거라면 몰라도. 하지만 네이트가 왜 그러겠어?

내가 밖에 있는데 남편이 문을 왜 잠근단 말인가.

손잡이를 좀 더 세게 돌린다. 이번에는 돌아간다. 그냥 뻑뻑했던 거였다. 됐다. 집으로 얼른 들어간다. 현관문을 힘껏 닫으려는데, 앞마당을 쏜살같이 가로지르는 형체가 눈에 들어온다. 언뜻 구름 사이로 드러난 달빛에 얼굴을 알아본다.

애디 세버슨이다.

44

이브

지금껏 한 번도 경험하지 못한 극심한 공포가 몰려왔다. 평소 소중히 다루는 스틸레토 힐을 거칠게 벗어 던지고 침실을 미친 듯이 서성거린다. 같은 자리를 스무 번은 오간 것 같은데, 기분이 전혀 나아지지 않는다.

"확실해?" 네이트가 내게 묻는다.

집에 들어오자마자 침실로 황급히 올라가 네이트에게 밖에서 본 것을 말했다. 그런데 네이트는 나와 달리 전혀 동요하지 않는다. 걱정도 안 되는지 침대에서 나와볼 생각도 없다. 내 수업을 듣는 학생이 우리 집 밖 덤불 속에 웅크리고 있었다는데 어쩜 저렇게 아무렇지도 않을 수가 있지. 내 머릿속에서 일어난 일이라고 생각하는 것 같다.

"내가 분명히 봤어, 네이트." 나는 발을 멈추고 돌아서서 네이트를 노려본다. "애디가 덤불 속에 있었어. 나를 지켜보고 있었어. 날 ‘스토킹’하는 거야.”

“애디가 왜 그런 짓을 하겠어?”

나는 주먹을 불끈 쥔다. 네이트가 나처럼 애디와 사사건건 부딪치는 관계가 아니라는 것은 나도 안다. 그렇지만 그 아이를 펀드는 네이트의 태도에 속이 뒤틀릴 지경이다. 그 아이가 중간고사에서 부정행위를 저질렀을 때 내 생각대로 교장 선생님에게 바로 알려야 했다. 말썽이 생길 소지를 남겨두면 안 되는 것이었다.

“걘 나를 미워해.” 내가 말한다.

네이트가 웃는다. “그게 무슨 말이야. 당신을 미워할 이유가 뭐가 있어?”

“걔 눈빛만 봐도 다 알 수 있어.” 오늘 낮에 애디에게 샌드위치를 집어넣으라고 했을 때 그 아이에게서 분노가 번뜩이는 걸 봤다. 애디는 마음이 상한 듯했다. 하지만 내가 어떻게 해야 했을까? 교실을 학교 식당처럼 쓰도록 놔둘 수는 없잖아? 학생들이 감자칩을 바삭거리는 소리를 상대로 싸워서는 이길 수가 없으니 말이다. “십 대 여자아이야. 호르몬이 뿜어져 나오는 시기라고. 부정행위를 하다가 나한테 들켰잖아. 게다가 내 수업에 필요한 공부도 하나도 안 해 오고, 수업 시간에 호명될 때마다 나를 보며 인상을 써.”

“인상을 쓴다고?” 네이트가 한쪽 눈썹을 추켜올린다. “그걸 증거라고 말하는 거야?”

나는 침대에 털썩 걸터앉는다. “내 말 좀 들어봐, 네이트. 그 아이가 아트 터틀 선생님 댁 주변을 어슬렁거렸다는 건 우리 둘 다 아는 사실이야. 그러니 지금 일이 그리 터무니없는 얘기가 아니라고. 나를 믿든 말든 자기 맘대로 해. 하지만 난 분명히 봤어.”

확신을 담아 말한 덕분인지 이제야 네이트 얼굴에서 빈정거리는 듯한 미소가 싹 사라진다. 네이트가 침대에서 몸을 조금 더 세워 앉는다. “알았어, 애디였다고 하자. 그래서 어떻게 할 건데?”

“교장 선생님한테 가야지.”

“교장 선생님? 그건 좀 과한 것 같아.”

“네이트.” 나는 이를 악물고 말한다. “그 아이가 ‘우리 집’ 밖 덤불 속에 있었어. 개 때문에 아트 선생님은 직장을 잃었어. 난 절대 대충 넘어가지 않을 거야.”

네이트가 조용히 생각에 잠긴다. 그가 무슨 생각을 하는지 나는 도무지 모르겠다. 이건 아주 예민한 문제이고, 절차에 따라 제대로 처리해야 한다. 그러려면 교장 선생님의 개입이 당연하다.

“애디가 곤란해지는 상황을 자꾸 만들고 싶지 않아서 그래.” 네이트가 말한다. “당신도 알다시피 작년 일 때문에 다른 아이들에게서 따돌림을 받고 있잖아.”

“애디는 상담을 받는 게 좋을 것 같아.” 내가 말한다. 정말 최대한으로 부드럽게 말한 거다. 그냥 구제 불가능한 문제아라고 말하는 건 나도 싫으니까.

"상담?" 네이트가 마치 신 음식을 먹은 것처럼 얼굴을 찡그린다. "이제는 애디를 정신과에도 보내야 한다고 말하는 거야?"

이 문제를 두고 왜 네이트가 나와 언쟁을 벌이는지 모르겠다. 애디에게 문제가 있다면, 상담이 분명 도움이 될 것이다. 그렇게 감싸고 들면서, 애디에게 필요한 도움을 주는 건 왜 원하지 않는 거지? 요즘에는 상담을 받는다고 낙인이 찍히는 것도 아닌데.

"난 교장 선생님한테 말씀드릴 거야." 내가 말한다. "그만 얘기해."

네이트가 일어나더니 침대에 걸터앉아 있는 내 옆으로 와 나란히 앉는다. 또 무슨 말을 하려는 건가 생각하는데, 네이트는 말을 하려고 내 옆으로 온 것이 아니었다. 대신 손을 뻗어 내 양쪽 어깨 위에 얹은 다음 마사지를 시작한다.

"뭐 하는 거야?" 내가 묻는다.

"오늘 하루가 참 길다." 네이트가 말한다. "요즘 당신이 신경이 잔뜩 곤두선 것 같았는데, 이브. 미안해. 내 잘못인 것 같아서."

"자기 잘못 아냐." 그렇게 대답하지만, 어느 정도는 거짓말이다.

네이트가 손가락에 힘을 주며 좀 더 깊숙이 근육을 파고든다. "어때?"

지금 마사지 따위를 받을 기분이 아니라고 말해야 할 것 같지만, 사실 꽤 기분이 좋다. 네이트가 주무르기 전까지 내 어깨가 이렇게나 긴장되어 있었는지 몰랐다. 네이트가 마사지를 잘

한다는 걸 잊고 있었다.

"엎드려봐." 네이트가 내게 말한다.

그의 말대로 베개에 얼굴을 묻으며 침대 위에 엎드린다. 네이트가 침대 위로 올라와 손가락으로 어깨와 등을 부드럽게 만진다. 내 몸에 가득 쌓여 있던 긴장이 서서히 풀린다. 나도 모르게 만족스러운 한숨이 새어 나온다.

"그리고 말이야." 네이트가 이어 말한다. "오늘 저녁에 아기 얘기를 계속 듣다 보니, 우리가 좀 더 열심히 노력해야겠다는 생각이 들었어." 네이트가 내 쪽으로 몸을 기울였는지 내 목에 그의 뜨거운 입김이 와닿는다. "무슨 말인지 알지?"

최근 섹스에 완전히 무관심해 보였던 네이트 입에서 그런 말이 나오다니 나는 내 귀를 의심한다. 하지만 네이트가 내 원피스 지퍼를 내리는 순간, 그의 의도를 확실히 알아차린다.

45

애디

어젯밤에 너새니얼 집에 간 건 실수였다.

가지 말았어야 했다. 그런 짓을 해본 적도 없으면서. 아니, 그건 거짓말이다. 선생님 몰래 선생님 집에 간 게 이번이 처음이 아니니까. 그러다가 터틀 선생님이 곤경에 빠지게 되었던 거니까.

하아, 지금 생각해도 정말 끔찍하다. 그날 밤 터틀 선생님 집 밖에서 내가 뭘 하고 있었는지 모르겠다. 애초에 가면 안 되는 거였다. 그렇지만 그날 저녁은 마음이 너무 힘들었다. 엄마가 아빠 때문에 울었는데, 세상에서 제일 형편없는 아빠이자 지지리 못난 남편이었던 사람 때문에 우는 소리가 너무 듣기 싫었다. 엄마는 왜 아직도 아빠를 사랑하는 걸까. 옷장에는 아빠 옷이 전부 그대로이고, 차를 팔 생각이 없는 엄마 때문에 차고에도 아빠 차가 그대로 서 있다.

나는 그냥 내 마음을 위로해줄 수 있는 어른 곁에 있고 싶다는 생각에 터틀 선생님 집으로 갔다. 하지만 창문으로 안을 들여다봤을 때, 터틀 선생님은 부인과 기분 좋게 식사 중이었고, 나와는 얘기하고 싶어 하지 않을 것 같았다. 선생님이 식사를 마칠 때까지 기다려볼까 생각했지만, 아무래도 그냥 가는 게 좋겠다고 마음을 바꿨을 때는 이미 누군가 경찰에 신고한 뒤였다.

크게 혼나겠구나 생각했는데, 오히려 곤경에 빠진 사람은 터틀 선생님이었다. 히긴스 교장 선생님이 내게 터틀 선생님과 우리의 '관계'에 대해 이것저것 물어보기 시작했다. 내가 처음에 말귀를 잘 못 알아듣자, 교장 선생님은 터틀 선생님이 나를 건드린 적이 있는지 물었다. 그제야 나는 질문의 의미를 이해했다. 터틀 선생님이 내게 부적절하게 손을 댄 적이 있는지 묻는 것이었다. 터틀 선생님은 결코 그런 적이 없었다. 아니, 손을 댄 적이 없는 건 아니었다. 한 번은 방과 후에 함께 공부하던 중에 내가 아빠 얘기를 하게 되었고, 아빠가 술 취한 채로 집에 올 때면 얼마나 힘든지 말하다가 울음이 터졌을 때 터틀 선생님이 내 어깨에 손을 올렸다. 그러니까, 터틀 선생님이 나한테 손을 댄 적이 있긴 있었다. 하지만 '그런 식'으로는 아니었다. 그런 느낌도 들지 않았다.

하지만 교장 선생님은 내가 대답할 때 주저하는 걸 놓치지 않았고, 그걸로 답을 들었다고 생각했다. 그러고 나니 어느새 학교 전체가 내가 터틀 선생님과 사귄다고 생각하고 있었다. 그렇게 생각하지 않은 사람들은 내가 관심을 끌려고 거짓말을 한다고 믿었다.

무엇보다 최악은 터틀 선생님에게 일어난 일이었다. 선생님은 나를 도우려던 것뿐이었다. 아빠 때문에 힘들어하던 나를, 또 친구도 없고 수학에 낙제할 위기에 처한 내 상황을 안쓰러워한 것뿐이었다. 나는 터틀 선생님이 그저 친절을 베푼 거라고, 그 이상은 아니라고 어떻게든 말해보려 했지만, 학부모들이 터틀 선생님의 사임을 요구하기 시작했다. 터틀 선생님에게는 선택의 여지가 없었다.

그런데 또다시 같은 실수를 저지르고 말았다. 심지어 어제가 처음이 아니었다. 이미 두 번이나 너새니얼 집에 몰래 갔다 왔다.

정확히 무슨 생각이었는지 모르겠지만, 평소와 달리 학교가 끝난 후 너새니얼을 보지 못해 그가 그리웠다. 집에서 저녁 식사를 한다는데 어떤 모습일지 궁금하기도 했다. 우리 집에서 자전거로 5분이면 갈 수 있는 거리라 엄마가 저녁에 방으로 올라가고 난 후 나는 뒷문으로 슬쩍 빠져나와 자전거를 타고 갔다.

내가 바보 멍청이였지.

너새니얼과 이브 선생님, 셸비 선생님과 남편이 부부 동반으로 앉아 다정하게 저녁을 먹는 모습을 보고 있으려니 마음이 울적했다. 단 한 가지 내 마음을 위로해준 것이 있었다면 셸비 선생님 남편은 아내에게 애정 표현을 많이 하는 반면 너새니얼은 이브 선생님을 거의 만지지도 않았다는 거다. 내가 진짜 유심히 지켜봤다.

어쨌든 들키지 않아서 천만다행이었다. 이브 선생님이 쓰레기통을 내놓으러 밖으로 나왔을 때 아찔한 순간이 있긴 있었다. 이브 선생님이 날 볼까 봐 겁이 덜컥 났지만, 다행히 아무 일도 일어나지 않았다. 이브 선생님이 뭔가를 봤을 수는 있지만, 너무 어두웠다. 제대로 알아보지 못했을 거다.

나는 그렇게 생각하고 있었다. 2교시 수업 중에 너새니얼에게서 스냅플래시로 메시지를 받기 전까지는.

너새니얼 어젯밤에 우리 집에 왔던 거 알아. 큰 실수였어.

화면 속 글자들을 사라질 때까지 쳐다본다. 나한테 묻고 있는 게 아니었다. 이미 알고서 말하고 있다. 창문으로 나를 봤거나 이브 선생님에게서 나를 봤다는 얘기를 들었나 보다. 내가 답장을 보낸다.

나 미안해요.

역사 선생님한테 휴대폰이 걸려 압수될까 봐 얼른 주머니에 집어넣는다. 너새니얼이 뭐라고 답장을 보낼지 확인을 못 하니 답답해 미칠 것 같다. 지금 너새니얼은 내게 화가 나 있다. 얼마나 화가 났을까? 그래도 모든 걸 끝내버리자고 할 정도는 아니겠지.

그럴까?

아니, 그럴 리 없다. 하지만 그런 상상만으로도 뱃속이 쑤욱

꺼지는 것 같다. 우리 관계를 위협하는 건 너무나도 많다. 언젠가 너새니얼이 그랬다. 누군가 낌새를 채기라도 하면 그 순간부터 우리는 만나면 안 된다고. 다시는 그를 가까이할 수 없다는 생각에 온몸이 고통스럽다.

차라리 깊은 바닷속에 빠지는 게 낫겠다.

학교 종이 울림과 동시에 휴대폰을 주머니에서 바로 꺼내 본다. 역시나 메시지가 와 있다. 나는 재빨리 확인한다.

너새니얼 교장 선생님이 그 일로 너를 만나려고 할 거야. 나는 어떻게든 막아보려고 했어. 넌 무조건 아니라고 해.

메시지가 하나 더 있다.

너새니얼 내 인생이 네 손에 달려 있어.

3교시 수업이 막 시작되려는데, 나를 교장실로 부르는 호출 방송이 흘러나온다. 나는 후들거리는 다리로 1층으로 내려가, 책상 위에 오렌지가 담긴 바구니를 두고 앉아 있는 행정실 안내원 애니를 지나친다. 나를 보고 인사하는 애니의 미소가 어색하다. 교장실로 들어가니, 아니나 다를까 이브 선생님이 와 있다. 너새니얼도 있을 거라 생각했는데, 그가 여기에 없는 것이 어떤 의미인지 모르겠다.

"애들린." 교장 선생님이 반달 모양 안경 너머로 나를 보며 책상 앞에 있는 플라스틱 의자 중 하나를 가리킨다. "이리 와 앉아. 문은 닫고 들어오렴."

문을 닫고 들어오란다. 이 말을 듣는다는 건 상황이 심상치 않다는 뜻이다. 더구나 이브 선생님이 저렇게나 화난 표정을 짓고 있으니 말이다. 안 그래도 얇은 입술이 완전히 사라졌다.

나는 삐걱거리는 플라스틱 의자에 앉으며 최대한 무표정을 유지하려 한다. 너새니얼이 한 말이 떠오른다. *무조건 아니라고 해.* 으음, 그렇다면 이브 선생님이 나를 보았는지 완전히 확신하지 못한다는 뜻일 수도 있다.

"애디." 나를 보는 히긴스 교장 선생님의 표정도 이브 선생님과 크게 다르지 않다. 터틀 선생님 일로 처음 교장실에 불려 왔던 날이 기억난다. 교장 선생님은 정말 상냥하고 친절했었는데. 하지만 내가 터틀 선생님을 (조금이었지만) 스토킹하고 있다는 사실을 알게 된 후 교장 선생님은 완전히 달라졌다. 지금은 나 때문에 진저리가 난다는 듯한 표정이다. "이브 선생님이 어젯밤 너를 선생님 집 마당에서 봤다는데, 사실이니?"

무조건 아니라고 해. "아뇨, 아닌데요. 전 저녁 내내 엄마랑 집에 있었어요."

이브 선생님이 분노를 담아 숨을 짧게 내쉰다. "너를 봤어, 애디. 덤불 속에 숨어 있다가 우리 집 앞마당을 가로질러 뛰어갔잖아."

무조건 아니라고 해. "전…… 무슨 말을 해야 할지 모르겠어요. 정말 저녁 내내 집에 있었어요. 방금 말했듯이, 엄마랑 같이

있었어요. 엄마한테 물어보세요."

정말 엄마에게 물어본다 해도 내가 저녁 내내 집에 있었다는 답변이 돌아올 게 뻔하다. 엄마 모르게 빠져나가는 건 정말 쉬운 일이니까.

이브 선생님 얼굴에 의심이 언뜻 스치고 지나간다. 너새니얼이 문자 메시지로 미리 알려줘서 정말 다행이다. 그가 말해주지 않았다면 나는 아마 모든 걸 다 자백했겠지. 생각하면 할수록 이 상황에서 내가 부인하는 것이 참 적절하다는 생각이 든다. 어젯밤은 어두웠고, 이브 선생님은 자신이 본 것을 확신하지 못한다.

히긴스 교장 선생님이 의심 섞인 눈초리를 거두지 않는다. "이브 선생님 말씀으로는 네가 선생님과 갈등이 좀 있다고 하던데. 네가 수업 시간에 불성실한 태도를 보이고, 공부하려는 노력도 기울이지 않고, 게다가 시험 중에 다른 학생의 답을 훔쳐보다가 선생님한테 걸렸다고 말이야."

"그건…… 살짝 본 건 맞아요." 나는 부끄러움에 고개를 숙이며 인정한다. "하지만 이브 선생님께서 너그럽게 봐주셨어요. 제가 과외를 받을 수 있게 도움도 주셨고요."

나는 살짝 고개를 돌려 이브 선생님을 바라보며 미소를 지어 보인다. 하지만 이브 선생님은 화답할 마음이 없다.

"제가 선생님 댁에 갔다고 생각하셨다니, 죄송해요." 내가 말한다. "하지만 저는 그런 일은 하지 않을 거예요." 다른 선생님 집 밖에서 경찰에 붙잡혔던 걸 생각하면 내 말이 얼마나 설득력이 없게 들릴지 깨닫고는 얼른 덧붙인다. "지난번 일로 확실히 교훈을 얻었어요."

히긴스 교장 선생님이 이브 선생님을 슬쩍 본다. 두 분 다 내가 탐탁지 않은 듯하다. 그렇지만 이브 선생님에게 확실한 증거가 있는 것도 아니다.

무조건 아니라고 해.

"그래, 알았다, 애디." 교장 선생님이 의자에 몸을 기댄다. "어젯밤에 무슨 일이 있었든, 다시는 그런 일이 반복되지 않기를 바란다. 이제 교실로 돌아가보렴."

플라스틱 의자에서 몸을 일으키면서도 이렇게 면담이 끝난다는 사실이 믿기지 않는다. 더구나 너새니얼에 관해서는 아무것도 묻지 않았다. 히긴스 교장 선생님이 나와 터틀 선생님에 대해 캐물었을 때와 비슷한 상황이 벌어질 거라 생각했다. 그래서 너새니얼이 내게 손을 댄 적이 있냐는 질문을 받을 거라 예상했고, 교장 선생님이 내 얼굴에서 진실을 읽어낼 것 같아서 그 질문에 어떻게 대답해야 할지 걱정을 잔뜩 하고 있었다.

하지만 이브 선생님은 이 일이 전적으로 자기 때문이라고 생각한다. 내가 선생님을 몹시 미워한다는 걸 아니까. 내 인생에서 그녀가 사라지기를 간절히 바란다는 걸 아니까.

제대로 알긴 아네.

46

애디

교장 선생님과의 면담 후, 너새니얼에게 문자 메시지를 보냈는데 답이 없다.

점심시간이 시작될 무렵이 되자 너새니얼이 이제 나를 싫어하는 건 아닌지 걱정하느라 히스테리에 가까운 걱정이 들 정도다. 하지만 그는 분명 나를 보호하려 했다. 내게 모든 걸 부인하라고 말해줬고, 그 전략은 성공했다. 그런데도 나는 스트레스 때문에 온몸이 꽁꽁 뭉쳐버린 느낌이다.

학교 식당에 앉아 만든 지 3일은 지난 듯한 치즈버거를 목구멍으로 넘기려 애를 쓰는데, 로터스가 베지 버거를 들고 내 맞은편에 앉는다. 로터스가 나를 배신한 이후로 그녀와 이야기하고 싶은 마음이 들지 않는다. 더구나 오늘은 진짜 싫다. 로터스의 방해만 아니었다면 내 시가 백일장에서 상을 받았을지도 모르는 일이다.

"안녕, 애디." 로터스가 말한다.

"어, 안녕." 나는 버거에서 눈을 떼지 않은 채 낮은 목소리로 대답한다.

"무슨 일 있는 거야?"

"아무 일 없어." 나는 감자튀김 하나를 쟁반 위에 짜놓은 케첩에 푹 찍는다. "그런데 나는 위선적인 사람이랑 친구 하고 싶은 마음이 없어서 말이야."

로터스의 입이 떡 벌어진다. "뭐? 내가 위선적이라는 거야?"

평소에 나는 내 생각을 강하게 말하는 편이 아니지만, 오늘 하루는 아침부터 힘들다. 로터스에게 내 뒤통수를 때린 사람이 누군지 알고 있다는 걸 말해주고 싶다. 로터스가 당황해하는 모습을 보니 속이 약간 후련해지는 것 같다. "너새…… 으흠, 네이트 선생님은 백일장에 내 시를 출품할 생각이었어. 그런데 네가 그 일로 교장 선생님을 찾아갔고, 결국 네 시를 출품하게 되었잖아."

로터스가 깜짝 놀란 얼굴로 나를 빤히 바라본다. 내가 알고 있었다는 걸 꿈에도 몰랐을 테지.

"무슨 말 하는 거야?" 로터스가 아랫입술을 쭉 내민다. "그렇게 된 게 아냐."

"웃기시네."

"진짜 아니야!" 로터스가 우긴다. "난 아무 말도 안 했어. 네가 나한테 그 대회에 대해 말한 지 일주일쯤 지나서 네이트 선생님이 나를 따로 불러서 내 시를 출품하기로 결정했다고 하셨어."

눈 하나 깜짝 안 하고 거짓말을 하다니. 나는 음식이 거의 그대로 남아 있는 쟁반을 들고 자리에서 일어난다. 먹을 만한 버거였다 해도 입맛이 싹 사라졌다. 감자튀김은 놀라울 정도로 덜 익었으면서도 눅눅하다. "됐거든." 내가 말한다.

"애디!" 로터스가 내 이름을 부른다. 하지만 나를 따라오거나 거짓말을 납득시킬 생각은 없는 것 같다. 그래 됐다, 어차피 나는 로터스 말을 믿지 않았을 테니까. 무슨 일이 있었는지는 너새니얼이 전부 다 말해줬다.

그렇지만 아무래도 너새니얼을 만나야겠다.

지금 너새니얼은 수업이 없다. 예전에 나도 이 시간에 수업이 없으니 몰래 만나자고 했던 적이 있었다. 그때 너새니얼은 학교 일과 중에 만나는 건 너무 위험하다며 단호하게 거절했다. 하지만 나는 지금 미칠 것만 같고, 그를 보지 않고서는 남은 하루를 버틸 수 없을 것 같다. 너새니얼이 교사 휴게실이 아닌 교실에 있기를 간절히 바라며, 나는 텅 빈 복도를 따라 그의 교실을 향해 걸어간다.

역시. 너새니얼이 책상에 앉아 샌드위치를 먹으며 서류를 들여다보고 있다. 잠시 그를 지켜본다. 엊저녁에 그랬던 것처럼, 또 매일 수업 시간에 그러는 것처럼. 참 멋지다. 부드러운 곡선으로 이뤄진 얼굴, 짙은 색 머리칼, 갈색 넥타이와 잘 어울리는 갈색 눈동자, 그리고 내 안에 기분 좋게 퍼지는 온기를 주는 그의 미소까지, 내가 어떻게 사랑하지 않을 수 있을까. 애너벨 리의 한 구절이 떠오른다.

소녀는 그를 사랑하고 그의 사랑을 받는 것 외에 다른 생각은 없었네.

그런데 지금 고개를 드는 너새니얼은 미소를 짓지 않는다.

"애디." 너새니얼이 화가 난 목소리로 낮게 말한다. "여기는 무슨 일로 온 거야?"

나는 조용히 교실로 들어가며 문을 닫는다. "미안해요. 나는…… 걱정이 돼서……."

"여기 온다고 해서 나아지는 건 없어." 너새니얼이 입술을 일그러뜨리며 의자에서 일어난다. "어젯밤에 우리 집에 오지 말았어야지. 그건 정말 큰 실수였어."

나는 아랫입술을 깨문다. "알아요……."

"덕분에 너는 이제 주목을 받게 됐어. 사람들의 관심이 우리에게 쏠리고 말았다고." 너새니얼이 고개를 절레절레 흔든다. "무슨 생각으로 그렇게 어리석을 짓을 한 건지 도무지 모르겠다."

교장실에 갔을 때부터 꾹꾹 참고 있었는데, 결국 눈가가 뜨거워지고 만다. 눈물방울 하나가 오른쪽 눈에서 툭 떨어진다. 나는 재빨리 닦아낸다. "미안해요. 정말 미안해요. 내가 너무 바보 같아요."

내 눈물을 본 너새니얼의 마음이 누그러진다. 교실 문에 난 작은 창문으로 복도에 아무도 없는지 슬쩍 보더니, 책상을 돌아 나온다. "애디, 울지 마."

"난 그냥……." 콧물 방울이 생길까 봐 손등으로 얼른 코를 닦는다. 너새니얼에게 콧물 방울이 맺힌 모습을 보인다면, 진짜 끝이다. 아, 그런 말은 꺼내지도 말자. 너새니얼은 그렇게 겉모습을 중시하는 사람이 아니다. "나 미워하지 마요. 내가 멍청한 실수를 저질렀어요."

"애디……."

너새니얼의 눈빛이 부드러워진다. 그가 교실 문 쪽을 한 번 더 본 다음 내 손을 잡는다. 내가 바보 같은 걱정을 하고 있었구나. 너새니얼과 나는 소울메이트인데. 내가 바보 같은 실수를 한 번 저질렀다고 해서 그가 우리 관계를 팽개쳐버릴 리가 없는데. 우리는 서로에게 너무나 소중한 존재인데.

"내가 어떻게 너를 미워할 수 있겠니." 너새니얼이 말한다. "너는 내 세상의 전부이고, 내 영혼의 반쪽이야. 하지만 지금은 우리가 좀 조심해야 할 것 같아. 잠시 동안만이야. 이브의 의심을 사고 싶지 않아서 그래."

"그럼…… 오늘 못 만나요?"

제발 그가 허락하기를. 오늘은 금요일이다. 내일은 수업이 없으니 엄마가 늦게까지 밖에서 시간을 보내도 괜찮다고 하는데.

너새니얼이 망설이지만 이내 고개를 젓는다. "그러지 않는 게 좋겠어. 다음 주에나 만날 수 있을 것 같아."

맙소사, 그 전에 내가 먼저 죽고 말 거다. "다음 주라고요?"

너새니얼이 한쪽 입꼬리를 올리며 빙긋 웃는다. "알아. 나도 괴로울 거야."

한 주 내내 그를 만질 수도, 그에게 키스할 수도 없다는 생각을 하니 비명을 지르고 싶다. 충동적으로 나는 손을 뻗어 갈색 넥타이를 잡는다. 그런 다음 너새니얼을 내 쪽으로 끌어당긴다. 우리가 교실에 있다는 사실에 불안해하는 너새니얼이 느껴진다. 하지만 내가 하는 대로 가만히 있는다. 우리가 한 주 동안 암실에 갈 수 없다면, 그 시간을 내가 버텨낼 수 있는 무언가가 필요하다.

너새니얼도 나와 같은 감정인 게 틀림없다. 그가 몸을 기울이더니 그 어느 때보다도 뜨겁게 내게 키스한다. 그의 손가락이 내 머리카락 사이로 얽히고, 그의 입술이 내 입술을 강하게 누른다. 키스가 영원처럼 느껴진다. 그에게서 떨어져야 하는 순간이 고통스럽다.

방금 한 키스에 대해 시를 쓰고 싶다. 그 바보 같은 대회에서 상을 받고도 남을 만한 시가 나올 것 같다.

"더는 이러면 안 돼." 너새니얼이 단호한 목소리로 말한다. "당분간은 못 만나. 안전해지면 알려줄게."

"문자는 계속해도 되죠?"

너새니얼이 잠시 생각한다. "조금만 하자. 하루에 한두 개 정도. 스냅플래시로만."

나는 목에 차오르는 덩어리를 삼키며 고개를 끄덕인다. 그가 없는 시간을 어떻게 견뎌야 할까? 너새니얼은 단순히 내가 가장 좋아하는 어떤 존재가 아니다. 그는 내 삶의 전부다.

이게 다 이브 베넷 때문이다.

"이제 가는 게 좋겠다." 너새니얼이 내게 말한다.

너새니얼이 내 손을 마지막으로 한 번 더 꼭 잡을 때, 종이 울

린다. 나는 어깨에 힘을 주고 돌아서서 교실을 나선다. 난 이겨
낼 거다. 그리고 언젠가 우리 둘은 함께하게 될 거다. 너새니얼
이 그렇게 약속했다.

47

이브

교장 선생님과 면담 후 짜증이 머리끝까지 차오른다.

애디 세버슨은 어젯밤 우리 집 밖 덤불 속에 있었다. 내 평생 이렇게 확신이 든 적이 없다. 무엇보다 내가 '두 눈으로' 봤다. 그리고 애디에게는 나를 미워할 이유가 많다.

식료품점에서 아트 터틀 선생님을 만났던 날, 아트 선생님은 애디에 대해 경고했다. 아무 이유 없이 내게 그런 말씀을 한 게 아니었던 것이다. 애디가 의도한 바였는지 아니었는지 모르겠지만, 어쨌든 아트 선생님의 삶을 망가뜨렸다.

오늘 그 아이는 내 면전에서 거짓말을 했다.

애디가 나가자마자 나는 데브라 히긴스 선생님을 보며 말했다. "다 거짓말이에요."

히긴스 선생님이 고개를 가로저었다. "나도 그렇게 생각해요, 이브 선생. 하지만 뭘 어떻게 할까요? 두 사람의 주장이 엇갈리고 있어요. 게다가 애디는 엄마와 함께 집에 있었다잖아요."

새빨간 거짓말. 그 나이 때에 내가 수많은 짓을 하고 다니는 동안 엄마는 내가 방에 얌전히 틀어박혀 있다고 생각했다. 그러니 설령 애디 어머니가 사실 확인을 해준다 해도 그건 애디의 알리바이가 될 수 없다.

교장실에서 나오자마자 곧장 네이트에게 문자 메시지를 보냈다.

나 걔가 다 부인했어.

수업이 없는 시간이라 네이트에게서 바로 답장이 왔다.

네이트 정말 아니었던 거 아닐까?

네이트 답변에 화가 머리끝까지 솟구쳤다. 휴대폰을 집어 던질 뻔했다.

조금 있으면 6교시고, 수학 수업이 있다. 애디를 또다시 마주해야 한다. 도저히 마음을 다잡을 수가 없다. 히긴스 선생님이 다음 학기에 애디를 다른 반으로 옮길 계획이라고 했지만, 이번 학기가 끝나려면 아직 두 달이나 남아 있다. 두 달 동안 그 아이를 상대해야 한다니.

"분명 걔였어." 지금 나는 교사 식당에서 셸비에게 짜증을 내고 있다. 점심으로 타파웨어에 싸 온 샐러드가 거의 그대로 남아 있다. "어떻게 그렇게 거짓말을 하지?"

셸비가 어깨를 으쓱한다. "십 대잖아. 십 대들이 다 그렇지 뭐. 아이들한테는 숨 쉬는 것처럼 자연스러운 거야."

"걘 나를 미워해." 어제 수업 시간에 애디가 나를 향해 짓던 험악한 표정을 떠올리니 몸이 살짝 떨린다. "나를 증오한다고. 그런데 이제는 스토킹까지 해."

"그런데 무슨 이유로?" 셸비가 당근 스틱을 한입 베어 문다. "생각해보면, 걔가 아트 선생님을 따라다닌 건 아트 선생님이 잘 대해줬기 때문이잖아."

"그래서?"

"너는 걔한테 친절하지 않잖아. 그런데 걔가 왜 너희 집으로 가겠어?" 셸비가 다이어트 콜라를 한 모금 마신다. "걔가 무슨 위험인물도 아니고. 교실에서 샌드위치를 못 먹게 했다고 널 스토킹한다는 게 말이 돼? 그건 좀 극단적이잖아. 아무리 십 대라도 말이야."

"그거야……."

"네이트를 스토킹한다면 몰라도. 난 그게 더 그럴듯하게 들리는데." 셸비가 나를 보며 윙크한다. "모든 여학생이 네이트한테 푹 빠져있잖아. 걔가 시 잡지 편집부에 들어갔다고 하지 않았어? 내가 보기엔 걔가 좀 집착하는 게 아닌가 싶은데."

몸이 얼어붙는다. 입안에 양상추 한 조각을 그대로 물고 있다. 왜 진작 그 생각을 못 했을까. 내가 길에 서 있었을 때 시선이 너무나 명확히 나를 향하고 있다고 느꼈기 때문이었던 것 같다. 그래서 내가 아닌 다른 사람을 보기 위해 집에 왔을 수도 있다는 생각을 전혀 하지 못했다.

세상에나. '네이트'를 스토킹하고 있는 거야.

그래, 이게 더 말이 된다. 네이트에게 너무 친절하게 굴지 말라고 그렇게 경고했건만. 그 아이가 아트 터틀 선생님에게 하던 행동을 이번에는 네이트에게 똑같이 하는 것이다. 네이트가 조심하지 않고 제대로 대응하지 않으면, 아트 선생님과 같은 결말을 맞게 될 것이다.

네이트에게 알려줘야 한다. 이 문제를 당장 해결해야 한다.

셸비에게 양해를 구하고 자리에서 일어난다. 셸비도 애디 세버슨 이야기를 끝내게 되어 내심 좋아하는 눈치다. 이번 교시가 끝나려면 아직 10분 정도 남아 있고, 네이트는 자기 교실에 있을 확률이 높다. 오래 얘기할 시간은 없겠지만, 그래도 네이트에게 애디가 들어오는 수업 전에 경고라도 해두어야 한다.

아직 5교시 중이라 복도에는 사람이 거의 없다. 조용한 공간에 울리는 내 지방시 가죽 부츠의 굽 소리가 마치 총성 같다. 도중에 검은색 눈화장을 과하게 짙게 한 여학생을 지나치지만, 십대 여자아이들이 하는 행동치고는 놀랄 일도 아니다. 네이트 교실 앞에 도착한다. 문이 닫혀 있는 게 좀 이상하다. 문에 난 창문으로 안을 들여다보니, 예상한 대로 네이트가 있다. 그런데 혼자가 아니다.

애디 세버슨이 함께 있다.

문을 두드리려고 손을 드는 순간, 무언가가 나를 막는다. 나는 한 걸음 뒤로 물러서며 살짝 몸을 숨긴다. 네이트가 주의 깊게 봤다면 나를 발견했을지도 모른다. 하지만 그의 시선은 짧게 스치고 지나갈 뿐이었다.

네이트와 애디가 심각하게 대화를 나누고 있다. 무슨 이야기를 하는지는 모르겠지만, 애디는 울고 있는 것처럼 보인다. 네이트가 무슨 말을 했길래 애디가 우는 거지? 하기야 저 또래 여자아이들은 별것 아닌 일에도 눈물을 흘린다. 내가 경험한 바로는 휴대폰만 빼앗아도 운다.

네이트가 손을 뻗어 애디의 손을 잡는다.

그래, 꼭 의심스럽게 볼 필요는 없다. 네이트는 지금 우는 여학생을 달래고 있는 거니까. 물론 학생을 위로하는 방식으로 아주 적절하다고 말할 수는 없다. 그렇지만 최악의 방법도 아니다. 그렇긴 한데, 네이트는 손을 토닥이는 게 아니다. 손을 꼭 쥐고 있는 것 같다. 60초는 족히 지난 것 같은데, 아직도 잡고 있다. 왜 아직도 손을 잡고 있는 거지? 저건 적절함의 한계를 넘어서는 행동인데.

그런데 다음 순간, 손을 잡고 있는 것에 대한 모든 생각을 내려놓게 만드는 일이 일어난다. 손을 잡는 건 지극히 평범한 일처럼 느껴지게 만드는 일이. 아까 겨우 몇 입 삼킨 샐러드 채소들을 모두 게워내고 싶게 만드는 일이.

네이트가 애디에게 키스를 한다.

그냥 키스가 아니다. 점심으로 뭘 먹었는지 알아내려는 사람 같다. 저건…… 절대 처음 하는 키스가 아니다. 이미 여러 번 키스를 했고, 보나 마나 다른 많은 것도 했을 두 사람이 하는 키스다.

이제야 모든 것이 이해된다.

애디가 왜 그토록 나를 미워하는지 알겠다. 왜 우리 집 덤불 속에 몸을 숨기고 있었는지도 알겠다. 내가 네이트에게 애디 얘기를 할 때마다 네이트가 애디를 두둔하는 이유도 알겠다. 네이트가 우리 부부 생활에는 일절 관심이 없다가 내가 애디를 위해 뭔가를 해주길 원할 때만 섹스를 하려는 이유도 알겠다.

저 개자식이 바람을 피우고 있다. 저 아이랑.

48

이브

내 평생 이렇게까지 화가 난 적이 있던가.

내 마음 한편에선 당장이라도 교실로 뛰어 들어가, 잠시 후 복도로 쏟아져 나올 학생들과 교사들 앞에 저 두 사람을 끌어내라고 소리치고 있다. 네이트는 그만한 수치를 당해도 싸다. 그의 얼굴에 처음에는 경악이 번지고, 뒤이어 모든 사람이 그의 파렴치한 짓을 알게 되면서 그 충격이 처참한 굴욕으로 변해가는 모습을 상상해본다.

하지만 난 그렇게 하지 않는다.

내가 지금 들이닥치면, 그와 나, 그리고 애디까지 세 사람의 인생을 망치게 될 거라는 데에 생각이 미친다. 네이트는 마땅히 그렇게 되어야 한다지만, 나는 아니다. 소란을 피우고 네이트의 만행을 폭로하면, 나 역시 이 학교에서 계속 일할 수 없을 것이다. 너무나 굴욕적일 것이다. 또한 그가 한 수치스러운 짓도 내게 얼룩처럼 남을 것이다.

애디는 또 어떻고. 애디도 그런 대가를 치를 이유가 없다. 내가 애디에 대해 이런저런 말을 많이 하긴 했지만, 어쨌거나 겨우 열여섯 살 여자아이다. 아직 '아이'란 말이다. 잘생긴 영어 선생님과 사랑에 빠진 게 애디 잘못은 아니다. 이런 일이 일어나지 않도록 조심할 책임은 네이트에게 있었다.

그래서 나는 두 사람을 사람들 앞에 드러내지 않기로 한다. 대신 다른 걸 한다. 나는 사진을 찍는다.

매사추세츠주에서 성관계에 동의할 수 있는 나이는 열여섯 살이다. 그러니 이 일로 네이트는 감옥에 가진 않는다. 법정 강간은 아니니까. 하지만 교사로서의 경력은 끝날 것이다. 내 남편은 망신을 당할 것이고, 사람들의 입방아에 오르내리게 될 것이다.

그리고 지금까지의 내 삶도 끝난다.

내 교실로 발을 옮기는데, 머리가 멍하다. 이래서는 5분 만에 정신을 차리고 수학 수업을 할 수 있을지 모르겠다. 아무래도 학생들에게 문제를 내주고 자습을 시켜야 할 것 같다. 수업 계획이고 뭐고 모르겠다.

교실 문 앞에서 애디 세버슨과 딱 마주친다. 애디 입가에, 내 남편과 키스하느라 살짝 부어오른 그녀 입술에 희미하게 미소가 걸려 있다. 하지만 나를 보자마자 미소는 단번에 사라진다. 내가 내 수업에서 그녀를 보고 싶지 않은 만큼 애디도 내 수업에 앉아 있고 싶지 않을 테지. 애디가 고개를 숙이고 조용히 자기 자리로 가더니 가방을 바닥에 털썩 내려놓는다.

애디의 잘못이 아님을 한 번 더 상기한다. 네이트가 연약한 여자아이를 이용해먹었다. 내가 교사로 지낸 시간이 얼만데, 타인의 영향을 잘 받는 여자아이들이 있다는 것쯤은 잘 안다. 좋아하는 교사에게 더 쉽게 마음을 빼앗기는 아이들이 있다는 것도.

저 아이 잘못이 아니다. 저 아이 잘못이 아니다.

"모두 교과서 꺼내세요. 오늘은 137쪽에 있는 문제들을 풀어볼 거예요." 내가 학생들에게 말한다. "조용히 풀어봅시다."

종이 울릴 때까지 계속 풀어야 할 만큼 많은 문제를 내준다. 다른 수학 교사들이 깜짝 놀랄 정도로 빈번하게 이런 식으로 수업을 한다지만, 나는 정말 한 번도 이런 적이 없었는데. 지금은 도저히 어떻게 할 수가 없다. 책상에 쓰러지듯 앉아 휴대폰부터 찾아 꺼낸다. 잠시 고민하다가 제이에게 메시지를 보낸다.

나 오늘 밤에 좀 만나야겠어요.

책상 뒤에 앉아 숨을 죽인 채 답장을 기다린다. 제이가 낮 시간에 메시지를 보낼 수 있을지 모르겠다. 다행히도 몇 분 후에 답장이 온다.

제이 오늘은 가게 문을 내가 안 닫아요. 가게에서 못 만나요.
나 어디든 상관없어요. 차로 가면 돼요.

제이 정말 괜찮겠어요, 이브?

나 네.

우리는 외진 곳에서 만나기로 한다. 제이만이 내가 이 일을 이야기할 수 있는 유일한 사람이다. 다른 사람에게 말했다가는 말이 새어 나갈 것이다. 하지만 제이라면 신중할 거라고 믿는다. 나도 제이의 비밀을 많이 알고 있다.

제이는 내가 어떻게 대처해야 할지 고민하는 데 도움을 줄 것이다. 학교 내부 사정에 대해서는 잘 모르겠지만, 그래도 상식이 있고 좋은 사람이니까. 난 네이트가 이 일에서 그냥 빠져나가게 놔둘 생각이 없다.

49

이브

학교가 끝난 후, 신발 가게에서 그리 멀지 않은 맥도날드 주차장에서 제이를 만난다.

주차장 반대편 끝에 각자 차를 세운 후, 내가 그의 차로 걸어가 조수석에 얼른 올라타고, 제이가 주차장을 빠져나간다. 다른 상황이었다면 이런 비밀스러운 만남이 짜릿하게 느껴졌을지도 모르겠지만, 지금 내 머릿속에서는 남편의 입술이 그 아이의 입술에 닿던 장면만 반복 재생되고 있다.

"와줘서 고마워요." 나는 부츠 굽을 자동차 매트에 깊숙이 박으며 말한다. 제이가 나를 위해 무슨 일을 미루고 왔을지 모르겠지만, 정말 고맙다.

"무슨 일이에요?" 제이가 묻는다.

하나도 빠짐없이 다 이야기하리라 작정하고 입을 열지만, 말보다 눈물이 먼저 터진다. 제이가 살짝 당황한 표정으로 나를 힐끔 보더니, 주변에 집이 없는 조용한 거리를 찾아 차를 계속 몬다. 마침내 차를 세우고 시동을 끈다.

"이브." 제이가 내 쪽으로 몸을 기울여 나를 꼭 안아준다. "무슨 일 있었어요? 말해봐요."

나는 그의 크고 단단한 품에 얼굴을 묻고 흐느끼고, 제이는 나를 진정시키려는 듯 내 머리를 부드럽게 쓰다듬는다. 몇 분이 지나고 나서야 겨우 마음을 추스르고 그에게 이야기를 털어놓기 시작한다. 처음 부분은 제이도 아는 내용이다. 내가 네이트와 겪고 있는 문제들, 네이트에게 느껴지는 거리감. 그러다가 네이트와 애디가 교실에서 키스하는 장면에 이르고, 제이 몸이 뻣뻣하게 굳어진다. 제이가 눈을 동그랗게 뜨며 내게서 몸을 뗀다.

"설마." 제이가 말한다. "정말 본 거예요?"

나는 천천히 고개를 끄덕인다.

"변태 새끼." 제이가 오른 손가락 뼈마디를 우두둑 꺾는다. 화가 많이 난 듯하다. 저러다가 제이가 네이트에게 달려가 얼굴에 주먹이라도 날릴까 봐 마음 한구석이 불안해진다. 하지만 한편으로는 그렇게 해줬으면 하는 마음도 있다. "믿을 수가 없군요."

"나도 알아요." 나는 눈을 꾹 감는다. 눈을 감아도, 두 사람이 키스하는 장면은 사라지지 않는다. 평생 지워지지 않을 것 같다. "이제 어떻게 해야 할지 모르겠어요."

"그 자식 숨통을 끊어놔야죠."

내가 눈을 들어 제이의 얼굴을 본다. 그는 웃고 있지 않다. 진심으로 하는 말은 아니겠지. 그런데 내 귀는 왜 솔깃해지는 건지 모르겠다. "진지하게 말해 봐요. 내가 어떻게 해야 할까요? 교장 선생님한테 말할까요?"

제이가 고개를 젓는다. "교장한테 말하고 나면, 세상 사람 모두가 알게 될 거예요. 그걸 원하는 거예요?"

교장 선생님에게 알리는 것이 정식 절차지만, 제이 말이 맞다. 아무리 비밀리에 처리하려 해도, 조용히 끝날 리 없다. 아트 터틀 선생님 사건만 봐도 그렇다. 심지어 선생님은 아무 잘못도 하지 않으셨는데 말이다. "그건 원하지 않아요."

"그럼 이렇게 해요." 제이가 말한다. "남편에게 최후통첩을 날려요. 당장 이 일을 끝내고, 앞으로도 이런 일이 일어나지 않게 만들어야 해요. 그리고……" 제이가 내 손을 잡는다. "결혼 생활은 정리해야 할 것 같아요."

나도 그렇게 생각한다. 네이트를 떠나야 한다. 생각해보고 자시고 할 문제가 아니다. 고개를 들어 제이의 눈을 들여다본다. 처음으로, 우리 둘에게 미래가 있을 가능성이 조금이라도 있는지 물어보고 싶다. 나도 안다, 없다는 거. 하지만 가끔은 가능할 수 있다고 상상이라도 해보고 싶다.

어찌 되었든 중요한 건 그게 아니다. 제이와 함께할 수 있든 없든, 네이트와는 더 이상 함께할 수 없다.

"잘 이겨낼 거예요." 제이가 내 손을 꼭 쥔다. "그를 두려워하지 마요. 할 수 있어요."

제이가 나를 믿어준다. 그런데 문제는 그가 내 남편을 나만큼 잘 알지 못한다는 것이다.

50

—

이브

네이트가 집에 도착할 때쯤, 나는 취기가 꽤 올라와 있다.

네이트는 학교가 끝난 지 거의 세 시간이 지나서야 집에 왔다. 그동안 그가 뭘 하고 있었는지 의문이 들지 않을 수 없다. 그 아이와 같이 있었는지 아니면 진짜 학교 관련 일을 하고 있었는지 알 수 없다. 네이트에게 머리가 있다면 애디 세버슨이 우리 집 밖에서 발견된 이상 애디와 거리를 두어야 한다는 것쯤은 알고 있을 것이다. 하지만 자기 교실에서 애디와 키스하는 걸 보면, 머리가 잘 돌아가는 건 확실히 아닌 것 같다.

내 얘기를 잠시 하자면, 제이가 날 맥도날드로 다시 데려다줬고, 나는 내 차를 몰고 드라이브를 더 하다가 집으로 왔다.

채점이라도 해보려 했지만 도통 일에 집중할 수가 없었다. 그래서 금방 생각을 접고 와인을 찾기 시작했다. 운이 없게도 카베르네 와인이 4분의 1 정도 남아 있는 게 전부였다. 그래서 그

대신 찾은 게 반이 남아 있는 보드카였다.

현관문이 열리는 소리가 날 때 나는 내 신발들을 전부 신어 보는 중이었다. 말 그대로 전부. 이유를 설명할 순 없지만, 내 발을 위한 패션쇼가 주는 위안이 있다. 그래서 기분이 안 좋을 때마다 곧장 신발을 찾는다. 네이트는 절대 이해할 수 없는 부분이다. 제이라면 잘 알 텐데.

네이트는 집으로 들어오면서 내 이름을 부르지 않는다. 절대 안 부른다. 그 아이를 생각하며 혼자만의 시간을 즐기려고 내가 집에 없기를 바라는 걸지도 모르겠다. 그의 머릿속에 무슨 생각들이 들어 있는지 알고 싶지도 않다. 그냥 네이트가 내 삶에서 사라졌으면 좋겠다.

내 생일날 신었던 루이뷔통 펌프스만 남기고 다른 신발은 전부 다시 옷장 안에 집어넣는다. 그런 다음 루이뷔통을 발에 신고서 아래층으로 향한다.

네이트가 거실에서 검은색 코트를 벗고 있다. 비니를 벗은 다음 손으로 풍성한 머리칼을 슥슥 쓸어넘긴다. 계단을 내려가는데, 문득 내 남편을 처음 봤을 때가, 정말 잘생겼다고 생각했던 때가 떠오른다. 첫눈에 반했었지. 아마도 그랬던 것 같다. 우리가 언제까지나 영원히 함께할 거라 믿었는데.

내가 참 어리석었다.

"자기야." 말을 입 밖으로 내뱉기 전까지는 내 발음이 약간 어눌하다는 걸 몰랐다. 보드카 마지막 잔은 마시지 말았어야 했다. 지금은 정신을 똑바로 차려야 한다. "이제야 집에 왔네."

"어, 응." 네이트가 코트를 현관 옷장에 건다. "저녁 준비는 했어?"

"아니." 휘청거리지 않으려고 계단 손잡이를 꽉 붙잡는다. "얘기 좀 해."

"알았어." 네이트가 넥타이를 풀면서 눈을 가늘게 뜨고 나를 본다. "술 마셨어?"

이렇게 대화를 시작하고 싶지는 않았지만, 상관없다. 네이트에게 하려는 이야기를 1분도 미룰 수 없다. 오늘 밤에 결론을 내려야 한다. 몸의 균형을 잡으려 소파를 붙잡으며 네이트에게 한 걸음 다가간다. 무슨 이야기부터 시작해야 할지 모르겠지만, 일단 밀고 나가보기로 한다.

"나, 자기와 애디 세버슨에 대해 알아." 단도직입으로 말한다.

네이트 손이 넥타이 매듭 위에서 멈칫한다. "뭐?"

"다 알아." 내가 한 번 더 말한다. 발음이 뭉개지지 않도록 한 마디 한 마디에 집중한다. 내가 얼마나 진지한지 네이트가 알아야 한다. "자기가 애디랑 무슨 짓을 하고 있는지 알아. 애디가 지난밤에 우리 집에 왔던 이유도 알아."

"그게 무슨…… 무슨 말도 안 되는 소리야!" 네이트가 웃음을 터뜨린다. "왜 그래, 이브. 정말 내가 그런 짓을 할 사람이라고 생각하는 거야? 그것도 애디랑?" 네이트가 고개를 절레절레 흔든다. "대체 어쩌다 그런 터무니없는 생각을 하게 된 거야? 술을 좀 많이 마셨나 본데. 내가 커피 한 잔 내려줄까?"

그럼 그렇지. 잘 빠져나가네. 소문으로 들은 거였다면, 나도 이 대목에서 그냥 웃고 넘어갔을 것이다. 하지만 내 남편은 원래부터 거짓말쟁이가 아니었던가.

"내가 다 봤어." 내가 목소리에 경멸을 담아 말한다. "키스하는 거. 5교시에 교실에서."

"음." 여유를 부리던 그의 얼굴에서 미소가 싹 사라진다. "그랬군."

"무슨 말이라도 해봐."

네이트가 넥타이를 확 당겨 풀어 바닥에 던져버린다. 그러더니 고개를 푹 숙인다. "무슨 말을 하겠어. 엄청난 실수를 저질렀는데. 애디가 나한테 호감을 보였고, 내가 잘 대처할 수 있을 거라 생각했어. 그런데 오늘 애디가 나한테 키스를 했는데, 빨리 떨어지지를 못했어. 그건 인정해. 바보 같았지. 다시는 그런 일 없을 거야. 애디한테 그게 얼마나 부적절한 일이었는지 확실히 말할게."

나는 주먹을 쥔다. 마음 같아서는 멍이 들고 피가 날 때까지 그의 가슴을 주먹으로 때리고 싶다. "아니, 내가 똑똑히 봤어. 자기가 애디에게 키스했어."

"그 자리에 없었잖아. 무슨 일이 있었는지도 모르면서."

"내가 다 봤다고!"

관자놀이에서 맥박 뛰는 게 느껴진다. 이 대화를 끝내기도 전에, 남편이 자기 입으로 내가 직접 본 일을 인정하기 전에 아주 높은 확률로 혈관이 터져 내가 먼저 죽을지도 모르겠다는 생각이 든다. 차라리 그냥 죽어버리고 싶다.

한편으론 그가 고통받는 모습을 지켜보고 싶기도 하다.

"히긴스 선생님한테 말했어?" 네이트가 마침내 묻는다.

"아직."

"다른 사람한테는 말했어?"

"아니." 제이에게 말했지만, 그걸 남편에게 밝힐 생각은 없다.

"그래." 네이트가 이마에 깊은 주름을 만들며 얼굴을 찌푸린다. "말할 거야?"

"나도 모르겠어." 다리에서 힘이 빠지는 것 같아 소파 팔걸이에 몸을 기댄다. "마음을 못 정했어."

"그럼 혹시……." 네이트가 한 발짝 다가오며 한 손을 반쯤 내민다. "혹시 지금이라도 아무에게도 말하지 말아달라는 내 부탁을 자기가 받아줄 수 있을까?"

나는 그의 손을 독약을 건네고 있는 사람 보듯이 내려다본다. "내 몸에 두 번 다시 손댈 생각은 하지 마. 당신 눈을 뽑아버릴 거야."

"알았어, 미안해." 네이트가 뒤로 물러선다. "그럼, 좋아. 이야기를 해보자. 나한테 원하는 게 뭐야?"

"이혼해."

네이트가 조금도 망설이지 않고 대답한다. "그래."

세상에, 이건 좀 충격이다. 네이트가 내 인생에서 흔적도 없이 사라지길 바라는 마음도 있지만, 한편으로는 그가 우리 결혼을 지키려 조금은 노력하지 않을까, 적어도 노력을 해주면 좋겠다는 마음도 있었다.

"그러면," 내가 이어 말한다. "이 집은 내 거야."

"하지만……."

"이, 집은, 내 거야."

네이트가 이를 악문다. "알았어. 가져가."

"그리고," 나는 덧붙인다. "애디와의 관계는 '즉시' 끝내. 오늘 밤이든 내일이든. 그 애 마음이 너무 상하지 않게 하되, 다시는 만나지 않을 거라고 분명히 말해야 해. 가능한 한 빨리. 월요일에 학교 가서 말할 생각 마."

이 정도는 네이트가 예상했을 거다. "알았어." 네이트가 말한다. "그게 다야?"

제이와 이야기 후 생각해낸 요구 사항이 하나 더 있다. 네이트에게 가장 어려운 일일 것이다. 하지만 재고의 여지는 없다.

"케스햄 고등학교를 그만둬." 내가 말한다. "다시는 아이들을 가르치는 선생님으로 일해서도 안 돼."

네이트가 숨을 크게 들이쉰다. "뭐? 진심으로 하는 말이야? 나보고 어떻게 먹고살라는 거야, 이브."

"교사는 계속할 수 있어. 성인을 대상으로 하는 기관에서 하면 돼. 하지만 아이들은 절대 안 돼."

"이브, 이러지 마." 네이트 목소리가 떨린다. "그 말에는 내가 따를 수 없을 것 같아. 다른 것들은 알겠어. 하지만 고등학교 교사는 못 내려놔."

"좋아. 그럼 그 문제는 교장 선생님이 결정하도록 해야겠네."

네이트가 나를 지나쳐 소파로 가더니 털썩 주저앉는다. 몸을 앞으로 숙이며 손가락으로 관자놀이를 누른다. "제발 이러지 마. 이성적으로 생각해. 감정적으로 그러지 마."

"이보다 더 이성적일 순 없어. 솔직히 말하면, 자기는 감옥에 가야 해."

"애디는 열여섯 살이야. 매사추세츠에서는 성인이라고."

"자기는 그렇게 생각하겠지. '성인'이라고 말이야." 나는 역겨움에 고개를 절레절레 흔든다. "결정해. 자기가 먼저 사직 안 하면, 난 교장 선생님에게 갈 거야."

네이트가 고개를 들더니 나를 빤히 올려다본다. "히긴스 선생님이 네 말을 믿을 거라 생각해?"

"왜 안 믿겠어?"

네이트가 소파에서 몸을 일으키며 코웃음을 친다. "학교 사람들 모두 네가 제정신이 아니라는 거 알아, 이브. 너는 전혀 신뢰할 만한 사람이 아니야."

"뭐라고? 그게 무슨 말이야?"

"우선, 저녁 여섯 시에 술에 취해 있잖아." 네이트가 손가락으로 하나씩 짚어가며 말한다. "게다가 신발을 병적으로 사 모으지. 완전히 미친 짓이야. 누가 우리 옷장을 들여다보면 널 병원에 집어넣으려 할걸."

내 얼굴이 화끈거린다. 결국 이렇게 치사하게 나오기로 한 건가. 네이트에게 아무 기대를 하지 말았어야 했다. "옷장에 뭐, 겨우 열두어 켤레 정도밖에 없어. 그 정도 신발을 가진 여자들은 많아."

“참 나, 그 커다란 여행 가방 안에 숨겨둔 신발들을 내가 모를
거라 생각해?”

네이트가 그 신발들까지 알고 있을 줄은 몰랐다. 어찌 생각하
면 여태 모르는 게 더 말이 안 되는 걸 수도 있겠다. 어느 날 여
행 가방을 찾으려고 옷장을 뒤지다가 내가 꼭꼭 숨겨둔 신발을
발견하는 네이트 모습이 머릿속에 그려진다. 그가 내 비밀을 줄
곧 알고 있었다는 생각에 수치심으로 얼굴이 화끈거리지만, 그
렇다고 달라지는 건 없다.

“그리고 말이야.” 네이트가 말한다. “결국 이건 그냥 너와 나
의 말싸움으로 끝날 거야. 아니, 네가 나와 애디를 두고 싸우는
거라고 해야 하나. 애디는 어차피 아무것도 인정 안 할 거니까.”

“응, 그렇구나…….” 내가 어깨를 으쓱한다. “내가 두 사람이
키스하는 모습을 사진으로 찍어두길 잘했네.”

내가 작은 폭탄을 들이밀 때의 네이트 얼굴을 카메라에 담아
뒀어야 하는데. 그의 얼굴에서 핏기가 가시고, 온몸에서는 기운
이 다 빠져나간 것 같다. 그가 열여섯 살짜리 학생에게 키스하
는 사진이 떡하니 있으니 말이다. 이제 그는 내 앞에서 아무런
힘이 없다.

“그래.” 네이트가 낮은 목소리로 거칠게 말한다. “네가 이겼
어, 이브. 내가 학교 관둘게.”

만족스러운 말을 남긴 네이트가 몸을 휙 돌리더니 계단을 쿵
쿵거리며 올라간다. 어디로 가는 건지 궁금함을 못 참고 나도 그
를 뒤쫓아 한 번에 두 계단씩 올라간다. 네이트가 침실에 있다.

옷장에서 찾아 꺼낸 더플백에 옷가지를 마구 던져 넣고 있다.

"뭐 하는 거야?" 내가 묻는다.

"짐 싸잖아." 네이트가 보면 모르냐는 눈빛으로 나를 쳐다본다. "날 이 집에서 쫓아낼 거잖아, 아니야? 아, 내가 옷을 좀 챙겨가도 될까, 아니면 지금 입은 셔츠 한 장만 허락되는 거야?"

"얼른 챙겨."

"참으로 고맙기도 하지." 네이트가 서랍장을 열어 가장 아끼는, 주머니에 구멍 난 후드 티를 꺼내 더플백에 던져 넣는다. "난 항상 너한테 잘 해줬어. 너에게 단 한 번도 화를 낸 적도 없고, 네가 신발을 사고 또 사도 불평한 적도 없어." 네이트가 그렇게 말하며 내가 숨겨둔 신발이 든 여행 가방을 발로 찬다. "단 하루 외박을 한 적도 없다고. 도대체 나한테 뭘 더 바란 거야?"

네이트와 눈이 마주친다. 마지막 말은 정말 궁금해서 묻는 게 아님을 알겠다. 그는 방금 말한 것들이 좋은 남편이 되기에 충분하다고 진심으로 믿고 있다. 마치 올바른 항목들에 체크를 하는 것처럼, 그렇게만 하면 아내를 사랑하지 않아도 다 괜찮은 것처럼. 심지어 어린 여자아이와 바람을 피워도 괜찮은 것처럼.

이제 와서 그게 얼마나 잘못된 일인지 설명하는 게 무슨 의미가 있을까. 대신 나는 그가 편하게 짐을 쌀 수 있도록 아래층으로 내려간다. 오늘 이후로 네이트는 내 삶에서 안녕이다.

51

애디

역사 숙제를 하고 있는데, 스냅플래시로 메시지가 들어온다.

알림을 보고 깜짝 놀란다. 스냅플래시로 내게 메시지를 보내는 사람은 너새니얼뿐이다. 하지만 오늘 학교에서, 당분간 조심해야 한다고 말했던 것도 너새니얼이다. 새 메시지가 와서 의아하다. 그렇다고 확인을 안 하겠다는 말은 아니다. 봉건 국가에 대해 공부하는 것 말고는 당장 할 일도 없다.

앱을 열자 메시지 하나가 나를 기다리고 있다. 짧고 간단명료한 메시지다.

너새니얼 이브가 알고 있어.

서늘한 기운이 등골을 따라 흐른다. 이브가 알고 있어. 우리가 어떻게든지 피해야 한다고 했던 재앙이 현실이 되어버렸

다. 이브 선생님이 우리 둘에 대해 알고 있다니. 그렇다면 그 말
은……

너새니얼 미안하다, 애디. 다시는 널 볼 수 없어.

누가 부엌에서 칼을 가져와 가슴 정중앙을 찌른 것처럼 고통
스럽다. 어떻게 이렇게 한순간에 끝나버릴 수 있는지 이해할 수
가 없다. 이브 선생님이 우리에 대해 알게 된 게 큰일이라는 건
나도 안다. 하지만 너새니얼과 나는 소울메이트라고. 이브 선생
님이 손가락 한번 튕겨서 모든 걸 끝낼 수 있는 게 아니라고.
　너새니얼의 메시지가 화면에서 사라지고 나니 내가 방금 꿈
을 꾼 건가 싶다. 하지만 이건 꿈이 아니다. 나는 손을 부들부들
떨며 메시지를 입력한다.

나 교장 선생님에게 말했대요?
너새니얼 아니. 교장 선생님에게는 말 안 했어. 하지만 자기가 시키
는 대로 하지 않으면 다 말하겠대.
나 뭘 하라는데요?

한참 동안 답이 없길래 이대로 대화가 끝난 건지도 모르겠다
는 생각이 드는데, 이윽고 너새니얼의 대답이 화면에 나타난다.

너새니얼 너와의 관계를 즉시 정리하고 학교를 그만두래.

첫 번째 조건도 충분히 끔찍한데, 두 번째 조건에 내 마음이 무너져 내린다. '그만두라'고? 너새니얼은 훌륭한 교사다. 나를 진심으로 믿어준 선생님이자 우리 학교에서 단연코 가장 뛰어난 시인이다. 아니, 우리 학교의 유일한 시인이다. 그런데 어떻게 이브 선생님이 너새니얼에게 사임을 강요할 수 있지?

이브 선생님은 악하다. 그것도 그냥 평범한 악당이 아니라, 만화 속 빌런처럼 사악하고 고약하다.

너새니얼에게서 새로운 메시지가 도착한다.

너새니얼 나를 집에서도 내쫓았어. 집 천장이 무너져서 이브가 깔려 죽어버렸으면 좋겠어.

나는 답장을 보낸다.

나 정말 그렇게 되면 좋겠어요.
너새니얼 이브가 죽는다면, 나는 내 일을 잃지 않아도 되고 우리도 계속 함께할 수 있을 텐데 말이야.

화면 속 메시지를 가만히 들여다본다. 이브가 죽는다면, 나는 내 일을 잃지 않아도 되고 우리도 계속 함께할 수 있을 텐데 말이야. 화면에서 사라질 때까지 메시지를 다섯 번이나 반복해서 읽었다. 너새니얼은 무슨 뜻으로 그렇게 말한 걸까, 나는 생각에 빠진다.

너새니얼은 학교에 남을 수 있고, 우리 관계도 끝내지 않아도 된다…….

틀린 말은 아니다. 이브 선생님은 우리 둘의 관계를 아는 유일한 사람이다. 그러니 선생님만 없다면…….

"애디?"

엄마 목소리가 굳게 닫힌 내 방문 너머에서 들려온다. 엄마는 노크를 한 번 하더니, 아무 대답이 없자 문을 벌컥 열고 들어온다. 내가 방에서 사생활이 필요한 일을 하고 있을 수도 있다는 생각을 전혀 하지 않는 사람 같다. 내가 더 이상 순결하지 않다는 걸 생각도 못할 거다.

이제 더 이상 너새니얼을 볼 수 없게 되었으니 다시 순결한 거나 마찬가지다. 그 말고는 함께하고 싶은 사람이 없으니까. 내 몸이 원래대로 돌아갈지도 모른다.

엄마는 내 방에 들어올 때마다 늘 하는 행동을 한다. 어딘가 마약이라도 숨겨져 있을까 봐 걱정하는 사람처럼 방 구석구석을 훑어보기. 그러더니 가슴 앞에 팔짱을 낀다. 아빠가 세상을 떠난 후에 엄마 표정이 밝아지지 않을까 했는데, 전혀 아니다. 엄마처럼 똑똑한 사람이 어떻게 그렇게 형편없는 사람을 사랑할 수 있는지 정말 모르겠다.

"애디." 엄마가 말한다. "나 지금 나간다고 말하려고 왔어."

"나간다고요?" 내가 되묻는다.

엄마는 내가 한숨을 너무 많이 쉰다고 항상 말하지만, 솔직히 엄마가 나보다 훨씬 더 자주 쉰다. "오늘 병원 야간 근무야. 애기했잖아."

"아, 맞다."

엄마가 이맛살을 찌푸린다. "너, 혼자 정말 괜찮겠니? 하룻밤 같이 보낼 수 있는 친구는 없어?"

있을 리가. 대신 너새니얼이 같이 있어줄 수 있을 것 같다. 심지어 너새니얼은 어른이다. 하지만 엄마가 허락하지 않을 거라는 생각이 든다. 으음, 엄마가 굳이 알아야 할 필요는 없지 않을까…….

"괜찮아요, 엄마." 내가 말한다. "어서 일하러 가요. 아픈 사람들을 돌봐야죠. 제 걱정은 마세요."

엄마가 야간 근무 때문에 나를 집에 혼자 두는 게 이번이 두 번째다. 예전에는 보통 아빠가 집에 있었다. 혼자 있는 것보다 더 끔찍했지만.

"알았어……." 엄마가 문손잡이를 잡은 채 머뭇거린다. "엄마가 항상 휴대폰은 갖고 있을 거니까, 혹시 무슨 일 있으면……."

내가 외롭다고 하면 근무 중간에 당장 달려올 수 있는 것도 아니면서. 하지만 말이라도 그렇게 해야 엄마 마음이 조금이라도 편해진다면, 그걸로 됐다.

엄마는 방으로 들어와 기어코 내 이마에 입을 맞추고 간다. 귀찮게. 나는 엄마가 방을 나갈 때까지 숨도 쉬지 않고 있다가, 엄마가 나가자마자 얼른 휴대폰을 집어 들고 메시지를 보낸다.

나 엄마가 방금 일하러 갔어요. 우리 집으로 올래요?

휴대폰을 뚫어져라 보며 답장을 기다린다. 1분 후 메시지가 온다.

너새니얼 안 돼. 말했잖아. 이브는 그냥 하는 말이 아니야. 내가 널 다시 만나면 이브는 내 인생을 끝장내버릴 거야.
나 하지만 우리 집에 오는 걸 어떻게 알겠어요?
너새니얼 괜한 위험을 무릅쓰고 싶지 않아. 지금 그럴 기분도 아니고.
나 제발요. 너새니얼을 보고 싶어요.

휴대폰을 뚫어져라 보며 답장을 기다리지만, 이번에는 오지 않는다. 너새니얼이 대화를 끝냈다.

짜증이 치밀어 휴대폰을 침대 위로 던져버린다. 눈앞이 뿌옇게 흐려진다. 나는 간신히 눈물을 참으며 엄마 차가 멀어질 때까지 기다렸다가, 마침내 집 전체를 흔들고도 남을 만큼 크고 추한 울음을 터뜨린다.

나는 너새니얼을 사랑한다. 너무나도 사랑해서 고통스러울 정도다. 세상의 많은 사람들이 연애를 하거나 결혼을 하지만, 그들 중 어느 누구도 너새니얼과 나만큼 서로를 사랑하지는 않을 거라고 확신한다. 어느 누구도 우리만큼 마음이 통하지 않는다. 너새니얼이 나보다 나이가 훨씬 많지만, 그래서 뭐. 우리를 하나로 묶는 데에 나이는 중요하지 않다.

너새니얼은 아내에게 그런 유대감을 느껴본 적이 없다. 인생에서 결혼을 해야 한다고 생각해서 결혼한 것뿐이다. 그런데 지금 너새니얼이 그런 여자의 통제를 받고 있다. 그런 여자가 우리 둘을 간섭하고 있다.

정말 너무 분해서 미칠 것 같다.

52

애디

아이스크림조차 도움이 안 될 정도라면 상황이 심각하게 나쁘다는 뜻이다.

한 시간 후, 나는 마시멜로와 아몬드가 든 초콜릿 아이스크림 한 통을 다 비우고 부엌에 앉아 있다. 설상가상으로 배까지 아파지니 기분은 최악이다. 아이스크림이 4분의 3쯤 사라졌을 때부터 후회했지만, 멈추지 않고 끝까지 먹어치웠다.

다시는 너새니얼과 함께할 수 없다는 사실이 내 영혼을 고통 속으로 던져 넣는다. 내가 살아오면서 겪었던 어떤 일보다도 더 고통스럽다. 아빠가 죽었을 때보다도 훨씬 더 고통스럽다.

정확히 표현하면, 내가 아빠를 죽게 했을 때라고 해야겠지.

그건 사고였다. 그 사고 때문에 허드슨과의 우정은 산산조각 났고, 그래서 내 삶은 엉망이 되었다. 그렇지만 한편으론 너새니얼에게 가는 길이 열리게 되었다. 엄마는 인정하지 않겠지만,

아빠가 없어지고 나니 우리 두 식구는 훨씬 더 잘 지낸다. 아빠의 죽음이 삶의 해결책이 된 셈이다.

그러니 이브 선생님이 없어지면, 역시나 모든 문제가 해결될지도 모른다.

배가 아픈데도 나는 숟가락에 묻은 아이스크림까지 마저 핥아 먹는다. 이 불편함이 오히려 반갑다. 가슴속 쓰라린 아픔 말고 다른 감각을 좀 느끼고 싶으니까. 그렇다고 지금 내가 느끼는 감정이 단순히 사랑을 잃은 슬픔만은 아니다. 그 슬픔을 압도할 정도로 강한 또 다른 감정이 있다.

증오.

이브 선생님을 증오한다. 전에도 몹시 싫다고 생각했지만, 이제야 증오라는 감정의 의미를 제대로 이해하고 있다. 이브 선생님은 내가 만나본 사람 중 최악이다. 두 사람의 인생을 망치고 있는데, 마치 자기는 알 바 아니라는 듯이 행동하고 있다.

이브가 죽는다면, 나는 내 일을 잃지 않아도 되고 우리도 계속 함께할 수 있을 텐데 말이야.

그렇지만 어떻게 사람을 해칠 수 있을까. 아빠의 죽음이 내 책임이었다고는 하지만, 그건 사고였다. 나는 절대로……

내가 어떻게……

안 돼. 못 해. 말도 안 돼.

하지만 이브 선생님과 대화를 시도해볼 수는 있을 것 같다. 분명히 이브 선생님은 너새니얼이 나를 이용한다고 생각하겠지만, 그건 전혀 사실이 아니다. 내가 다 설명하면 되지 않을까.

우리 두 사람이 서로에게 어떤 존재인지를 이브 선생님이 알게 된다면, 결국 받아들일지도 모른다. 너새니얼을 집에서 쫓아낸 걸 보면, 이브 선생님은 더 이상 그를 원하지도 않는다는 뜻이 니까.

이브 선생님이 뼛속까지 악당은 아니기를 믿어보자. 수학 수업에서 나를 도와주려고 했다. 내가 부정행위를 했다고 보고하지 않았고, 내가 과외를 받을 수 있게 도움을 줬다.

그래, 그러니까 내 말을 들어줄지도 모른다.

어쨌든 시도는 해봐야지. 지금으로서는 그게 나의 유일한 희망이다.

53

—

이브

오늘 하루가 어떻게 지나갔는지 모르겠다.

내 남편이 열여섯 살짜리 학생과 키스하는 걸 목격했다. 그 아이와 섹스까지 하는 사이였다니. 그를 집에서 내쫓았고, 한시라도 빨리 이혼 소송을 제기할 생각이다. 변호사는 필요 없다. 네이트는 내가 원하는 모든 것을, 내가 마땅히 받아야 할 것 전부를 줘야 할 것이다.

그러지 않는다면, 어떻게 될지는 본인이 더 잘 알겠지.

내 결혼 생활이 이렇게 끝나는구나. 저녁은 아예 건너뛰고, 술기운을 달래려고 딸기, 바닐라, 초콜릿 맛의 삼색 아이스크림을 집어 들었다. 넷플릭스를 틀었고, 그렇게 세 시간이 지나고 나니 정신이 한결 맑아진 기분이다. 이게 좋은 건지 나쁜 건지는 모르겠지만.

뜬눈으로 밤을 지새우게 될 것 같았는데, 알코올과 유제품의

조합에 극심한 피곤함이 몰려온다. 눈꺼풀에 마치 납덩이가 달라붙은 것만 같다. 내 마음과 달리 소파 위에서 스르르 잠에 빠져든다.

그러다 쿵 하는 소리에 눈을 뜬다.

나는 소파에서 벌떡 일어난다. 그 바람에 아이스크림 통이 옆으로 날아간다. 절반 먹고 남은 아이스크림이 죽이 되어 있었지만, 지금 그걸 걱정할 때가 아니다.

무슨 소리였지?

밤에 이상한 소리가 들릴 때 집에 남자가 있다는 것이 얼마나 안심이 되는 일이었는지 미처 몰랐다. 가볍게 톡 하고 나는 소리가 아니었다. 분명 크고 무거운 무언가가 부딪히는 소리였다. 부엌 쪽에서 난 것 같다.

고개를 돌려 부엌문 쪽을 바라본다. 혹시 상상인가? 나는 거의 잠이 들었고, 텔레비전은 계속 켜져 있었으니까. 텔레비전 소리였을 수도 있다. 하지만 아무리 생각해도 부엌에서 난 것 같은데.

더는 아무 소리도 들리지 않는다.

다시 소파에 앉는다. 심장이 여전히 빠르게 뛴다. 월요일에 가장 먼저 이 집에 보안 시스템을 설치해야겠다. 집에 들어와 5초 안에 암호를 입력하지 않으면 주 방위군이 집으로 들이닥치는 그런 시스템을 설치해야지. 네이트 같은 인간은 필요 없다.

사실, 지금 이곳에 있었으면 하는 사람은 제이다. 제이가 거실에 함께 있다면, 침입자 따위는 걱정도 하지 않았을 텐데. 제이에게 함부로 대들 사람은 없을 테니까. 하지만 제이와 내가 함께 사는 일은 실현 가능성이 너무나 낮다. 피식 웃어버릴 정도로.

보안 시스템 업체를 검색해보려고 휴대폰을 찾는 순간, 쨍그랑 소리가 들린다.

상상한 게 아니다. 틀림없이 부엌에서 나는 소리였다. 뒤이어 또 다른 소리가 들린다.

발소리.

맙소사. 집에 누군가가 있다.

커피 테이블을 훑으며 휴대폰을 찾는다. 왜 안 보이지. 아무래도 아까 아이스크림을 집어 들 때 휴대폰을 부엌에 두고 온 것 같다. 우리 집엔 유선 전화도 없다. 부엌에 가지 않고는 경찰에 전화할 방법이 없다.

집에서 나가야 한다. 공포 영화를 보면 항상 그렇잖아? 정상적이고 이성적인 사람은 현관문으로 달려가는 반면 어리석은 희생자는 언제나 침입자를 향해 달려간다. 그런데 선뜻 발이 떨어지지 않는다. 여기 '내' 집을, 내가 휴대폰도 없이 도망가는 동안 무방비 상태로 방치해두는 게 영 내키지 않는다.

그렇지만 부엌 근처에도 가고 싶지 않다.

나는 마음을 정한다. 위층에 전부 남겨두고 가야 하는 신발들을 생각하니 욕이 나오지만, 지갑을 집어 든다. 현관에 놓인 것은 정말 신고 싶지 않은 더러운 운동화 한 켤레뿐이다. 잔디밭에서 집안일을 할 때만 신는 운동화다. 위층에 있는 아름다운 신발들을 뒤로하고 집에서 나가야 하는 게 정말 싫다. 누가 내 크리스찬 루부탱 펌프스를 훔쳐가면 어떡하지? 급히 도망쳐야 하는 상황이지만, 신발들을 가져갈 수는 없을까?

세상에나, 집에 도둑이 들었는데, 지금 신발에 집착하는 건가? 나야말로 정말 상담을 받아야 할지도 모르겠다.

어떻게 해야 할지 고민하는 동안, 부엌에서 또 다른 소리가 들린다. 이번에는 욕을 내뱉는 어린 여자 목소리가 똑똑히 들린다.

설마, 애디?

54

이브

애디 세버슨이 내 부엌에 있다.

확실하다. 밤 아홉 시에 내 집 부엌에 몰래 숨어들 십 대 여자아이는 그 아이밖에 없다. 더구나 숨어드는 게 처음도 아니다. 네이트가 아직 여기 있다고 생각하고 그를 만나러 온 건가. 네이트가 애디에게 그들의 관계가 끝났다는 말을 했는지 모르겠지만, 말하지 않았다고 해도 별로 놀랍지 않다.

이쯤에서 나는 운동화를 신으려는 생각을 접는다. 애디 때문에 경찰을 부르고 싶지는 않다. 경찰 때문에 곤경을 치러본 아이다. 게다가 이번 일에 책임이 있는 것도 아니다. 이건 네이트의 잘못이다. 그 아이를 오해하게 만든 것도, 서른여덟 살 먹은 남자는 열여섯 살 여자아이와 키스하면 안 된다는 걸 알려주지 않은 것도.

내가 이번 학기에 애디에게 친절하지 않았다는 것에 대해 이제야 죄책감이 밀려온다. 내 수업에서 내내 힘들어했던 애디를 내가 좀 더 도와줄 수도 있었다. 아니, 더 도와줬어야 했다. 하지만 나는 애디를 원망했다. 애디 때문에 내가 학교에서 가장 존경했던 한 사람의 명성이 완전히 무너져 내렸으니까. 결과적으로는 애디의 잘못이 아니었는데도 말이다.

그 아이는 새 학년이 시작한 이후로 줄곧 도움을 필요로 했지만, 나는 애써 외면했다. 그런데 내 남편이 그런 아이를 이용해먹은 것이다.

내가 이 일을 바로잡아야겠다.

부엌 쪽으로 발을 옮긴다. 맨발이라 나무 바닥을 딛는 소리가 거의 나지 않는다. 아이를 놀라게 하지 않으려고 조심스럽게 부엌문을 연다. 역시나, 애디다. 부엌 바닥에 몸을 구부리고 앉아 있다. 지난밤 저녁을 먹고 남은 음식이 담긴 채 스토브 위에 놓여 있던 프라이팬을 떨어뜨린 모양이다. 덤불 속에 숨어 있던 애디를 발견하고는 너무 흥분한 나머지 치우는 걸 깜빡했다.

등 뒤에서 문 닫히는 소리가 나자 애디가 고개를 획 쳐든다. 그러더니 눈을 세차게 깜빡이며 후다닥 몸을 일으킨다. 애디는 나보다 키가 조금 더 크고, 체격이 다부지다. 운동선수를 해도 괜찮았을 텐데, 어떤 팀에도 들어가지 않았다. 내가 애디를 알고 지낸 시간 동안 화장기 하나 없는 얼굴에 헐렁한 스웨터와 한 치수 큰 청바지를 입은 모습 말고는 본 적이 없다. 어디 하나 두드러지는 구석 없이 가만히 보아야 예쁜 외모다. 학교 선생님과 불륜을 저지를 것 같은 여학생으로는 전혀 보이지 않는다.

그렇지만 내 눈으로 똑똑히 봤다.

"이브 선생님." 애디가 숨을 몰아쉰다. 바닥에 떨어진 프라이 팬을 얼른 집어 조리대에 올려놓는다. "저……."

내가 손을 들어 보인다. "됐어. 네가 왜 여기 왔는지 알아."

"정말요?"

나는 고개를 끄덕인다. "너랑 네이트에 대해서 알고 있어."

애디가 내 시선을 피하며 두 손을 꼭 쥔다. "우린 사랑하는 사이예요, 이브 선생님. 죄송해요."

"애디……." 이 아이를 어떡하면 좋을까. 아무래도 교장 선생 님에게 알리는 게 좋을 것 같다. 그것만이 이 일에 종지부를 찍 을 수 있는 유일한 방법일지도 모르겠다. 그렇지만 어떻게든 애 디에게 그런 상황을 피하게 해주고 싶다. "네이트가 너보다 나 이가 많다는 걸 이해해야 해. 많아도 너무 많지. 게다가 네 선생 님이기도 하고. 네가 네이트와 이성 교제를 하는 건 매우 부적 절한 거야. 솔직히 말하면…… 네이트가 널 이용한 거야."

애디가 이 말을 마음에 들어하지 않는다. 당연한 반응이다. "저를 이용한 게 아니에요. 믿어주세요. 선생님은…… 이해하지 못할 거예요. 선생님이 우리 같은 감정을 경험해본 적이 없어서 그래요. 만약 경험해봤다면, 이해했을 거예요."

어쩜 좋을까. 완전히 세뇌되었나 보다.

"나도 다 이해해." 나는 부드럽게 말한다. "네가 어떤 감정을 느끼는지 알아. 하지만 이건 건강한 관계가 아니야. 너에게는 네 나이 또래 남자친구가 있어야 해.”

“그렇지 않아요.” 애디의 둥근 볼이 발그레해진다. “선생님은 몰라요. 너새니얼과 저에게는 특별한 연결고리가 있어요. 그가 저보다 나이가 많다는 거 알아요, 하지만 저는 선생님은 절대 이해하지 못할 방식으로 그를 이해해요. 이렇게 말해서 죄송하지만, 그게 사실이에요. 그러니…… 선생님이 우리 둘을 갈라놓는 건 너무 잔인해요.”

“네 생각은 알겠어, 하지만…….”

“정말 그렇다고요.” 애디가 이를 악물고 말한다. “선생님이 우리 둘의 사랑을 이해하지 못하는 게 안타깝지만, 제가 어떻게 해드릴 수 있는 일은 아니잖아요. 우리를 억지로 갈라놓으려 하지 마세요. 너새니얼을 조금이라도 생각한다면, 우리를 그냥 내버려두세요.”

마치 사이비 종교에 세뇌된 사람과 이야기하는 것 같다. 애디를 설득할 수 있을 거라 생각했는데, 이제는 확신이 서지 않는다. 그냥 단도직입적으로 말하는 게 나을지도 모르겠다. “네이트는 너에게 거짓말을 하는 거야, 애디. 네가 듣고 싶은 말을 해주는 것뿐이지. 그 나이 정도의 남자는 십 대 여자아이에게, 그것도 자신의 학생에게 정상적인 성인과 같은 감정을 느낄 수 없어. 그는 널 조종하고 있는 거야.”

“아니에요, 그렇지 않아요!” 애디의 뺨에 돌던 분홍빛이 선명한 붉은색이 된다. “함부로 말하지 마세요.”

“애디, 나는 너보다 더 오래 살았고, 너보다 네이트를 더 오래 알고 지냈어. 그러니 내 말 들어, 네이트는……."

"아니에요!" 애디가 소리를 버럭 지른다. "선생님은 아무것도 몰라요!"

맙소사.

나는 숨을 깊이 들이마신다. 애디가 점점 격양되고 있으니, 난 냉정을 잃어서는 안 된다. 애디는 이 '관계'를 끝내야 한다는 걸 알아야 한다. "애디." 나는 다시 말한다. "아무래도 월요일에 히긴스 교장 선생님에게 말씀드리는 게 좋겠다. 그러고 싶지 않았는데, 지금으로서는 그게 최선의 방법인 것 같아."

애디를 생각해서라도 정말 그러고 싶지 않았지만, 유일한 해결책이라는 생각이 확고해진다. 애디 어머니와 교장 선생님이 무슨 일이 일어나고 있는지 알아야 한다. 애디는 절실히 도움이 필요하다. 애디가 창피를 당하지 않도록 지켜주고 싶었지만, 도저히 다른 길이 보이지 않는다.

애디 얼굴이 보랏빛으로 변한다. "그건 안 돼요! 교장 선생님 한테 말하면 안 돼요!"

"다른 방법이 없어." 나는 조용히 말한다.

애디가 가슴을 찢는 듯한 비명을 내지른다. 그 소리에 나는 뼛속까지 소름이 돋는다. 인간이 내는 소리 같지 않다. 다른 누구보다도 내가 가까이 가는 걸 애디가 가장 원하지 않을 거라는 생각이 들지만, 나는 한 걸음 다가가 애디를 달래보려고 손을 내민다. 하지만 내 손이 애디에게 닿기 전에, 애디가 조리대 위에 있던 프라이팬을 와락 집어 든다.

모든 일이 너무 빠르게 일어나 어떻게 반응할 생각조차 못한다. 애디가 십 대의 젊은 몸에 온 힘을 실어 프라이팬으로 내 머리를 내리친다. 고막이 터질 것 같은 충격이 두개골을 통해 전해진다. 그리고 다음 순간, 모든 것이 암흑으로 변한다.

55

애디

내가 프라이팬으로 내려치는 즉시, 이브 베넷 선생님은 쓰러진다.

프라이팬은 무거웠고, 내가 정통으로 내리치긴 했지. 이브 선생님이 눈을 뒤집으며 정신을 잃더니 바닥으로 풀썩 쓰러진다. 하지만 선생님을 때린 후에도 내 손을 타고 흐르는 분노가 가시지 않는다. 그래서 한 번 더 내려친다.

그리고 또 한 번 더.

머리를 세 번이나 맞은 이브 선생님이 바닥에 아주 가만히 누워 있다. 나는 내 손에 든 프라이팬을 내려다본다. 지난밤 요리하고 남은 음식물이 말라 굳어 있다. 그리고 프라이팬 아래쪽에는 피가 묻어 있다. 이브 선생님 머리에서 피가 새어 나와 바닥에 고이고 있다.

아, 안 돼.

이럴 의도가 아니었는데. 수학 선생님 머리를 프라이팬으로 내리칠 의도로 이 집에 온 게 아니었는데. 그저 이야기를 좀 하고 싶었던 건데. 그런데 이브 선생님이 너새니얼이 나를 이용하고 내게 거짓말을 한다는 끔찍한 소리를 해대기 시작했다. 어떻게 그런 말을 할 수 있지? 아무것도 모르면서 함부로 말하다니.

그래도 한 가지는 분명했다. 이브 선생님은 나와 너새니얼이 함께하도록 놔둘 생각이 전혀 없었다는 것. 본인이 남편을 원하든 원하지 않든, 내가 너새니얼을 가지는 건 원치 않았다.

이브 선생님 옆에 쪼그려 앉는다. 선생님이 전혀 움직이지 않는다. 숨을 쉬는지 확인하려고 나는 눈을 살짝 찡그리고 선생님 얼굴을 내려다본다. 숨을 쉬는 건가.

어쩌지. 숨을 안 쉰다.

내가 죽인 건가?

죽일 마음은 없었다. 하늘에 맹세코 없었다. 만약 이브 선생님이 죽으면 우리가 함께할 수 있고 모든 문제가 해결될 거라고 너새니얼이 말하긴 했다. 나도 잠깐, 아주 잠깐 그런 생각을 했지만…… 정말 그럴 마음은 없었다. 정말로 이브 선생님을 해칠 마음은 조금도 없었다. 순간적으로 너무 화가 났던 건데. 이브 선생님이 입을 좀 다물었으면 했던 건데.

아빠에게 일어났던 일이 다시 반복되는 것 같다. 하지만 지금이 훨씬 더 심각한 상황이다. 그때는 허드슨이 옆에 있어주기라도 했는데. 지금은 나 혼자다. 만약 내가 저지른 일이 밝혀지면, 나는 감옥에 가게 될 거다. 그것도 청소년 교도소가 아니라 진짜 어른들이 가는 감옥에서 평생을 살게 될지도 모른다.

나를 도와줄 수 있는 사람은 단 한 사람뿐.

하지만 나는 너새니얼의 전화번호를 모른다. 그는 내게 번호를 알려주지 않았다. 내가 번호를 알고 있다고 해도, 내 휴대폰으로 그에게 전화를 거는 건 좋은 생각이 아니다. 내 휴대폰에 남는 통화 기록을 엄마가 다 확인할 수 있으니까. 이브 선생님 휴대폰이 부엌 조리대 위에 덩그러니 놓여 있다. 이브 선생님 전화기를 쓰면 어떨까.

휴대폰을 얼른 집어 든다. 당연히 잠겨 있다. 지문으로 풀어야 하는 것 같아서, 조심스럽게 이브 선생님의 손가락을 들어 센서에 갖다 댄다. 천만다행으로 핸드폰 잠금이 해제된다. 이브 선생님의 휴대폰을 막힘없이 사용할 수 있게 된 나는 연락처를 열어본다. 너새니얼 이름이 즐겨찾기에 있다. 내 가슴이 살짝 쓰라리지만, 그걸 신경 쓰고 있을 겨를이 없다. 조금의 망설임도 없이 통화 버튼을 누른다.

통화 연결음이 울리는 시간이 길어지자, 너새니얼이 전화를 받지 않으면 어쩌나 걱정이 되기 시작한다. 어쨌거나 이브 선생님이 집에서 내쫓았고, 너새니얼은 그런 이브 선생님에게 화가 나 있을 테니까. 음성 사서함으로 넘어갈 것 같다는 생각이 막 드는 순간, 화가 잔뜩 묻은 목소리가 들린다. "무슨 일이야, 이브?"

"너새니얼? 나 애디예요."

전화기 너머로 긴 침묵이 흐른다. "애디라고? 어떻게 이브 폰으로 전화를 걸고 있어?"

"일이 좀 생겼어요." 목구멍에 차오르는 두려움을 꿀꺽 삼킨다. 내가 너무나 끔찍한 일을 저지르고 말았다. 이걸 해결할 수 있게 너새니얼이 옆에 있어주면 좋겠다. "집으로 좀 와줘요. 이브 선생님이 숨을…… 숨을 안 쉬는 것 같아요."

"애디." 너새니얼이 숨을 헉 참는다. "지금 무슨 말을 하는 거야? 무슨 일이야?"

"내 잘못이 아니에요." 목이 멘다. "제발, 집으로 와줘요……."

다시 긴 침묵이 흐른다. 너새니얼이 경찰에 신고하겠다고 말할 것만 같다. 그래도 난 그를 비난할 자격이 없다. 아니면 지금이라도 구급차를 불러야 할까. 이브 선생님이 아직 살아 있는지 어떤지 모르겠다. 심하게 다친 건 확실한데.

"알았어." 마침내 너새니얼이 말한다. "바로 갈게."

56

애디

너새니얼이 어디에 있었는지 모르겠지만, 20분도 채 지나지 않아 현관문이 열리는 소리가 들린다. 나는 부엌 한구석에서 무릎을 가슴에 끌어안고 내내 앉아 있었다. 내가 앉은 곳에서는 이브 선생님의 얼굴이 보이지 않는다. 맨발만 보인다. 내가 프라이팬으로 내리친 이후로 이브 선생님은 미동도 없다. 이브 선생님이 죽었을까 봐 겁이 나면서도 내가 부엌에서 나가면 선생님이 좀비로 다시 살아날 것만 같아서 더 겁이 난다.

내가 이브 선생님을 죽인 건가, 도저히 믿을 수가 없다. 아빠 때보다 훨씬 나쁜 상황이다. 그때는 순전히 사고였는데, 이번에는…… 내가 프라이팬으로 머리를 세 번이나 내리쳤다. 사고가 아니다. 어떤 배심원도 사고라 생각하지 않을 거다.

아빠는 한심한 술주정뱅이였다지만, 이브 선생님은 이런 일을 당할 만한 사람이었다고 말하기가 어렵다. 이브 선생님이 참 좋은 사람이었다는 생각은 들지 않지만, 전적으로 나쁜 사람도 아니었다. 수업 내용이 어려워서 이해하기가 힘들었다지만, 가르치는 일에 열정이 있는 사람임은 알 수 있었다.

그런데 이브 선생님이 죽었다.

어떡해. 선생님이 죽었어.

"애디?" 너새니얼 목소리가 들린다.

"여기 있어요!" 내게서 목이 졸린 듯한 목소리가 나온다. "부엌에요……."

부엌문이 벌컥 열리고, 너새니얼이 나타난다. 학교에서 볼 때와는 사뭇 다른 모습이다. 넥타이는 온데간데없고, 셔츠 윗단추 세 개는 풀려 있고, 머리는 헝클어져 있다. 지금 같은 상황에 할 생각은 아니지만, 그가 너무나 멋져 보인다.

"애디?" 너새니얼이 바닥에 잔뜩 웅크리고 앉아 앞뒤로 몸을 가볍게 흔들고 있는 나를 쳐다본다. "도대체 무슨……?"

"이브 선생님은 저쪽에 있어요."

너새니얼이 이브 선생님의 시신이 있는 곳으로 조심스럽게 걸어간다. 나는 일어나 안전한 거리를 두고 뒤따라가, 너새니얼이 이브 선생님을 발견하는 동안 그의 표정을 살핀다.

"이브……." 너새니얼이 나지막이 내뱉은 다음 묻는다. "맙소사. 어떻게 된 거야?"

"내가…… 내가……." 지금은 거짓말을 할 때가 아니다. 더욱이 너새니얼한테는. "프라이팬으로 머리를 내리쳤어요."

너새니얼의 눈썹이 이마 끝까지 추켜 올라간다. "네가, 뭐라고?"

"교장 선생님한테 다 말하겠다고 협박하잖아요!" 오른쪽 눈에서 떨어지려는 눈물을 손으로 훔친다. "난 그냥…… 해칠 생각은 아니었어요. 하지만, 마냥 가만히 있을 수도 없었어요."

너새니얼이 이브 선생님 옆에 무릎을 꿇고 앉더니 손을 이브 선생님 가슴 위에 올리고 숨을 쉬는지 확인한다. 슬퍼하거나 당혹스러워할 거라 생각했는데, 그의 얼굴에는 아무런 감정도 나타나지 않는다. "가슴이 움직이는 게 안 느껴져." 너새니얼이 말한다.

나는 놀라지는 않지만, 몸이 땅으로 쑥 가라앉는 것 같다. 이브 선생님이 그냥 다친 거라면, 우리가 병원으로 데려가면 될텐데. 그러면 선생님이 괜찮아질 수도 있는데. 하지만 선생님이 숨을 안 쉰다면…….

"이브 휴대폰은 어디 있어?" 너새니얼이 묻는다.

나는 아까부터 손에 꼭 쥐고 있었던 휴대폰을 그에게 내민다. 휴대폰 화면이 켜져 있다. 아까 휴대폰을 켠 후 잠금 설정을 아예 해제해버렸다.

너새니얼이 내 손에서 휴대폰을 낚아채더니 곧바로 손가락을 위아래로 움직이기 시작한다. 그의 눈이 화면을 뚫어져라 본다.

"뭐 하는 거예요?" 내가 묻는다.

"이브가 사진을 가지고 있다고 했어." 그의 손가락이 멈추고, 그의 얼굴에 희미하게 미소가 번진다. 너새니얼이 손가락을 화면에 툭 갖다 댄다. "하지만 이젠 없어."

너새니얼이 자칫 우리를 불리한 상황에 빠뜨릴 수 있는 사진을 지운 모양이다. 하지만 내가 학교 선생님과 부도덕한 사랑에 빠진 것은 다른 선생님을 죽인 중대 범죄에 비하면 아무것도 아니다. 이브 선생님을 내려다보자 가슴에 극심한 공포가 스멀스멀 올라온다.

"이제 어떻게 해요?" 내가 속삭이듯 말한다.

"아무 일 없을 거야." 너새니얼이 단호한 목소리로 말한다. 그가 그렇게 말하니, 정말 아무 일이 없을지도 모른다는 생각이 들기 시작한다. "하지만 우리 흔적을 지워야 해."

"흔적을 지운다고요?"

너새니얼의 갈색 눈은 여전히 아내의 시신에 고정되어 있다. "이브 휴대폰으로 뉴욕행 기차표를 살 거야. 처가 식구들이 뉴저지에 살거든. 이브가 가족들을 방문할 계획이었다고 말하는 거야. 이브 차를 통근열차역으로 몰고 가서 거기에 두고 오면 돼."

"하지만……." 나는 도저히 이브 선생님을 쳐다볼 수가 없다. 너무 끔찍하다. "이브 선생님은 어떡하고요?"

"아무도 찾을 수 없는 곳에 묻어야지."

너새니얼 목소리에서 느껴지는 싸늘함에 나는 흠칫 놀란다. 아무리 그래도 아내였다. 한때는 사랑해서 결혼까지 한 사이다. 그런데 땅에 묻어버리자는 말을 아무렇지도 않게 하다니.

"나는…… 잘 모르겠어요." 나는 더듬거리며 말한다.

너새니얼이 내게 날카로운 시선을 던진다. "뭐가?"

"그게…… 그건…… 옳지 않으니까……."

"그래, 알겠어." 너새니얼이 헝클어져 있는 머리를 신경질적으로 긁적인다. "그럼 경찰에 전화해서 네가 무슨 짓을 했고 왜 그랬는지 설명하지, 뭐. 네가 감옥에서 25년 형이든 종신형이든 살고 나오면 다시 만나겠구나."

그렇다. 진실이 밝혀지면 모든 것이 끝난다.

너새니얼은 내 대답을 기다리지도 않는다. "위층에 올라가 봐. 이불장을 열어보면 깨끗한 시트들이 있을 거야. 하나 가져와서 이브를 싸."

내키지 않는데. 이 일에 조금도 엮이고 싶지 않은데. 하지만 너새니얼은 나를 돕기 위해 이러는 거다. 나를 감옥에 보내지 않으려고, 그래서 우리가 늘 바라던 대로 함께하려고 말이다.

그러니 나는 너새니얼이 하라는 대로 해야 한다.

57

이브

눈앞의 광경에 나는 어리둥절해진다.

우선, 평소 눈을 뜰 때와 달리 침대에 누워 있는 게 아니다. 내가 널브러져 있는 단단한 바닥이 우리 집 부엌이라는 걸 깨닫는 데는 그리 오래 걸리지 않는다.

다음은 통증이다. 오른쪽 머리가 깨질 듯 욱신거린다. 마치 누군가 벽돌로 내 머리를 사정없이, 그것도 여러 번 내리친 것만 같다. 얼떨결에 손을 갖다 대자 머리카락이 축축하고 끈적하게 엉겨 붙어 있다. 손을 떼어보니 붉은 피가 묻어 나온다.

마지막으로 보이는 건 남편이다. 나는 바닥에 쓰러져 있는데, 남편은 내 곁에 서서 내 휴대폰을 들고 오른손으로 화면을 스크롤하고 있다.

뭐 하는 거지? 나는 왜 바닥에 누워 있는 걸까?

네이트는 왜 내 휴대폰을 들고 있는 거지?

몸을 일으켜보려 하지만 머릿속이 빙빙 돈다. 순간 구역질이 올라오는가 싶었는데, 금세 가라앉는다. 내 몸에 닿는 바닥이 너무 차갑다. 침대에 눕고 싶다. 내가 왜 여기 이러고 있는 거지?

"네이트?" 내 목이 쉬어 있다.

깜짝 놀란 네이트가 눈을 깜빡인다. 볼일이 있어서 돌아왔다가 부엌 바닥에 정신을 잃고 쓰러져 있는 나를 발견했나 보다. "이브?"

"어떻……?" 목이 바싹 말라 있다. 또다시 심한 현기증이 몰려온다. "어떻게 된 거야?"

네이트는 아무 말이 없다. 나를 일으켜 세우려고도 하지 않는다. 그저 나를 내려다볼 뿐이다.

무슨 일이 벌어진 거지? 네이트가 왜 저렇게……?

잠깐.

저녁때 네이트와 나눴던 대화의 한 장면이 머릿속을 스쳐 지나간다. 이혼해. 내가 그렇게 말했었지. 남편에게 집에서 나가라고도 했지. 내가 왜 그런 말을 했을까?

차가운 부엌 바닥에 가만히 누워 있으니, 기억이 서서히 돌아온다. 히긴스 선생님을 만난 일, 교실에서 키스하는 애디와 네이트를 발견한 일, 최후통첩을 한 후 네이트를 쫓아낸 일, 애디가 우리 집에 숨어든 일. 그리고 내가 애디를 합리적으로 행동하도록 설득하다가…….

걔가 날 쳤어! 프라이팬으로 내 머리를 내리쳤어!

다시 혼란스럽다. 내가 네이트에게 집에서 나가라고 했고, 네이트는 내 말을 따랐다. 그런데 지금, 그가 내 휴대폰을 들고 서서 나를 내려다보고 있다. 내가 얼마나 오랫동안 부엌 바닥에 누워 있었던 걸까? 나는 분명히 네이트에게 집으로 다시 오라고 한 적이 없는데.

"내 폰 줘." 내가 갈라지는 목소리로 말한다.

네이트는 이번에도 아무 말이 없다. 어두운 표정으로 나를 계속 내려다보기만 할 뿐이다.

"전화…… 좀……." 말할 때마다 머리가 욱신거린다. 세상에, 애디가 정말 제대로 날 때린 모양이다. "119 좀 불러줘."

네이트가 나를 보며 눈을 찡그린다. "무슨 일이 있었는지 기억나?"

다시 몸을 일으키려 해보지만, 관자놀이에 날카로운 통증이 느껴져 도로 바닥에 눕는다. "애디…… 애디가…… 프라이팬으로 날 때렸어."

"정말?"

"응." 머리가 약간 맑아진다. 이번에는 몸을 일으켜 앉는 데에 성공한다. "네이트…… 그 아이는 지금 심각한 상태야. 히긴스 선생님에게 말해야 해."

"너한테는 그게 쉽겠지." 네이트가 코웃음을 친다. 순간, 내가 이 남자를 사랑하게 된 이유가 무엇이었는지 기억이 가물가물하다. "교장 선생님한테 말해도 '네 삶'은 망가지지 않을 거니까."

머리가 너무 아파서 그와 논쟁할 기운이 없다. "미안해."

"너, 정말 무정하다." 네이트가 고개를 절레절레 흔든다. "내가 뭘 어떻게 하면 돼, 이브? 너한테 무릎 꿇고 빌면 되겠어?" 그렇게 말하더니 네이트가 바닥에 앉아 있는 내 옆에 무릎을 꿇고 앉는다. "제발, 이브. 내가 이렇게 부탁할게. 히긴스 선생님에게는 말하지 말아줘."

"네이트." 내가 괴로워한다.

"부탁이야. 말하지 마."

"다른 방법이 없어, 네이트. 그렇게 해야 해."

"하, 방법이 없다라." 조롱 섞인 말투로 말하는 그의 얼굴이 분노로 일그러진다. "아니, 너는 다른 방법을 선택할 수도 있어. 단지 나를 파멸시키는 걸 즐기는 거잖아. 아주 신이 나겠지."

마치 얼음송곳이 내 머리를 찔러대는 것 같다. 이런 상태로는 대화를 계속할 수가 없다. "우리 나중에 얘기하면 안 될까?" 나는 머리 한쪽을 감싸 쥐며 욱신거리는 부위를 지그시 누른다. "구급차 좀 불러줘. 애디가 내 머리를 진짜 세게 때렸어."

네이트 눈에서 초점이 사라진다. 그가 멍한 표정을 지으며 시선을 바닥으로 떨군다. "그건 안 돼."

"응? 그게 무슨 말이야?"

"그 말은……." 네이트가 눈을 들어 나를 본다. "네가 내 인생을 망치게 놔두지 않겠다는 뜻이야."

나는 그의 말이 무슨 뜻인지 완전히 이해하지 못한다. 그의 손이 내 목을 감싸기 전까지는.

"너는 이 얘기를 아무에게도 하지 못할 거야, 이브." 네이트의 말투가 위협적이다. "내가 못 하게 할 거야."

네이트가 내 목을 움켜쥔다. 숨이 쉬어지지 않는다. 눈알이 튀어나갈 것 같고, 검은 점들이 눈앞에 어지럽게 떠다닌다. 내가 필사적으로 그의 손을 할퀴며 떼어내려 해보지만, 네이트는 나보다 훨씬 힘이 세다. 더구나 나는 조금 전까지 정신을 잃고 쓰러져 있었던 몸이다.

시간이 멈춰버린 것만 같은 순간, 내 숨통을 확실히 끊어놓겠다는 남편의 의도가 느껴진다. 네이트는 자신의 평판을 지키기 위해서라면 뭐든 할 생각인 것이다. 정말로 무엇이든.

눈앞이 서서히 흐려진다. 이렇게 죽는구나. 바로 이 남자 때문에 지금, 이 자리에서 나는 죽어간다. 그가 내 기도를 무자비하게 짓누르고 있는 탓에 마지막 숨조차 크게 몰아쉴 수 없다. 내가 죽고 나면 누가 슬퍼할까 궁금하다. 부모님은 아닐 것 같다. 명절 때를 제외하면 거의 연락조차 안 하니까. 제이는 슬퍼할 것 같지만, 한편으로는 안도할지도 모른다.

내 남편은 확실히 아니다. 지금 내 목을 조르고 있는 사람, 내가 죽기 전 마지막으로 보고 있는 얼굴이 바로 내 남편이니까.

58

애디

내가 죽인 사람을 쌀 용도로 감색 시트를 선택했다.

이불장 시트가 죄다 흰색 아니면 크림색뿐이라 어두운 걸 찾아내느라 애를 먹었다. 이브 선생님의 머리칼에 엉겨 붙은 피가 흰색 시트에는 그대로 배어날 테니까. 감색이라면 괜찮을 것 같다.

시트를 들고 계단을 내려가는데 갑자기 눈앞이 빙글 돈다. 꿈이었으면 좋겠는데 꿈이 아니다. 저 아래 부엌에 이브 선생님이 죽어 있고, 그 모든 비극의 원인이 나라는 사실. 그 생각이 머릿속을 스칠 때마다 온몸이 덜덜 떨린다.

너새니얼이 침착하게 해야 할 일을 생각해내서 얼마나 다행인지 모르겠다. 그의 말대로 경찰에 신고하는 것은 나에게 분명 불리하게 작용했을 거다.

부엌으로 들어가니, 내가 부엌을 나갈 때와 거의 모든 것이

똑같다. 다만 아까는 바닥에 누워 있는 이브 선생님을 너새니얼이 내려다보고 있었는데, 지금은 너새니얼이 이브 선생님 옆에 몸을 웅크리고 앉아 있다. 그의 어깨가 떨리고 있다.

"너새니얼?" 내가 부른다. "괜찮아요?"

내 말을 듣지 못한 것 같다. 다음 순간 얼굴을 내 쪽으로 돌리는 너새니얼의 눈가가 약간 젖어 있다. 울고 있던 건가? 어쩐지 아까보다 더 당혹스러워하는 모습이다. 하지만 그럴 만도 하다. 아내가 죽었다는 사실이 이제야 실감 나는 거겠지. 두 사람 사이에 많은 일이 있었지만, 그래도 너새니얼에게는 이브 선생님을 아끼는 마음이 있었을 테니까.

얼마 동안 침묵이 흘렀을까, 마침내 너새니얼이 일어선다. "난 괜찮아. 어서 하자."

어쩌지.

이브 선생님을 시트로 싸야 한다. 그 말인즉 내가 시체에 바짝 다가가야 한다는 뜻이다. 생각만 해도 속이 울렁거린다. 하지만 나는 해야 한다. 안 그러면, 남은 평생을 감옥에서 지내게 될 테니까. 내가 자백한다고 해서 이브 선생님을 다시 살릴 수 있는 것도 아니다.

나는 숨을 크게 한 번 들이쉰 다음, 아내 곁에 서 있는 너새니얼에게 다가간다. 그런데 이브 선생님이 누워 있는 위치가 아까와는 조금 달라진 것 같다. 아일랜드 식탁에 더 가까웠던 것 같은데.

"선생님을 옮겼어요?" 내가 묻는다.

너새니얼이 고개를 끄덕인다. "여기서 싸는 게 좀 더 편할 것 같아서."

너새니얼은 생각이 다 있구나.

나는 이브 선생님 옆에 쭈그려 앉는다. 심장이 미친 듯이 뛴다. 이브 선생님의 얼굴은 힘없이 늘어져 있고, 입술은 푸르스름하다. 갈색 머리카락에는 피가 말라붙어 있고, 바닥에도 핏자국이 있다. 그리고 내 눈에 들어오는 게 또 있다.

목에 있는 짙은 붉은색 자국.

나는 그 자국을 가만히 바라본다. 이브 선생님이 살아 있는지 확인하려고 가까이 다가가 살펴볼 때는 분명히 없었던 것 같은데. 내가 보지 못했을 리가 없는데.

"목에 저 자국이 뭐예요?" 결국 내가 묻는다.

너새니얼이 눈을 아래로 돌리더니 붉은 자국을 살핀다. 그가 얼굴을 찌푸린다. "글쎄, 내가 어떻게 알겠어?"

"아까는 없었잖아요?"

너새니얼이 내 손에서 시트를 빼앗아 펼치기 시작한다. "있었어."

그랬나? 나는 짙은 붉은 자국에서 눈을 떼지 못한 채 아랫입술을 깨물고만 있다. 자국 모양이 꼭…… 손가락 같은데.

이상하다.

"애디." 너새니얼의 날카로운 목소리에 정신이 든다. 그가 시트를 펼친 다음 이브 선생님 옆에 나란히 놓아두었다. "도와줄 거야, 말 거야?"

갑자기 눈앞이 빙빙 돈다. 우리가 정말 이렇게 한다고? 정말로 이브 선생님의 시신을 없애버리고 이 일을 완전히 덮어버린다고? 아무리 생각해도 이건 아닌 것 같다.

"내 생각엔," 내가 일어나며 조용히 말한다. "그냥 경찰을 불러야 할 것 같아요."

너새니얼이 몸을 일으켜, 시체에서 최대한 멀리 떨어지려고 종종걸음으로 부엌을 가로지르는 나를 따라온다. 내가 부엌에서 막 빠져나가려는데, 너새니얼이 내 팔을 와락 붙잡는다.

"애디." 너새니얼의 목소리가 날카롭다.

그를 쳐다볼 수가 없다. 내가 저지른 일을 다 알고도 너새니얼이 내 곁에 머물고 싶어 할 이유가 전혀 없다. 나는 자수해야 한다. 나는 사람을 두 명이나 죽였다. 나는 위험인물이다.

"애디." 너새니얼의 목소리가 부드러워진다. "애디, 나 좀 봐."

나는 주저하며 몸을 돌린다. 너새니얼이 두 눈썹 사이에 깊은 골을 만든 채 가만히 나와 눈을 맞춘다. "널 위한 거야." 그가 말한다.

"그럴 필요 없어요."

"애디, 내 말 잘 들어……." 내 팔을 잡은 그의 손이 느슨해진다. "이브는 정신이 온전한 사람도, 마음이 좋은 사람도 아니었어. 우리 둘이 함께하게 놔두기는커녕 너와 나의 삶을 망가뜨렸을 거야. 그러고는 혼자서 마음껏 비웃었겠지."

내 아랫입술이 떨린다. "그걸 어떻게 알아요."

"난 알아." 너새니얼이 확신에 찬 목소리로 말한다. "오늘 일도 분명히 이브가 널 자극해서 벌어진 일이었을 거야……. 그런데 네가 감옥에서 평생을 지내야 한다니! 난 네가 그렇게 되는 걸 보고만 있을 수 없어."

내 목구멍을 꽉 막고 있는 덩어리 때문에 아무런 말도 할 수가 없다.

너새니얼이 손가락으로 내 턱을 가볍게 받치더니 얼굴을 위로 올려 자기를 바라보게 한다. "이브 때문에 네가 고통받게 놔두지 않을 거야. 어느 누구도 너에게 고통을 주지 못하게 할 거야, 애디. 내 마음 알지?"

"알아요." 나는 간신히 대답한다.

너새니얼이 몸을 기울여 내게 입을 맞춘다. 그와 키스하면서 처음으로 어떤 짜릿함이나 흥분을 느끼지 않는다. 설명할 수 없는, 어둡고 무서운 기분이 마음을 훑고 지나간다.

"너를 감옥에 보내지 않을 거야." 너새니얼이 단호하게 말한다. "이 일을 잘 넘기고 나면 우리는 함께할 수 있어. 대신 조금의 실수도 없어야 해. 할 수 있을 것 같니, 애디?"

"네." 내가 목소리를 짜내어 대답한다.

"그래, 그래야지." 너새니얼이 손끝으로 내 턱선을 쓰다듬는다. "내 사랑스러운 애들린. 우리는 행복해질 거야. 내가 너를 만난 건 정말 행운이야."

나는 말없이 고개를 끄덕인다.

"명심해." 너새니얼이 말한다. "경찰이 너를 찾아오면, 무조건 모른다고 하는 거야."

그래, 나는 너새니얼이 시키는 대로 할 거다. 이 일이 다 끝나고 나면, 우리는 마침내 함께할 수 있게 된다.

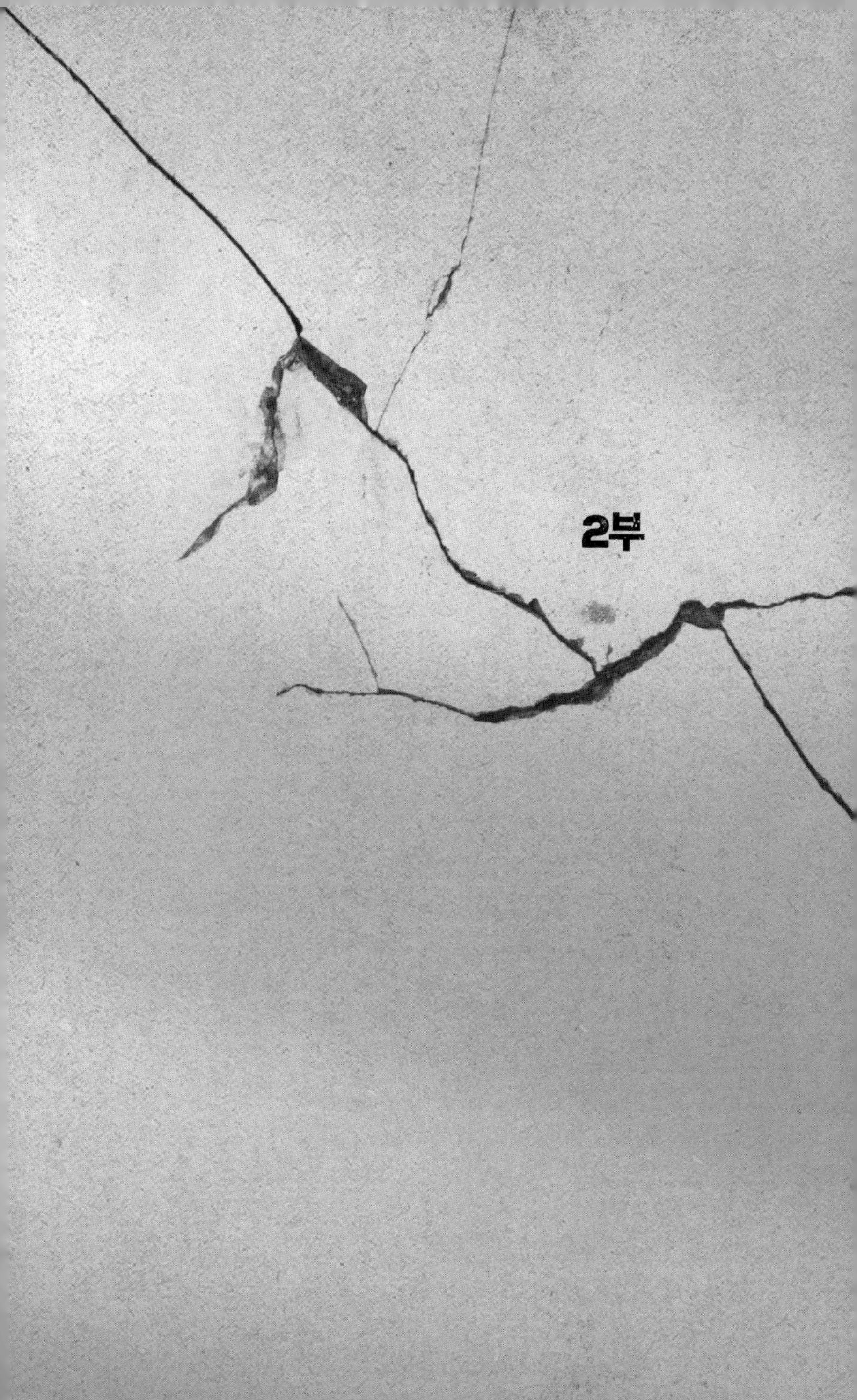

2부

59

—

네이트

한 번도 누군가를 죽여본 적 없다.

사람을 죽일 수 있을 거라 생각해본 적도 없다. 내가 무슨 살인마도 아니고 말이다. 작가들은 일반 대중보다 감정을 훨씬 더 강하게 느끼는 존재니까, 어떤 특정 상황에서는 내 안에 나도 모르는 모습이 있을지도 모른다는 상상을 늘 하긴 했다. 작가들이 저지르는 폭력은 자기 자신을 대상으로 하는, 즉 자살이라는 형태로 나타나는 경우가 많음을 볼 수 있다. 우리가 익히 잘 알듯이 어니스트 헤밍웨이는 스스로에게 총알을 날렸고, 버지니아 울프는 제 발로 물에 걸어 들어갔으며, 데이비드 포스터 월리스는 목을 맸다.

흥미롭게도 나는 자살을 생각해본 적이 한 번도 없다. 이브가 내 생계를 위협하던 순간에도 그런 생각은 내 머릿속에 스치지도 않았다. 나는 사후 세계를 믿지 않는다. 죽으면 그냥 끝이라고 생각한다. 죽음 이후는 다시 건너올 수 없는 심연일 뿐 아무 것도 없다.

죽어간다는 건 심연의 벼랑 끝에 서서 금방이라도 떨어지게 될 것을 아는 것과 비슷하리라. 내게는 뱀 다음으로 가장 큰 두 려움이다.

내 아내의 목숨을 쥐어짤 때, 그녀 눈에서도 그 두려움을 보 았다. 추락의 공포에 싸인 채 심연 앞에 서 있었을 테지.

하지만 그녀가 자초한 일이다.

이제 그녀의 생명이 사라진 육신은 침대 시트에 싸여 내 차 트렁크에 있다. 이브가 직접 구입한 시트였다. 내가 감색은 정 말 별로라고 말했던 기억이 난다. 그 시트로 자신의 죽은 몸을 감싸게 될 거라고 상상이나 했을까? 픽이나. 이브가 맨발이라 는 사실이 그렇게 만족스러울 수가 없다. 내 아내는 신발에 탐 욕을 부렸다. 그런데 영원히 맨발로 남겨지게 되다니, 죄악에 대한 형벌로 어쩜 그렇게 꼭 알맞은지.

만에 하나 경찰 단속에 걸리기라도 하면, 감색 시트를 이용한 위장술은 오래가지 못할 것이다. 하지만 다행히 내게는 이브를 처리할 또 다른 계획이 있다. 집에서 나오기 전에 부엌 바닥에 묻은 핏자국은 깨끗이 지웠다. 애디가 편집증 환자 수준으로 확 실하게 아무것도 남기지 않았다. 애디가 지나치다 싶을 정도로 바닥을 문지를 때, 나는 마음속으로 '*저주 받은 자국아, 없어져 라! 제발 없어져!*'라고 《맥베스》의 대사를 떠올렸다. 하지만 그 게 어디에 나오는 구절인지 애디는 전혀 몰랐을 것이다. 요즘에는 아이들에게 셰익스피어를 가르치지 않으니까. 내가 시도해 볼 수도 있지만, 이미 위대한 애드거 앨런 포를 가르치고 있다. 모든 걸 다 할 순 없지 않은가.

애디는 지금 내 차를 따라오고 있다. 이브의 차를 몰고서. 애디는 아직 운전면허가 없고 연습 면허만 받은 상태라 우리는 지금 모험을 감행하는 중이다. 이브 차를 통근열차역으로 옮겨놓아야 한다. 내가 이브 휴대폰으로 자정에 가까운 시간에 사우스스테이션을 출발해 네 시간 후 펜스테이션에 도착하는 암트랙 기차표를 예매했다. 경찰 조사가 본격적으로 시작되면 지금 세운 계획이 견뎌낼 거라고 기대하지 않지만, 추가 정보가 밝혀지기 전까지는 그럴듯하게 들릴 것이다.

나는 제한 속도에 조금 못 미치는 속도를 유지한다. 애디는 차 두 대 정도 거리만큼 뒤에 있다. 손은 세 시와 아홉 시 방향으로 자동차 핸들을 잡고, 오른발로 액셀과 브레이크를 번갈아 밟는 모습이 그려진다. 차 트렁크에 아내 시체가 실려 있는데도, 지금 이 순간 애디를 생각하니 흥분이 일어난다. 하필 이런 때라 안타깝군.

통근열차역에 도착하기만 하면, 큰 산을 넘은 셈이다.

적어도 나에게는.

예상대로 역에는 인적이 거의 없다. 애디가 모는 차가 야외 주차장 한 자리로 천천히 들어간다. 나는 보안카메라가 있을 경우를 대비해 주차장 밖에 멀찌감치 떨어져 있다. 애디가 차에서 나오기를 기다린다. 잠시 후 애디가 패딩 점퍼를 가슴에 끌어안고 내 차가 서 있는 쪽으로 뛰어온다.

애디를 그냥 여기에 두고 떠날지 잠시 고민한다. 아니지. 다음 계획에 애디가 필요하다.

조수석에 올라타는 애디의 뺨이 추위 때문에 밝은 분홍빛을 띠고 있다. 애디가 속눈썹을 깜빡이며 기대에 찬 눈으로 나를 바라본다. 그 순간, 지금이 우리가 함께하는 마지막 시간이 될 것이라는 생각에 깊은 슬픔이 밀려온다. 이게 다 이브 때문이다. 그냥 내버려둬도 될 일을 조용히 넘어가지 못하고, 쯧. 나는 정말 괜찮은 남편이었다. 애디 아빠처럼 맨날 술에 취해 있지도 않았고, 이브에게 소리를 지르거나 손찌검을 하거나 도박으로 재산을 날린 적도 없다. 그녀의 신경증을 이렇게 오랜 시간 참아준 것에 대해 훈장을 받아야 하고도 남는데.

그런데도 이브는 뻔뻔스럽게도 내 생계를, 내가 교사로서 쌓아온 커리어를 위협했다. 손가락으로 그녀 목을 감싸 쥐었을 때 내가 느낀 것은 오직 깊은 안도감뿐이었다.

"휴우, 했어요." 애디가 작은 목소리로 말한다.

애디는 아직도 자기가 이브를 죽였다고 생각한다. 내가 팥으로 메주를 쑨다고 해도 내 말을 믿을 테지.

"아주 잘했어." 내가 말한다. "이제는 시체를 처리해야 해."

애디의 둥근 얼굴이 창백해진다. "처리한다는 건⋯⋯."

"땅에 묻어줄 거야." 내가 설명을 덧붙인다. "장례를 치러준다고 생각해."

"아." 애디가 자기 손을 내려다본다. "알겠어요."

정확한 장소를 염두에 두고 있지는 않지만, 대충 생각해둔 곳이 있다. 어릴 때 자주 갔던 호박 농장이 있는데, 한적한 도로를 한참 달려야 했다. 지금쯤 호박 농장은 잡초로 뒤덮여 있을 테고, 11월이라 호박을 찾으러 오는 사람도 없을 것이다. 그 도로를 찾을 수 있을 것 같다. 그러고 나면 호박 농장은 심연으로 떨어져 영원을 지내게 될 내 아내의 안식처가 되리라.

60

애디

호박 농장에 와 있다.

아니, 예전에 호박 농장이었다고 한다. 오래전에, 너새니얼이 어렸을 때. 호박 따기 체험이 가능하다고 적힌 표지판은 흙과 먼지로 뒤덮여 있고, 그 주위에는 잡초가 무성하다. 잘은 몰라도 마지막으로 누군가가 이곳에서 호박을 딴 게 아주, 아주 오래전 일인 것 같다.

너새니얼의 차를 세워둔 곳에서 800미터 정도 떨어져 있다. 도로 상태가 너무 안 좋아서 더 이상 차로 이동할 수가 없었다. 너새니얼은 트렁크를 열고 내게 삽 두 자루를 건넨 다음 아내 시신을 팔로 들어 올렸다. 그 상태로 15분째 걷고 있는 그를 보니, 죽은 몸이 살아 있는 몸보다 더 무거운지 아니면 더 가벼운지 궁금해진다.

머릿속으로 이곳 호박 농장이 탐스러운 주황색 호박들로 가득한 모습을 그려본다. 하지만 지금은 짓이겨지고 썩어가는 호박들, 동물들이 먹다 만 호박들만 남아 있다. 운동화 한쪽이 호박 하나를 밟으며 그 속에 푹 빠진다. 나는 얼굴을 찡그린다. 집에 가면 온갖 방법을 다 동원해서 운동화를 깨끗하게 닦아야겠다. 지금 내 운동화는 흙과 끈적거리는 호박으로 범벅이고, 이브 선생님의 피도 묻어 있을 확률이 아주 높다.

"여기면 될 것 같은데?" 너새니얼이 흙 한 부분을 발로 툭 찬다.

이제 곧 겨울이라 땅이 단단하게 얼어 있다. 하지만 여기는 조금 부드러운 것 같다. 아마도.

너새니얼은 내 대답을 듣지도 않고 시체를 땅 위에 내려놓는다. 그가 손을 내밀고, 나는 그에게 삽 두 자루 중 하나를 건넨다. 너새니얼이 삽날을 흙에 푹 박고 약간 끙끙거리니, 흙이 부서진다. 그가 한 번, 두 번, 세 번, 흙을 퍼낸 다음 내게 눈길을 던진다.

"왜 보고만 있어?" 너새니얼이 묻는다. "내가 삽을 두 개 가져온 데는 이유가 있는 거야."

나는 어쩔 줄 몰라 하며 손에 들린 삽을 본다. 하고 싶지 않다. 수학 선생님을 묻을 무덤을 파고 싶지 않다. 집에 가고 싶은데. 내가 오늘 밤 왜 그냥 집에 있지 않았을까? 이불에 쏙 들어가 시집이나 읽고 싶다.

"추워요." 나는 가장 적당한 핑계처럼 들릴 것 같은 말로 답한다.

"땅을 파면 몸에서 열이 날 거야." 너새니얼이 자기 몸에서 열이 난다는 걸 보여주려고 검은 비니를 벗어 보인다. "어서 하자. 밤새 여기 있고 싶지는 않아."

너새니얼의 눈빛이 마치 내게는 선택권이 없다고 말하는 것 같다. 나는 삽을 꼭 쥐고 흙에다가 찔러 넣는다. 헉, 이건 마치 바위에 삽을 넣는 것 같다. 흙이 거의 부서지지도 않았다. 하지만 너새니얼이 내게서 눈을 떼지 않아서 나는 다시 시도한다. 한 번 더, 이번엔 성공적이다. 또 한 번 더, 조금 더 잘 된다. 흙을 퍼서 옆으로 던질 때, 감색 시트에 싸인 시신 위로 던지지 않으려고 조심한다.

"그래, 그렇게 하는 거야." 너새니얼이 말한다. "자, 빨리 끝내자. 해 뜰 때까지 계속 땅을 파고 있을 생각이 아니라면."

해가 몇 시에 떠오르더라. 지금은 자정을 조금 넘긴 시간이다. 앞으로 여섯, 일곱 시간 동안 땅을 팔지도 모른다고 생각하니 끔찍하기 그지없다. 내 손놀림이 빨라진다.

우리는 다음 한 시간 반 동안 거의 침묵 속에서 땅을 팠다. 가장 윗부분에 있는 흙을 파내고 나자 삽질이 훨씬 쉬워지고 작업 속도도 빨라졌다. 얼마 지나지 않아 가로 60센티미터, 세로 1미터 80센티미터, 깊이 60센티미터 정도 되는 구덩이가 만들어졌다. 깊이가 30센티미터 정도 되었을 때부터는 구덩이 안으로 들어가야 했는데, 우리 손으로 우리 무덤을 파는 것 같은 기분이 가시지를 않는다.

너새니얼이 삽질을 멈추고 이마에 난 땀을 닦는다. 살을 에는 추위에도 불구하고, 우리 둘 다 한 시간 전에 겉옷을 벗었다.

"좋아." 너새니얼이 말한다. "한번 누워봐."

나는 너새니얼이 머리가 이상해진 게 아닌가 싶어 그를 빤히 쳐다본다. "네?"

"구덩이 크기가 적당한지 확인을 해야지." 너새니얼이 조급한 목소리로 말한다. "크기를 봐야 하니까 한번 누워봐. 네가 이브랑 몸이 비슷하잖아."

"싫어요." 나는 기어들어 가는 목소리로 말한다.

너새니얼이 삽을 땅으로 내던진다. "너한테 일을 시킬 때마다 싸워야 하는 거니?"

그의 눈에 드리운 어두운 표정이 낯설다. 세상 누구보다도 그를 잘 안다고 생각했는데. 내가 그의 소울메이트라고 생각했는데. 너새니얼에게 내가 모르는 면이 있음을 이제야 비로소 깨닫는다.

"목에 있던 빨간 자국이 뭐예요?" 나는 이 질문을 다시 한다. 아까와 달리 내 목소리가 다급하다.

"뭐?" 너새니얼이 말한다.

세찬 바람이 귀를 스치며 지나가자, 나는 몸이 떨린다. "이브 선생님 목에 난 빨간 자국이요. 처음에는 분명히 없었어요. 꼭 손가락 모양 같았는데……."

너새니얼이 눈도 깜빡이지 않고 나를 쳐다본다. "그래서 하려는 말이 뭐야?"

"아뇨, 난 그냥……."

너새니얼이 눈을 깜빡인다. "이브 목에 있던 빨간 자국이 나하고 연관이 있다는 거야?"

나는 입을 열어보지만 목구멍을 쥐어짜는 듯한 소리밖에 나오지 않는다.

"그래서 지금 하려는 말이," 너새니얼이 계속 말한다. "네가 부엌에서 나갔을 때 이브가 사실은 죽어 있지 않았다는 거야?" 너새니얼이 목소리를 낮춘다. "그래서 네가 위층에 올라가 있는 동안 이브가 눈을 떴고 나를 파멸시키겠다고 협박했다는 거야?" 너새니얼이 목소리를 더 낮춘다. 말할 때마다 그의 입에서 거친 입김이 새어 나온다. "그래서 어쩔 수 없이 내 손으로 이브 목을 졸라 죽였다…… 그거야?"

나한테 꽂히는 그의 시선 때문에 숨쉬기가 어렵다. 평소엔 부드러운 너새니얼의 갈색 눈동자가 무덤 안을 비추는 희미한 달빛 아래에서는 너무나 어둡다. 우리는 얼어붙은 호박 농장에 깔리는 옅은 안개 속에 잠시 그렇게 서 있다. 너새니얼이 방금 뱉은 말들에 내 등골을 따라 무시무시한 한기가 흐른다. *어쩔 수 없이 내 손으로 이브 목을 졸라 죽였다.* 너무 진짜처럼 들린다. 마치 모든 걸 다 알고 말하는 사람처럼.

그 순간 또 다른 끔찍한 생각이 떠오른다.

만약 너새니얼이 정말로 이브 선생님을 죽였다면, 오늘 밤 일을 정확히 알고 있는 사람은 나뿐이다. 너새니얼은 십 대 여자아이가 입을 함부로 놀리지 않게만 하면 된다. 여기까지 그의 차를 같이 타고 왔고, 30분 전쯤 엄마한테 이제 자려고 한다고,

아무 문제 없다고 문자 메시지를 보냈다. 즉, 내가 지금 너새니얼과 있다는 걸 아무도 모른다.

이곳에서 나를 죽이는 게 너새니얼에게는 여러모로 현명한 일이겠구나.

"너새니얼." 기어들어가는 목소리로 말한다. "제발⋯⋯."

그의 눈동자가 블랙홀 같다. "뭐라고?"

그의 손가락이 자기 아내의 목을 감싸고 숨통을 끊는 장면이 눈앞에 어른거린다. "제발⋯⋯."

다리가 덜덜 떨린다. 이러다 주저앉을까 봐 겁이 난다. 숨소리를 내는 것도 겁이 난다. 바지에 오줌을 쌀까 봐 더 겁이 난다. 내 멘탈이 붕괴하기 일보 직전, 너새니얼이 고개를 절레절레 흔들더니 달빛 속으로 걸어 들어온다. 그의 눈이 다시 평소대로 보인다.

"바보같이 좀 굴지 마, 애디." 너새니얼이 말한다. "나는 이브를 죽이지 않았어. 네가 죽였지."

나는 침을 삼킨다. "아."

"제발, 상상도 좀 적당히 해."

"미안해요." 내가 중얼거린다.

쿵쿵거리던 심장이 서서히 보통 때 리듬을 회복하자, 나는 마음속으로 너새니얼이 옳다는 말을 되뇐다. 그래, 나는 상상하고 있는 거다. 너새니얼이 자기 아내를 목 졸라 죽였을 리 없어. 그럴 사람이 아니다.

만약 그랬다고 해도, 그 손가락 자국이 너새니얼의 것이라 해도, 분명 그럴 만한 이유가 있었을 거다. 너새니얼이 그렇게 했다면 나를 보호하기 위해서겠지. 그와 나, 바로 우리를 보호하기 위해서. 난 그를 믿는다.

믿는다고 생각한다.

너새니얼이 이제 무엇을 해야 하는지 고민하는 듯 땅을 내려다보고 있다. 나는 무덤 속에 눕고 싶지 않은데. 정말, 정말 싫은데. 이윽고 너새니얼이 한쪽 어깨를 으쓱해 보인다. "됐어. 구덩이는 이만하면 된 것 같아."

휴, 다행이다.

"아, 참." 너새니얼이 말한다. "트렁크에서 이브 핸드백을 깜빡하고 안 가져온 게 지금 생각났어. 여기 같이 묻는 게 좋을 것 같은데. 휴대폰 전원은 아예 꺼버리고 말이야."

"좋아요."

너새니얼이 손목시계를 흘긋 본다. "내가 가서 가지고 올게. 금방 올 거야."

"나도 같이 가요."

너새니얼이 나를 한심하다는 듯이 쳐다본다. "애디, 너는 땅을 계속 파고 있어야지. 이 일을 마무리 지어야 해. 금방 올 거라고 했잖아."

썩어가는 호박들 천지인 곳에 혼자 있고 싶지 않다. 하지만 너새니얼의 표정을 보니 내가 자기를 따라오게 놔둘 생각이 없다. 너새니얼의 말도 맞긴 하다. 나라도 땅을 계속 파야 한다.

"그럼 빨리 와요." 내가 말한다.

"그래, 알았어." 너새니얼이 나를 가만히 바라본다. "무슨 일이 생기더라도 다 부정하는 거야. 명심해."

그렇게 한마디 툭 던지고는 너새니얼이 구덩이 밖으로 나간다. 흙바닥에 아무렇게 던져놓았던 코트를 집어 들어 어깨 위로 걸친다. 그의 부츠가 낙엽을 밟는 소리가 더는 들리지 않을 때까지 나는 너새니얼이 멀어지는 모습을 지켜본다.

61

애디

한 시간. 무려 한 시간이나 지났다.

우리가 만든 임시 무덤의 깊이가 30센티미터는 더 깊어졌는데, 너새니얼은 아직 돌아오지 않았다. 차까지 걸어갔다가 호박 농장으로 다시 걸어오는 데에 한 시간씩이나 걸릴 리가 없다.

그는 어디 있는 걸까?

"너새니얼?" 그의 이름을 힘껏 불러본다. 이렇게 소리를 지르고 싶지 않지만, 그를 찾아야 한다. 당장 내가 집에 갈 방법이 없다. 그건 둘째치고, 도대체 어디 있는 거냐고? 차까지는 15분이 채 걸리지 않을 거리다.

혹시 혼자 차를 타고 가버린 걸까?

그건 아니겠지. 너새니얼이 나한테 그렇게 할 리가 없다. 너새니얼은 나를 버리고 가지 않을 거다.

구덩이에서 기어나가다가 무릎으로 썩은 호박을 푹 으깨고

만다. 구덩이는 충분히 깊은 것 같은데, 확신이 서지 않는다. 너 새니얼이 보면 알 텐데.

"너새니얼!" 한 번 더 불러본다. 내 목소리가 나무들 사이로 울려 퍼진다.

대답이 없다.

그를 찾아 나서볼까. 하지만 방향 감각을 완전히 잃어버려 어느 쪽으로 가야 하는지 모르겠다. 이곳을 떠났다가 다시 돌아올 수 있을 거라는 자신도 없다.

이브 베넷 선생님의 시신은 여전히 감색 시트에 싸여 있다. 너새니얼이 없으니 내가 선생님을 구덩이로 밀어 넣어야 한다. 그러려고 이 밤에 이러고 있는 거니까.

시신 옆에 몸을 굽혀 앉는다. 만지고 싶지 않다. 나도 안다, 바보 같은 생각이라는 거. 죽음은 '옮을' 수가 없지. 그렇지만 아빠가 계단 아래에 쓰러져 있을 때도 나는 아빠 몸에 손을 대고 싶지 않았다. 그래서 아빠가 숨을 쉬고 있는지를 허드슨이 확인했다.

하아, 나는 할 수 있다. 내가 해야 한다.

심호흡을 한 후 시신을 굴린다. 이브 선생님의 몸은 여전히 축 늘어진 상태다. 꼭 헝겊 인형 같다. 죽은 몸은 시간이 지나면 뻣뻣해진다고 들었는데, 이브 선생님은 아직 그렇게 되지 않았다. 두 번 더 굴리니, 파놓은 무덤 가장자리에 닿는다. 구덩이 크기가 딱 맞다. 나는 그대로 선생님을 굴려 넣는다.

털썩 소리를 내며 시신이 무덤 바닥에 떨어진다. 그런데 바닥에 떨어질 때 무언가가 시트 밖으로 삐져나온다. 무엇인지 보려고 구덩이 안으로 다시 내려간다. 그것이 이브 선생님의 핸드백임을 깨닫는 순간, 온몸이 얼어붙는다.

트렁크에 두고 온 게 아니었잖아.

이해가 가지 않는다. 너새니얼은 이브 선생님의 핸드백을 깜빡하고 트렁크에 놔두고 왔다고 했는데, 그 핸드백이 지금 내 눈앞에 있다. 너새니얼이 잘못 알았나? 아니면, 나한테 거짓말을 한 건가?

그를 찾아야 한다. 더는 혼자서 못 하겠다.

핸드백을 도로 내려놓는다. 너새니얼을 찾는 게 시급하다. 하지만 구덩이를 이렇게 놔둘 수도 없다. 시신을 흙도 덮지 않은 채로 여기를 떠날 수는 없을 것 같다. 정말로 내가 이 위치를 다시 못 찾을 수도 있다.

구덩이 밖으로 나간다. 삽을 들고 구덩이 안으로 내가 할 수 있는 만큼 흙을 계속 옮긴다. 시신은 흙으로 완전히 덮인다. 저 정도면 동물들이 파헤치진 못할 테지만, 누군가 우연찮게 발견할 가능성은 여전히 있다. 호박들의 무덤 같은 곳을 돌아다니는 사람이 있을지는 모르겠지만.

그러고 보니 나무에서 떨어진 지 얼마 되지 않은 낙엽들이 사방에 쌓여 있다. 나는 흙 대신 나뭇잎을 삽으로 퍼서 구덩이에다가 던져 넣는다. 구덩이가 가득 찰 때까지 멈추지 않는다.

다 됐다. 한 발짝 떨어져서 봐도 전혀 무덤처럼 보이지 않는다.

문제 하나를 해결했으니, 이제 농장 입구에 서 있는 간판을 보며 호박밭을 빠져나간다. 밭으로 올 때 분명히 왼쪽으로 방향을 틀었으니, 다시 나가려면 오른쪽으로 가야겠지. 맞나?

내가 수학을 좀 더 잘했으면 좋았을 텐데.

길이 돌과 젖은 낙엽으로 덮여 미끄러운 탓에 비틀거린다. 아까 지나온 빈터가 나온다. 그래도 내가 제대로 가고 있는 게 맞는지 확신이 서지 않는다. 숲속으로 더 깊이 들어가고 있는 거면 어떡하지. 얼마 후, 운동화가 다 젖고, 진흙 때문에 엉망이 되고 만다. "너새니얼?" 다시 한번 크게 불러본다.

대답이 없다. 아 진짜, 어디 있는 거지?

20분 정도 걸어오는 동안 어디에도 너새니얼의 흔적은 보이지 않는다. 너새니얼이 길을 못 찾아 헤매고 있는 게 아니라면, 하다못해 다람쥐에게 뜯어 먹히고 있는 그의 시체라도 나와야 하는데. 정말 아무 데도 없다. 불안이 차오르기 시작한다. 바로 그때 흙바닥에 있는 익숙한 자국이 내 눈에 들어온다.

타이어 자국.

여기에 너새니얼 차가 있었다. 너새니얼은 여기로 왔었다. 여기까지 와서 혼자 차를 타고 떠났다. 왜 그랬을까? 그럴 만한 이유가 있었겠지만, 나는 이제 도무지 모르겠다. 그래도 집으로 돌아가는 길은 찾은 셈이다.

타이어 자국을 따라 2킬로미터 가까이 걷는다. 어느덧 새벽 세 시다. 큰길에 다다르지만, 개미 한 마리 보이지 않는다. 지나가는 자동차가 있어야 얻어 타기라도 할 텐데. 사실, 별로 그러고 싶은 마음은 없다. 이브 선생님이 실종된 걸 알게 되었을 때, 누군가가 새벽 세 시에 여기서 나를 봤다고 신고하면 좋을 게 없다. 굉장히 의심스러워 보일 거다.

주머니에서 휴대폰을 꺼낸다. 신호가 다시 잡힌다. 그렇지만 내가 뭘 어떻게 할 수 있을까? 우버를 불러 집으로 갈 수도 없다. 엄마한테 전화해서 내가 지금 지나가는 차도 없는 외진 곳에 있으니 집까지 데려다달라고 하는 건 더 안 된다. 엄마는 내가 집에서 자는 줄 안다.

스냅플래시를 열고 너새니얼에게 메시지를 보낸다.

나 어디예요? 나 집에 가야 해요.

휴대폰 화면을 쳐다보며 너새니얼에게서 답장이 오기를, 왜 이런 곳에 나를 버려두고 갔는지 무슨 설명이라도 있기를 기다리지만, 아무것도 오지 않는다. 무슨 행동을 무슨 이유로 했든 그에게서는 답이 없다. 나는 너새니얼 휴대폰 번호도 모른다.

그렇다면 내가 지금 전화할 수 있는 사람은 전 지구를 통틀어 딱 한 사람뿐이다.

허드슨.

이미 끔찍한 비밀을 하나 공유하고 있는 사이니까, 하나 더 늘어나도 괜찮지 않을까?

새벽 세 시에 잠을 깨우는 게 괜찮은지 고민하느라 잠시 망설인다. 정말 너무 미안하네. 하지만 토요일이니까, 늦잠 좀 자면 될 것 같은데.

제발, 제발, '방해 금지 모드'가 켜져 있지 않기를.

연락처에서 허드슨을 선택한다. 거의 1년 동안 연락을 하지 않았지만, 여전히 즐겨찾기에 들어가 있다. 내 연락처는 허드슨 즐겨찾기에 남아 있을까. 나를 아예 차단했을 수도 있다. 그럼 나 지금 헛수고하는 건가.

통화연결음이 울리고, 또 울리고, 계속 울리지만, 역시나 전화를 받지 않는다.

하아.

진짜 어쩐다. 이제는 전화할 수 있는 사람도 없다. 허드슨이 내가 잡을 수 있는 유일한 지푸라기였는데, 전화를 안 받는다. 그러면 나 혼자서 집에 갈 방법을 찾아야 한다.

다리에서 힘이 빠지며 눈에서 눈물이 왈칵 쏟아지려는데, 휴대폰이 울린다. 너새니얼이구나! 그래, 날 위해 다시 돌아올 줄 알았어. 날 버리고 간 게 아니었어.

휴대폰을 본 나는 깜짝 놀라고 만다. 너새니얼이 아니다. 허드슨이다.

"애디?" 허드슨 목소리에서 피곤과 혼란이 동시에 느껴진다. "방금…… 나한테 전화했었어?"

"응." 나는 휴대폰을 부서질까 봐 겁이 날 정도로 꼭 쥔다. "저기…… 네 도움이 필요해."

"지금 새벽 세 시야." 허드슨의 대답이 그리 긍정적이지 않다.

"알아."

허드슨이 길게 하품을 내뱉는다. "새벽 세 시에 무슨 도움이 필요한데?"

"나 좀 데리러 와줘."

"어, 부모님이 새벽 세 시에 차 쓰는 걸 허락 안 해주실 거야. 그리고 나 아직 연습 면허야. 엄밀히 말하면 난 운전하면 안 돼."

"알아."

전화기 너머로 침묵이 흐른다. "너 어딘데?"

휴대폰 지도에서 내 위치를 확인한다. 진짜 이 기능이 없었으면 내가 어디에 있는지 전혀 알지 못했을 거다. 나는 허드슨에게 주소를 알려준다. 허드슨이 자신 휴대폰에 주소를 입력하는 것 같더니, 곧 낮은 목소리로 욕을 한다.

"애디, 거기까지 가려면 한 시간은 걸려."

"알아."

나는 숨을 죽이고 허드슨의 결정을 기다린다. 허드슨과 나는 이제 친구도 아니고, 그의 여자친구는 나를 죽도록 싫어하는 것 같다. 게다가 오밤중에 부모님 몰래 차를 끌고 나오다가 들키기라도 하면, 아마 평생 외출 금지를 당하게 될 거다. 허드슨이 내 부탁을 거절할 이유는 차고 넘친다. 그래도, 제발…….

"기다려." 허드슨이 말한다.

62

애디

허드슨은 48분 만에 도착했다.

경찰 단속에 걸리면 그 자리에서 연습 면허가 취소될 수도 있기 때문에 과속을 하지는 못했을 거다. 하지만 내가 아는 허드슨이라면 법이 허용하는 가장 빠른 속도로 달려왔을 거다. 당장이라도 부서질 것처럼 덜덜거리는 그의 차가 내 앞에 멈춰 서는 순간, 나는 안도감에 눈물을 찔끔 흘린다.

조수석으로 슬며시 들어가 앉으며 보니, 허드슨은 피곤한 기색이 역력하다. 흰색에 가까운 금발 머리는 마구 헝클어져 있고, 눈에는 아직 잠이 달려 있다. 하기야 자고 있는 사람을 내가 침대에서 끌어냈으니.

"정말 고마워." 내가 말한다. "너한테…… 큰 신세를 졌어."

허드슨이 알 수 없는 표정을 짓는다.

"신세를 '또' 졌네." 내가 얼른 덧붙인다.

허드슨이 눈으로 나를 훑는다. 물집이 생긴 더러운 손부터 진흙투성이 청바지, 그리고 호박 속이 덕지덕지 묻은 운동화까지. 하지만 아무 말도 하지 않는다. 그저 차를 출발해 도로를 달리기 시작한다.

우리 둘 다 한동안 말이 없다. 라디오를 틀어놓았지만, 너무 늦은 시간이라 광고가 거의 나오지 않는다. 나는 머리 받침대에 머리를 기대고 음악에 온전히 귀를 기울인다.

"그래서," 허드슨이 말문을 연다. "무슨 일이 있었던 거야?"

"어…… 그게…… 말하자면 길어."

"한 시간 동안 운전할 거라 시간은 많아."

허드슨에게 오늘 밤에 있었던 일을 다 이야기할 수 있다면 얼마나 좋을까. 허드슨이 내 이야기를 다 듣고 난 다음 상황을 이해하고 내가 어떻게 해야 할지 말해준다면 얼마나 좋을까. 허드슨은 내게 그런 친구였다. 나를 위해서라면 무엇이든지 해주려는 친구. 그러다가 나를 위해 정말로 무엇이든 하게 되었고, 그 이후로 우리의 우정은 산산조각이 났다.

"내가 잘못된 판단을 했어." 나는 이렇게 대답한다.

"……응."

말할 수 없다. 말하고 싶지만, 안 된다. 너새니얼이 나를 버리고 가버렸지만, 난 그를 배신할 수 없다.

나는 더 대답할 말이 없다는 듯이 고개를 돌려 창밖을 내다본다. 차가 도로 위를 달리는 동안 우리는 한마디도 하지 않는다. 목적지까지 15분 정도 남았을 무렵 허드슨 휴대폰이 진동한다. 나는 그가 집에서 몰래 나온 걸 부모님께 들켜서 이제 영원히 외출 금지를 당하는 건 아닌지 덜컥 겁이 난다. 하지만 허드슨은 메시지를 확인조차 하지 않는다. 빨간 불에 걸릴 때마다 그의 시선이 내 쪽으로 힐끗 온다. 나는 애써 무시한다. 아무것도 모르는 게 허드슨을 위하는 거다. 하지만 만약 알게 되면, 다시는 나랑 말을 섞지 않겠지. 죽을 때까지 안 하겠지.

우리 집에 도착하자 허드슨이 마지막으로 한 번 더 내게 눈을 돌린다. 연푸른색 눈동자에 슬픔이 어린다. "내가 도와줄 일이 있으면 나한테 말해도 돼, 애디." 허드슨이 말한다.

네 여자친구가 그걸 좋아하지 않을 거라는 말은 꿀꺽 삼킨다. "응."

허드슨이 얼굴을 찌푸린다. "진심으로 하는 말이야. 네가 필요하다면 난 네 곁에 있을 거야. 그동안 내가 얼간이처럼 굴었던 건 미안해. 그 일…… 때문에 내 머리가 한동안 완전히 뒤죽박죽이었어. 도저히 네 얼굴을 볼 수가 없었어. 자꾸 떠올라서…… 내 말, 이해하지?"

나는 고개를 떨군다. "응."

"그러니까……." 허드슨이 긴 손가락으로 청바지를 꽉 움켜쥔다. "나한테는 네가 여전히 가장 좋은 친구야, 애디."

꾹꾹 눌러놓았던 말들이 목구멍으로 튀어나오려 한다. 말하고 싶어서 가슴이 터질 것 같다. 하지만 허드슨이 지금 막 날 용서했는데, 이 순간을 망칠 수는 없다. 대신 허드슨에게 간절히 부탁해야 할 일이 하나 있긴 하다.

"네가 날 위해 꼭 해줬으면 하는 일이 있어." 내가 말한다.

"말만 해."

나는 허드슨의 눈을 똑바로 바라본다. "오늘 밤 나를 데리러 왔다는 걸 아무한테도 말하면 안 돼."

허드슨이 한 손을 가슴에 올린다. "절대 안 할게."

월요일에 학교에 가서 이브 선생님이 실종되었다는 걸 알게 된 후에도 부디 허드슨이 지금과 같은 마음이길.

63

—

네이트

아침 햇살이 지평선 위로 퍼질 때, 침대 옆자리가 비어 있다는 사실에 일순 깜짝 놀란다.

최근 들어 아내에 대한 애정이 식어버리긴 했어도, 그녀가 나의 동반자라는 사실에 익숙해져 있었나 보다. 매일 아침 우리는 한 침대에 나란히 누워 있었지. 나는 왼쪽, 이브는 오른쪽. 이브의 부재가 당황스러워서 잠시나마 흔적을 찾아보려고 이브가 눕는 자리를 손으로 더듬어본다.

내 자리 옆 시트의 차가운 감촉이 내 손으로 전달되자, 안도감이 거세게 밀려온다.

이브는 없다.

내 인생을 망가뜨리려 했던 이브. 그런데 내가 단 하룻밤 사이에 이 문제를 해결했다. 이브는 죽었다. 애디가 이브를 땅에 묻었거나, 내가 차를 타고 떠난 후 혼자 묻으려고 하다가 붙잡혔겠지. 이브가 휴대폰으로 찍은 사진은 모두 삭제되었고, 그 휴대폰은 그녀와 함께 땅속에 묻혀 있다.

난 이제 자유의 몸이다.

침대에서 일어나며 늘어지게 기지개를 켠다. 어젯밤 일이 다르게 흘러갔다면, 지금쯤 통증이 도진 허리를 부여잡은 채 모텔 방에서 터벅터벅 걸어 나왔을 텐데. 애디에게 전화가 왔을 때, 바에 앉아 스카치위스키 한 잔을 마시며 어떻게 대응해야 할지 궁리하는 중이었다. 전화 한 통이 내 모든 문제를 해결해주리라고는 생각도 못 했다.

혹시나 하는 마음에 침대 옆 탁자에서 충전 중인 휴대폰을 집어 든다. 새벽 세 시경 애디가 메시지를 여러 통 보낸 걸 보고도 놀라지 않는다. 내용은 조금씩 다르지만, 결국 의미는 똑같다.

애디 어디예요?

쯧쯧, 불쌍한 애디. 한밤중에 호박 농장 한가운데에서 오도 가도 못하는 신세가 되다니. 정말로 애디에게 그러고 싶지 않았다. 나는 괴물이 아니니까. 애디가 집까지 무사히 돌아갔기를 진심으로 바라는 바이다. 물론, 애디가 지나가는 트럭을 얻어타고 가다가 쓸쓸한 최후를 맞았다면 내 인생이 한결 편해지겠지만 말이다. 휴대폰을 내려다보며 애디에게 마지막으로 메시지를 보내는 게 좋을지 고민한다.

아니, 안 된다. 지금 애디 휴대폰이 누구 손에 있을지 모른다. 애디가 내 마지막 조언을 잘 새겨들을 거라고 믿을 수밖에 없다.

다 부정하는 거야.

그럴 가능성은 거의 없다고 보지만, 설사 애디가 자백하더라도 내가 애들린 세버슨과 관련이 있다는 증거는 없다. 유일하게 진실을 아는 사람이 이브였고, 이브는 아무에게도 말하지 않았다. 사진은 삭제되었다. 애디는 정신적으로 문제가 있음을 보여준 전력이 있다. 교사를 스토킹했고, 교사의 잘못이 있었다는 증거가 명백히 없음에도 교사를 해고까지 몰고 갔다. 게다가 친구라고는 한 명도 없다.

욕실로 걸음을 옮기는데, 내 입에서 휘파람이 나온다. 오늘 아침 욕실은 온전히 내 차지다. 온수를 다 써버리는 이브가 없으니, 내가 미지근한 물로 샤워할 일도 없다. 이 결혼을 진작에 끝냈어야 했지만, 그러지 못한 이유가 있었다. 이브가 나에 대해 좀 불편할 정도로 많이 알고 있었다.

방광을 비운 후 샤워기 물을 틀어놓으려고 샤워 커튼을 열어젖힌다. 그런데 샤워 수전으로 손을 가져가다가 공중에서 그대로 멈추고 만다.

이게 뭐야?

이브 신발이잖아.

빨간색 펌프스 한 켤레가 욕조 안에 놓여 있다. 집안 곳곳에서 이브의 신발을 발견해왔지만, 욕조는 새롭다. 이브가 무슨 생각으로 여기에 신발을 두었는지 나로서는 알 길이 없다.

내 아내는 내가 생각했던 것보다 훨씬 더 정신적으로 문제가 있었던 모양이다. 이렇게 사라진 게 오히려 잘된 일이다.

신발을 그냥 물에 푹 젖게 놔두고 싶다는 충동에 강렬하게 휩싸이지만, 마지막 순간에 욕조에서 구해낸다. 신용카드 명세서를 생각해보면 이브가 가진 신발은 꽤나 값이 나가는 것들이다. 이베이에 팔 방법을 생각해봐야겠다. 돈을 좀 구할 수 있을지도 모른다.

내가 욕조에서 신발을 막 꺼내는데, 등 뒤에서 무슨 소리가 들린다. 나는 몸을 돌려 닫혀있는 욕실 문을 바라본다. 바로 문밖에 누군가 있는 것 같다. 말도 안 돼. 이브는 여기에 없고, 나 말고는 집 열쇠를 가진 사람도 없다.

하지만 분명히 무슨 소리를 들었다. 가볍게 톡톡 두드리는 소리 같았는데.

사각팬티를 고쳐 입으며 욕실 문으로 향한다. 조심스럽게 문을 연 다음 침실을 살펴본다. 당연한 말이지만, 아무도 없다. 잠시, 위대한 에드거 앨런 포가 남긴 시 중 내가 가장 좋아하는 시 〈갈까마귀〉의 한 구절을 떠올린다.

그곳에는 어둠뿐, 아무것도 없었네.

숨을 내쉰 다음 옷장으로 걸어가 이브 신발을 안에다 던져버린다. 어젯밤에는 신경이 잔뜩 곤두서 있었고 잠도 제대로 못 잤으니, 귀가 헛것을 들어도 이상할 게 없다.

샤워기 아래로 얼른 들어가 맨살 위로 떨어지는 뜨거운 물줄기를 맞는다. 오늘은 바쁜 하루가 될 것이다. 우선 아침을 먹고 나면, 채점해야 할 것들이 잔뜩 쌓여 있다. 그 후에는 밖으로 나가서 점심을 먹을까 싶다. 마트에도 들를 생각이다.

그러고 나서는 경찰에 전화를 해야 한다.

64

—

애디

잠이 오지 않았다. 단 1분도.

뜬눈으로 침대에서 이리저리 뒤척였다. 눈을 감을 때마다 옛 호박 농장의 흙구덩이 바닥에 누워 있는 이브 선생님의 죽은 몸과 선생님 목에 난 선명한 붉은 자국이 자꾸 떠올랐다.

이른 새벽에 엄마가 집에 오는 소리를 들었다. 엄마는 내 방으로 조용히 들어와 나를 살피고, 나는 눈을 꼭 감고 자는 척했다. 지금은 도저히 엄마를 마주할 수 없다. 엄마가 내 얼굴을 보고 단번에 뭔가 잘못되었다는 걸 알아차릴 거다.

나는 점심시간이 가까워질 때까지 침대에서 나오지 않는다. 이제는 좀 일어나야 하지 않을까. 하루를 시작하면서 뭐라도 좀 먹어야 할 것 같다.

침대에서 다리를 내리며 휴대폰을 집어 든다. 허드슨에게서 문자 메시지가 와 있다.

허드슨 괜찮아?

전혀 괜찮지 않다. 하지만 오늘 아침 같은 기분으로는 허드슨에게 답장을 못 보낼 것 같다. 허드슨에게 큰 신세를 진 것은 맞지만, 어떻게 대해야 할지 모르겠다. 더구나 허드슨이 월요일 아침에 이브 선생님이 실종되었다는 사실을 알게 되면, 나와 연관 지어 생각할 게 뻔하다.

어젯밤만 해도 너새니얼의 계획은 그럴듯해 보였다. 그런데 이렇게 날이 밝고 나니 우리가 이 일을 어떻게 무사히 넘길 수 있을지 도저히 상상이 되지 않는다.

혹시 너새니얼에게서 메시지가 와 있지 않을까 싶어 스냅플래시를 연다. 어젯밤에 있었던 일을 생각하면, 나한테 무슨 말이든 설명을 해줘야 하는 거잖아? 메시지가 없다.

내가 메시지를 보내자.

나 어젯밤에는 어떻게 된 거예요? 무슨 일인지 말 좀 해줘요.

보내기를 누른다. 그런데 메시지가 가는 대신 화면에 오류 알림이 뜬다.

계정이 존재하지 않음

뭐?

구역질이 나올 것 같다. 너새니얼이 계정을 지웠다. 어떻게 그럴 수가?

당황하지 말자. 생각해보면 너새니얼이 계정을 지운 건 이해가 간다. 그러면 나도 지워야 하나. 너새니얼과 내가 연인 사이였음을 알려주는 어떤 흔적도 남아 있으면 안 되니까, 우리 둘 다에게 불리할 테니까.

그렇지만 선뜻 삭제를 못 하겠다. 너새니얼이 보낸 메시지들은 60초 후에 사라져서 하나도 남아 있지 않다고 해도, 혹시 그가 내게 다시 연락할 수도 있으니 계정을 남겨두고 싶다.

기운이 없는 몸을 이끌고 맨발로 부엌에 내려가 토스트기에 식빵을 넣는다. 배가 고프다는 생각이 조금도 없는데, 내 몸은 그렇지 않은 것 같다. 배에서 요란한 소리가 난다. 엄마는 야간 근무를 하고 온 후 곤히 잠들어 있어서, 나는 지금 집에 혼자 있는 거나 다름없다.

너새니얼은 다 생각이 있겠지. 나를 괴롭히려고 계정을 지운 게 아닐 거다. 우리 흔적을 지워야 하니까 계정을 삭제했을 거다. 이브 선생님은 죽었고, 그건 되돌릴 수 없는 사실이다. 우리가 붙잡히면, 너새니얼이나 나나 남은 평생을 감옥에서 보내야 할지도 모른다. 그러니 너새니얼이 내게 했던 말을 기억해야 한다.

다 부정하는 거야.

65

—

네이트

오후 네 시, 아무런 표식이 없는 경찰차가 우리 집 앞에 멈춰선다.

내 입장에서 경찰에 전화를 하는 것은 위험한 선택이었다. 내가 죽인 사람을 실종되었다고 신고해서, 내가 묻은 시신을 찾아 달라고 하는 건…… 아무튼, 배짱이 필요한 일이었다.

하지만 그와 동시에 철저히 계산된 움직임이기도 하다. 이브의 차가 통근열차역 주차장에 버젓이 세워져 있는데, 이브가 며칠 동안 집에 있었다고 그냥 둘러댈 수도 없지 않은가. 나로서는 당혹해하는 남편 역할을 맡는 것이 최선의 카드다. 운이 좋게도 나는 살아오면서 연기 수업을 여러 번 들었고, 이번 역할을 위해 배운 걸 잘 써먹을 생각이다.

나는 스웨터와 허름한 청바지 차림으로 문을 연다. 너무 오버하는 티를 내서는 안 된다. 딱 알맞은 수준의 걱정을 표현하는 것이 중요하다.

현관문을 열면서 운이 한 번 더 따라주고 있음을 느낀다. 내 앞에 서 있는 경찰관이 여성이 아닌가. 내 매력이 이성에게 잘 먹히지 않은 적은 없다.

"베넷 씨이신가요?" 그녀가 묻는다.

"네."

"저는 스프라그 형사라고 합니다." 키가 내 턱에 겨우 닿을 정도로 아담한 체구다. 그래서 형사는 고개를 들고 나를 올려봐야 한다. 고통스러울 정도로 꽉 묶어 올린 머리를 풀고 화장을 살짝 하면 꽤 매력적일 것 같다. 물론 내 타입은 아니지만. "부인과 연락이 되지 않는다고 신고하셨죠?"

"그렇습니다."

"집 안에서 이야기를 나눠도 될까요?"

경찰관은 명확한 동의 없이 가택 안으로 들어올 수 없고, 나는 숨길 것이 없다. 여형사가 집으로 들어올 수 있게 내가 옆으로 비켜선다.

"우선, 베넷 씨." 형사가 말한다. "시간을 명확히 하고 싶은데요. 어제저녁 이후로 부인을 보지 못했다고 하셨나요?"

나는 질문에 대한 대답으로 고개를 끄덕인다. "네. 이브는 뉴저지에 사는 부모님을 깜짝 방문할 계획이었어요. 몇 년 전에 부모님과 사이가 틀어졌는데, 이번에 꼭 화해를 하겠다고 마음을 먹었거든요. 하지만 부모님이 오지 말라고 할까 봐 뉴저지로 간다는 얘기를 미리 안 하고 싶어 했어요. 대신 야간열차 좌석을 예매했고, 아침 일찍 부모님 집으로 갈 계획을 세웠어요. 그런데 온종일 이브와 연락이 닿지 않았어요. 이브가 전화를 안 받아요. 음성 사서함으로 곧장 넘어가고요. 아버님 어머님께 확인해봤는데, 이브가 오지 않았다고 하시더라고요.”

내 진술에 신빙성을 더하기 위해 이브에게 여러 번 전화를 걸어둔 것은 물론 처가와도 간단히 통화를 마쳤다. 장인어른과 장모님은 이브가 방문할 계획이라는 내 말에 의아해하며 회의적인 반응을 보이더니, 이내 전화를 끊어버렸다. 평소에도 나를 탐탁지 않게 여기던 분들이다.

“그렇군요.” 스프라그 형사가 말한다. “부인께서 통근열차를 타고 가겠다고 하셨단 말이죠?”

나는 다시 고개를 끄덕인다. “네. 요즘 형편이 넉넉지 않아서 이브가 우버를 부르려 하지 않았거든요. 대신 열차를 타는 게 낫겠다고 생각한 거죠. 그래서 이브가 열차 시간에 맞춰 일찍 집을 나섰고, 저도 저녁을 먹으러 외출했습니다.”

형사가 고개를 갸웃하며 생각에 잠긴다. “알겠습니다. 흠, 저희가 통근열차역에서 부인 소유의 차량을 발견하기는 했습니다만, 부인의 흔적은 없었습니다. 그리고 부인께서 암트랙 열차표를 구매한 것도 확인했습니다만, 실제로 기차에 탑승하신 것 같지는 않습니다. 검표된 기록이 없어서요.”

지금이 내가 연기력을 발휘해야 하는 순간이다. 나는 한 손으로 입을 틀어막는다. “설마요.”

“좋은 소식이 아니라 죄송하네요. 그리고 저희가 알아본 바로 부인께서는 통근열차도 타지 않은 것 같습니다."

나는 뒤로 비틀거린 다음 손을 뻗어 계단 손잡이를 붙잡는다. "아, 하나님 맙소사. 그럼 이브가 통근열차역에서 무슨 일을 당한 건가요?"

"그럴 가능성도 있습니다."

"이브를 혼자 가도록 두는 게 아니었는데." 나는 갈라지는 목소리로 말한다. "제가 역까지 태워주겠다고 했는데, 이브가 괜찮다고 했어요. 자기 때문에 나한테 불편을 끼치는 걸 원하지 않았거든요."

나는 형사가 내 말에 잘 따라오고 있는지 보려고 형사 얼굴을 살핀다. 표정만 봐서는 알 수가 없다.

"이건 절차상 하는 질문인데요, 베넷 씨." 형사가 말한다. "어젯밤에 어디 계셨습니까?"

"말씀드렸듯이 이브가 집에 없어서 저는 저녁을 먹으러 바에 갔었어요." 예쁘장한 여자 바텐더가 내가 거기에 족히 몇 시간은 있었다고 확인해줄 것이다. 내 타입은 아니었지만, 시시덕거리며 농담을 주고받기까지 했다. "늦게까지 있다가 집으로 왔어요. 이브는 떠난 뒤였고요."

"부인과의 관계는 어떠신가요?" 형사가 치고 들어온다. "최근에 다퉜다거나, 뭐……."

나는 웃음을 터뜨린다. "다퉜냐고요? 그럴 리가요. 주위에 이브와 저만큼 행복한 결혼 생활을 하는 사람도 없을 거라 자부합니다. 저희 친구들에게 물어보세요. 그리고 저희는……." 나는 목젖이 움직이는 게 잘 보이도록 침을 꿀꺽 삼킨다. "아이를 가지려고 노력하는 중이었어요."

스프라그 형사의 표정에는 아무런 변화가 없다. 내가 연기 수업을 들었다면, 그녀는 내가 본 사람 중 가장 뛰어난 포커페이스를 지니고 있다. 그녀가 나를 아내를 걱정하는 남편으로 여기고 있는지 아니면 용의자 목록에 끼워 넣고 있는지 도통 알 수가 없다. "혹시 부인에게 해를 끼치고 싶어 할 만한 사람이 있을까요?"

나는 의도적으로 머뭇거린다.

형사가 눈썹을 추켜올린다. "베넷 씨?"

"이 얘기를 꺼내고 싶지는 않았는데요." 내가 말한다. "어차피 곧 알게 되실 테니까요. 이브 수업을 듣는 학생 중에 이브에게 원한을 품은 것 같은 학생이 한 명 있어요. 이름이 애들린 세버슨이에요."

"그렇군요." 형사가 벨트에서 작은 아이패드처럼 보이는 것을 꺼내더니 빠르게 메모를 남긴다. "부인과 그 학생 사이에 무슨 일이 있었습니까?"

나는 한숨을 내쉰다. "그 아이가 이번 일과 관련이 있을 거란 생각은 안 합니다만, 솔직히 말해 좀 불안하긴 하네요. 애들린이 시험 중에 부정행위를 하다가 걸렸어요. 이브는 가벼운 처벌을 내리는 걸로 상황을 마무리 지었지만, 애들린은 이브를 절대 용서할 생각이 없었나 봐요. 이틀 전, 애들린이 저희 집 밖에서 서성이는 걸 봤어요. 저희가 그 일을 교장 선생님께 알렸을 때,

애들린은 자기가 아니라고 했지만요.”

“음, 네…….”

“그리고 한 가지 더 있습니다.” 나는 거실 구석에 놓인 책상으로 걸어가 맨 위 서랍을 열어 무언가를 손으로 휘갈겨 써놓은 노트용 종이 한 장을 꺼낸 다음 형사에게 건넨다. “학교에 있는 이브 우편함에 애들린이 이걸 넣어뒀어요.”

스프라그 형사의 눈이 종이 위에서 빠르게 움직인다. 그걸 읽는 중에 형사가 짧게 숨을 들이켜는 소리가 내 귀에 들린다. “이건 좀 심각한데요, 베넷 씨. 왜 진작 경찰에 알리지 않으셨나요?”

“애들린은 힘든 한 해를 보냈어요.” 나는 설명한다. “1년 전쯤에 부친상을 당했죠. 지난 학년 중에는 학교 선생님 한 분을 스토킹하기도 했고요. 대다수의 학생에게서 따돌림을 받고 있어요. 그래서 하루하루가 가뜩이나 괴로운 아이를 더 힘들게 만들고 싶지 않았어요. 학교 내에서 조용히 해결하려고 했습니다.”

스프라그 형사가 내가 하는 말을 받아 적는다. 어떤 부분에서는 밑줄도 긋는다. 여자가 살해당했을 때, 남편이나(바로 나란 말이지) 남자친구가 항상 주요 용의자가 된다. 하지만 다른 용의자가 등장하면 이야기가 달라진다.

나는 애디를 등장시킨다.

“알겠습니다.” 스프라그 형사가 마침내 말한다. “아무래도 세버슨 학생을 만나봐야 할 것 같네요. 마지막으로 제가 집을 잠깐 둘러봐도 괜찮을까요?”

“그럼요. 둘러보세요.”

형사가 정확히 무엇을 찾고 있는지 모르겠다. 설마 내 아내의 시체가 거실 한가운데 널브러져 있을 거라고 생각하는 건가? 뭐, 세상엔 그렇게 멍청한 범죄자들도 있을 테지.

스프라그 형사의 시선이 거실을 빠르게 훑는다. 그다음은 따분하기 짝이 없는 화장실이다. 그러더니 형사는, 지금으로부터 채 24시간도 안 되는 시점에 내가 아내의 목을 졸라 죽였던 그 장소를 가리킨다. "저기는 부엌인가요?"

"네, 맞아요."

형사가 문을 열고 들어가 부엌 중앙쯤 이르렀을 때, 형사의 시선이 바닥에 놓여 있는 무언가에 고정된다. 형사가 무엇을 보고 있는지 알아차린 순간, 내 심장이 쿵 내려앉는다.

66

네이트

이브의 펌프스 한 켤레가 또 놓여 있다. 부엌 한가운데에.

이번에는 선명한 파란색 펌프스다. 이브가 아끼는 신발 중 하나로 기억한다. 그런데 밑창에 흙이 잔뜩 묻어 있다.

욕지기가 치밀어 오른다. 부엌 한가운데에 이브 신발이 왜 놓여 있는 거지? 욕조에 신발이 있는 것도 이상했지만, 내 아내는 늘 이해할 수 없는 행동을 하곤 했으니 그러려니 하고 넘어갔는데. 이번은 다르다. 아침 식사를 준비하느라 아까까지 내가 부엌에 있었다. 신발이 이 자리에 있었다면, 눈에 띄지 않았을 리가 없다.

못 봤을 수도 있을까?

"이 신발은 부인 것인가요?" 스프라그 형사가 내게 묻는다.

"네." 내가 대답한다.

내가 놀란 마음을 진정시키려 애쓰는 동안 스프라그 형사는 몸을 낮춰 신발 옆에 앉는다. "값이 꽤 나가는 신발이군요." 그녀가 말한다. "이걸 신고 밖에 나가서 이렇게 더럽히는 건 좀 놀랍네요."

"어…… 뭐, 그럴 것 같네요."

대답하기 곤란한 질문이 더 올까 봐 숨을 죽인다. 다행히도 형사가 더 이상 신발에 흥미를 보이지 않는다. 형사를 데리고 집의 다른 곳들을 더 둘러보는데, 부엌에 있는 신발 생각을 멈출 수가 없다. 당장 눈앞의 일들에 집중이 되지 않는다. 형사가 질문을 던질 때마다 내가 허둥대는 바람에 수상해 보일 것만 같다.

미치겠군. 젠장, 신발이 부엌에 왜 있는 거야? 마침내 형사를 배웅한 다음, 현관문을 잠그고 부엌으로 가려고 서두르다가 넘어질 뻔한다. 부엌으로 들어가니, 뒷문이 살짝 열려 있다. 그 틈으로 새 한 마리가 날아 들어왔나 보다. 검은색과 흰색 깃털로 덮인 작은 새가 이브 신발의 굽을 정신없이 쪼아대고 있다.

눈앞의 광경을 잠시 넋을 놓고 바라본다. 예전에도 뒷문을 열어둔 적은 있지만, 새가 길을 잘못 찾아 집 안으로 들어온 적은 한 번도 없었는데. 벽장에서 빗자루를 가져와 몇 번 휘두르자 새는 포드닥 날아 뒷문으로 나간다.

새가 날아가자, 녀석이 왜 그 스웨이드 펌프스에 관심을 가졌는지 궁금해진 나는 신발 옆에 웅크리고 앉는다. 흙 때문은 아닐 것이다. 먹이라면 몰라도.

바로 그때, 보고야 말았다.

신발 굽에 묻어 있는 으깨진 호박 덩어리를.

순간 다리에 힘이 풀리면서 꼬리뼈를 부엌 바닥에 세게 찧는다. 눈앞이 빙글빙글 돌며 시야가 흐려진다. 이 신발은 계속 여기 있었는데 내가 미처 보지 못했을 뿐이라고 합리화할 수도 있다. 형사의 말대로 이브는 구두를 늘 완벽하게 관리했으니 이걸 흙투성이로 만들 리는 없지만, 어쩌면 비를 흠뻑 맞아서 어쩔 수 없었을 거라고 억지로 납득할 수도 있다.

그렇지만 호박은 어떻게 설명해야 할까. 으깨진 호박 덩어리가 대체 왜, 내 아내의 신발 밑창에 묻어 있는 거지?

우리가 이브를 묻을 때 이브가 신발을 신고 있었다고 한들 무덤에서 일어나 굽에 호박을 묻힌 채 집까지 걸어왔을 리가 없지 않은가. 더구나 이브는 신발을 신고 있지도 않았다. 그렇다면 누군가 일부러 이브의 신발을 부엌 한가운데에 놓아두었다는 뜻이다. 내 눈에 띄게 해서 겁을 주려는 의도일 것이다.

어젯밤 일을 아는 누군가의 짓이어야만 한다.

혹시 애디일까? 애디가 이런 일을 벌일 수 있을 거란 생각은 들지 않지만, 내가 한밤중에 그 외진 곳에 버려두고 온 걸 떠올리면, 나한테 유치한 보복을 하려는 걸지도 모르겠다. 하지만 애디가 할 법한 행동이 아니지 않나. 아무리 어디로 튈지 모르는 십 대 소녀라 해도 내 집에 몰래 들어와 이브 신발을 부엌에 놓아두고 간다니, 터무니없어 보인다.

또 다른 가능성을 생각해볼 수 있다.

나는 지난 몇 년 동안 아내의 성적 욕구를 충족시키지 못했다는 사실을 뼈저리게 인식하고 있다. 그래서 아내가 공백을 채우기 위해 애인을 두었을 거란 생각을 하곤 했다. 내가 사랑에 빠졌던 예전의 이브는 그런 일을 생각도 하지 않았겠지만, 지금의 아내라면 충분히 그럴 수 있다.

만약 이브가 나 몰래 만나는 남자가 있었다면, 그 사람에게 다 말했을 가능성도 있지 않을까? 그리고 그 남자가 어떻게든 이브에게 생긴 일을 알게 되었고, 제 손으로 복수를 하겠다는 거라면?

이렇든 저렇든 머릿속이 굉장히 복잡해진다.

바닥에 놓인 펌프스를 집어 든 다음 싱크대에서 김이 나는 뜨거운 물을 틀고 그 아래에 굽을 갖다 댄다. 한 가지는 분명하다. 부엌에 이 신발을 둔 사람이 누구든 나를 겁줄 생각은 있어도, 경찰을 끌어들일 마음은 없다는 것. 만약 내 유죄를 입증할 결정적인 증거를 쥐고 있었다면, 내 입에서 거짓말이 나오기도 전에 형사가 내 손목에 수갑을 채웠을 테니까.

그래, 내가 우위에 있다. 조심하기만 한다면, 내가 저지른 일을 그 누구도 알아내지 못할 것이다.

67

—

애디

아래층에서 엄마가 나를 부른다. 엄마 목소리가 살짝 떨리는 것 같다.

오후 내내 침대에 누워 천장만 바라보고 있었다. 주말 동안 해야 하는 과제가 있지만 몸에 기운이 하나도 없어서 도저히 할 엄두가 나지 않았다. 엄마가 침실에서 나와 아래층으로 내려가는 소리를 들었을 때도, 계속 문을 닫고 내 방에만 있었다. 엄마를 마주할 자신이 없다.

지금 입은 티셔츠 가슴 주머니에는 얼룩이 져 있고 머리는 까치집처럼 잔뜩 헝클어져 있지만, 나는 그대로 계단을 내려간다. 그러다가 계단 중간쯤에 이르렀을 때, 트렌치코트를 입은 낯선 여자가 거실 가운데에 서 있는 걸 보고 그대로 멈춰 선다.

"애디." 엄마가 말한다. "이분은 스프라그 형사님이셔. 너한테 물어볼 게 있으시대."

경찰이 찾아올 거란 생각은 하고 있었다. 어제 교장실에 이브 선생님 일로 갔었으니까. 그렇다고 해도 이렇게 빨리 올 줄은 몰랐다. 이브 선생님이 사라졌다는 사실을 경찰이 어떻게 이렇게 빨리 알아낼 수 있었을까. 오늘이 주말이니, 이브 선생님이 실종되었다고 신고할 만한 사람은 한 사람밖에 없는데…….

너새니얼.

"안녕, 애디." 나머지 계단을 천천히 내려가는 나를 향해 형사가 인사한다. 형사는 몸집이 작지만 이목구비가 마치 돌로 만들어진 것 같고 머리카락을 전부 뒤로 넘겨 아주 단단히 올려 묶었다. 작은 체구에서 풍기는 분위기가 위협적이다. "잠시 너랑 이야기를 좀 나눴으면 해."

"엄마가 옆에 있을 거야." 엄마가 덧붙인다.

나는 두 사람을 번갈아 본다. 딱히 거절할 말을 못 찾아서 그냥 고개를 끄덕인다.

"그래, 애디……." 스프라그 형사의 짙은 색 눈동자가 내 얼굴을 살핀다. 내가 거짓말을 하면, 4학년 때 선생님보다 훨씬 더 잘 꿰뚫어볼 것 같다. "내가 여기에 온 이유는 네 수학 선생님 때문이야. 이브 베넷 선생님이 어젯밤과 오늘 아침 사이 실종되셨거든."

목이 사막이라도 된 것처럼 바짝바짝 탄다. 마침 지난달에 사하라 사막에 대해 배웠었는데. "선생님께 무슨 일이 생긴 건가요?"

"음, 아직은 몰라." 형사가 차분하게 말한다. "하지만 선생님의 실종을 조사하는 중에 네가 이브 선생님과 문제가 좀 있었다는 걸 알게 됐어.”

엄마의 시선이 느껴진다. 이런 이야기가 나올 거라 전혀 예상하지 못했을 테니까. 나도 엄마 앞에 있으니 무슨 말을 해야 할지 모르겠다.

다 부정하는 거야.

“어……” 내가 입을 연다. “제가 수업을 잘 못 따라갔어요. 선생님과 좋은 관계는 아니었지만, 그렇다고 원수 같은 사이도 아니었는데요.”

스프라그 형사의 입술이 아주 살짝 실룩인다. “나도 네가 선생님과 원수지간이라는 말을 하려는 건 아니었어. 그런데 이브 선생님이 이틀 전 밤에 네가 선생님 집을 기웃거리는 걸 봤다고 교장 선생님에게 말했던데.”

다 부정하는 거야. “그건 사실이 아니에요. 전 선생님 집을 기웃거리지 않았어요. 밤새 집에 있었어요.”

“맞아요, 형사님.” 엄마가 거든다. “목요일 저녁에 제가 같이 있었어요. 애디는 아무 데도 나가지 않았어요.”

“그럼 밤새도록 따님이 어머니 시야에서 벗어난 적이 없다는 말씀인가요?”

엄마가 머뭇거린다. “그게, 애디는 열여섯 살이에요. 아기처럼 내내 돌봐야 할 필요는 없다고 생각해요. 그래서 애디가 자기 방으로 올라갔고…….”

“그렇다면 따님이 밖으로 나갔을 수도 있다는 거군요?”

엄마가 나를 슬쩍 보고는 다시 형사를 본다. "글쎄요, 그랬을 수도 있겠죠."

"그리고……." 스프라그 형사가 트렌치코트 주머니에 손을 넣더니, 접혀 있는 공책 종이 한 장을 꺼내 내게 건넸다. "네가 이걸 써서 이브 선생님께 드렸니?"

엄마가 내 어깨너머로 종이 내용을 확인하려 몸을 기울였다. 누군가의 분노가 가득 담긴 글자를 읽어 내려가는데, 무릎이 떨려 온다. 아니, 이게 어떻게…….

말도 안 돼.

네 눈알을 도려낸 다음 그 자리를 뜨거운 숯으로 채우고 싶다. 네 목을 펜으로 정확히 찔러서…….

엄마가 깜짝 놀라며 손으로 입을 막는다. "애디!"

"네가 썼니?" 형사가 내게 한 번 더 묻는다.

거짓말은 소용없다. 엄마는 내 글씨체를 알고 있다. 그래서 내가 썼다는 걸 알아본 거다. "네." 내가 대답한다. "하지만 이건…… 이건, 제가 쓴 건 맞지만 이브 선생님께 쓴 건 아니에요."

스프라그 형사의 눈썹이 치켜 올라간다. "그럼 누구한테 쓴 거야?"

"'아무에게도' 쓴 게 아니었어요." 내가 말한다. "이건…… 그냥 영어 수업 과제였어요."

이 편지를 쓰던 날을 떠올린다. 켄지가 체육관 사물함에서 내 옷을 자기 마음대로 꺼내 가져가서 내가 화가 잔뜩 났었고, 너새니얼이 그런 내게 분노를 표출하라며 편지 쓰는 과제를 줬다.

하지만 진심을 담아 쓴 게 아니었다. 뭐랄까, 좀…… 과장되게 썼다. 너새니얼에게 잘 보이고 싶었다.

"과제였다고?" 엄마가 믿기지 않는다는 듯이 묻는다. 스프라그 형사는 아무 말이 없지만, 얼굴을 보니 머릿속으로 똑같은 질문을 하고 있다는 것을 알 수 있다.

"네, 그게……." 내가 팔꿈치 뒤쪽을 긁적인다. "화난 감정을 표현하는 편지를 쓰는 거였어요. 하지만 아무에게도 주지 않았어요. 진짜 편지를 쓴 게 아니었어요."

"과제였다는 거구나." 스프라그 형사 미간에 주름이 진다. "그럼…… 다른 아이들도 같은 과제를 했겠네? 내가 물어보면 아이들이 기억할까?"

"아뇨. 저만 하는 과제였어요."

형사가 알 수 없는 표정을 지어 보이지만, 편지에 대해서 더는 질문하지 않는다. 그게 좋은 의미인지 나쁜 의미인지 모르겠다.

"이건 절차상 해야 하는 질문이란다, 애디." 스프라그 형사가 말한다. "어젯밤에 어디 있었니?"

"집이요." 나는 재빨리 말한다.

형사가 엄마를 본다. "어머니도 집에 계셨나요?"

엄마 얼굴이 살짝 붉어진다. "저는 간호사예요. 어제는 야간 근무를 했어요."

나를 걱정할 때마다 엄마의 두 눈썹 사이에 생기는 주름이, 지금은 깊은 골로 변해 있다. 딱 저런 표정으로 작년 한 해 동안 나를 자주 보곤 했는데.

“그렇군요…….” 스프라그 형사가 이번에는 엄마에게 질문한다. “출근할 때 차를 가지고 가셨나요?”

엄마가 어리둥절해하는 표정을 짓는다. “네.”

“혹시 집에 다른 차가 있나요?”

“네…….” 엄마가 차고로 나가는 문을 슬쩍 본다. “죽은 남편 차가 차고에 있긴 해요. 하지만 그 차는 안 쓰는데요.”

엄마는 나를 위해 아빠 차를 남겨두겠다고 했지만, 사실은 아빠의 물건을 하나라도 버리고 싶지 않아서다. 버렸어야 했다고 지금은 후회하고 있으려나.

“그럼 네가 어젯밤에 차를 사용할 수 있었겠구나?” 스프라그 형사가 나한테 묻는다.

내가 대답하기 전에 엄마가 답을 해버린다. “하지만 얘는 운전면허증이 없어요. 연습 면허밖에 없는걸요.”

형사가 한쪽 눈썹을 추켜올린다. 면허가 없다고 십 대들이 운전대를 잡지 않을 리 없다는 걸, 누구보다 잘 알고 있을 거다. “아무튼 차고에 차가 있다는 말씀인 거죠?”

“네.” 엄마가 작은 목소리로 말한다.

형사가 왜 그런 질문을 하는 걸까. 내가 이용할 수 있는 차가 있는지 없는지를 왜 궁금해하는 걸까. 어젯밤 난 아빠 차를 쓰지 않았다. 어젯밤에 내가 차를 써야 하는 이유가 있다면 그건…….

나 혼자 움직였을 경우뿐이다.

서늘한 한기가 느껴지며 머릿속이 빙빙 돈다. 그 편지, 스프라그 형사는 우연히 발견한 것처럼 행동했지만, 형사가 손에 넣으려면 너새니얼에게서 받는 방법 말고는 없다. 게다가 오늘은 학교가 쉬는 날이니, 내가 이브 선생님 집 밖에 숨어 있는 걸 봤다는 얘기를 말한 사람도 분명 너새니얼이다.

그리고 너새니얼은 나를 숲속에 버렸다.

나한테 자기 아내의 살인을 뒤집어씌우려고 하는 건가? 형사가 하는 말들을 보면 꼭 그런 것 같다. 하지만 나는 너새니얼을 안다. 너새니얼은 그럴 사람이 아니다. 어젯밤에 너새니얼이 했던 모든 행동은 나를 보호하기 위해서였다. 나를 감옥에 보내지 않으려고 말이다.

그래도 이브 선생님 목에 있던 선명한 붉은 자국에 대한 생각은 지울 수가 없지만.

"애디." 스프라그 형사가 깜짝 놀랄 만큼 부드러운 목소리로 말한다. "어젯밤에 이브 선생님에게 무슨 일이 있었는지 혹시 아니?"

스프라그 형사와 엄마의 눈이 모두 나를 향해 있다. 나는 말없이 고개를 젓는다.

스프라그 형사가 긴 한숨을 내쉰다. "그래, 알았다, 애디. 오늘은 여기까지만 할게. 다음에는 너를 경찰서로 부를 수도 있어. 물어볼 게 많아질 거야."

"애디는 절대 누구를 해치거나 하지 않아요." 엄마가 목소리를 높인다. "그런 애가 아니에요."

형사가 대답 대신 짧게 미소를 지어 보인다. 엄마 말이 틀렸다는 걸 나만큼 형사도 잘 알고 있다.

68

애디

스프라그 형사가 집에서 떠나자, 엄마는 당장이라도 쓰러질 것 같은 표정을 짓는다. 얼굴이 하얗게 질린 모습을 보니 아직 갈색을 띠고 있는 엄마 머리칼마저 흰색으로 변할 것 같다.

"애디." 엄마가 숨을 거칠게 내쉰다. "이게 다 무슨 일이니? 너 뭘 한 거야?"

다 부정하는 거야.

나는 부스스한 머리카락 한 가닥을 만지작거리며 시선을 떨어뜨린다. 이 모든 일이 끝나기 전에 내 머리가 하얗게 변한다 해도 전혀 놀라지 않을 것 같다. "아무것도 안 했어요. 밤새 집에 있었어요."

"애들린, 엄마한테 사실대로 말해."

엄마는 내가 거짓말을 하면 곧바로 알아차린다. 나는 다른 전략을 시도한다. "엄마, 형사님은 내가 차를 몰고 어디 갔다 왔다고 생각해요. 하지만 차고에 있는 차는 시동도 안 걸릴 거예요. 너무 오랫동안 안 탔잖아요. 배터리가 다 방전되었을 거예요."

엄마가 마지막으로 아빠 차를 운전했던 건 차를 팔아볼까 고민하던 때, 그러니까 두 달도 훨씬 전이었다. 엄마는 고민 끝에 나를 위해 차를 남겨두기로 마음을 정했겠지만, 나는 그 남자의 차를 운전한다는 생각만 해도 속이 역겹다.

"그럴지도 모르지." 엄마가 고개를 돌려 차고 문을 다시 바라본다. "그럼 말이 나온 김에 확인해보자."

책장에 넣어둔 차 열쇠를 집어 들자 내 심장이 철렁한다. 차고로 향하는 엄마 뒤를 나도 서둘러 따라간다. 엄마는 차 문을 열고 운전석에 올라타는 동안 아무 말도 하지 않는다. 엄마가 더듬거리다가 차 열쇠를 열쇠 구멍에 꽂는다.

"엄마." 내가 입을 연다. 그때까지 내가 숨을 참고 있는지도 몰랐다. 엄마가 아빠 차를 아주 오랫동안 몰지 않았으니, 시동이 걸리지 않을 거라 확신한다. 그러면 나는 의심을 벗을 수 있겠지? 어젯밤에 내가 차를 쓰지 않았다면, 이브 선생님에게 아무 짓도 할 수 없었다는 뜻일 테니까.

천천히 엄마가 차 열쇠를 돌린다.

엔진이 부르릉하는 소리가 어찌나 큰지 나도 모르게 한 걸음 뒤로 물러선다. 차고에 배기가스가 빠르게 들어차기 시작한다. 이제 시동을 꺼야 할 것 같은데, 차고가 매캐한 연기로 채워지는 동안 엄마는 멍한 눈으로 자동차 앞 유리 너머를 바라보며 그냥 가만히 앉아 있다.

"시동이 걸리는지도 몰랐어요." 나는 변명하듯 말한다.

엄마가 손을 뻗어 시동을 끄더니 열쇠를 뽑은 다음 차에서 내린다. 그리고 내 눈을 똑바로 바라본다.

"어젯밤에 무슨 일이 있었던 거야, 애들린? 사실대로 말하렴."

"아무 일도 없었어요." 나는 조용히 말한다. "집에 있었다고요."

"이브 선생님에게 네가 뭔가 나쁜 짓을 했니?"

"아뇨, 난…… 난…….."

그다음 이어질 말은 완벽한 거짓말이다. 나는 16년을 사는 동안 끔찍한 일들을 했다. 아빠를 계단 아래로 밀었고, 아트 터틀 선생님을 스토킹했고, 내 선생님과 관계를 가졌고, 이브 선생님을 프라이팬으로 내리쳤다.

하지만 내가 이브 선생님을 죽였는지는 확실히 모르겠다.

"애디, 엄마한테 그냥 사실대로 말해줘." 엄마 목소리가 갈라진다. "네가 엄마한테 사실을 말하지 않으면 엄마가 널 도울 수 없어."

엄마한테 다 말하면 어떻게 될까. 나와 너새니얼은 사랑하는 사이라고, 내가 어젯밤에 너새니얼 집에 갔었다고, 또 내가 이브 선생님 머리를 프라이팬으로 때렸다고. 정말로 숨김없이 다 말하면 어떻게 될까.

사실 난 그 질문에 대한 답을 별로 알고 싶지 않다.

이 일의 끝에 가서는 너새니얼과 나의 주장이 서로 맞서게 될 거란 생각이 든다. 그리고 너새니얼은 '다 부정'할 거란 생각도.

69

네이트

몇 시간 후, 잠자리에 막 들려는데 스프라그 형사에게서 전화가 온다.

아직 이브의 행방을 찾지 못했다는데, 그리 놀랄 일은 아니다. 이브가 통근열차를 타지 않았다는 사실을 확인했다고 하는데, 역시 놀랄 일은 아니다. 이 모든 정황은 애디를 가리키게 될 것이다.

"그리고," 형사가 덧붙인다. "애들린 세버슨 학생을 만나봤습니다."

애디. 집으로 찾아온 경찰을 보며 무슨 생각을 했을지 궁금하다. 애디에게 신뢰할 만한 구석이 하나도 없어서 참으로 고맙다. "그러셨어요?"

"애디가 부인의 실종과 관련이 있다는 생각은 확실히 들더군요." 스프라그 형사가 말한다. "내일 다시 만나볼 생각입니다.

베넷 씨 학교의 교장 선생님께도 연락을 취해볼 생각이고요.”

“알겠습니다.” 내가 말한다.

형사가 히긴스 교장 선생님에게 들을 이야기는 애디가 작년에 저지른 일들이 될 것이다. 거기에 내가 가지고 있던 편지가 더해지면, 애디는 극도로 불안정한 사람으로 비칠 것이다. 그리고 경찰이 이브의 시체를 찾아 파내는 날, 모든 증거가 애디를 지목할 것이다. 이브 차에도 애디의 지문이 잔뜩 남아 있다.

그러니 나는 애디와 최대한 거리를 두어야 한다. 애디가 우리 둘의 관계에 대해서 아무에게도 말하지 않았으리라 확신한다. 이브 외에 우리 둘에 대해 아는 사람은 없다. 나와 애디의 연결 통로가 되어주었던 스냅플래시 계정은 벌써 끊어놓았다.

미안하구나, 애디. 우리 중 한 명이 이 일에 책임을 져야 하는데, 그게 내가 될 순 없어서 말이지.

“그럼 내일 다시 연락드리겠습니다.” 스프라그 형사가 내게 약속하듯 말한다.

“정말 감사합니다.” 나는 호감을 불러일으키는 말투로 형사에게 말한다. 노골적으로 추파를 던지겠다는 건 아니다. 지금 상황에서 매우 부적절한 행동이 될 테니까. 하지만 형사가 나를 좋게 생각할수록 나에 대한 의심은 줄어들게 된다. “제 아내를 찾는 데 애써주셔서요…….”

“부인에게 무슨 일이 있었는지 진실을 밝혀낼 겁니다.” 형사가 나를 안심시킨다. “그러니 힘드시겠지만 조금만 기다려주세요, 베넷 씨.”

"네이트라고 부르세요." 나는 목이 메는 듯한 목소리로 말한다. 네이트로 불리는 게 좋다. 애디가 애정을 듬뿍 담은 목소리로 '너새니얼'이라고 부르는 것도 좋았지만.

전화를 끊은 다음 욕실에서 늘 하던 대로 〈올슉업〉을 흥얼거리며 이를 닦는다. 가볍게 세수까지 하고는 집에서 입는 면 티셔츠를 벗고 침대로 간다. 이불 사이로 미끄러지듯 들어가려는 순간, 듣는다.

아래층에서 초인종이 울리고 있다.

스프라그 형사가 온 건가? 그럴 리가 없다. 전화를 끊은 지 얼마 지나지 않았다. 그렇다면 다른 사람일 것이다. 재빨리 시계를 본다. 열한 시가 다 되었다. 이 시간에 누가 우리 집에 온 걸까?

머리 위로 면 티셔츠를 도로 입은 다음 혹시 몰라 가운도 입는다. 계단을 내려가는데, 맨발이 바닥에 닿을 때마다 삐걱삐걱하는 소리가 난다. 집이 워낙 오래되어서 바닥의 타일이나 나무 판자 하나하나가 저마다 독특한 소리를 낸다. 우리 집 거실을 가로질러 걸어가며 교향곡을 연주할 수도 있을 것 같다.

또다시 들리는 소리. 이번에는 문을 두드린다. 하지만 노크라기보다는 가볍게 톡톡 두드리는 소리다.

방문객이로군, 내 방문을 두드리는 것은. 내가 좋아하는 시, 〈갈까마귀〉의 한 구절이 떠오른다.

이번에도 문 앞에 아무도 없으면, 빌어먹을 내 머리가 정말 어떻게 될 것 같다.

먼저 외시경으로 밖을 확인한다. 서 있는 사람이 아무도 없는 걸 보고 속이 울렁거린다. 이 상황에 괜한 의미를 둘 필요는 없다. 그저 택배 배달일 수도 있다.

비록 토요일 밤 열한 시지만.

현관문을 살짝 여는데, 심장이 고통스러울 정도로 빠르게 뛴다. 하지만 문 앞에 놓인 갈색 아마존 택배 상자를 보자, 심장이 조금 진정한다. 거봐, 택배 배달이었잖아. 이번에도 〈갈까마귀〉의 한 구절이 내 머릿속에 울린다. *단지 그뿐, 더는 아무것도 아니다.*

택배를 집어 들어 거실 커피 테이블로 가져온다. 자주 물건을 주문하다 보니, 무엇이 온 건지 모르겠다. 지금 집에 있는 커피 메이커가 자꾸 말썽을 일으켜서 새것으로 하나 주문한 게 가장 최근이었다. 내 집에서 맛있는 커피를 다시 마실 수 있게 되면 더할 나위 없이 좋을 것 같다. 상자에서 테이프를 뜯고 보는데…….

커피 메이커가 아니다. 여자 신발 한 켤레가 들어 있다.

길고 뾰족한 굽이 달린 놀랍도록 선명한 빨간색 신발이다. 이브가 죽기 전에 주문을 했나 보다. 아무렴, 이브라면 그랬겠지. 항상 신발을 주문하곤 했으니까. 하지만 이번에는 다른 신발들과 달리 당장 아마존으로 반품되는 취급을 받게 될 것이다. 그런데 내가 신발을 상자에서 꺼내려고 들어 올리는 순간, 피가 얼어붙는 것 같다. 내가 무엇을 보고 있는지 깨닫자마자 손에 뜨거운 것이 닿은 것처럼 신발을 떨어뜨린다.

신발 밑창이 흙투성이다.

맙소사.

소파에서 벌떡 일어나는데, 온몸이 덜덜 떨린다. 현관문으로 달려가 경첩이 애처로운 소리를 낼 정도로 문을 세게 열어젖힌다. 눈을 가늘게 뜨고 약간의 움직임이라도 찾으려고 앞마당을 노려본다. 하지만 아무것도 보이지 않는다. 다람쥐 한 마리조차 없다.

이 정신 나간 상황 속에서도 시의 조각이 끈질기게 따라붙는다. 단지 어둠뿐, 더는 아무것도 아니다.

"거기 있는 거 다 알아." 나는 냅다 소리를 지른다. "이런 걸로 난 겁먹지 않아."

정적이 흐른다.

"애디?" 나는 불러본다.

살을 에는 듯한 찬바람이 나를 덮친다. 나는 가운 앞자락을 여민다.

"이브?" 내가 조용히 부른다.

이번에도 정적만 흐른다.

나는 있는 힘껏 세게 문을 닫은 다음 온몸을 문에 기대고 선다. 죽은 이브가 무덤 너머에서 나를 괴롭히는 게 아니다. 그것만은 확실하다. 나는 사후 세계를 믿지 않는다. 사람은 한 번 죽으면, 그걸로 끝이다.

그렇다면 누가 문 앞에 흙 묻은 신발을 두고 갔을까?

문득, 이런 짓을 할 만한 사람이 또 한 명 있다는 생각이 든다. 애디도, 이브의 정체불명의 연인도, 죽은 아내의 망령도 아닌, 나를 매장해버릴 수 있는 비밀을 아는 또 한 사람. 만약 '그 사람'이 나를 조롱하고 있는 거라면, 나는 아주 심각한 곤경에 빠진 것이다.

70

네이트

놀랄 것도 없이 끔찍할 정도로 잠을 설쳤다.

이리저리 뒤척이다 간신히 잠이 들면, 좀비 같은 이브가 호박 농장의 무덤을 박차고 일어나는 꿈을 꿨다. 그녀는 굽이 뾰족한 새빨간 구두를 신고 걸어와 나를 사정없이 짓밟았다. 덕분에 내 어린 시절의 호박 농장에 대한 추억들은 아주 제대로 파괴되었다.

침대에서 힘들게 몸을 끌고 나온 다음 인스턴트커피를 한 잔 탄다. 커피 메이커는 여전히 고장 나 있고, 새로 주문한 커피 메이커는 아직 오지 않았다. 커피를 다 마실 때쯤 초인종이 울린다.

만약 흙투성이 신발이 문 앞에 또 놓여 있다면, 이번에는 정말 못 견딜 것 같다.

현관문으로 발을 끌며 걸어가 외시경으로 밖을 보니 스프라그 형사가 서 있다. 좋은 소식을 들고 온 거면 좋겠다.

문을 열자 형사가 나를 보고 다소 놀란 것 같다. 지금 나는 어제보다 훨씬 초췌해 보일 테지. 어제는 내가 불안과 걱정에 휩싸인 남편을 연기했다면, 오늘은 연기할 필요가 없다. 샤워도 못 했고 옷도 제대로 입지 못한 상태이다.

"안으로 들어가도 될까요, 베넷 씨?" 스프라그 형사가 묻는다.

나는 하품을 참는다. 어제 나를 네이트라고 부르라고 했건만, 지금은 같은 말을 형사에게 또 일러줄 기운이 없다. "네, 들어오세요."

나는 그녀가 거실로 들어올 수 있게 한 걸음 물러선다. 소파에 앉으라고 권해야 하는지 생각해보지만, 형사가 내 집을 너무 편안히 여기게 되는 건 원하지 않는다.

"이브에 대한 소식이 있나요?" 내가 묻는다.

스프라그 형사가 천천히 고개를 가로젓는다. "안타깝게도 아직은 없어요. 하지만 오늘 아침 데브라 히긴스 선생님과 이야기를 해봤습니다."

잘됐다. 덕분에 애디가 주요 용의자로 확고해졌을 것이다. "아, 네."

형사가 고개를 갸웃하며 알 수 없는 표정을 짓는다. "그런데 애들린 세버슨이 베넷 씨 영어 수업을 듣는 학생이라는 말은 왜 하지 않으셨나요?"

미처 면도를 하지 못해 까끌거리는 턱을 긁고 있던 손가락이 멈칫한다. "네?"

"애들린이 이브 선생님 학생이라고 하셨죠." 형사가 내 기억을 상기시키듯이 말한다. "베넷 씨 수업도 듣는다는 말은 한 번도 하지 않으셨어요."

"그게 중요한가요? 그 학생이 원한을 품었던 사람은 이브인데요."

"그렇긴 합니다만, 베넷 씨는 애들린을 잘 모르는 것처럼 행동하셨습니다. 애들린은 베넷 씨 수업을 들을 뿐 아니라, 베넷 씨가 담당하는 교내 시 잡지 클럽 활동도 하더군요."

형사 목소리에서 스며 나오는 의심의 기운이 마음에 들지 않는다. 상황이 복잡해지기 전에 초장에 싹을 잘라버려야 한다. "제가 그런 인상을 드렸다면 죄송합니다. 저도 애디를 압니다. 제 수업에서는 늘 적당히 하는 아이죠."

"적당히요?"

내가 어깨를 으쓱해 보인다. "괜찮은 아이였어요. 저는 애디와 아무 문제가 없었습니다."

스프라그 형사가 내 얼굴을 보는데, 그 시선이 어찌나 강렬한지 나는 움찔하지 않으려고 자제력을 최대한으로 발휘한다. "베넷 씨." 형사가 말한다. "혹시 본인이나 부인께서 외도를 하신 적이 있으신가요?"

"아뇨." 내가 답한다. 대답이 너무 빨리 튀어나온 것 같지만. "그런 일은 없습니다. 뭐, 저는 확실히 없습니다."

"부인에 대해서는 확신이 없으신가 보군요?"

"그건…… 음……." 나는 가운 앞자락을 당겨 여민다. "그런 일은 없었으리라 생각합니다만, 사람 일은 모르는 거니까요."

이브가 바람을 피우고 있었을까? 이브가 내연남에게 내가 간통한 사실을 말했고, 이제 그 남자가 이브를 대신해서 내게 복수를 하려는 걸까?

"그럼 가능성이 있다는 말씀이시군요." 형사가 몰아붙인다.

"글쎄요…… 잘 모르겠네요." 나는 양 손바닥으로 눈을 비빈다. "형사님, 죄송한데, 제가 이브를 걱정하느라 어젯밤에 잠을 잘 못 잤습니다. 지금 머리가 제대로 돌아가지가 않네요."

스프라그 형사가 다 이해한다는 듯이 고개를 끄덕인다. "알겠습니다. 저는 가볼 테니 좀 쉬세요."

이 여자가 간다니, 무릎을 꿇고 신께 올리는 감사 기도가 절로 나오려 한다. 관자놀이가 욱신거리기 시작한다. 뜨거운 물로 오랫동안 샤워를 해야겠다.

"나중에 다시 오겠습니다." 스프라그 형사가 덧붙인다.

"네." 나는 힘없이 말한다. "알겠습니다."

"아니면 경찰서로 오는 게 베넷 씨에게 더 편할까요?"

경찰서로 걸어 들어가는 생각만 해도 몸이 아파지려 한다. "전 종일 집에 있을 겁니다. 여기로 오시면 돼요."

스프라그 형사가 가기 전 한 번 더 나를 바라본다. 나는 저 눈빛을 안다. 그녀는 나를 의심하고 있다. 형사의 직감이 이 사건에 내가 말한 것 이상의 무언가가 있다고 알려주고 있는데, 불행히도 증거가 없는 것이다. 증거 없이는 형사가 내게 할 수 있는 일은 아무것도 없다.

71

애디

엄마가 날 쳐다보는 저 눈빛이 싫다.

터틀 선생님 집 밖에서 체포된 이후로 엄마는 줄곧 저런 눈빛으로 날 본다. 아니, 정확히 말하자면 아빠가 우리 집 계단 아래에 쓰러진 채로 발견된 날부터였다. 엄마는 내가 아빠의 죽음 앞에서 왜 더 슬퍼하지 않는지 의아해했다. 장례식을 치르고 며칠 뒤, 엄마는 내게 이렇게 말했다. *"난 네가 그날 집에서 공부할 줄 알았는데. 네 입으로 분명 그렇게 말하지 않았었니?"*

마치 엄마는 안다는 듯이. 아빠를 계단에서 민 사람이 나라는 걸 다 안다는 듯이.

이제 엄마는 이브 베넷 선생님의 실종에 내가 어떻게든 연관이 있다는 생각을 하고 있다.

나는 엄마의 시선을 무시하며 겉옷을 집어 들고 밖으로 나간다. 오늘 밤에는 비가 올 거라는데, 지금은 그냥 보슬비만 내리고 있다. 머리카락을 적시는 비를 피하려 후드를 쓴다. 아주 작고 차가운 빗방울들이 내 얼굴을 때린다. 성가시지만 기분은 좋다. 이게 말이 되는지 모르겠지만.

온라인에 이브 선생님의 실종 기사가 두어 개 올라왔다. 나는 쓱 훑어보기만 했다. 기사를 읽기가 힘들었다. 평소에는 나한테 조금도 관심이 없던 애들한테서 문자가 몇 통 왔다. 무슨 정보라도 얻어낼 꿍꿍이겠지. 허드슨에게서도 문자가 왔다.

허드슨 너 괜찮아?

나는 아무에게도 답장하지 않는다.

허드슨이 자기가 아는 걸 경찰에게 말했을지 궁금하다. 아무에게도 절대 말하지 않겠다고 약속했지만, 그건 자신이 심각한 범죄의 공범이 될 수도 있음을 알기 전의 일이었다. 나는 허드슨을 비난하지 않을 거다.

집에서 몇 블록 떨어진 곳을 걷고 있는데, 검은색 차 한 대가 내 옆으로 다가와 속도를 늦춘다. 고개를 숙이고 걷는 발걸음을 재촉하자, 차가 내 속도에 맞춰 따라온다. 뭐지?

차가 내 앞쪽 인도에 따라 멈춰 서더니, 시동이 꺼진다. 내가 도망쳐야 하는 건지 고민하는 순간 스프라그 형사가 차에서 나온다. 그냥 지금이라도 뛸까.

"애디!" 스프라그 형사가 내 이름을 크게 부른다.

경찰의 지시를 거스르면 안 된다는 생각에 나는 걸음을 멈춘다. 대신 보슬보슬 내리는 비를 맞으며 손을 주머니에 푹 찔러 넣은 채 입을 꾹 다문다.

스프라그 형사가 종종걸음으로 차를 돌아와 내 앞에 마주 선다. 내가 키가 큰 편이 아닌데도 형사는 나를 보려고 고개를 든다. "애디." 형사가 말문을 연다. "너랑 이야기를 좀 했으면 해."

"엄마가 엄마 없는 데서 형사님과 이야기하면 안 된다고 했어요."

"그랬구나." 스프라그 형사가 고개를 끄덕인다. "참 좋은 충고를 해주셨네. 난 그냥 너랑 비공식적으로 대화를 하고 싶은 것뿐이야. 중요한 일 때문이지. 이브 베넷 선생님을 찾으려는 거니까. 아무래도 선생님에게 안 좋은 일이 생긴 것 같아서 걱정이 되거든."

뭐라고 대답해야 할지 몰라 입을 다물고 있는다.

스프라그 형사의 옷에는 모자가 없다. 보슬비가 검은 머리카락 위로 그대로 떨어진다. 그러든가 말든가 형사는 전혀 신경 쓰지 않는다. 내 얼굴에 고정된 짙은 갈색 눈에 조금의 흔들림도 없다. "너새니얼 베넷 씨가 네 영어 선생님이더구나."

불리한 질문이 아닌 것 같아 나는 고개를 끄덕인다.

"베넷 씨가 담당하는 교내 시 잡지 클럽 활동도 하고 있지?"

나는 한 번 더 고개를 끄덕인다.

"지금 하려는 질문은 내가 아까 말했듯이 비공식적인 거야, 애디." 스프라그 형사가 눈을 깜빡인다. 속눈썹에 빗방울이 잔뜩 맺혀 있다. "너랑 너새니얼 베넷 씨 사이에 무슨 일 있었니?"

다 부정하는 거야. 너새니얼이 나를 배신했다고 해도, 비록 지금도 난 너새니얼이 그랬을 거라고 생각하지 않지만, 우리 둘을 위해서는 말하지 않는 게 낫다는 것을 안다. "아뇨."

"나는 있었을 거라고 생각하는데." 스프라그 형사가 내 대답을 듣지 못한 것처럼 말을 이어간다. "베넷 씨가 너한테 무조건 비밀로 해야 한다고 말했을 거야. 베넷 씨가 너한테 그렇게 말한 이유를 나도 이해하지만, 너에게 도움이 되지 않는다는 걸 네가 알면 좋겠어. 너에게 있어 최선은 나한테 솔직해지는 거야. 네가 엄마 앞에서 이런 이야기를 하면 불편할 것 같아서, 혼자 있을 때 대화를 좀 나눠보고 싶었어."

"아무 일도 없어요." 내가 조용히 말한다.

"만약 무슨 일이 있었다고 해도." 형사가 말한다. "네 잘못이 아니란다. 베넷 씨는 성인이야. 그리고 네 선생님이고. 교사로서 성행위를 동반한 어떠한 관계를 맺는 건 매우 부적절한 거야. 그러니 네 잘못이 아니야, 내가 약속할게."

형사는 아무것도 모른다. 너새니얼과 내가 어떤 특별한 관계인지 결코 이해하지 못할 거다. 우리는 소울메이트란 말이야. 너새니얼은 나를 이용한 게 아니었다. 나도 너새니얼만큼, 아니 어쩌면 더 많이 그를 원했다. 너새니얼이 다른 어른들은 결코 이해하지 못할 거라고 했었는데, 그 말이 맞았다.

"아무 일도 없어요." 나는 이를 악문 채 말한다. "그리고 엄마 없는 데서 저랑 대화하면 안 되는 거잖아요."

스프라그 형사가 실망과 슬픔이 동시에 묻어나는 표정으로 나를 본다. 미안해진다. 스프라그 형사는 좋은 사람일 것 같다는 생각이 드니까. 자기 일에 헌신적인 것 같고, 또 나를 정말로 걱정해주는 것 같으니까. 하지만 다시 생각해보면, 결국 이브 선생님에게 무슨 일이 생긴 건지 알아내려는 것일 뿐이다. 나를 최선으로 도와주는 건 형사의 일이 아니다. 스프라그 형사는 너새니얼이 나를 조종했다는 식으로 말했지만, 따지고 보면 형사도 지금 똑같이 나를 조종하려 하고 있다. 게다가 너새니얼과 나 사이에 무슨 일이 있었다는 증거도 없다.

"네가 알아야 할 게 있어, 애디." 스프라그 형사가 나직이 말한다. "너새니얼 베넷 씨는 너를 단독으로 범행을 저지른 스토커로 만들려는 그림을 그리고 있어. 네가 이브 베넷 선생님을 통근열차역 주차장까지 따라갔고, 선생님을 죽인 다음 시체를 처리했다고 경찰에게 믿게 하려는 심산이야. 네가 용기를 내서 입을 열지 않으면, 사람들은 베넷 씨의 이야기만 듣게 되는 거야."

과연 그럴까? 난 믿지 않는다. 스프라그 형사가 거짓말을 하는 게 틀림없다. 너새니얼은 나한테 그렇게 할 사람이 아니다.

내 생각이 맞겠지?

스프라그 형사가 트렌치코트 주머니를 뒤적거리더니 작은 직사각형 카드 하나를 꺼내 내게 건넨다. "내 명함이야. 뒷면에 내 휴대폰 번호를 적어놨어. 나랑 이야기하고 싶은 생각이 들면 언제든지 전화하렴. 정말로."

나는 명함을 받아들지만 아무 말도 하지 않는다.

스프라그 형사가 나를 한 번 더 쳐다보더니 검은 차에 올라타 차를 몰고 떠난다. 형사 모습이 완전히 사라진 다음 나는 명함을 내려다본다. 카드를 뒤집어보니, 검은 볼펜으로 휴대폰 번호 열 자리가 적혀 있다. 떨어지는 빗방울 때문에 숫자들이 흐릿해질 때까지 나는 그 번호를 가만히 내려다본다.

72

애디

이제는 집으로 돌아가야 할 것 같다. 비에 청바지가 홀딱 젖고, 커다란 물웅덩이에 발이 빠지는 바람에 한쪽 운동화가 철벅철벅 소리를 내고 있다.

엄마가 거실 소파에 앉아 휴대폰을 들여다보고 있다. 내가 집으로 들어가자, 엄마가 고개를 들고 날카로운 시선을 내게 던진다. "어디 갔다 왔니?"

"그냥 좀 걷다 왔어요." 나는 축축한 운동화를 벗는다. "어딜 갔다 온 게 아니라요."

엄마가 눈썹을 추켜올린다. "아무 데도 안 갔어?"

"네."

"혹시라도 네가……."

"아무 데도 안 갔다고요." 대신 엄마에게 길에서 스프라그 형사를 만났던 일도 말하지 않는다. 겉옷 주머니에 찔러 넣은 명함 이야기도. "그냥 걷다 왔어요. 진짜예요, 엄마."

"걱정돼서 그래." 엄마가 휴대폰을 내려놓고 소파에서 일어나 나를 마주 본다. 지난 1년 사이 엄마는 부쩍 늙어 보이기 시작했다. 나는 항상 엄마가 다른 엄마들보다 더 젊고 예쁘다고 생각했는데, 지금 엄마의 모습은 할머니라고 해도 될 것 같다. "네가 받는 혐의는 정말 심각한 거야. 그걸 알아야 해."

"알아요."

엄마 눈가가 촉촉해진다. "애디, 그냥 엄마한테 말해줘. 화 안 낼게. 이브 선생님에게 무슨 일이 있었는지 아니?"

내 안에서 엄마에게 털어놓고 싶은 말들이 목구멍 위까지 무섭도록 차오른다. 어릴 때는 무슨 일이 잘못되더라도 엄마가 꼭 안아주면 모든 게 다시 괜찮아지는 것 같았는데. 지금 이 일은 엄마가 바로잡을 수 있는 방법이 없다. 어른이 된다는 건 부모가 더는 모든 문제를 해결할 능력이 없음을 깨달아가는 과정이다. "아뇨, 몰라요."

다 부정하는 거야.

엄마가 손등으로 눈가를 훔친다. "나는 네 편이야. 하지만 내가 무슨 일이 있었는지 모르면 널 도울 수가 없어."

나는 입을 열어보지만 무슨 말을 어디서부터 어떻게 해야 할지 모르겠다. 하지만 내가 무슨 말을 시작했더라도 초인종이 울려서 끊어졌을 것이다.

이런. 스프라그 형사가 왔나 보다. 나를 체포라도 하러 온 건가.

“내가 나가볼게요.” 내가 말한다.

급히 현관으로 가서 누가 밖에 있는지 확인도 하지 않고 문을 열었다가, 문 앞에 서 있는 사람을 보고는 입이 떡 벌어지고 만다. 누구든 우리 집에 올 수야 있지만, 정말 꿈에도 생각하지 못한 사람이 내 앞에 서 있다.

바로 켄지 몽고메리다.

73

애디

켄지 몽고메리가 왜…….

하아.

경찰이 나를 살인 혐의로 조사하는 것도 모자라서, 이제는 내가 학교에서 가장 싫어하는 애까지 우리 집을 찾아왔다. 나를 괴롭히려고 온 거겠지. 오늘 하루가 아주 끝내준다.

켄지는 내가 전에 본 적 있는 흰색 코트를 입고 있다. 하지만 쏟아지는 빗줄기에 흠뻑 젖은 탓에 예전의 모습은 찾아볼 수 없다. 켄지의 금발 머리는 두피에 찰싹 붙어 있고, 뺨은 빨갛게 상기되어 있다. 지금껏 본 켄지의 모습 중에서 가장 엉망이다.

"우리 집엔 왜?" 나는 짜증이 확실하게 묻어나는 목소리로 말한다.

켄지가 얼굴에 달라붙은 머리카락 몇 가닥을 손으로 옆으로 넘긴다. "너한테 할 말이 있어. 안으로 들어가도 될까?"

내 마음 한쪽에서 켄지에게 안 된다고 말하라는 소리가 들린다. 지금은 정말 켄지를 상대하고 싶은 마음이 눈곱만큼도 없다. 그런데 켄지의 파란 눈동자에 내가 이대로 문을 쾅 닫아버리지 못하게 하는 뭔가가 있다. 나는 할 수 없이 고개를 끄덕인 다음 켄지가 집으로 들어오도록 옆으로 물러선다.

켄지에게서 물이 뚝뚝 떨어진다. 현관에 선 켄지 발아래로 작은 물웅덩이가 만들어지고, 나는 켄지에게 안으로 더 들어오라고 해야 하는 건지 몰라 머뭇댄다. 엄마가 조용히 복도에 있는 벽장으로 가서 수건을 꺼내 켄지에게 가져다준다.

"나는 애디 엄마야." 엄마가 말한다. "무슨 일이니?"

켄지는 나와 엄마의 얼굴을 번갈아 살피더니, 손을 입가로 가져가 엄지손톱을 거칠게 물어뜯기 시작한다. 켄지에게 이런 나쁜 습관이 있을 거라곤 상상도 못 했는데, 그제야 켄지의 손톱이 죄다 물어뜯겨 엉망인 것이 내 눈에 들어온다.

"괜찮다면 우리 둘이서만 얘기할 수 있을까, 애디?" 켄지가 말한다.

나는 고개를 돌려 엄마를 본다. 엄마는 자리를 비켜주는 게 별로 내키지 않는다는 표정이지만, 결국 고개를 끄덕이고 계단을 올라간다. 엄마가 계단 위에서 엿들을 확률은 반반이지만, 그것까지 내가 어떻게 할 수는 없을 것 같다. 어차피 우리 집 벽은 얇다.

엄마의 모습이 사라지자, 켄지와 나는 거실로 가서 소파에 앉는다. 내가 한쪽 끝에 앉고 켄지는 다른 쪽 끝에 앉는다. 켄지의 의도가 수상쩍다. 이번 학기 내내 나를 지옥으로 몰아넣었으면서. 우리 집에 온 이유도 나를 더 괴롭히러 온 거라는 생각밖에 들지 않는다. 문제는 내가 지금 그걸 감당할 기분이 전혀 아니라는 거다.

"뭔데?" 내가 입을 연다.

"있잖아." 켄지가 젖은 머리카락 몇 가닥을 한쪽 어깨 뒤로 넘긴다. "올해 내가 너한테 한 모든 일들에 대해 사과하고 싶어. 못되게 굴어서 미안해."

켄지 입에서 이런 말이 나오리라고는 예상도 못 했다. 왜 사과를 하는 거지? 그것도 하필 지금?

그런데 켄지 얼굴에서 진심이 느껴진다. 평소의 비웃음은 보이지 않는다. 예쁜 두 눈 아래에는 다크서클이 생겼고, 손톱 중 하나는 너무 심하게 물어뜯었는지 큐티클에서 피 한 방울이 새어 나오고 있다.

"뭐……." 켄지 말을 정말 믿어도 되는지 모르겠지만, 그렇다고 대놓고 사과를 거절하지는 못할 것 같다. "알았어."

"그리고……." 켄지가 갑자기 목소리를 낮추더니 계단 위를 흘끔 쳐다보며 엄마가 듣고 있지 않은지 확인한다. "너한테 하고 싶은 말이 있는데…… 나 알아."

내 뱃속이 살짝 뒤틀린다. "뭘?"

"나 알아…… 너랑 네이트 선생님."

젠장. 다른 사람도 아니고 하필 켄지가 안다니, '정말 최악'이다. 많고 많은 사람 중에 켄지가 안다면 조만간 학교 전체에 다

퍼질 것이다. 그러고 나면 경찰도 알게 되겠지. 생각만 해도 끔찍하다. 지금 내가 할 일은 하나뿐이다.

다 부정하는 거야.

나는 소파에 앉은 채 몸을 비틀어본다. "아무 일도 없는데, 뭘 안다는 거야."

"확실히 있어." 켄지가 파란 눈으로 나를 똑바로 쳐다본다. "너, 선생님이랑 잤잖아."

눈은 거짓말을 하지 않는다고 하던데. 그럼 켄지는 궁금해서 묻는 것도, 한번 떠보는 것도 아니고 정말 알고 있다는 건가. 나와 너새니얼이 암실로 들어가는 걸 봤든지, 아니면…… 하아, 나도 모르겠다. 이제 어쩐다, 가장 끔찍한 일이 벌어졌다. 최악의 사람이 내가 저지른 최악의 일, 아니, 두 번째 최악의 일을 알아버렸다. 대체 어떻게 알게 된 거지.

"그 시를 봤어." 켄지가 말한다.

이거야말로 정말 예상하지 못한 대답이다. "뭐?"

"학교 식당에서 내가 네 점심 식사를 망쳤던 날 말이야." 켄지가 내 기억을 일깨워준다. 내 점심을 땅바닥에 내동댕이쳤다는 말을 저렇게 멋지게 하다니. "네 공책에 그 시가 있었어. 네이트 선생님이 써서 너한테 줬겠지. 그게…… '속절없이 흘러가던 삶에 젊음과 생기가 넘치고…….'."

"그만해!"

내가 가장 아끼는 시를 켄지가 더럽히기 전에 나는 손을 들어 켄지의 말을 멈춘다. 너새니얼이 나를 위해 쓴 구절들을 내가 어떻게 잊을 수 있을까. 단어 하나하나를 전부 외우고 있다.

    속절없이 흘러가던 삶에
    젊음과 생기가 넘치고
    부드러운 손과
    분홍빛 뺨을 가진
    그대가 나타나
    진정한 나를 찾아주었네
    앵두 같은 입술로
    숨을 앗아가더니
    내게 삶을 되찾아주었네

나는 눈을 가늘게 뜨고 켄지를 본다. "그 시를 선생님이 써줬다는 걸 네가 어떻게 알아?"

켄지가 다시 손톱을 물어뜯기 시작한다. "왜냐면 너한테 쓴 게 아니니까."

"아니야, 나한테 써줬어. 정말이야."

"아니." 켄지가 고개를 절레절레 흔든다. "선생님이 나한테 써줬던 거야."

74

—

애디

내가 알고 있던 세상이 와르르 무너져 내리는 기분이다. 뭐라고? 지금 무슨 일이 벌어지고 있는 거야? 켄지가 무슨 말을 하는 거지?

"2년 전에 선생님이 나한테 써준 거야." 켄지가 말한다. "나…… 다 외우고 있어."

천만다행으로 켄지가 시를 다시 읊지 않는다. 만약 그랬다면, 나는 귀를 막고 소리를 지르며 집을 뛰쳐나갔을 거다.

"이해가 안 돼." 내가 말한다. "네이트 선생님이 왜 너한테 시를 써줘?"

"나는 9학년 때부터 네이트 선생님과 잤으니까."

거짓말. 다 거짓말. 말도 안 된다. 켄지가 나를 괴롭히려고 이야기를 지어내고 있는 거다.

믿을 수 없다. 아니, 믿지 않을 거다.

"난 학교 신문부였어." 켄지가 설명한다. "하루는 학교에 늦게까지 남아서 내가 기사 쓰는 걸 선생님이 도와줬어⋯⋯. 그러다 우연히 이야기를 나누었는데." 켄지의 숨결이 떨린다. "그 당시 우리 오빠가 암이었어. 지금은 증상이 없지만, 완치된 건 아니야. 백혈병이었는데, 항암 치료 때문에 오빠는 늘 몸이 아팠어. 그래서 집에서는 아무도 내 존재를 신경 쓰지 않는 것 같았어. 이기적으로 들린다는 거 알아, 하지만⋯⋯."

켄지 집의 약 수납장에서 봤던 오빠 이름으로 처방된 약병을 떠올린다. 구역질 및 구토 예방. 켄지의 오빠가 백혈병이었다니, 꿈에도 몰랐다. 남들에게 알려지지 않도록 철저히 비밀로 해왔던 모양이다.

"네이트 선생님은 참 친절했어." 켄지가 중얼거리듯 말한다. "엄마 아빠와 달리 선생님은 내게 정말 많은 관심을 기울여줬어. 게다가 선생님은 엄청⋯⋯ 아무튼, 나는 시도 때도 없이 선생님을 생각하게 되었어. 그래서 선생님이 내게 키스했을 때⋯⋯."

머리가 혼란스럽다. 너새니얼은 내게 한 번도 아내를 배신한 적 없다고 말했었는데. 게다가 켄지가 9학년 때부터 너새니얼과 함께했다면, 겨우 열네 살이었을 텐데. 너새니얼이 그럴 리가⋯⋯.

"선생님은 나한테 소울메이트라고 했었어." 켄지가 헛웃음을 터뜨린다. "난 그 말을 곧이곧대로 믿었어. 사랑에 눈이 멀어서 바보가 됐던 거야. 선생님을 위해서라면 정말 뭐든지 할 수 있었으니까. 그러다 너랑 터틀 선생님 사건이 터졌고, 네이트 선생님은 우리 관계를 자제해야 한다고 말했어. 이목이 쏠리는 바람에 더는 나를 만날 수 없다고 말이야." 켄지가 다시 손톱을 물어뜯기 시작한다. "그래서 너한테 너무 화가 났어. 선생님이 나를 멀리하는 게 전부 너 때문인 것만 같았거든. 이제 와서 생각하니 내가 얼마나 멍청했는지 모르겠어⋯⋯. 너한테 그런 짓을 해서⋯⋯ 정말 미안해."

"그럼 허드슨하고는?" 나는 불쑥 묻는다. "허드슨이 네 남자 친구 아니었어?"

켄지가 고개를 젓는다. "아니, 허드슨하고는 그냥 친구야. 이번 학년에 내가 힘들어할 때 큰 힘이 되어줬어. 참 고마운 아이야. 하지만 우리 사이에는 아무 일도 없었어. 내 눈에는 네이트 선생님밖에 안 보였으니까."

하긴, 허드슨과 켄지가 키스하는 걸 본 적이 없다. 둘이 붙어 있는 건 많이 봤지만, 여느 커플들처럼 복도에서 키스하는 모습을 본 적은 한 번도 없었다.

"그러다가 네 공책에서 그 시를 본 거야." 켄지가 살짝 붉어진 코를 문지른다. "네이트 선생님이 너한테도 그 시를 줬다는 걸 확신했지. 내가⋯⋯ 내가 얼마나 바보 같던지. 그때 깨달았어, 네이트 선생님이 내내 날 갖고 놀았다는 걸. 아마 나한테 했던 말을 너한테도 똑같이 했을걸."

나는 아무 말도 하지 않는다. 너새니얼이 내가 이제까지 만났거나 심지어 앞으로 만날 남자 중에서 가장 멋진 남자라고 생각했는데. 내가 완전히 잘못 생각한 건 아닌지 의구심이 들기 시작한다.

"난 이브 선생님한테 무슨 일이 생긴 건지 몰라." 켄지가 말한다. "하지만 경찰에 가서 나와 네이트 선생님 사이에 있었던 일을 다 말할 생각이야. 그래서 하는 말인데, 네가 같이 가주면 좋겠어."

나는 고개를 흔든다. 켄지가 하는 말들이 허튼소리는 아닌 것 같다. 게다가 들어보면 확실히 수상쩍다. 하지만 켄지는 나를 원수로 생각한다. 이번 학년 내내 나를 괴롭혔다. 이제 와서 내가 켄지를 믿을 수 있을까?

"나는 겨우 '열네 살'이었어, 애디." 켄지의 아랫입술이 떨린다. "네이트 선생님이 내게 했던 말을 그대로 믿고, 그 모든 일을 하도록 내버려둔 나 자신이 정말 바보 같아. 그 일로 나는 완전히 엉망이 되고 말았어. 선생님이 그런 짓을 다시는 저지르지 못하게 막고 싶어." 켄지가 크게 훌쩍인다. "나랑 같이 가줘."

켄지의 떨리는 목소리에 내 마음이 흔들린다. 언제나 완벽할 거라 생각했던 켄지에게서 이렇게 흐트러진 모습을 보게 되리라고는 생각도 하지 못했다. 나는 애꿎게 손만 만지작거린다. "경찰이 우리 말을 믿어주지 않을지도 몰라. 나는 증거도 없어. 스냅플래시로만 이야기해서 메시지가 다 사라지고 없어."

"나도 네이트 선생님하고 스냅플래시로 이야기했어." 켄지가 말한다. "하지만 난 전부 캡처해뒀어."

"캡처를 했다고?"

켄지가 고개를 끄덕인다. "선생님이 내게 하는 말들을 다 기억하고 싶었거든. 그래서 다 남아 있어. 선생님이 했던 모든 거짓말이."

켄지는 어깨에 메고 있는 핸드백을 뒤져 휴대폰을 꺼낸 다음 화면에 이미지를 불러온다. 그렇게 나는 보고야 만다.

너는 내 소울메이트야.

너새니얼이 내게 했던 것과 똑같은 말. 하지만 내가 아니라 켄지에게 하는 말.

역겨워서 메시지를 읽을 수가 없다. 나는 휴대폰을 켄지 쪽으로 밀어버리고 고개를 돌려 눈물이 나오려는 눈을 깜빡인다. 정말일까? 정말로 너새니얼이 내게 했던 말을 켄지에게 똑같이 했을까? 누가 장난을 꾸미고 있는 게 틀림없다.

하지만 켄지의 표정을 보니, 장난이 아니라는 걸 분명히 알 수 있다.

켄지가 손을 뻗어 내 손을 잡는다. "부탁이야, 애디. 나랑 같이 가자. 나 혼자서는 못할 것 같아."

나는 다른 손을 청바지 주머니로 가져간다. 주머니에 아까 스프라그 형사에게서 받은 명함이 들어 있다. 나는 명함을 꺼내 뒷면에 적힌 전화번호를 본다. 비를 맞아 잉크가 조금 흐려졌지만, 숫자를 알아보는 데는 아무 문제가 없다.

"알았어." 내가 말한다. "같이 갈게."

75

애디

무서워 죽을 것만 같다.

우리는 경찰서 안쪽의 아주 좁은 방으로 안내받는다. 목덜미에 벌레가 기어 다니는 것 같은 기분 나쁜 방이다. 조명은 으스스할 정도로 어둡고, 플라스틱 의자 두 개는 불편해 보인다. 의자에 앉으니 역시나 불편하다. 여기에 나 혼자 있으면 까무러쳤을 거다.

그렇지만 혼자가 아니다. 켄지와 함께 있다.

엄마에게는 아무 얘기도 하지 않았다. 보나 마나 엄마는 변호사를 구해야 한다고 난리법석을 피웠을 테고, 상황을 아주 복잡하게 만들었을 거다. 결국 나는 주눅이 들어 마음을 접었을 테지. 엄마한테는 켄지와 좀 걷다 오겠다고 했다. 그래 놓고 여기에 와 있다.

하지만 이제야 내가 실수한 것 같다는 생각이 든다. 변호사를 기다렸어야 했다. 아니면 그냥 입을 다물고 있거나. 켄지가 확신에 차서 말을 했지만, 어쨌거나 나와 가장 친한 친구도 아닌데. 이번 학기 내내 나를 괴롭혔다고! 그런데 이제 와서 켄지를 믿어도 될까?

켄지는 금발 머리 한 가닥을 집요하게 잡아당기고 있다. 어찌나 세게 잡아당기는지 나도 모르게 움찔한다. 켄지가 눈살을 찌푸리고 있는 모습이 마치 머리카락에 화가 난 사람 같다. "내 머리카락은 지푸라기 같아." 켄지가 투덜댄다.

내가 지금 제대로 들은 게 맞나. 켄지는 내가 살면서 본 사람 중 가장 완벽하게 부드러운 머리카락을 가지고 있는데 말이다. 왜 경찰서에서 머리카락 따위를 걱정하고 있는지 모르겠지만. "네 머리카락은 아름다워."

켄지는 나를 보며 눈을 굴리더니 다시 자기 머리카락을 보며 얼굴을 찡그린다.

스프라그 형사가 오기를 기다리다가 정신이 나갈 것 같다. 길에서 만났던 스프라그 형사는 친절했는데, 그게 다 연기였다면 어쩐다. 게다가 내가 이제부터 말하려는 것은 아주 나쁜 이야기다. 켄지는 너새니얼과 부적절한 관계를 맺었다고 하지만, 내가 한 일은 그보다 훨씬 끔찍하다. 나는 너새니얼을 도와 땅에 시체를 묻었다. 심지어 우리 중 누가 이브 선생님을 죽였는지도 확실하지 않다.

시간이 완전히 멈춰버린 것 같았지만, 실제로는 겨우 20분이 지났을 뿐이다. 이윽고 스프라그 형사가 방 안으로 들어왔다.

여전히 올림머리를 하고 있지만, 그사이 머리칼이 조금 느슨하게 풀려 있다. 덕분에 인상이 아까보다 한결 부드러워 보인다. 부디 형사가 내 편이길. 부디 내가 평생을 감옥에서 보내지 않기를.

나는 고개를 돌려, 계속 머리카락을 만지작거리고 있는 켄지를 본다. 켄지가 마지못해 머리카락을 귀 뒤로 넘긴 다음 눈을 들고 형사를 본다.

"안녕, 애디." 스프라그 형사가 말한다. 그러고는 호기심 어린 눈빛으로 켄지를 본다. "네가 켄지 몽고메리니?"

켄지가 고개를 끄덕인다. "네…… 애디하고 제가 너새니얼 베넷 선생님에 관해 말씀드릴 게 있어서요."

스프라그 형사가 그리 놀랍지 않다는 표정을 짓는다. 그러더니 우리 맞은편에 있는 플라스틱 의자에 앉아 양손을 맞잡는다. "말해보렴." 스프라그 형사가 말한다.

켄지와 나는 눈을 마주친다. 누가 먼저 말할지 정하지 않은 상태다. 나는 먼저 나설 용기가 없었고, 이곳에 오자고 한 건 켄지였으니 그녀가 당연히 말을 꺼낼 거라 막연히 믿고 있었다.

"켄지?" 스프라그 형사가 재촉하듯 켄지를 부른다.

켄지가 두려움이 가득한 눈으로 나를 힐긋 보고는 다시 형사를 바라본다. "그러니까, 어, 그게…… 그게……."

"베넷 씨에 관한 거라고?"

켄지가 말없이 고개를 끄덕인다.

스프라그 형사의 목소리가 부드러워진다. "너와 베넷 씨의 관계에 관한 이야기니?"

켄지가 고개를 숙이며 천천히 끄덕인다. 형사는 켄지가 말을 이어가기를 조용히 기다리지만, 켄지는 울음이 북받치는지 한 마디도 하지 못한다. 자신의 의지로 경찰서에 오긴 왔지만 저러다가는 아무 이야기도 못 할 것 같다. 켄지는 눈물이 차오르는 동안 손톱을 다 물어뜯은 손으로 무릎을 세게 움켜쥐고만 있는다.

나는 항상 켄지가 참 어른스러워 보인다고 생각했는데, 지금 내 눈앞의 켄지는 너무나 '여리다'. 마치 어린아이 같다. 너새니얼과 관계를 시작했을 때가 고작 열네 살이었다고 했지. 열네 살. 너새니얼은…… 거의 마흔이다! 그리고 '어른'이다. 우리 '선생님'이고. 너새니얼이 내게 거짓말을 했다는 사실을 깨달았을 때 나는 내 아픔밖에 생각하지 못했다. 하지만 이제야 비로소 모든 진실이 선명하게 보이기 시작한다.

너새니얼이 우리에게 한 짓은 진심으로 끔찍하다. *생각하고 싶지도 않다.*

너새니얼은 대가를 치러야 한다. 켄지와 나만이 너새니얼에게 마땅히 받아야 할 대가를 치르게 할 수 있다.

"스프라그 형사님." 내 입에서 불쑥 말이 튀어 나간다. "네이트 선생님과 저는 이번 학기 내내 같이 잤어요……. 선생님은 저한테 아무에게도 말하지 말라고 했어요."

고개를 절레절레 흔드는 스프라그 형사의 눈에서 불꽃이 튄다. 당장이라도 권총집에서 총을 꺼내 너새니얼 베넷에게 몇 발

비우고 싶어 하는 듯한 표정이다. 나를 도와주고 싶다던 말은 거짓이 아니었다. 눈은 거짓말을 하지 않는다. "쓰레기 같은 자식."

켄지에게 손을 뻗자 켄지가 내 손을 잡는다. 우리는 함께 헤쳐나갈 것이다. 우리는 진실을 말할 것이다. 내가 어떤 곤경에 빠지든 상관없다. 나도 거짓말하는 것에 지쳤다. 너새니얼은 이제부터 벌어지는 일을 마땅히 감당해야 한다.

"자, 그럼 애디." 형사가 말한다. "이브 베넷 선생님에게 무슨 일이 있었는지 말해줄래?"

그렇게 난 이야기를 시작한다. 하나도 빠짐없이 다.

76

네이트

지난 두 시간 동안 차를 타고 빗속을 달렸다.

스프라그 형사에게 다시 전화가 오면 무슨 질문을 받을지, 또 어떤 소식을 듣게 될지 전전긍긍하며 집에만 있다가는 미쳐버릴 것 같았다. 나는 도망치듯 밖으로 나갔다. 클래식 음악을 틀고 마음 가는 대로 차를 몰며 시내를 돌아다녔다. 그러다가 우연히 사이먼스 슈즈 앞을 지나게 되었다. 이브가 좋아했던 신발 가게였다는 사실을 떠올리자 슬픔이 파도처럼 밀려왔다.

난 이브를 사랑했다. 정말로 사랑했다.

집에 도착했을 때쯤엔 이미 날은 어두워져 있었다. 비가 내리고 있어서 차고에 차를 세운 뒤, 집 안으로 들어간다. 거실로 막 들어서는데 주머니에서 휴대폰이 울린다. 휴대폰을 꺼내 보니, 화면에는 오늘 아침 스프라그 형사가 전화를 걸어왔던 그 번호가 선명하게 떠 있다.

받고 싶지 않다. 내가 아내를 죽였다는 확신을 차곡차곡 쌓아가고 있는 여자로부터 더는 어떤 소식도 듣고 싶지 않다. 하지만 전화를 무시한다면, 그녀는 보란 듯이 내 집 앞까지 찾아올 게 뻔하다. 나는 하는 수 없이 통화 버튼을 누른다.

"여보세요?" 내가 말한다.

"베넷 씨?" 스피커폰인지 형사 목소리가 살짝 울린다. "지금 어디세요, 베넷 씨?"

"집입니다."

"그러세요? 좀 전에 댁으로 갔었는데, 안 계시더라고요."

여기 왔었다고? 안 마주쳐서 얼마나 다행인지 모르겠다. "아, 그러셨군요. 죄송하네요. 드라이브하러 나갔다 왔어요. 집에서 가만히 소식만 기다리고 있는 게 힘들어서요."

"그렇지 않아도 베넷 씨와 조속히 할 이야기가 있습니다." 형사가 말한다. "베넷 씨를 모셔 오도록 지금 댁으로 순찰차를 다시 보내겠습니다."

"순찰차요?" 내 입이 바싹 마른다. "왜 순찰차를 보내는 거죠? 제가 체포되는 건가요?"

"아뇨, 지금은 아닙니다."

'지금은 아니다'라.

긍정적으로 들리는 답변이 아니다. 게다가 형사 목소리에서 어제는 느끼지 못했던, 바짝 날이 선 기운이 느껴진다. 새로운 정보를 입수한 게 분명하다. 애디가 끝내 압박을 견디지 못하고 우리 관계를 다 불어버린 걸까. 아니면 그보다 더 최악의 상황으로, 켄지가 제 발로 경찰을 찾아간 걸까.

만약 그렇다면 상황은 파국으로 치닫게 될 것이다. 켄지는 나와 관계를 시작했을 때 겨우 열네 살이었다. 그 아이가 경찰을 찾아간다면 나는 심각한 처지에 놓이게 된다. 주황색 수감복을 입고 여생을 보내야 할 것이고, 출소 후에는 놀이터 근처에는 얼씬도 할 수 없는 그런 처지 말이다. 아니, 그건 단순히 처지라고 부를 만한 게 아니라 확정된 파멸이다.

변론을 하자면, 켄지는 열네 살처럼 보이지 않았다. 그녀는 미의 절정을 보여줬다. 이 세상에 존재하는 성인 여성의 99퍼센트보다도 더 아름다웠다. 해마다 아름다운 어린 소녀들이 내게 뜨거운 관심을 보이는 게 어떤 기분인지 사람들은 이해하지 못할 것이다. 나는 돌로 만들어진 사람이 아니다.

"베넷 씨?" 스프라그 형사가 말하고 있다. "제 말 들리세요?"

"아…… 네." 목이 잠긴다. "들립니다."

"다행이네요. 댁에서 잠시 기다려주세요. 몇 분 후에 순찰차가 도착할 겁니다."

전화가 끊어지고, 나는 넋이 나간 채 휴대폰에서 눈을 떼지 못한다. 가슴 한편에서 두려움이 스멀스멀 올라온다. 목이 조이는 것만 같다. 물. 질식하기 전에 물을 마셔야 한다.

부엌으로 급히 발을 옮긴다. 싱크대로 달려간 다음 찬장에서 컵을 꺼내 수돗물을 채운다. 컵을 단숨에 비우고는 그 자리에 그대로 서서 가쁜 숨을 몰아쉰다. 그때 내 눈에 들어오는 것이 있다. 부엌 한가운데, 어제 내가 이브 신발을 발견했던 바로 그

자리에 놓여 있는 것.

호박이다. 정확히 말하면 호박 속을 파내어 만든 잭오랜턴이다.

핼러윈은 이미 한참 지난 뒤라 호박은 썩어가는 중이다. 과육이 물러지면서 잭오랜턴의 얼굴이 일그러졌다. 이를 드러내고 웃는 모습이 험상궂은 찡그림으로 변해 있다.

내가 한 발짝 다가서는데, 잭오랜턴이 움직인다.

젠장, 뭐지?

잭오랜턴이 아까보다 더 격렬하게 움직인다. 다음 순간, 시커먼 새 한 마리가 호박 윗부분을 뚫고 솟아 날아오른다. 저건…… 까마귀인가? 새가 날개를 퍼덕이며 부엌을 탈출하려 발버둥치는 동안, 나는 심장이 멎을 듯한 충격에 조리대를 붙잡고 간신히 버틴다. 몇 차례나 허공을 휘젓던 새는 결국 포기한 듯 잭오랜턴 위에 내려앉아 나를 빤히 올려다본다.

머릿속에서 〈갈까마귀〉의 시구가 유령처럼 떠돈다.

이젠 끝이야.

손가락으로 머리카락을 움켜쥔다. 대체 누가 이런 짓을 꾸미는 거지? 형사에게 내 이야기를 한 사람이 누굴까? 일이 왜 이렇게 되어가는 거지?

애디는 아니다. 그 애가 나한테 이렇게 할 리 없다. 켄지도 아닐 거다. 그렇다면 이런 일을 벌일 사람은 단 한 명뿐이다.

일단 이곳을 벗어나야 한다.

77

네이트

차 속도를 높인다.

이러다 경찰에게 걸리면 지금까지의 노력이 모두 물거품이 될 것이고, 집에 있으라는 지시를 무시하고 나왔으니 스프라그 형사와도 말썽이 생길 것이다. 아니지, 스프라그 형사와는 이미 말썽이 생겼다. 경찰서로 갔다가는 영영 벗어나지 못할 것이다.

빗줄기는 잦아들 기미가 없다. 내 혼다는 전륜구동이라 속도를 줄이고 조심스럽게 운전할 수밖에 없다. 이브는 늘 사륜구동 차를 사라고 말했었지만, 나도 고집을 꺾지 않았다. 지금 내 마음이 아무리 초조하다 해도 (경찰에 체포된 뒤 내 인생이 어떻게 박살 날지 모르는 절박한 상황이라 해도) 오늘 밤 빗길에 미끄러져 화염에 휩싸인 차 안에서 타 죽고 싶은 생각은 추호도 없다. 죽음은 감옥보다 더 끔찍하니까.

아까는 집만 아니면 어디든 좋다는 생각에 운전대를 잡고 마음 가는 대로 거리를 달렸다. 하지만 지금은 어디로 가야 하는지 정확히 알고 있다. 나는 지금 호박 농장으로 다시 가고 있다.

위험을 무릅쓰고서라도 가봐야 한다. 내 아내가 정말로 죽어서 썩어가는 호박 사이에 묻혀 있는지 내 눈으로 확인해야 한다. 만약 호박 농장에 도착했을 때 무덤이 온전하고, 이브의 시체가 땅속에서 썩어가고 있다면, 그건 정말로 이브의 원혼이 나를 파멸시키기 위해 돌아왔다는 뜻밖에 되지 않는다.

왜냐하면 부엌에 까마귀를 가져다 놓을 사람은 이브 말고는 없으니까.

비가 오는 데다가 토요일 새벽과는 달리 차들도 꽤 많은 탓에 벌써 한 시간이 넘게 도로 위에 있다. 그동안 휴대폰이 여러 번 울렸다. 분명 스프라그 형사겠지. 나는 모두 음성 사서함으로 넘겼다.

마침내 호박 농장으로 이어지는 좁은 진입로에 들어선다. 토요일 아침에는 길이 건조해서 흙먼지가 날렸는데, 지금은 비에 젖어 질척한 진흙탕으로 변해 있다. 타이어가 헛돌며 비명을 지르고 바퀴는 자꾸만 미끄러진다. 나는 갈 수 있는 데까지 최대한 들어간다.

이제부터 남은 길은 걸어가야 한다.

다행히 장화를 챙겨왔고, 방수 코트도 입고 왔다. 나는 비니를 고쳐 쓴 다음 후드를 뒤집어쓰며 차에서 내린다. 발이 땅에 닿자마자 미끄러지지만, 넘어지기 전에 가까스로 균형을 잡는다.

긴장감에 손가락이 저릿저릿하다. 애디를 여기에 혼자 두지 말았어야 했다. 이브의 시체를 묻는 걸 끝까지 도왔어야 했다. 애디 혼자서 할 수 있을 거라 생각했는데, 이제야 끔찍한 실수였다고 깨닫는다.

그렇지만 이브는 죽었는데. 이브의 생명이 빠져나가는 것을 내 눈으로 보았다. 목에서 맥박이 느껴지지 않았다. 이브는 숨을 쉬지 않았다.

적어도 나는 이브가 숨을 쉬지 않는다고 생각했다. 하지만 내가 의사는 아니니까.

눈을 가늘게 뜨고 빗속에서 호박밭 표지판을 찾는다. 무성하게 자란 잡초에 둘러싸인 표지판이 지금은 진흙과 빗물 범벅이다. 한 걸음 내디딜 때마다 장화가 진흙에 푹푹 빠진다. 호박밭까지 얼마 안 되는 거리를 가는 데 30분은 족히 걸린 것 같다. 도착하고 나니 숨이 턱까지 차오른다. 하지만 나는 걸음을 멈추지 않는다. 거의 다 왔다.

나는 이브를 묻은 위치를 정확히 기억한다. 내 부엌에 놓여 있던 호박처럼, 썩어가고 있는 호박들을 밟지 않으려 조심하며 밭을 가로지른다. 오래된 닭장 바로 옆, 거기가 내가 고른 위치였다. 엉성하게 쌓아올린 흙더미를 마주할 거라 생각하며 한 걸음씩 다가간다. 하지만 내 눈 앞에 펼쳐진 광경은 상상과는 다르다.

땅에는 구덩이가 입을 쩍 벌리고 있다. 가로 60센티미터, 세로 2미터가 채 안 되는 구덩이가.

심장이 빠르게 뛴다. 제기랄, 이렇게 외딴 호박밭에서 심장

마비로 느닷없이 죽게 되는 건 아니겠지. 나는 이틀 전에 팠던 구덩이로 한 걸음 더 다가가 몸을 앞으로 숙이고 어둠 속을 들여다본다. 아내의 시체를 쌌던 감색 시트가 보이지 않을까. 어쩌면 동물들이 시트를 물어뜯었을 수도 있으니, 구덩이 바닥에 놓인 부패한 시체의 일부라도 보이지 않을까. 하지만 아무것도 없다.

무덤은 텅 비어 있다.

무릎을 꿇으며 풀썩 주저앉는 내 눈가에 뜨거운 눈물이 맺힌다. 썩어가는 호박들이 뿜어내는 악취와 쏟아지는 빗소리를 제외하면, 이곳은 지독하리만큼 고요하다. 주위를 삼킨 고요 속에서 내 귓가에 들리는 것이라곤 내 입에서 나지막이 흘러나온 소리뿐이다.

이브…….

그 이름이 메아리가 되어 돌아오기를 기다리던 순간, 무언가가 내 뒤통수를 내리친다. 눈앞에 암흑이 내려앉는다.

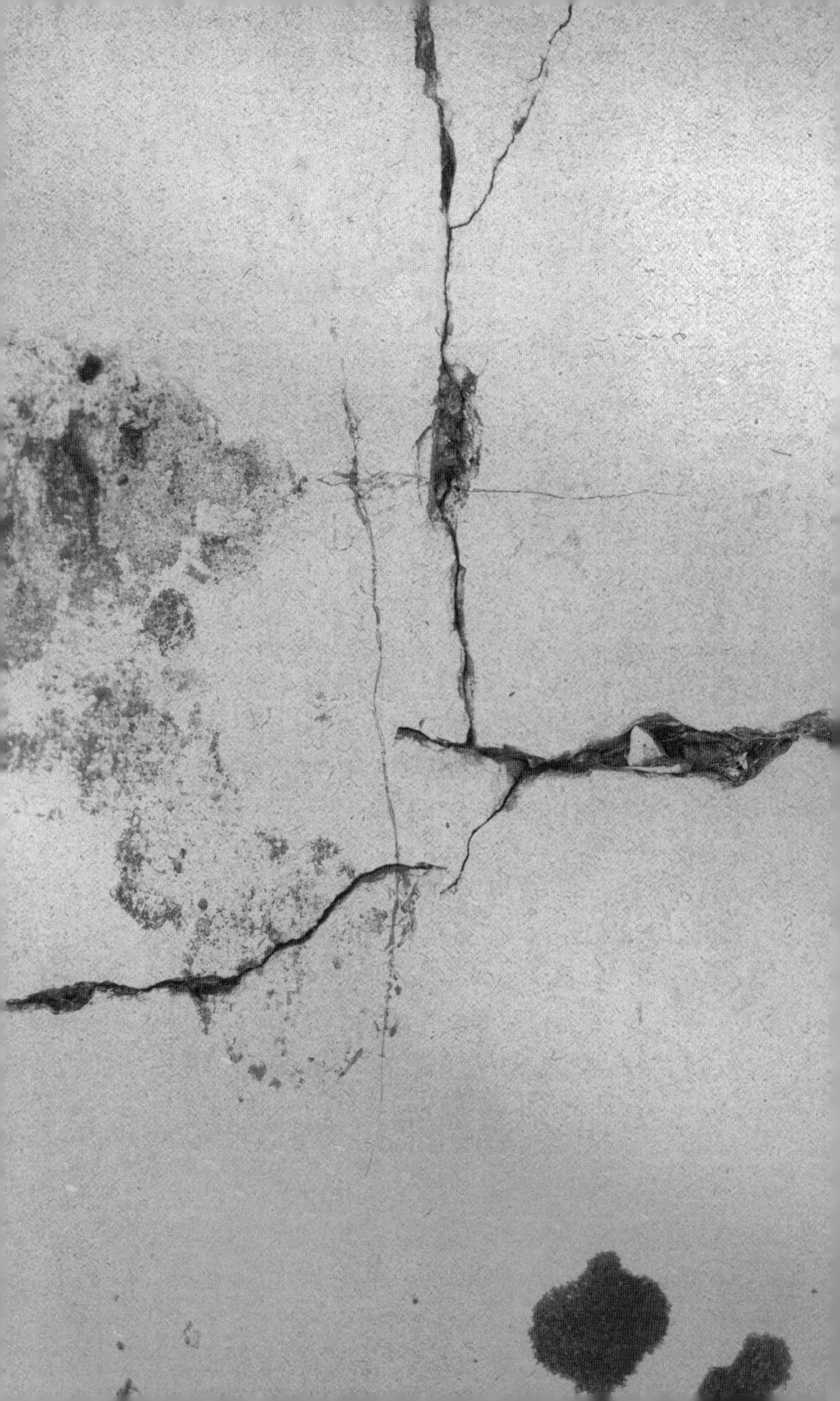

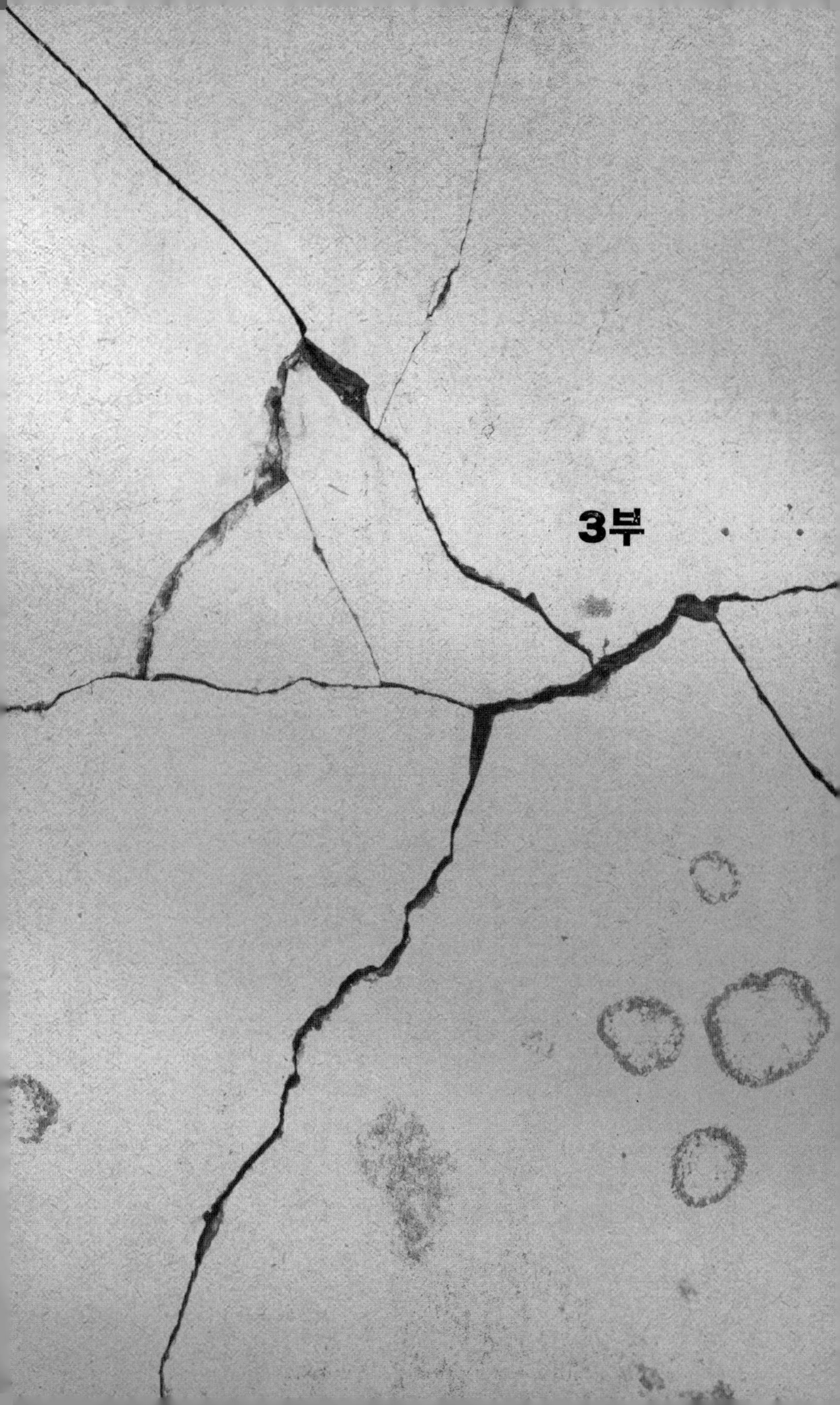
3부

78

이브

산 채로 묻히는 경험을 해본 적이 없다면, 굳이 시도하지 않길 바란다.

생매장 공포증Taphephobia은 산 채로 묻히는 것에 대한 공포이다. 오죽하면 성서 시대에는 시신을 천으로 감싸 동굴에 두고 며칠간 생사를 확인했으며, 조지 워싱턴조차 사후 이틀이 지나기 전까진 매장하지 말라는 유언을 남겼을까. 과거 전염병이 창궐하던 시절엔 관 속에 종과 연결된 끈을 설치한 '안전 관'이 발명되기도 했다. 죽었다고 생각했던 사람이 살아 있다면, 자신이 아직 살아 있음을 외부에 알릴 수 있도록 한 장치였다.

하지만 그런 장치가 있다고 한들 내게는 아무 소용이 없었을 것이다. 나를 죽이려 했던 자들은 내가 절대 발견되지 않기를 바라며 사람들의 눈에 잘 띄지 않는 곳에다 나를 묻고 가버렸으니까 말이다. 내가 흙 속에 묻혀 있음을 깨닫던 순간은 내 평생 가장 끔찍한 경험 중 하나였다.

하지만 그보다 더 끔찍한 일이 지금 내 남편에게 일어나려 하고 있다.

이틀 전 밤

내가 어디에 있는 거지?

캄캄하다. 네이트의 손이 내 목을 세게 감싸 쥐었는데. 그게 내가 마지막으로 기억하는 장면이다. 네이트가 내 목을 졸랐고, 어느 순간 나는 의식을 잃었다.

몸을 움직일 수가 없다. 내 몸이 시트나 담요 같은 것에 꽁꽁 싸여 있어서 꿈쩍도 할 수가 없다. 그 위로는 다른 무언가가 올려져 있다. 차갑고 무거운 무언가.

삽이 땅으로 파고드는 소리가 들린다.

머리는 욱신거리고, 침을 삼키려 할 때마다 목에 칼날이 꽂혀 있는 것 같다. 내가 누워 있는 곳은 차갑고 울퉁불퉁하고 매우 불편하다. 주위에서 무슨 일이 벌어지고 있는지 집중하기가 힘들다. 삽이 땅을 긁는 소리가 다시 나더니 이번에는 뒤이어 무언가 내 다리를 툭 친다. 나는 생각을 정리해보려고 어둠 속에서 눈을 감는다.

그러니까…….

맙소사, 나를 묻으려고 하는 건가.

만약 그게 사실이라 해도, 당장 무엇을 어떻게 해야 할지 모르겠다. 비명을 지르거나 내 몸을 짓누르는 시트에서 빠져나가려고 해볼 수도 있겠지만, 내 남편은 이미 나를 목 졸라 죽이려 했고 애디는 내 머리를 프라이팬으로 내리쳤다. 저들에게 나를 세 번째로 공격할 기회를 줄 수는 없다. 내가 세 번씩이나 살아 돌아올 행운은 없을 것 같으니까.

그렇지만 이렇게 생매장당할 수도 없다.

내가 선택지를 저울질하는데, 어린 여자의 목소리가 내 위에서 울린다. "너새니얼?"

흙을 퍼 올리는 소리도, 흙더미가 내 위로 떨어지는 소리도 들리지 않는 긴 침묵이 이어진다. 애디가 네이트 이름을 한 번 더 부른다. 하지만 내 남편의 목소리는 들리지 않는다.

이윽고 바스락거리는 소리가 들리는가 싶더니 내 위에 짙은 그림자 하나가 드리워진다. 무언가 내 위로 떨어지려 한다. 나는 큰 충격을 각오한다. 그런데 예상과 달리 가볍다. 나뭇잎인가?

내 위로 더 많은 나뭇잎이 내려오면서 희미하게 겨우 보이던 달빛이 완전히 가려진다. 하지만 난 가만히 있는다. 몸을 움직이지도, 소리를 내지도 않는다.

"너새니얼!" 애디가 한 번 더 부른다. 목소리가 멀어진다. 발소리도 멀어진다.

살아 있음을 한 번 더 확인하려고 얕은 숨을 쉬어본다. 비록 흙 속에 묻혀 있지만, 다행히 지하 2미터 아래 관 속에 갇힌 것은 아니다. 시트 같은 데에 싸여 있고, 내 위에는 흙이 얇은 층으로 덮여 있다. 그리고 그 위에는 아마도 나뭇잎들뿐이다. 시트 덕분에 흙먼지가 폐부로 들어오는 것은 막을 수 있다. 적어도 이곳에서 허망하게 질식사할 일은 없을 것이다.

내가 죽게 되는 유일한 경우의 수가 있다면 그건 저들이 내가 살아 있다는 사실을 알게 되는 때이다.

그래서 고통스럽지만 나는 기다린다. 젖은 나뭇잎들을 담요 삼아 흙 속에 누워 있으려니 추위에 몸이 덜덜 떨린다. 그래도 발소리가 완전히 사라질 때까지 기다리고, 그 후 한 시간을 더 기다린다. 확실하진 않지만 한 시간은 기다렸다고 생각한다. 나를 위해 준비된 무덤 안에 누워서 시간을 가늠하기는 쉽지 않다.

충분한 시간이 지난 후, 나는 이곳에서 나가기로 결심한다.

그런데 기가 막힐 정도로 쉽지가 않다. 깊이 2미터의 흙더미 아래 묻힌 것은 아니지만, 얇은 흙층과 그 위를 덮은 나뭇잎들의 무게가 만만치 않은 데다 내가 미라처럼 시트에 싸여 있기 때문이다. 한 마디로 꼼짝달싹할 수가 없다. 게다가 머리까지 계속 욱신거린다. 아니, 온몸이 아프다고 해도 과언이 아니다.

첫 번째 시도는 별 소득이 없다. 몸을 일으키려고, 시트를 풀어보려고 용을 써보지만, 좌절감만 느낄 뿐이다. 그러다 공황 상태에 빠진다. 여기서 못 나가면 어떡하지?

숨이 가빠지기 시작한다. 땅속에는 신선한 공기가 별로 없어서 내가 원하는 만큼 심호흡을 할 수가 없다. 손끝이 저려온다.

나는 갇혔다. 여기서 영영 못 나가겠구나. 이러다가 내가 진짜 죽으면 어떻게 될까?

안 된다. 절대 안 된다. 그럴 수 없다. 내 손은 묶여 있지 않다. 나는 나갈 수 있다. '반드시' 나갈 것이다.

그래야만 내 남편이 나에게 저지르려 했던 이 끔찍한 짓에 대해, 확실하게 대가를 치르게 할 수 있다.

두 번째 시도는 처음보다 낫다. 나는 시트의 한 귀퉁이를 찾은 다음 몸을 조금씩 움직이기 시작한다. 내 손에 처음으로 흙이 만져지자, 시트에서 풀려났음을 깨닫는다. 하지만 이제부터 조심해야 한다. 흙을 훅 들이마셔서 질식하고 싶지 않다.

거의 한 시간이 걸린 끝에 마침내 나는 나를 위해 마련된 무덤을 헤치고 나온다.

머리가 표면을 뚫고 나오자마자, 나는 신선한 공기를 아주 크게 들이마신다. 저 아래에서 죽게 될 줄로만 알았다. 몸은 얼어붙을 듯 차가웠지만, 상관없다. 내가 산 채로 땅속에 묻혀 있지 않다는 사실 외엔 아무것도 중요하지 않다. 내 평생 겪은 일 중 단연코 가장 무서운 순간이었다.

비틀비틀 겨우 발을 딛고 일어서며 주위를 둘러본다. 여기는 도대체 어디지? 일종의 묘지처럼 보이긴 하나 사람이 아니라 호박을 위한 묘지인 것 같다. 그럼 나는 어떻게 사람들이 사는 세계로 돌아갈 수 있을까?

그때, 내가 좀 전에 빠져나온 시트 안에서 무언가가 눈에 들어온다.

세상에나, 내 핸드백이다.

핸드백을 같이 묻었다. 나는 얼른 주워 핸드백 안을 뒤진다. 휴대폰을 발견하자 기쁨에 숨이 막힌다. 전원이 꺼져 있지만, 휴대폰 옆면에 있는 버튼을 누르자 화면이 밝아진다. 그런데 안타깝게도 네트워크 신호가 잡히지 않는다. 여기서 걸어 나가면, 분명 안테나가 하나나 두 개가 뜨는 곳이 나올 것이다.

집으로 갈 테다. 그런 다음 네이트가 이 일에 대한 대가를 치르게 할 테다.

79

—

이브

신발도 신기지 않고 나를 묻다니.

부엌에서 애디를 맞닥뜨리기 전에 단 몇 초라도 시간을 내서 운동화를 신었다면, 도로까지 걸어 나가는 이 긴 시간이 훨씬 편했을 것이다. 고르지 않은 흙길 위로 조심스럽게 발을 옮겨보지만 나뭇가지들에 발바닥이 계속 찔린다. 게다가 너무 춥다. 몸의 온기를 유지해보려고 시트를 가져와 숄처럼 적당히 몸에 둘렀지만, 아무래도 날씨가 영하인 듯하다.

30분 정도 걷자 작은 도로처럼 보이는 곳에 이른다. 핸드백에서 휴대폰을 다시 꺼내본다. 네트워크 신호가 잡힌다. 안테나한 개. 이거면 된다.

119를 누르다가, 다음 순간 그대로 손을 멈춘다.

남편을 경찰에 신고해 그가 내게 한 짓을 빌미로 감옥에 보낼 수는 있겠지만, 그는 변호사를 구한 다음 며칠 만에 보석으로 풀려날 것이다. 배심원단에 여자가 몇 섞여 있다면 그가 솜 방망이 처벌만 받고 끝날 가능성도 아주 높다. 이게 엄연한 현실이다. 아니, 애초에 재판까지 가지 않을지도 모른다. 네이트는 미꾸라지처럼 빠져나가는 방법을 누구보다 잘 아니까.

그건 안 되지. 그가 저지른 모든 일에 대한 대가를 확실히 치르게 해야 한다.

그래서 나는 한창 자고 있을 시간에 선뜻 나를 데리러 와줄 수 있을 것 같은 유일한 한 사람에게 메시지를 보낸다.

제이가 스냅플래시 메시지에 답장하기까지 20분이 걸린다. 그 20분 동안 나는 길가에서 추위에 몸을 떨며 휴대폰 알림 소리가 혹시라도 제이를 깨우지 못하면 어쩌나 애를 태운다. 그의 전화번호를 알고 있지만, 전화를 거는 건 너무 위험하다. 기다리기를 포기하고 경찰에 전화를 걸어야 하나 고민할 때쯤 화면에 제이 이름이 뜬다. 제이가 내게 먼저 전화를 거는 일은 거의 없다. 아내에게 들키지 않으려, 또 자는 아기를 깨우지 않으려 그가 욕실에 숨어 있는 모습이 내 머릿속에 그려진다.

"이브?" 제이가 말한다. "무슨 일이에요?"

"나 좀 데리러 와줘요." 내가 제이에게 말한다. "미안…… 해요. 너무 이른 시간이라서요." 시계가 새벽 다섯 시가 다 되었다고 알려준다.

"어디 있어요?"

제이가 나에게 오고 있다. 정말 고맙게도.

나는 도로 옆에서 시트를 두른 채 몸을 떨며 그를 기다린다.

폐렴에 걸리지 않으면 좋겠다고 생각하면서. 마침내 길가에 멈춰 서는 제이의 차를 발견하고는 눈물이 터진다. 제이 옆에 올라타는 내내 짠맛이 나는 눈물이 뺨을 타고 줄줄 흘러내린다. 제이는 내 모습을 보고 깜짝 놀란 얼굴이다.

"이브." 제이가 말한다. "신발은 어딨어요?"

그 말에 나는 울음이 더 크게 터지고 만다.

제이는 더 이상 아무것도 묻지 않는다. 그저 묵묵히 도로 위를 달리기 시작한다. 내가 조용히 흐느끼는 동안 아무 말 없이 있어준다. 우리가 케스햄으로 들어왔을 때, 내가 우리 집으로는 가지 말라고 말하려는데 제이는 이미 다른 방향으로 향하고 있다. 몇 분 후 제이가 사이먼스 슈즈 주차장에 차를 세운다.

"내려요." 제이가 말한다. "신발부터 신어야죠."

제이를 따라 차에서 내린다. 잘 포장된 주차장 표면의 냉기가 발바닥을 타고 올라온다. 가게 입구까지 먼 거리가 아닌데도 제이는 내가 숄처럼 계속 두르고 있던 시트를 벗기고 자기 외투를 벗어 내게 준다. 그런 다음 손을 잡고, 우리는 신발 가게로 함께 걸어간다. 제이가 주머니에서 열쇠를 꺼내 문을 연다.

"원하는 거 아무거나 신어요." 제이가 내게 말한다.

흉측한 모양의 검은색 스노우 부츠 한 켤레를 고른다. 내 옷장에 있는 어떤 신발과도 어울리지 않지만, 세일 중인 신발이다. 나는 지갑을 찾으려고 핸드백을 뒤진다. 당연히 현금으로 계산해야 한다.

"됐어요." 제이가 말한다.

“아니, 그래도…….”

“신경 쓰지 마요. 진짜 괜찮아요.”

나는 괜한 고집을 피우지 않는다. 검은색 스노우 부츠는 모양은 안 예쁘지만 신는 즉시 발이 따뜻해진다. 제이의 외투를 걸친 채 벤치에 털썩 주저앉는다. 제이가 조용히 내 옆에 앉는다. 얼마 후면 해가 뜰 텐데도 그는 인내심을 가지고 계속 기다려주고 있다.

“네이트가…… 그가…….” 나는 말을 신중하게 고른다. 애디도 연루되어 있다는 사실까지는 말하고 싶지 않다. 오히려 일을 복잡하게 만들 뿐이다. 어쨌거나 이건 나와 내 남편 사이의 일이다. “네이트가 날 죽이려 했어요.”

나를 쳐다보는 제이의 얼굴에 공포가 떠오른다.

“나를 흙 속에 묻으려 했어요.” 내가 말한다. “하지만 난 죽은 게 아니었어요. 그래서 그가 떠나기를 기다렸다가 길까지 나온 거예요.”

“이브.” 제이가 조용히 내뱉는다.

제이의 코트 속에서 몸이 떨린다. “나는 네이트가 죗값을 치르게 하고 싶어요.”

“지금 당장 경찰에 신고할게요.”

“아뇨.” 내가 단호한 목소리로 말한다. “내 방식대로 하고 싶어요. 네이트가 저지른 모든 일에 대해 확실히 대가를 치르게 하고 싶어요.”

제이의 눈썹이 헤어라인에 있는 삐죽삐죽한 흉터 아래에서 모인다. "알겠어요……."

"혹시…… 내가 며칠 지낼 만한 곳이 있을까요?"

"음, 공구 창고가 있어요." 제이가 생각에 잠겨 말한다. "뒤쪽에 있어요. 아무도 사용 안 해요. 내가 침낭을 가져다줄게요. 편하진 않겠지만, 문을 닫고 있으면 춥지는 않을 거예요."

"좋아요." 내가 말한다. "그리고 또 제이가 좀 도와줬으면 하는 일이 있어요."

제이가 절대적으로 헌신적인 눈빛으로 나를 바라본다. "뭐든 다 할게요."

제이는 약속을 지킨다.

80

이브

제이가 네이트의 머리를 돌로 내리쳐 기절시켰다.

내가 하고 싶었지만, 논리적으로 제이가 하는 게 더 나았다. 제이가 네이트보다 키도 크고, 분명 힘도 더 셀 테니까. 내가 했다면 네이트를 기절시키지 못했을 수도 있다. 이제 와서 일을 그르칠 수는 없었다. 네이트를 이곳으로 오게 하려고 얼마나 공을 들였는데.

지난 이틀 동안 제이와 나는 내 남편을 괴롭혔다. 위험했지만 그럴 만한 가치가 있었다. 네이트가 부엌에서 까마귀를 보고 나면 내가 아직 살아 있다고 믿고 이곳으로 오리라고 확신했다. 그런 식으로 그를 괴롭힐 사람은 이 세상에 오직 나밖에 없으니까.

〈갈까마귀〉. 그가 가장 좋아하는 시이자, 나 역시 너무나 잘 아는 시다.

의식을 잃고 쓰러진 네이트의 잘생긴 얼굴이 축 늘어져 있다. 제이에게서 돌을 빼앗아 네이트를 한 번 더 내리치고 싶지만, 우리가 하려는 일이 아직 남아 있고 그러려면 네이트가 깨어나야 한다. 그가 의식을 되찾는 건 시간문제다. 서둘러야 한다. 제이가 외투 주머니에 손을 넣어 덕트 테이프를 꺼내 내게 내민다.

"직접 하는 영광을 누릴래요?" 제이가 묻는다.

그럼 당연히. 나는 남편의 손을 몸 앞으로 모아 묶은 다음 발목도 묶는다. 발목을 다 묶어갈 때쯤 질척이는 흙바닥 위에서 네이트가 신음을 흘린다. 그의 눈이 천천히 떠진다.

"깨어나고 있어요." 내가 제이에게 말한다. "네이트를 구덩이에 던져 넣어요."

네이트가 스스로 깨어나지 않았더라도, 얼음처럼 차가운 얕은 물웅덩이가 깨워줬을 것이다. 그의 눈꺼풀이 몇 번 깜빡이며 초점을 맞추려 애쓰더니, 쏟아지는 빗방울 속에서 네이트가 나를 올려다본다. 제이는 신중하게 시야 밖에 머문다.

"이브?" 네이트가 쉰 목소리로 부른다.

나는 대답하지 않는다. 대신 네이트에게 자신이 처한 상황을 인지할 시간을 준다. 구덩이 안 얕게 고인 흙탕물 웅덩이 속에 손목과 발목이 모두 묶인 채 누워 있는 상황을. 나는 그의 얼굴에 번지는 공포를 지켜본다.

"이브." 네이트가 숨을 헐떡인다. "뭐 하는 거야? 무슨 일이야?"

나는 남편을 내려다본다. 결혼식 날, 내 인생에서 가장 행복했던 날, 판사 앞에서 네이트를 마주하고 섰을 때, 내가 지금 이 순간만큼 그를 미워하게 되리라고는 상상도 하지 못했다. "자기는 날 죽이려 했어. 그런 다음 나를 이 구덩이에 묻었어."

"그건……." 네이트가 몸을 움직여 무덤 안에 고인 흙탕물 위로 얼굴을 들려고 애를 쓴다. "정말, 정말 미안해, 이브. 내가 끔찍한 실수를 저질렀어. 그래서 다시 돌아온 거야."

"아니, 자기는 그래서 돌아온 게 아니야. 내가 정말로 죽었는지 확인하려고 돌아온 거지."

네이트의 목젖이 크게 움직인다. "그래, 알았어. 당신 말이 맞아. 내가 끔찍한 짓을 했어. 내가 몹쓸 놈이야." 네이트가 눈에 들어오는 물 때문에 껌뻑거린다. "하지만 당신은 그런 사람이 아니잖아. 이건 당신답지 않아. 나는 당신을 잘 알아."

"자기는 날 몰라." 나는 웃음을 크게 터트린다. "오랫동안 나에 대해 모르고 있었어. 그리고 분명한 건 나를 사랑하지도 않아."

"인정해, 우리한테 문제가 좀 있었어……."

나는 다시 크게 웃는다. "문제가 조금 있었다고?"

네이트가 무덤 바닥에 생긴 얕은 물웅덩이 위로 머리를 유지하려 애쓰며 일어나 앉으려고 버둥댄다. "제발, 이브. 당신답지 않아. 당신도 이러고 싶지 않잖아. 이런다고 문제가 해결되지 않아."

"내 문제가 뭔지 다 아는 거야? 하기야 내 문제의 원인은 전부 자기니까."

"그래, 당신 말이 다 맞아." 네이트가 그렇게 말할 때, 흙탕물이 입속으로 들어간다. 네이트가 얼굴을 찡그리며 뱉어낸다. "일단 여기서 날 꺼내줘. 우리, 대화를 해보자. 자기가 하라는 대로 내가 다 할게."

"아니." 내가 조용히 말한다. "그럴 일은 없어."

"이브!" 네이트 얼굴의 공포가 짙어진다. 손과 발을 풀어보려고 몸부림치기 시작한다. "이렇게 있다가는 물에 빠져 죽게 될 거야, 당신도 알지? 그러니 제발 장난 그만해! 당신이 하라는 대로 다 한다니까. 교사도 그만두고, 이 도시도 떠날게. 하라는 대로 다 하겠다고. 응?"

"걱정 마." 내가 네이트에게 말한다. "자기가 물에 빠져 죽게 내버려두지는 않을 거야."

네이트의 어깨가 편안해지며 덕트 테이프를 상대로 한 버둥거림을 멈춘다. "그래, 고마워. 당신이 그러지 않을 거라는 거 알고 있었어."

나는 내 옆 땅에 놓여 있던 삽을 집어 든다. "그보다 먼저 자기를 묻을 거야."

그 말과 함께 나는 흙을 한 삽 퍼서 네이트 위로 붓는다.

"이브!" 네이트가 소리친다. "맙소사, 대체 왜 이러는 거야? 정신 나갔어?"

나는 흙을 한 삽 더 퍼서 구덩이 안에 뿌린다.

"이브!" 네이트 얼굴이 시뻘겋다. "이브, 자기야, 정말 미안해! 난 자기를 사랑하고 있어! 그걸 어떻게 몰라! 어떻게 나한테 이래!"

흙이 한 삽 더 구덩이 안으로 뿌려진다.

"이브!" 네이트가 가쁜 숨을 쉰다. "제발 이러지 마! 이브! 이브!"

네이트가 묶인 테이프를 풀려고 필사적으로 몸부림친다. 하지만 그렇게는 못할 거다. 내가 지나치다 싶을 정도로 단단히 묶었으니까. 흙을 한 삽 더 퍼 올리는데, 제이가 내 팔을 잡는다. 그러더니 남편에게 목소리가 들리지 않을 만한 곳으로 나를 끌고 간다.

"이브." 제이가 입을 뗀다. "그러다가 진짜 죽어요."

나는 턱을 치켜든다. "나도 알아요."

제이가 구덩이 쪽을 슬쩍 본다. 우리 말고는 들을 사람이 없는데도 남편은 고래고래 소리를 지르고 있다. "당신 남편 말이 맞아요. 죽인다고 해서 문제가 해결되지는 않아요."

"글쎄요, 생각보다 놀랄 만큼 깔끔해질걸요."

제이의 미간에 주름이 생긴다. "정말 이렇게 하려는 거예요?"

"내 인생에서 지금만큼 확신에 찬 적이 없어요."

제이가 나를 물끄러미 보더니 자신의 삽을 집어 든다. 그리고 나와 함께 되돌아간다. 내가 흙을 퍼서 구덩이 안으로 붓자, 제이도 동참한다.

"이브!" 네이트가 괴성을 질러댄다. "제발 좀, 이브, 이러지 마! 당신은 이런 일을 못하는 사람이야!"

난 할 수 있고, 할 것이다. 흙이 두 삽 더 들어간다.

"넌 감옥에 가게 될 거야, 알아? 평생을 감옥에서 지내게 될 거라고, 야, 이 미친년아!"

또 두 삽. 그중 하나에서 뿌려진 흙이 네이트 얼굴로 쏟아진
다. 네이트가 흐느낀다.

"제발, 이브." 나를 올려다보는 네이트의 왼쪽 눈이 진흙으로
덮였다. "제발 그만해, 이브. 내가 이렇게 빌게. 제발……."

예전에 네이트가 이런 말을 한 적이 있었다. 자기는 죽음을
심연의 벼랑 끝에 서 있는 것과 같다고 생각한다나 뭐라나. 말
은 번지르르하게 했지만 네이트는 죽음을 두려워했다. 이 세상
그 어떤 것보다도 두려워했다. 사후 세계가 있는지 없는지는 나
도 모른다. 하지만 사후 세계가 있다면 내 남편은 틀림없이 지
옥불 속에서 보내게 될 것이다.

진흙이 그의 얼굴을 완전히 덮을 때까지 네이트가 애원과 협
박을 번갈아 한다. 그 후 얼마 지나지 않아 사위가 평화로울 정
도로 고요해진다. 구덩이가 흙으로 완전히 채워질 때까지 우리
는 삽질을 멈추지 않는다. 숲에 마련한 내 남편의 무덤을 마지
막으로 손질하면서 나는 네이트가 아주 오래전에 나를 위해 써
줬던 시를 머릿속에서 읊는다. 내가 열다섯 살 때 대학교를 갓
졸업한 새내기 영어 교사였던 그가 나를 자신의 소울메이트라
고 맹세하며 써준 시를.

속절없이 흘러가던 삶에
젊음과 생기가 넘치고
부드러운 손과

분홍빛 뺨을 가진
그대가 나타나
진정한 나를 찾아주었네
앵두 같은 입술로
내 숨을 앗아가더니
내게 삶을 되찾아주었네

애디

학교 주차장에 이르자, 시즌이 이미 끝났는데도 차에 몸을 기댄 채 미식축구팀 친구들과 이야기를 나누고 있는 허드슨의 모습이 보인다. 나는 그의 경기를 한 번도 빠짐없이 봤다. 허드슨은 정말 끝내줬다. '스타 쿼터백'이라는 타이틀이 이보다 더 잘 어울릴 수 없을 정도다. 분명 훌륭한 대학들이 장학금을 내걸고 그를 서로 데려가려고 할 것이다.

허드슨이 나를 발견하자 손을 크게 흔든다. 내가 못 보고 지나칠까 봐 걱정이라도 되는지, "애디!" 하고 크게 외친다.

허드슨이 있는 곳까지 뛰어간다. 내 얼굴에는 바보 같은 미소가 걸려 있겠지. 나는 요즘 부쩍 많이 웃는다. 가장 친한 친구를 되찾은 후로 세상이 훨씬 밝아진 것 같다. 예나 지금이나 나는 인기쟁이가 아니지만, 상관없다. 허드슨만 있으면 나는 더 바랄 게 없으니까.

롤러코스터 같았던 시간이 지나갔다.

나와 켄지의 이야기를 들은 스프라그 형사는 경찰관을 보내 너새니얼을 경찰서로 데려오려고 했지만, 너새니얼이 도망을 쳤다. 자신이 심각한 곤경에 처했다는 사실을 알아차린 후 성범죄자라는 꼬리표를 다느니 자취를 감추는 게 낫다고 판단했던 것 같다.

이브 선생님이 갑자기 모습을 드러내지 않았다면 경찰이 너새니얼을 더 열심히 찾으려 했을 거다. 이브 선생님은 며칠 바람이나 쐬고 오려고 버스를 탔다고 설명했다. 현금을 사용했고 경찰이 자기를 찾고 있는 줄 전혀 몰랐다고 했다. 스프라그 형사가 내민 진술 조서, 그러니까 너새니얼과 내가 이브 선생님을 어떻게 했는지에 대한 이야기는 사실이 아니라고 했다. 어쨌거나 이브 선생님이 죽은 것도 땅에 묻힌 것도 아니니까 경찰도 더 이상 할 수 있는 일이 없었다.

당연히 이브 선생님과 나는 진실을 알고 있다. 내가 선생님을 낙엽이 아닌 흙으로 덮었다면, 상황이 전혀 다른 방향으로 흘러갔을 거라는 것도 알고 있다.

이브 선생님은 케스햄 고등학교를 떠났다. 남편에 대한 불명예스러운 소문이 퍼지자 사임했고, 그 후 다른 도시로 이사했다. 우리는 남은 학기 동안 대체 교사와 수업을 했다. 나는 터틀 선생님이 오면 좋겠다고 생각했지만, 듣자 하니 터틀 선생님은 건너건너 도시에 있는 고등학교에서 일하고 계셨다. 새삼 그 학교가 부럽다.

네이트 선생님 이야기를 하자면, 선생님 수업을 들은 학생 중에 '소울메이트'가 켄지와 나만이 아니었던 사실이 드러났다. 그때를 생각하면 지금도 속이 울렁거린다. 내가 너무 바보 같다.

그래도 한 가지 감사한 점은 그 일에 관해 이야기를 나눌 수 있는 켄지가 있다는 것이다. 우리는 올해 들어 아주 친한 친구가 되었다. 너새니얼 이야기를 하며 많은 시간을 함께 보냈다. 켄지 몽고메리처럼 머리도 똑똑하고 얼굴도 예쁘고 인기도 많은 아이가 나처럼 깜빡 속았다는 사실을 생각하면 위로가 된다. 켄지도 나랑 이야기하면 마음이 가벼워진다고 한다.

그리고 우리 둘 다 전문 심리 치료를 받고 있다. 모든 게 감사하다.

"한참 기다렸네." 내가 차로 다가가자 허드슨이 장난스럽게 툴툴거린다. "도대체 뭐 하다 온 거야?"

로터스와 함께 시 잡지 마무리 작업을 하다가 늦었다. 너새니얼이 사라진 이후로 우리 둘이서 만들고 있다. 하지만 나는 사실대로 말해주지 않는다. 허드슨이 시 잡지를 보고 깜짝 놀랐으면 하니까. "미안! 아무튼 왔잖아!"

허드슨의 친구 중 하나가 낄낄 웃는다. "너, 여자친구한테 꼼짝없이 잡혔네. 계속 기다리고 있던 거였어?"

허드슨도 웃음을 터뜨린다. 그러면서도 나를 '여자친구'라고 부른 친구의 말을 바로잡지 않는다. 좀 궁금하긴 하다. 특히나 매일 아침 허드슨 차에서 내려 학교로 걸어갈 때, 가끔 허드슨이 내 손을 잡는데 말이다. 일단 허드슨이 켄지와 데이트는 안 하는 것 같다. 올해 초에는 사귀는 사람이 있다는 확신이 들었지만, 그것도 이제는 아닌 것 같은데.

"이제 갈 거야?" 나를 위해 차 문을 열어주는 허드슨에게 다른 친구가 묻는다. 허드슨이 문을 열어주는 게 불필요한 것 같으면서도 참 기분이 좋다.

"당연." 허드슨이 말한다. "알바하러 가기 전에 애디랑 밀크셰이크 먹을 거거든. 그럼 나중에 보자, 월시."

"잘 가, 제이." 월시라고 불린 아이가 허드슨에게 말한다.

허드슨이 내 옆 운전석에 올라타자마자 내가 말을 꺼낸다. "너한테 물어볼 게 있어. 왜 미식축구하는 애들은 전부 너를 제이라고 부르는 거야?"

"그게, 우리는 서로 성으로 부르잖아." 허드슨이 말한다. "그런데 얀코프스키Jankowski라고 하면 너무 길거든. 그래서 그냥 짧게 제이라고 해. 나도 그게 좋고."

그렇구나. 하지만 나는 앞으로도 쭈욱 허드슨이라고 부를 거다.

"자, 그럼." 허드슨이 말한다. "빨리 가자. 신발 가게에서 다섯 시부터 일 시작이야. 밀크셰이크 먹을 시간이 한 시간밖에 없어."

허드슨은 내가 아는 어떤 사람보다 열심히 산다. 학교에 다니면서도 사이먼스 슈즈에서 일주일에 며칠씩 일하고 한 살배기 남동생도 수시로 돌본다. 그리고 그렇게 바쁜 와중에도 나를 위해 시간을 꼭 낸다.

우리는 동네에서 가장 맛있는 밀크셰이크를 파는 작은 식당 근처 주차장에 다다른다. 혹시 우리가 밀크셰이크를 하나 시켜서 나눠 먹는다면, 그런 상황이 펼쳐진다면 어떻게 받아들여야 할까? 나는 허드슨이 좋은데. 그것도 많이. 허드슨이 나의 소울메이트일까? 나도 답은 모른다. 묻고 나니 좀 바보 같은 질문 같다.

차를 막 주차하는데, 허드슨 휴대폰이 진동한다. 허드슨이 주머니에서 휴대폰을 꺼내 본다. 문자 메시지를 읽는 그의 입가에 미소가 번진다.

"뭐야?" 내가 묻는다.

허드슨이 휴대폰을 주머니에 다시 푹 찔러 넣는다. "아무것도 아냐. 옛날 친구가 메시지를 보냈어."

"혹시 여자친구?"

허드슨이 이마에 있는 흉터를 문지르며 멋쩍게 웃는다. 우리가 철없던 시절, 그의 집을 에워싸고 있는 울타리 아래로 기어가다가 생긴 흉터이다. "그렇게 볼 수도 있겠지. 그…… 어…… 신발을 진짜 좋아해서 신발 가게에 자주 왔었거든. 그리고, 뭐……."

허드슨의 옅은 피부가 선명한 분홍빛으로 물든다. 신발 가게에 자주 왔다는 사람이 단순한 손님 이상이었던 게 분명하다. 무슨 이유에서인지 허드슨이 인정을 하지는 않지만. 그 사람이 누구였는지 더 궁금해진다. 내가 요즘 허드슨에게 느끼는 감정을 허드슨은 그 사람에게 느꼈을지 궁금하다.

"아무튼 그랬는데." 허드슨이 이어 말한다. "그게…… 좀 힘든 일이 있었어……. 삶이 완전히 엉망진창이 될 정도로 말이야. 그렇지만 이제는 아주 잘 지내고 있어. 알고 지낸 시간을 통틀어 지금이 가장 행복해 보여. 그러니 잘된 거지, 안 그래? 그 사람이 행복하길 바라. 꼭 행복했으면 좋겠어."

뭐야, 여자친구 맞았네. 얼굴에 다 쓰여 있고만. 혹시 이 사람을 허드슨이 학년 초에 사귀었던 건지 궁금하지만, 차마 못 물어보겠다. 아니다, 그건 내가 상관할 바가 아니다. 허드슨이 지금 그 사람을 만나는 것도 아니니까.

우리는 차에서 내린다. 허드슨이 내 손을 잡는다. 자기 손가락을 내 손가락 사이로 엇갈리게 끼워 잡더니, 나를 보며 미소 짓는다. 나도 허드슨을 보며 미소 짓는다. 식당으로 걸어가면서 나는 휘핑크림을 듬뿍 올리고 그 위에 체리를 얹은 바닐라 밀크셰이크를 먹어야겠다고 생각한다. 그 정도는 먹을 자격이 있지.

이 책을 쓰고 있을 때, 십 대 딸에게 부탁을 하나 했습니다. "십 대가 보기엔 엄청 심오한데, 사실은 진짜 오글거리는 시 하나 써줄 수 있어?"

그러자 딸아이는 옆에 앉더니, 제 노트북을 가져가며 "2분만 줘."라고 답하더군요. 그렇게 저는 제 눈앞에서 '최고로 형편없는 시'가 창조되는 순간을 보았습니다. 솔직히 큰 감명을 받았습니다. 딸아이에게 "이거 완벽하다."라고 말하고 나서 제가 이것저것 손을 좀 보긴 했지만요.

출간을 앞두고, 딸아이에게 예전에 시를 써줬던 일이 기억나냐고 물었어요. 그러면서 제가 그 시를 굉장히 마음에 들어 했고, 그래서 감사의 말에 그 시를 위해 수고해준 딸의 이름을 넣을 생각이라고 말했죠. 그러니 딸아이가 이러더군요. "아, 엄마. 그러지 마, 진짜."

어쩐지 이 이야기도 하지 말아야 했을 것 같네요.

하지만 제 딸은 이 책을 읽느니 차라리 '죽기'를 택할 것이기 때문에 괜찮을 거란 생각이 듭니다. 대신 훗날 딸아이가 나이가 들었을 때, 이걸 보면서 조금은 부끄럽겠지만 또 조금은 추억에 잠기지 않을까 합니다.

이 책이 지금의 이야기로 만들어지기까지 놀라운 피드백과 도움을 준 예나 얀코프스키(소설 속 허드슨의 이름을 그녀의 이름에서 따서 지은 건 결코 아니지만, 가끔 세상일에는 정말 운명이 있다는 생각이 듭니다)에게 감사합니다. 함께 고생한 편집 팀에도 감사드립니다. 항상 제 책을 가장 먼저 읽지만, 결말의 반전은 이해하지 못하는 엄마에게 감사하다는 말씀을 드리고 싶습니다. 제 베타 리더가 되어주는 팸, 케이트, 에밀리와 교정 작업에 도움을 준 대니얼과 밸에게 고마움을 전합니다! 저의 든든한 지원군인 에이전트 크리스티나 호그레브와 출판 에이전시 JRA팀에게도 큰 감사를 전합니다!

순서상 제일 마지막이지만 누구보다 소중한 모든 독자분들께 감사하고 싶습니다. 정말 감사합니다! 여러분의 응원 덕분에 제가 이 여정을 계속할 수 있습니다. 제 이야기를 읽어주시는 독자분들이 저에게 주는 기쁨에 비할 수는 없겠지만, 제 책들이 여러분께 즐거움을 안겨드린다면 참 좋겠습니다.

더 티처

초판 1쇄 인쇄 2026년 4월 24일
초판 1쇄 발행 2026년 5월 8일

지은이 프리다 맥파든
옮긴이 최주원
펴낸이 김문식 최민석
편집 백승민 김민혜 이세정
마케팅 양아람
디자인 배현정

펴낸곳 (주)해피북스투유
출판등록 2016년 12월 12일 제2016-000343호
주소 서울시 서대문구 신촌로 25-1 보고타워 4층
전화 02)336-1203
팩스 02)336-1209